계절의 온도

계절의 온도

1판 1쇄 찍음 2020년 8월 24일
1판 1쇄 펴냄 2020년 8월 31일

지은이 | 민혜윤
펴낸이 | 정 필
펴낸곳 | (주)뿔미디어

기획·편집 | 심은지, 이영은, 배지은
표지·디자인 | 우 물

출판등록 | 2002년 9월 11일 (제1081-1-132호)
주소 | 경기도 부천시 소향로 17, 303(두성프라자)
전화 | 032)651-6513 팩스 | 032)651-6094
E-mail | dahyangs@naver.com
블로그 | http://blog.naver.com/dahyangs
비북스 | http://b-books.co.kr

값 11,000원

ISBN 979-11-6565-435-1 03810

※파본은 구입하신 서점에서 교환하여 드립니다.

DAHYANG
ROMANCE STORY

계절의 온도

the
temperature of
the season

민혜윤 장편 소설

contents

· 일러두기

1. 소설 속 내용은 허구이며 실제 지명, 장소, 인물 등과 아무런 연관이 없음을 미리 밝힙니다.

2. 본문 중 한국어 대화는 " "로 영어 대화는 「 」로 표기했습니다.

프롤로그

— 그 시절의 난, 봄바람에도 마음을 베이곤 했다.

그녀의 하루는 새로울 것도 없이 평범하다.

'평범하다' 는 것은 결국 위태롭고 권태로운 일상이 반복될 것이라는 뜻이기도 했다.

지금보다 어리고 쉽게 상처받던 열아홉 살 이지서는 늘 밤을 앓으며 시간을 하얗게 태워 버렸고 대안도 없이 아침을 맞이했다. 불면의 이유는 다양했다. 건넛방에서 들려오는 박 여사의 기침 소리가 거슬려서, 아무리 공부를 해도 결국 내가 있어야 할 곳은 고작 이 작은 마을, 남들은 어디에 있는 줄도 모르는 무연리일까 봐 불안해서, 하루라도 빨리 이 좁아터진 집구석을 벗어나고파서.

그렇게 밤새 몸을 뒤척이다 누렇게 때 묻은 천장의 벽지를 보며 몇 번이고 마음속으로 다짐했던 것 같다. 내 세상이 이렇게 작을 리 없다고.

지서가 마을을 떠나고 싶어 할 때면 박 여사는 그녀를 한껏 비웃었다.

박 여사는 쉰이 넘은 나이에 지서를 낳았다고 한다. 그리고 그녀의 남편은 지서가 태어나기 10년도 전에 죽었다. '엄마' 라고 불렀지만 엄마가 아니라는 것은 철이 들면서 어렴풋하게 느꼈다.

박 여사에겐 지서 말고도 큰딸이 있었다. 자신보다 스무 살가량 많은 언니가 있다는 것을 지서는 사춘기 무렵에 알았고 그때까지만 해도 언니를 본 적은 단 한 번도 없었다. 그 후로 지서는 박 여사를 '엄마' 라고 부르지 않았고 그녀 역시 지서에게 이유를 묻지 않았다.

이런 촌구석 시골 마을에서는 흔한 이야기이다.

꿈속에서 지서는 훌쩍 시간을 건너뛰어 대학에 가기 위해 고향을 떠나던 날 아침으로 돌아갔다.

그날, 박 여사는 평소처럼 분주하게 낡고 동그란 상 가득 음식을 차렸다. 머리가 큰 후 지서는 알아서 식사를 챙기겠다고 했지만 박 여사는 아침만큼은 꼭 본인 손으로 차려 먹여야 직성이 풀리는 성격이었다.

메뉴는 아직도 기억한다. 푹 익은 김장 김치와 직접 기름 바르고 구운 김과 몇 가지 반찬, 그리고 며칠 전 박 여사가 옆집 할머니와 빚은 만두로 끓인 만둣국.

저 오늘 서울 가요. 그렇게 말을 꺼냈다. 밤새 무어라 이야기하면 좋을까 고민했지만 지서가 뱉은 말은 참으로 단순했다. 잠시 박 여사의 젓가락이 멈칫했지만 이내 말없이 식사를 이어 갔다. 박 여사가 습관처럼 틀어 둔 아침 정보 프로그램 속 리포터의 말소리만 공간을 맴돌 뿐이었다. 예상했던 대로 그녀는 끝까지 지서에게 잘 다녀오라거나 그동안 진학을 반대해서 미안하다 같은 말은 입도 벙긋하지 않았다.

갑자기 입맛이 뚝 떨어져 지서는 젓가락을 내려놓았다. 그러자 무심히 더 먹으라는 목소리가 뒤를 따랐다. 생각 없다고, 차갑게 내뱉으며 몸을 일으켜 방으로 들어갔다. 그러곤 주저하지 않고 시장에서 사 온 커다란 캐리어에 짐을 챙겼다. 일부러 들으란 듯이 더 크게 소음을 냈던 것도 같다. 처음엔 가끔 고향에 내려올 때마다 짐을 챙겨 갈 생각이었지만 계속 저런 식으로 반대한다면 굳이 없는 시간 쪼개 가며 집에 올 마음은 없었다.

방 밖에선 현관문이 열렸다가 닫히는 소리가 들렸다. 절뚝거리며 마당을 가로지르는 박 여사의 발걸음 소리가 이어지다가 이내 대문이 끼이익 요란한 소음을 내며 철컥거렸다.

그 소리가, 박 여사의 완고한 고집 같았다.

천천히 잠에서 깨어나자 몸이 천근만근 무겁고 뭉근한 미열이 느껴졌다. 잠들기 전 감기약을 먹었는데도 침을 삼킬 때마다 목이 불편했다. 이렇게 컨디션이 나쁠 때면 꼭 그 시절, 그날의 꿈을 꾼다.

다행스럽게도 희뿌연 시야에 들어온 천장의 벽지는 지서가 최근에 이사하며 고른 그것이었다. 그럼에도 믿기지 않아 눈을 몇 번 깜빡이며 벽지의 무늬를 확인했다. 확실했다. 지금 그녀가 있는 곳은 지긋지긋했던, 때 타고 곰팡이가 슨 그 작은 방이 아니었다.

지서는 길게 한숨을 내쉬며 이불을 끌어당겨 머리끝까지 덮었다. 이불에선 포근한 세제 향이 난다. 낡고 꿉꿉한, 색 바랜 꽃무늬 이불이 아니라는 사실이 안정감을 준다.

시계를 보니 새벽 2시.

다시 잠들고 싶은데 쉽지 않다.

지난주 지서는 팀 리더 승진 후 처음으로 진행한 개편을 성공적으로 마무리했다. 그녀의 이른 승진을 두고 시기와 질투, 그리고 뒷말이 꽤 많았다. 그 때문에 더 악에 받쳐 일에 집착했고 두고 보자며 이를 갈았던 것 같다. 이제 시스템도 안정화 단계에 접어들었으니 홀가분하게 안식 휴가를 즐길 생각이다. 홀로 떠나는 하와이 여행을 계획했다. 난생처음으로 제대로 떠나는 휴식이었다.

입 안이 마르고 답답했다. 물을 마시기 위해 몸을 일으켜 세우자 현기증이 일었다. 누워 있을 땐 가벼운 감기겠거니 했는데, 서서히 감각이 깨어나자 생각보다 더 몸이 좋지 않았다.

간신히 벽을 짚고 걸어가 창문을 열었다. 여름밤의 열기를 품은 습한 바람이 몸 가득 쏟아진다. 구름이 움직이는 모양이 심상치 않다. 비가 올 것 같다.

갑자기 허기가 져 냉장고를 열자 손가락 한 마디도 남지 않은 생수병과 언제 샀는지 기억조차 나지 않는 삼각김밥, 말라비틀어진 사과가 눈에 들어왔다. 가장 아래 채소 칸을 열자 감자였던 것이 분명한, 지금은 형체를 알아볼 수 없는 덩어리들이 시야를 어지럽혔다.

손도 안 대고 썩힌 사과와 감자가 아쉬웠다. 박 여사가 보내 준 것이니 맛은 있었을 것이다. 안 먹으니 보내지 말라고 해도 박 여사는 직접 농사지은 과일이나 채소를 언질도 없이 지서에게 보내곤 했다. 그중 절반 이상은 다 썩어 버린다고 말해도 막무가내였고 지서도 결국은 포기해 버렸다. 싫다고 해 놓고 죄다 상해 눈앞에 두고도 먹지를 못하니 괜히 더 아까웠다.

결국 선택지는 하나였다. 비상식량으로 사 둔 편의점 삼각김밥. 유통 기한을 확인하니 두 시간이 지났다. 두 시간 동안 뭐 얼마나 대단히 상했을까 싫어 집어 든다.

"……맛없네."

중얼거리며, 지서는 입에 있던 삼각김밥을 그대로 뱉어 버렸다. 평소 같으면 맛이 없어도 살려고 꾸역꾸역 먹었을 텐데 이상하게 오늘따라 입에 대기도 싫었다.

컨디션이 좋지 않을 때면 감각은 유독 더 예민해진다. 비 오기 직전의 습도 높은 날씨 탓에 몸이 물먹은 솜처럼 무겁다.

차를 한 잔 내려 와 침대 헤드에 기대어 앉았다. 불면증에 좋은 차라고 해서 습관처럼 마셨는데 이 시간에 깨는 걸 보면 효과가 별로인 듯하다. 지서는 차를 마시며 휴대폰으로 포털 사이트 '스퀘어'의 애플리케이션을 켜 뉴스를 체크했다.

스퀘어. 점유율 51%, 업계 1위 포털 사이트로 지서는 뉴스 미디어 본부의 연예·엔터테인먼트 팀 리더이다. 드라마, 예능, 영화는 물론 요즘 뜨는 연예인이나 패션 아이템까지 일단 스퀘어의 메인에 노출되면 큰 화제가 되어 누구나 탐내고 청탁도 많이 들어오는 자리였다.

메인에 걸린 뉴스의 링크 오류를 발견한 지서는 야간 편집자에게 수정을 지시했다. 리더는 밤에 잠도 안 자고 감시하는 거냐며 팀원들끼리 수군거리는 게 귀에 들리는 것 같았지만 오류를 그냥 두는 것보다는 그 편이 나았다. 연예, 엔터테인먼트 섹션에는 눈여겨볼 만한 기사가 별로 없다. 당연하다. TV 정규 방송은 끝났을 거고 기자들도 다 잠들었을 테니까.

스무 살에 서울에 온 후로 불면증이 심해졌다. 몸은 힘들어 죽겠는데 제대로 잠을 자지 못하니 늘 예민했다. 취업을 하고 금전적으로 여유가 생기면서 수면 센터에 가서 검사를 몇 번 받았지만 약도 제대로 듣지 않고 효과도 그때뿐이라 지서는 어느 순간부터는 '잠'을 놔 버렸다. 에너지를 다 써서 내 몸과 마음이 완전히 지치면 그땐 잠이 오겠지. 뭐 그런 생각.

그렇게 간신히 잠이 들면 늘 이 시간에 깨곤 한다.

늦은 밤, 이른 새벽.

나만 홀로 깨어 있는 것 같은 이 애매한 시간.

휴대폰을 끄고 다시 누우려는데 스포츠 섹션에 기사가 업데이트됐다. 제목을 훑어보니 네덜란드에서 활약 중인 축구 선수가 높은 이적료와 연봉을 제안받고 영국 프리미어 리그로 이적을 앞두고 있다는 소식이었다.

유럽에서 활약하는 해외파 선수들이 많아지면서 시차 때문에 야간 시간대의 편집 인력이 늘어나게 되었다. 그로 인해 본부 전체 예산이 스포츠에 편중되면서 연예 팀 리더인 지서로서는 불만이 꽤 많았다. 업무 강도는 우리 쪽이 높은데 왜 콘텐츠 투자는 스포츠 쪽에 더 지원해 주냐고 몇 번이나 항의도 해 봤으나 먹히진 않았다.

"이깟 공놀이가 뭐라고."

작년엔 올림픽 내년은 월드컵이랬나. 연말에 또 혼자 싸울 일이 많아지겠다고 생각하며 업데이트된 뉴스를 터치하려던 순간, 갑자기 지서의 휴대폰 진동이 울렸다. 액정 화면 속 발신자는 휴대폰에 저장되어 있지도 않고 지서도 모르는 번호였다. 다만, 지역번호는 익숙했다.

늦은 시간의 급작스러운 전화.

무슨 소식인지 알 것도 같아, 그녀의 심장이 빠르게 뛰었다. 고향을 떠나온 후 10년 동안 이 지역번호로 지서에게 전화가 걸려 온 것은 한 손에 꼽을 정도였다.

"이지서입니다."

그녀는 목소리를 가다듬고 전화를 받았다.

"……네, 지금 바로 갈게요."

예상했던 그대로였다.

고속도로에 접어들 무렵 약해졌던 빗줄기가 서울을 완전히 벗어나자 거짓말처럼 그쳤다. 갑자기 공간을 잘라 내 붙인 것처럼 급작스러웠다. 흡사 다른 차원으로 이동한 기분이었다.

새벽에 출발해 차가 막히지 않음에도 불구하고, 세 시간을 꼬박 달렸는데도 그녀의 목적지는 아직도 멀기만 했다. 가도 가도 끝이 없는 길을 홀로 달리는 느낌. 지서는 내비게이션을 확인했다. 목적지까지 남은 시간은 두 시간 반. 온 만큼 더 가야 한다.

이정표의 휴게소 표시를 보고 잠시 쉴까 고민하다가 차선을 바꾸는 대신 속도를 좀 더 올렸다. 엔진의 굉음이 커지고 차창에 맺힌 빗물이 바람에 쓸려 흩어진다. 건조한 에어컨 바람이 피부를 감싸는 느낌이 불쾌해 창을 조금 열자 바람이 파도처럼 차 내부로 쏟아져 들어온다. 그냥 이대로 쓸려 가고 싶기도 하다.

사나운 새벽을 쉬지 않고 여섯 시간을 달리자 드디어 안개 사이로 익숙한 지명의 이정표가 보였다.

무연無緣.

지서가 태어나고 자란 곳.

지긋지긋한 고향.

01.

홀로 다른 행성에 버려진

박 여사가 죽었다.

스스로 읍내 병원을 찾아 입원한 지 3일 만이라고 했다. 보호자 연락처 란에 지서의 휴대폰 번호가 적혀 있어 연락했다고, 어떤 관계냐고 묻기에 그녀는 한참을 망설이다 딸이라고 대답했다. 의사는 지서에게 유언은 없었으며 고통스럽지 않게 떠났을 거라고 위로했다.

간호사가 박 여사가 남긴 것이라며 쪽지 한 장을 건넸다.

[그 애에겐 알리지 말 것.]

메모 아래엔 밑줄에 별표까지 되어 있었다. 직접적으로 이름을 말하진 않았지만 누굴 지칭하는지는 알 것 같았다. 박 여사의 진짜 딸. 그리고 지서의 친모. 도대체 무슨 생각인지, 그렇게 아끼던 큰딸인데 자신의 죽음을 알리지 말라니 이해가 되지 않았다.

곧장 상가를 꾸렸다.

고인, 박화순 여사.

상주, 딸 이지서.

……딸.

차마 입에 담기가 어색했다.

고3, 지서가 서울의 대학에 합격하자 박 여사는 극렬하게 반대했다. 헛바람이 든 채 서울 물 먹었다가 애나 배 올 것이 분명하다며 여기서 농사짓고 살다가 적당한 남자 만나 시집이나 가라며 불같이 화를 냈다.

단 한 푼도 내줄 수 없다고, 돈도 없이 서울 가서 너 같은 애가 할 수 있는 일이 있을 거 같냐고, 술집이나 전전할 것이 뻔하다며 시대착오적인 폭언을 퍼부었지만 지서는 굽히지 않았다. 어차피 각오했던 반대였다. 학비와 기숙사는 장학금으로 해결했고 소액이지만 매달 학교에서 용돈도 나오니 거리낄 게 없었다. 나머지는 죽어라 아르바이트를 해 충당했다.

돌이켜 생각해 보면 지서의 이 고집은 박 여사를 닮은 걸지도 모르겠다.

"계집애가 피골이 상접해서는. 얼굴도 허예서 남들이 보면 네가 저승사자인 줄 알겠다. 가서 한술 뜨고 와."

멍하니 앉아 있는데 장례식장을 차리는 동안 간섭하면서 훈수를 두던 슈퍼 집 여자가 혀를 차며 말을 걸어왔다.

"괜찮아요."

"괜찮기는 뭐가 괜찮아. 산송장이 따로 없구먼. 이리 와. 육개장 아주 맛있게 끓였어."

됐다는데도 그녀는 장례식장의 가장 구석에 지서를 앉히고 밥상을 차려주었다. 푹 끓인 육개장과 흰쌀밥, 그리고 여름 밑반찬들이 지서의 앞에 차례대로 놓였다. 익숙한 메뉴였다. 어릴 적, 박 여사가 종종 해 주곤 했던 반찬이었다.

"얼른 먹어 봐. ……춥니? 에어컨 좀 줄일까?"

"아뇨. 괜찮아요."

"입술이 새파란데 뭘."

여자가 심술맞은 어조로 말하고는 어딘가에서 담요를 찾아 와 지서에게 건넸다. 낡고 해진 꽃무늬 담요에선 여름 햇볕 냄새가 났다.

상조 회사를 부르겠다는 지서의 말에도 그녀는 정성이 다르다며 동네 사람들과 직접 음식을 마련해 주었다. 이 더운 여름에 불 앞에서 땀을 뻘뻘 흘리며 육개장을 끓이는 그녀를 보니 고마운 마음 반, 부담스러운 마음 반이었다. ……아니, 아니다. 고마움은 30, 부담은 70 정도가 적당할 것 같다. 스무 살에 무연을 떠난 이지서는 이제 호의를 받아도 마냥 기뻐하지 못하고 의심할 만큼 세상에 찌들었다.

"밥 더 말아 먹어. 더 팍팍."

수저를 들 힘도 없는데 먹나 안 먹나 감시하는 눈매가 제법 집요하고 끈질겨 지서는 밥을 조금 말아 한 숟갈 입에 넣었다.

"별로 배 안 고파요."

계속 잔소리를 하는 게 귀에 거슬려 냉랭하게 대꾸하자 슈퍼 집 여자, 현숙이 미간을 찌푸리며 말했다.

"어휴, 계집애가 독해 가지고 성질머리는 아직도 그대로네. 너 여태 눈물 한 방울 안 흘린 거 알지?"

"안 나와서요."

지서는 심드렁하게 대꾸하고는 육개장 국물을 떠 입에 넣었다. 새로 끓였는지 따끈했다.

"한 마디를 안 져, 한 마디를."

현숙의 말에 지서는 못 들은 척 밥을 먹었다. 배가 고프지 않다고 생각했는데 막상 음식이 입에 들어오자 오히려 허기가 졌다. 그러고 보니 밥다운 밥을 먹는 게 얼마 만인가. 기억이 나지 않았다.

아침은 출근길에 산 커피 한 잔, 점심은 자리에서 간단하게 샌드위치로 때우며 일을 하곤 했다. 맛 때문에 먹는 게 아니라 살려고 먹었다. 본부장 주도하에 팀장 직급자 점심 회식을 하는 경우도 종종 있었지만 속도가 느린 지서는 반도 먹지 못하는 경우가 허다했다. 대부분이 남자들이라 음식이 나오고 나서 5분이면 식사가 끝이 나니 여자인 지서는 자신만 기다리며 먹는 걸 빤히 보는 게 싫어 수저를 내려놨다. 게다가 음식이 입에 맞지도 않았다. 이게 다 박 여사 때문이었다.

사춘기에 접어든 지서가 서울로 진학하겠다고 선언한 후 악다구니를 써가며 싸웠음에도 박 여사는 그녀의 끼니에 집착했다. 방금 전까지 죽일 것처럼 화냈으면서도 밥은 꼭 챙겨 주었다. 솜씨가 좋은 편인 박 여사에게 길들여진 탓인지 지금껏 사 먹은 음식으로 만족을 얻은 적이 드물었고 그럴 시간도 없었다. 그래서 허기진 상태에 익숙하다. 그렇게 살다 보니 무언가를 배불리 먹어 본 기억이 드물다.

"맛있지?"

현숙이 눈을 반짝이며 물었다.

솔직히 말하자면…….

"네."

진짜 맛있었다.

한차례 손님을 치르자 진이 빠졌다. 대충 정리를 한 지서는 구석에 앉아 휴대폰을 확인했다. 하와이행 항공권 취소 내역 문자, 호텔은 환불이 불가하다는 문자, 부고를 들은 회사 사람들의 형식적인 위로 문자가 눈에 들어왔다.

하지만 지서가 기다리는 문자의 답은 아직 없었다.

"너 뒤도 안 돌아보고 마을 뜨더니 그래도 성공했나 보다. 오는 사람들 다 이거 보고 눈이 휘둥그레지더라."

현숙이 테이블마다 놓인 장례 물품을 보며 중얼거렸다. 종이컵이나 수저, 젓가락 같은 일회용품에는 ST그룹 로고가 선명하게 박혀 있었다. 부고를 전하자 회사에서 보내 준 것이었다. 스퀘어의 모기업이 알아주는 대기업, ST그룹이니 시골 노인들의 흥미를 끌 법했다. 스퀘어는 몰라도 ST그룹은 알 테니 말이다.

"이렇게 잘난 애를 왜 이 작은 마을에만 가둬 두려고 했는지. 노인네 심보 지랄맞아 가지고는, 좋게 서울 보내 주고 자주 연락하면서 지냈으면 외롭게 저세상 안 갔을 거 아냐."

현숙이 혀를 차며 행주로 테이블을 닦았다. 몰인정하다고 지서를 비난할 줄 알았는데 의외였다.

"저한테 욕하실 줄 알았는데요."

"욕? 네 욕이야 많이 했지. 그리고 저 노인네 매정하다고 흉도 많이 봤어. 나한텐 둘 다 똑같아."

현숙이 박 여사의 영정 사진 쪽으로 턱짓을 하며 고개를 절레절레 저었다.

늦은 밤이었지만 장례식장은 제법 북적거렸다. 찾아올 사람이 없을 것 같아 하루만 하려 했는데, 마을 사람들은 하나같이 3일장은 해야 한다 주장했고 지서는 그에 따랐다. 처음 치르는 상이니 간섭이 신경에 거슬려도 말을 듣는 게 낫다는 판단이었다.

지서와는 그렇게 죽어라 싸웠으면서 주변 사람에겐 인심이 넉넉했는지 장례식장을 찾는 조문객들이 꽤 많았다. 게다가 무연리 사람들이 알아서 조의금을 받아 주고 손님 대접에 나서 주니 혼자인 지서 입장에선 고맙기도 했다.

"3일장 하길 잘했지? 손님 많을 거랬잖아."

"그러게요. 엄마는……."

지서는 말끝을 길게 늘이며 영정 사진을 바라봤다. 박 여사에게 엄마라는 호칭을 쓰는 게 어색했다.

"박화순 여사는 저한테만 매정했나 봐요."

박 여사와 그녀의 큰딸은 서로 많이 닮았다. 하지만, 지서의 생김새는 그 두 사람과 완전히 딴판이었다. 자신은 생부를 많이 닮았다고, 박 여사와의 언쟁 중에 들었던 것 같다. 아마 그 때문에 박 여사가 더 지서를 매몰차게 대했는지도 모르겠다. 그녀에게 지서의 생부는 딸의 신세를 망친 죽일 놈일 테니까. 싸울 때면 박 여사는 지서의 얼굴만 봐도 복장이 터진다고 성질을 부려 대곤 했다.

"그러게. 왜 너한테만 그랬을까. 정작 당신의 진짜 자식은 장례식도 안 찾는데."

무슨 의미인지 알아들었는지 현숙이 나직한 어조로 대꾸하며 지서에게 믹스커피를 타서 내밀었다.

"제 친모 아시죠."

친모. 입에 잘 담지 않는 단어다. 지서는 가슴속에서 끓어오르는 무언가를 꾸욱 짓누르며 말했다.

"알지. 여고 동창이었으니까."

"박 여사는 하지 말랬는데 그래도 친딸이니까 알아야 할 것 같아서 연락했어요. 전화 안 받아서 메시지도 남겼는데……."

지서는 다시 휴대폰을 확인했다. 분명 봤을 텐데 여전히 답은 없었다.

"안 올 건가 봐요."

탁, 지서가 던지듯 세게 휴대폰을 내려놓자 맞은편 테이블의 손님들이 두 사람 쪽을 힐끔거렸다. 박 여사의 의중이 무엇이었든 간에 그 여자는 진짜 자식이니 마땅히 알아야 된다고 생각했고 그래서 부고를 전했다. 하지만 여자에게선 알았다는 메시지 한 통조차 없었다.

"왕래하고 지냈니?"

"필요할 때만요."

일방적인 통보를 '연락'이라고 할 수 있을지 모르겠다.

친모가 누군지는 대학 때 알았다. 방학이 되면 잠깐 무연에 내려왔는데 우연히, 정말 우연히 박 여사의 수첩에서 여자의 연락처를 발견했다. 그 광경을 본 박 여사는 잘 살고 있는 네 언니 등골 빼먹을 생각 하지 말라며 연락처를 찢어 버렸고 머리 좋은 지서는 한 번 본 걸로 주소며 전화번호까지 다 외워 버렸다. 사실, 그녀가 평온하게 넘어갔더라면 친모의 연락처인 줄도 몰랐을 것이다. 지서는 제 자식한테 해될까 봐 바들바들 떠는 박 여사가 싫었다. 그래서 그 사건 후로는 더 그녀를 찾지 않게 되었던 것 같다.

"대학 때 누군지 알았어요. 그 후에 그쪽에서 연락이 와서 처음 봤구요."

지서가 스퀘어에 입사하자 친모가 만나자며 연락을 해 왔다. 이유는 명확했다. 스퀘어의 오너가 여자의 남편이다.

첫 만남에 그녀는 대뜸 무슨 의도로 입사했냐고 물었고 포기할 것을 강요했다. 사실 어느 정도 의도한 바는 있었다. 스퀘어에 들어간다면 여자에게 연락이 올까 하는 기대를 했던 것도 사실이다. 입사가 확정되자마자 연락을 했다는 건 자신의 동향을 늘 주시하고 있었다는 뜻. 입을 막으려 들었다는 건 지금의 남편은 그녀의 과거를 모른다는 뜻이겠지. 차라리 지서를 모른 체했다면 여자가 원하는 대로, 평생을 남남으로 그렇게 살 수 있었을지도 모른다.

"어땠니."

그 물음에 지서는 아무런 말을 하지 않았다.

"그래, 안 봐도 알겠다. 사람 쉽게 안 변한다고 걔가 좀 많이 이기적이야."

친모에 대해 어마어마한 환상을 가지고 있는 것은 아니었지만 지서가 상상했던 것보다 더 최악이었다.

"저랑 하나도 안 닮았던데요."

"넌 네 아빠를 빼다 박았어."

네 아빠.

엄마라는 말보다 더 어색했다.

지서는 픽 웃으며 입을 열었다.

"친부는 살아 있어요, 아님 죽었어요? 뭐 하는 사람인지 아세요?"

"왜, 궁금해?"

현숙이 흥미롭다는 얼굴로 지서를 향해 물었다. 지서 성격에 누군가에게 캐묻는 게 의외라고 여긴 듯했다.

"살아 있어. 가끔 뉴스에 나오니까."

지서가 대답 없이 바라만 보자 그녀는 흔쾌히 답해 주었다.

가끔씩 친모만큼이나 친부가 궁금하기도 했지만 어디까지나 호기심이었을 뿐 애틋함은 없었다. 부모에 대한 절절함이나 그리움보다는 그냥, 어쩌다 한 번 생각하고 마는 딱 그 정도의 궁금증이었다.

"나중에 궁해지면 여쭤볼게요. 찾아가서 돈이나 뜯어내죠 뭐."

지서가 성의 없이 심드렁한 어조로 말하며 다시 한번 휴대폰을 확인했다. 여전히 친모에게선 답이 없었다. 이전에 보낸 부고 문자를 그대로 복사해 재전송했다. 누가 이기나 두고 보자 싶어 고집스럽게 연달아 다섯 번을 재전송하고 나서야 휴대폰을 내려놓았다.

자식 된 도리를 다하라는 거대한 뜻이 있는 것은 아니었다. 단순히 괴롭히고 싶었다, 나약하고 이기적이며 눈물도 많지만 결국 자기 자신을 위해서만 우는 위선적인 여자를.

친모와의 첫 만남을 떠올려 본다. 처음엔 돈으로 회유하려 했고 그다음엔 윽박지르며 겁을 주었고 마지막엔 눈물을 흘리며 감정에 호소했다. 뭐라고 했더라. 예쁘게 잘 컸구나 우리 딸, 엄마가 다 잘못했어. 평생을 널 그리워하며 살았으니 제발 엄마를 용서해 줘.

하지만 의도와 결론은 분명했다. 자신을 위해 입 다물고 조용히 사라져 달라는 뜻이었다.

여자가 내민 돈을 지서는 거절하지 않고 그대로 챙겼다. 물론, 입사를 포기하지도 않았다.

약속과 다르지 않냐며 발작하듯 울부짖던 여자의 목소리가 아직도 귀에 생생하다. 확실히 친모는 지서와는 정반대의 부류였다. 타고나길 무덤덤한 탓인지, 박 여사와의 긴 싸움이 그녀를 이렇게 만든 것인지 지서의 감정은 늘 고저가 없다. 반면에 친모는 감정적이며 논리라고는 손톱만큼도 있지 않았다. 다행이었다. 친모를 닮았다면 스스로가 싫을 뻔했다.

"저, 근조 화환 배달 왔는데요."

그때, 작업복 차림의 남자가 장례식장 안으로 들어오며 말했다.

"거기 앞에 놔 주세요."

지서는 퍼뜩 정신을 차리며 대꾸했다. 회사에서 보낸 것인 듯했다. 몸을 일으켜 장례식장 입구로 나서자 그동안 받은 화환이 꽤 됐다. 어디 상인회, 어디 부녀회, 어디 이장. 지서는 나란히 놓인 화환을 보며 자조적으로 웃었다. 박 여사는 지서 빼고 다 친한 듯했다.

"두 개입니다. ST랑…… 이지윤 씨가 보낸 거요."

이지윤.

지서의 시선이 이지윤이라고 쓰인 근조 리본에서 멈추었다.

"지서야, 이거 설마……."

따라 나온 현숙이 화환을 살피며 물었다.

"네."

친모의 개명 전 이름이다. 이름을 바꾸고 과거를 지운 여자는 새로운 사람이 되어 ST그룹의 일원이 됐다.

"세상에. 얘도 진짜 자기 엄마 장례식인데……."

현숙의 한탄이 이어졌다. 그리고 그와 동시에 지서의 휴대폰 진동이 울렸다. 은행 애플리케이션의 입금 알림 메시지였다. 이주애, 1,000만 원.

"저, 이거 수령 확인 사인 해 주셔야 되는데요."

무언가 심상치 않다는 것을 느꼈는지 배달 기사가 지서를 살피며 조심스럽게 말을 걸어왔다.

"얘, 지서야."

자신을 부르거나 말거나, 지서는 낮게 숨을 고르며 근조 리본을 천천히 눈으로 더듬어 나갔다.

'삼가 고인의 명복을 빕니다.'

여기 와서 다른 사람의 위로를 들어야 하는 쪽은.

'이지윤.'

이 여자였다.

몸 안의 피가 차게 식었다. 반복해서 리본의 문구를 읽자 식은 피가 이번엔 차게 얼어붙었다. 경멸, 혐오, 분노. 갖가지 감정이 뒤섞여 만들어진 얼음 조각이 그녀의 내장을 마구 난도질했다. 속이 뒤틀리고 거북하다. 헛구역질이 나오려는 것을 지서는 간신히 참는다.

이렇게 나오겠다 이거지.

[사모님, 당신 남편이랑 아들 찾아가서 다 뒤집어엎어 놓기 전에 전화받아요.]

지서는 빠르게 메시지를 입력해 전송했다.

"ST에서 보낸 건 여기 그대로 놔 주시고 이지윤 씨가 보낸 건 가시는 길에 버려 주세요."

그녀는 무표정한 얼굴로 배달 기사가 내민 확인서에 사인을 하며 말했다.

"네에?"

"버려 달라고요."

당황한 기사를 향해 지서는 다시 한번 침착하게 반복했다.

"어, 그건 좀……."

"됐어요, 그럼. 가 보세요."

"지서야 일단 진정하고…… 어머, 얘가 왜 이래!"

지서가 상복 소매를 올려붙이고 화환의 지지대를 잡아 들었다. 꽃을 고정한 철사가 살갗을 찔렀지만 고통은 느껴지지 않았다. 찌르는구나. 피가 나는구나. 그러한 사실만 인식될 뿐이었다.

과시욕이 심한 여자답게 화환의 크기가 제법 컸다. 분명 무게도 상당할 테지만 분노의 힘인지 생각보다 가벼웠다. 기사는 꽃이 상하지 않도록 조심스럽게 가져왔겠지만 망가져도 상관없는 지서는 흰 국화 더미를 질질 끌었다. 이깟 꽃이나 보내고, 돈으로 치워 버리겠다고. 늘 무덤덤한 지서였지만 속에서 화가 끓자 목뒤가 뻐근해졌다. 눈앞에 있다면 여자에게 마구 욕이라도 퍼붓고 싶은 심정이었다.

지서는 문밖, 분리수거장에 화환을 처박았다. 가느다란 손가락에 긁힌 자국이 선명했다. 표면이 거친 지지대와의 마찰로 손바닥에 나무 가시가 박히고 생채기가 났다. 쓰라리고 아팠다.

"나예요."

지서가 전화를 걸자 이번엔 신호가 채 한 번 울리기도 전에 여자가 전화를 받았다. 하지만 단지 전화를 받았을 뿐 여자는 아무런 말도 하지 않았다.

"남편한테 과거 들킬까 봐 무섭긴 한가 봐요. 이렇게 바로 전화받을 줄 알았으면 진즉에 협박할걸."

전화 속 여자는 여전히 말이 없다. 흐트러진 숨소리만 들렸다.

"그렇다고 자기 엄마 장례식에 얼굴도 안 비치고 근조 화환 보내는 미친 딸은 또 처음 봤네."

— 오늘 집안 행사가 있어서 그래. 발인하는 날도 못 갈 거 같고 눈치 봐서 한번 내려갈 테니까…….

"그건 내 알 바 아닙니다, 사모님."

지서의 말을 끝으로 얼마간 침묵이 흘렀다. 그리고 잠시 후 여자가 입을 열었다.

— ……태하한테는, 태하한테는 절대 연락하지 마.

"하면? 왜, 내가 당신 아들한테 무슨 짓이라도 할까 봐 겁나?"

손가락을 타고 피가 흐르는 느낌이 들었다. 지서는 휴대폰을 옮겨 잡고 상복 자락에 손을 닦았다. 따라 나온 현숙이 어쩔 줄 몰라 하며 발만 동동 굴렀다.

시야가 점점 흐려지고 현기증이 났다.

"얌전히 기다려요. 그 잘난 집구석에서 알몸으로 쫓겨나게 해 줄 테니까. 당신 엄마 장례 치르고 나면 아는 기자들한테 싹 다 메일 돌리고 당신한테 소송도 걸 거야. 지금 당장 최태하 비행기 타고 한국 오게 할 거야!"

여자가 무어라 소리쳤지만 지서는 망설이지 않고 전화를 끊어 버렸다. 곧바로 진동이 울리는 휴대폰을 그녀는 신경질적으로 바닥에 팽개쳐 버렸다. 거슬려. 전부 거슬린다. 간신히 몸을 지탱하고 있던 지서는 한순간 몸에서 힘이 빠지는 느낌이 들어 비틀거렸다. 어지럼증이 엄습하고 시야가 아래위로 뒤섞였다. 숨이 찼다.

"은기야! 여기! 얼른 와서 애 좀 말려 봐!"

현숙이 누군가를 부르는 소리가 들렸다.

무릎의 힘이 풀리며 쓰러지려는 찰나에 커다란 손이 그녀의 양어깨를 잡아 부축했다. 간신히 고개를 들어 누군지 확인하려 했지만 가로등 불의 역광 때문에 얼굴이 잘 보이지 않았다. 꽤 커다란 실루엣을 보고 남자구나 추측할 뿐. 의식이 희미해지고 호흡이 버거웠다.

"숨 천천히 쉬어요."

남자는 지서를 자신의 몸에 기대게 하고는 호흡이 편하도록 자세를 잡아주었다. 입가에 무슨 봉투를 댄 것도 같았다.

"애 왜 이러는 거야?"

"과호흡 같아요. 안으로 옮길게요."

남자가 꽤 손쉽게 그녀를 안아 들었다. 서서히 정신을 잃어 가는 와중에도 허공에 뜬 느낌이 불안해 지서는 누군지도 모르는 남자의 옷자락을 꽉 움켜쥐었다. 맞닿은 자리에서 높은 체온이 느껴졌다.

"지서 씨, 내가 하는 말 들려요?"

누구야. 누군데 날 아는 거야.

"호흡 천천히."

체내의 산소포화도가 떨어지자 지서의 몸이 차가워졌다.

"마시고, 내쉬고. 잘하고 있어요."

숨을 몰아쉴 때마다 남자는 그녀의 어깨를 다독이면서 괜찮아, 잘하고 있어요, 이런 말을 했던 것 같다.

장례식장 바로 옆 응급실로 옮긴 건지 병원 특유의 냄새가 느껴졌다. 정신을 차리려 애쓰는데 이제 괜찮다는 듯, 커다란 손이 그녀의 손을 완전히 감싸 잡았다. 낯설었지만 어쩐지 안심이 돼 지서는 그대로 눈을 감아 버렸다.

옅은 비누 향이 코끝을 스친다.

점차 숨 쉬는 게 편안해진다.

과호흡으로 쓰러지고 다시 정신을 차렸을 땐 아침이었다. 수액을 맞은 덕인지 몸이 지나치게 개운했다. 수면 마취에서 깨어나면 이런 기분이 아닐까. 이렇게 푹 잠을 잔 게 너무나 오랜만이라 지서는 아주 잠깐, 박 여사의 죽음이 꿈은 아닐까 싶었다.

하지만 꿈이라기엔 입고 있는 옷은 여전히 검은 상복이었고 손의 상처는 손가락을 움직일 때마다 쓰라리고 아팠다.

깨어난 지서를 본 간호사가 드레싱을 했다며 당분간 물이 닿지 않게 조심하라는 설명과 함께 처방전을 주었다. 흰 붕대가 겹겹이 감겨 있는 손을 조금 움직이자 저리고 콕콕 쑤시는 듯한 통증이 이어졌다. 하필이면 오른손이라 일할 때 방해가 되겠네, 이런 생각을 하다 이 와중에도 일 생각을 하는 자신이 어이가 없어 조소했다.

병원 앞 약국에 들어가 처방전을 내밀었다. 중년의 여성 약사는 지서에게 혼자 상 치르느라 고생한다며 꽤 비싸 보이는 드링크를 온장고에서 꺼내 주었다. 약사는 울지 말고 너무 많이 슬퍼하지 말고, 네 엄마는 네가 슬퍼하기보단 빨리 털고 일어나 씩씩하게 잘 살길 바랄 거라는 위로의 말을 하며 박 여사에 대해 아는 티를 냈다. 지서는 헛웃음이 나왔다. 약사는 그녀가 실의에 빠져 울다 쓰러진 거라고 생각하는 모양이었다. 눈물 한 방울 흘리지 않았다는 것을 알면 실망하겠지. 지서는 다른 말은 목 아래로 삼키며 고맙다 인사했다.

장례식장을 향해 걷는데 하늘이 지나치게 맑았다. 구름 한 점 없이 새파란 하늘을 올려 보자 지서는 자신이 검은 상복을 입고 있는 지금의 상황이 더 비현실적으로 느껴졌다.

가만히 하늘을 보며 약사가 건네준 드링크를 마셨다. 입 안에 쓴맛이 맴도는 것이 이 드링크 탓인지, 울지 못하는 자신에게 울지 말라며 위로하던 약사의 목소리가 귀에 맴돌아서인지 알 수 없다.

단순히 눈물을 슬픔의 척도로 삼아 박화순과 이지서를 가늠하기엔 서로를 향한 무수한 결락과 감정적 공백이 존재했다. 문득, 지서는 이 기분을 인간의 어휘로 표현한다면 '공허'라는 단어가 가장 잘 어울릴 것 같단 생각이 들었다.

얼마 안 되는 거리인데도 목덜미에서 땀이 배어 나왔다. 여름의 태양이 제법 뜨겁다. 어쩌면 저 햇볕에 눈물이 죄다 말라 버린 걸지도 모르겠다. 수분은 증발하고 눈물의 염분만 몸에 남아 있을 것 같다.

……그럼 난 소금 인형인가.

작게 중얼거리며 지서는 부지런히 발걸음을 옮겼다.

다시 장례식장에 돌아왔을 때 못 보던 남자가 지서를 대신해 상주 노릇을 하고 있었다. 키가 훌쩍 크고 몸이 제법 단단해 보였지만 얼굴은 앳된 티가 가시지 않았다. 지서는 어렴풋한 기억을 더듬어 보았다. 저 애였다. 화를 못 이기고 뒤로 넘어간 그녀를 진정시키던 남자.

"좀 더 쉬지 왜 나와."

테이블을 치우던 현숙이 지서를 보고는 눈을 동그랗게 뜨며 다가왔다.

"손님 계속 오는데 자리 지켜야죠."

박 여사라면 지긋지긋하지만 어차피 장례가 마지막이니 마무리는 자신의 손으로 하는 게 맞는다고 생각했다. 회사에서 이번 개편을 잘 마무리한 것처럼, '박화순' 이라는 프로젝트를 잘 끝내고 싶었다.

"은기가 손님맞이하고 있으니까 방에 들어가서 쉬어. 네가 꼭 인사해야 하는 손님이면 부를 테니까."

"……누구예요?"

지서는 누군가와 인사하는 남자를 향해 눈짓하며 물었다.

"감나무 집 손자. 너도 걔 어렸을 때 몇 번 봤을 텐데."

감나무 집 할머니라면 몇 년 전 부고를 듣고 조문을 갔었다. 하지만 유감스럽게도 그 집 손자는 기억에 또렷하지 않았다.

"지 할머니랑 같이 너희 노인네하고 놀아 주고 그랬어. 할머니 죽고 통

못 봤는데 어쩜 저렇게 근사하게 자랐담."

현숙의 얘기를 들으며 지서는 계속 같은 말만 반복하는 동네 할머니들을 달래 주는 남자, 은기를 훑어보았다. 키가 어마어마하게 크고 몸이 좋았다. 적당히 그을린 피부가 이 동네와 어울리는 것 같기도 하고 아닌 것 같기도 했다. 무엇보다 초면임에도 불구하고 이상하게 낯이 익었다.

"훤칠하니 잘생겼지? 대학교수님들 아들이라 그런가 참 잘 컸어. 외국에 있는데 부고 듣고 여기까지 왔나 봐."

"그러게요. 고맙네요."

"몸 쓰는 일 해서 맨날 다칠까 봐 걱정이지. 얼마 전엔, 어디랬더라? 햄트링? 햄스트링? 영어라 기억이 잘 안 나네. 아무튼 거기 다쳤다고 해서 우리 영감도 한걱정을 했다니까."

"네에."

지서는 적당히 대꾸하면서도 그에게서 시선을 떼지 않았다. 몇 살일까. 소년이라 부르기엔 나이가 좀 있어 보였고 청년이라기엔 앳된 느낌이었다. 총명하게 생겼는데 몸 쓰는 일을 한다니 의외다.

신체 밸런스가 꽤 괜찮다. 팔다리가 길어 훤칠하고, 모델처럼 비율도 좋고. 피지컬은 위압적이었으나 둔하다는 느낌은 들지 않았다. 검은 정장 차림임에도 불구하고 탄탄하게 붙은 근육의 실루엣이 대단해 보였다.

눈이 마주치자 은기가 화들짝 놀라며 황급히 시선을 피했다. 당혹스러운 기색으로 귀를 만지작거린다. 그러다 슬금슬금 다시 그녀를 보고는 입 모양으로 '괜찮아요?' 묻는다. 지서는 천천히 고개를 끄덕였고 은기는 '다행이다.' 하며 어색한 미소를 지었다. 그가 웃자 볼에 오목하게 우물이 졌다. 눈 아래도 작게 파이며 인디언 보조개가 만들어진다.

무해한 미소였다.

입관부터 발인까지, 박화순 여사와의 작별은 순조로웠다.

화장터에서 지서는 활활 불타는 화덕으로 들어가는 관을 멍하니 바라보았고 거기까지 따라온 현숙은 우는 시늉이라도 하라며 그녀의 허벅지를 찔러 댔다. 하지만 정말 눈물이 나오지 않았다. 이제 진짜 끝이구나. 짧은 탄식만 나올 뿐이었다.

극심한 슬픔의 흔적이 없는 상주를 두고 몇몇 조문객들이 자신의 잣대로 판단하며 수군거리는 것을, 그녀 역시도 잘 알고 있다. 하지만 애써 드러내고 싶지는 않았다. 어떤 일이든 각자의 방식이 있기 마련이다. 지서는 자신의 방식대로 박화순이라는 한 사람의 죽음을 기억하고 싶었다.

……애증.

역시 애증이라는 말이 가장 적당할 것 같다.

박 여사에 대한 지서의 마음속 저울은 사랑과 증오를 쉴 새 없이 오갔다. 30여 년에 걸쳐 쌓아 온 이 감정에 대한 답을 명쾌하게 내리기 힘들었다.

평생을 그리워했던 친딸에게 배웅조차 받지 못한 그녀가 안쓰럽기도 했다. 이렇게 될 줄 알고 알리지 말라고 한 건지. 그래도 정말 사랑한 딸이라면 마지막 순간만큼은 곁에 두고 싶었을 것 같은데. 여전히 박화순이라는 사람은 무슨 생각을 하는지 알 수 없다.

은기라는 그 아이 역시 박화순 여사의 마지막을 끝까지 지켰다. 옆집 손자까지 발인을 지킬 정도라니, 역시 그녀는 지서를 제외한 모든 이들에겐 넉넉한 사람이었다. 지서는 자신에게만 고약했던 박 여사의 성질을 떠올리며 납골당에서 몇 분쯤 봉안함을 노려보기도 했다.

그렇게 바라보다가, 바라보다가…… 갑자기 무언가 울컥 올라와 지서는 입술을 꾹 깨물고 황급히 돌아 나갔다.

한 걸음씩 옮길 때마다 박 여사와의 수많은 기억이 뇌리를 스쳤다. 배앓이를 할 때마다 배를 쓰다듬으며 안아 주었던 그 따뜻한 품이, 미술을 하고 싶다고 했을 때 퍼부었던 폭언이, 빛바랜 단편 필름들이 천천히 재생된다.

분명 죽음을 예감했을 텐데 당신은 왜 나에게 연락하지 않았을까. 홀로 임종을 맞이하면서 마지막 숨을 내뱉는 순간 당신은 어떤 생각을 했을까.

문득 궁금해진다.

당신의 마지막 얼굴은 어떤 표정이었을까.

납골당의 긴 복도는 한낮임에도 불구하고 어두웠다. 건물을 둘러싼 울창한 나무 때문인지 길게 그늘진 실내는 빛이 많지 않아 스산했다. 서늘한 온도 탓에 소름이 돋아 지서는 잠시 멈춰 서서 팔을 문질렀다.

문득 그녀의 시선이 창으로 움직였다. 창밖, 뜨거운 태양을 받은 나뭇잎이 바람에 흔들리며 넘실거린다. 멍하니 보다가, 순간 시야가 어지럽고 알 수 없는 불안감이 엄습해 그녀는 황급히 걸음을 옮겼다.

납골당 밖으로 나가자 조금 떨어진 곳에 서 있는 커다란 남자가 눈에 들어왔다. 역광 때문에 형체만 보였지만 그녀는 한눈에 은기를 알아보았다. 그는 전화 통화를 하고 있었다.

지서는 저도 모르게 은기를 빤히 훑어보았다. 눈매는 순한데 눈썹과 턱선은 각이 져 제법 남자다웠다. 조금 떨어져서 보니 큰 키가 더 실감됐다. 190cm 정도 되려나. 요즘 애들이라 그런지 발육이 좋다.

체격이 컸지만 느리거나 굼뜬 느낌은 없었다. 아직 학생일 텐데, 저 정도 피지컬이면 가끔 일 때문에 연락을 주고받는 기획사에 소개해 줘도 좋을 것도 같고.

지서가 자신을 바라보는 것을 눈치챘는지 통화를 하던 은기가 그녀 쪽을 힐끔 보았다. 눈이 마주치자 지서는 의식적으로 만들어진 미소를 지었다. 얼핏 전화 너머로 들려오는 말소리가 외국어 같았다. 영어는 아니고…… 발음의 느낌이 독일어 계열 같은데 독일어는 아니다.

은기는 상대에게 무어라 말을 하곤 황급히 전화를 끊었다. 중요한 통화를 하는 눈치였는데 지서가 신경 쓰이는 듯했다.

"끝나셨어요?"

"네. 경황이 없어서 제대로 인사도 못 했는데…… 은기 씨, 애써 줘서 고마워요."

"아니에요. 크게 한 일도 없는걸요. 계속 할머니 찾아봬야지 했는데 돌아가셔서……."

"엄마가 은기 씨 많이 예뻐했다면서요."

"……네."

그러고 보니 그의 눈가가 붉었다. 울었나 보다.

"엄마도 은기 씨가 와 줘서 많이 고마워하셨을 거예요."

지서의 말에 고개를 끄덕이던 은기가 머리를 푹 숙였다. 우는 건지, 그는 잠시 그렇게 가만히 어딘가를 바라보며 말이 없었고 지서는 잠자코 기다려 주었다.

멀리서 벌레 우는 소리가 들렸다. 바람이 부딪칠 때마다 나뭇잎이 쓸려 가는 소리, 먼 곳에서 들려오는 누군가의 울음소리. 유족이라면 저게 정상이겠지. 가만히 생각하던 지서는 팔을 올려 머리를 하나로 모아 잡고 목덜미에 배어 나온 땀을 닦았다. 이제 진짜 여름인지 검은 상복이 조금 더웠다. 후끈하고 끈적한 공기. 도시에선 느끼기 힘든 낯선 종류의 더위다.

바야흐로 여름.

무연에 오자 계절의 흐름이 실감되었다.

문득 시선이 느껴져 고개를 돌리니 은기가 자신을 바라보고 있었다. 지서는 머리카락을 모아 잡고 있던 손을 내리며 특유의 미소를 띠었다.

"덥네요."

그녀의 말에 은기의 시선이 천천히 미끄러진다.

"……네."

그가 나직하게 말하고는 작게 덧붙였다.

"너무…… 덥네요."

미묘한 어조였다.

"아, 은기 씨 우리 어디서 본 적 있어요?"

"음, 저 어렸을 때요."

대답이 묘했다.

"미안해요. 기억이 안 나서. 그리고 장례식 도와줘서 고마워요."

형식적으로 대꾸하며 지서는 가방에서 미리 준비한 봉투를 꺼내 은기에게 건넸다. 이게 뭐냐는 듯 그의 눈이 커졌다.

"수고했어요."

짧게 말하며 그녀가 미소를 짓자 은기의 표정이 묘해졌다. 좋다거나 감사하다거나 하는 호의적인 느낌은 분명 아니었다. 본인 생각보다 봉투가 얇아서 그런가. 그래도 꽤 넉넉하게 넣었는데.

"음."

은기가 살짝 미간을 찌푸렸다. 그러곤 잠시 뜸을 뜰이다가 한숨 쉬듯 말했다.

"……네, 감사합니다."

뜨뜻미지근한 반응이었다.

"무연리로 갈 거죠? 태워 줄게요."

그가 잠시 생각하는 것 같더니 옅게 웃으며 말했다.

"아뇨. 약속이 있어서요."

거절하며, 은기는 지서의 시선을 피했다.

왜 그럴까. 길게 대화를 나누지는 못했지만 은기는 대체로 그녀에게 호의적이었는데 지금은 불편한 기색이었다. 잠시 궁금증이 일었지만 지서는 애써 두 번 권하지는 않았다.

"그래요 그럼. 조심히 가요."

은기에게 인사하고 지서는 주차장으로 향했다. 어쩐지 그가 자신의 뒷모습을 오래도록 바라보는 듯한 느낌이 들었다.

지서는 차 앞에서 기다리고 있던 현숙을 태워 납골당을 빠져나갔다. 산 중턱에 위치한 곳이라 큰 도로까지 가려면 커브가 심한 길을 꽤 오래 돌아 나가야 했다. 산을 내려가는 데만 차로 10분 이상 걸릴 텐데, 저 아래까지라도 데려다주겠다고 할 걸 그랬나. 은기를 떠올리던 지서는 애써 생각을 지워 내며 차창을 조금 열었다. 습기 찬 바람을 타고 풀 냄새가 진동했다.

"어머, 저거 은기 아냐?"

반 정도 내려갔을 때 현숙이 도로 한가운데를 터덜터덜 걸어 내려가는 뒷모습을 보며 말했다. 거리가 꽤 될 텐데 벌써 여기까지 내려올 정도면 걸음이 빠른가 보다.

"너 매정하게 애 두고 왔니?"

"본인이 거절했어요."

지서는 나직이 답하며 은기의 뒷모습을 응시했다. 넓은 어깨가 부드러운 생김새와는 다르게 직각으로 딱 떨어지는 느낌이었다.

차 소리를 들었는지 그가 뒤도 돌아보지 않고 도로가로 피해 주었다. 한 번 더 물어볼까 싶어 그의 옆에 차를 세우려 하는데 낮은 휘파람 소리가 들려왔다. 끊어질 듯 이어지는 소리가 어딘가 모르게 서럽게 느껴졌다.

"뱀 나오겠네."

지서가 작게 중얼거리며 클랙슨을 누르려던 찰나, 힐끔 뒤를 본 은기가 몸을 완전히 돌려 외면했다. 짧은 순간이었지만 확실히 느껴졌다. 무시하는 거다.

"은기 태워 가자."

"약속 있대요. 제가 불편한가 봐요."

지서가 단호히 말하자 현숙이 무어라 작게 구시렁거렸다. 그러거나 말거나, 지서는 괜히 심술이 나 일부러 더 속도를 내 은기를 완전히 지나쳤다.

창틈으로 들어오는 햇빛이 송곳처럼 따가웠다. 나뭇가지가 차창에 부딪히는 소리가 아지랑이 퍼지듯 정신없다. 지서는 하늘을 바라봤다. 온통 짙은 초록으로 뒤덮였다.

여름이 진동한다.

은기의 휘파람 소리가 아직도 귓가에 맴돈다.

무연리에 다다를 무렵 하늘이 어둑어둑해지고 구름이 꼈다. 산에 둘러싸인 지서의 고향은 날씨가 변덕맞기로 유명하다. 같은 마을 안에서도 어디는 소나기가 쏟아지고 어디는 해가 쨍하기 일쑤라 주민들은 기상청 예보보다 자신의 무릎을 더 신뢰하곤 했다.

마을 초입, 길 한쪽에 세워 둔 간판이 지서의 눈에 들어왔다. 무연이라는 지명의 유래를 설명해 둔 것이었는데 녹이 슬고 낡아 글자가 잘 보이지 않았지만 한 문장만큼은 선명했다.

무연無緣.

아무 인연이나 연고가 없음.

이곳에 올 때마다 보던 것인데 오늘따라 더 눈에 띄었다.

"내 얘기네."

지서가 헛웃음을 지으며 중얼거렸다.

"응? 뭐가?"

조수석에 앉아 졸던 현숙이 눈을 뜨며 물었다. 그녀는 이런 외제 차는 TV에서 보고 실제론 처음 본다며 이것저것 건드리다가 잠이 든 차였다.

"아무것도 아니에요."

지서가 적당히 넘기자 현숙도 더 이상 묻지 않았다. 대신 실없는 잔소리를 이어 나갔다.

"그래도 은기가 도와줘서 망정이지. 역시 집에 남자는 하나 있어야 해. 봐라, 든든하잖니."

남자라니. 그러기엔 은기는 많이 어린 느낌이다. 완전 애송이.

"어쨌든 호상이야, 호상. 노인 보냈으니 앞으로 네가 신경 쓸 일도 없을 거고, 이제 좋은 남자 만나서 시집이나 가면 딱이지 뭐. 내가 중신이라도 서 줘?"

"사양할게요."

지서가 단칼에 자르자 현숙은 쉽게 수긍하며 고개를 끄덕였다.

"그래, 뭐. 요즘 아가씨들은 결혼 안 하고도 잘 산다더라. 이런 으리으리한 차 끌고 다닐 정도로 능력 있으면 혼자 사는 것도 좋은 방법이지. 남편이고 자식새끼고 없으면 허전한데 막상 옆에 있으면 골치야."

"네, 그럴 생각이에요."

나직이 대꾸한 지서는 현숙을 슈퍼 앞에 내려 주었다. 도와줘서 고맙다며 미리 준비한 봉투를 건네자 현숙의 얼굴에 화색이 돌았다. 보통 이런 반응이 정상일 텐데, 고은기는 뭐가 마음에 들지 않아서 그런 얼굴을 한 건지 모르겠다.

"삼우제 챙기는 거 잊지 말고!"

"네, 알아서 할게요."

"가끔 내려와! 동네 사람들 다 말은 안 해도 네 생각 많이 하니까!"

"네에."

성의 없이 대꾸하며 지서는 차를 출발시켰다. 박 여사의 집에 들러 정리한 후 바로 서울로 올라갈 생각이니 현숙과의 만남도 이게 마지막일 것이다.

마을은 많이 변한 듯 변하지 않았다. 비포장도로였던 흙길은 아스팔트를 깔아 매끈해졌고 비가 샌다던 이장 댁은 촌스러운 파란 슬레이트 지붕을 덮은, 딱 그 정도의 변화였다.

슈퍼에서 조금 더 올라가자 마을의 가장 외진 곳에 있는 박 여사의 집이자 지서가 자란 집이 보였다. 여름임에도 불구하고 산에 둘러싸인 곳에 위치한 까닭인지 벌써부터 사위가 어두웠다. 주차를 하고 라이트를 완전히 끄자 주홍빛 가로등만이 그녀를 비춘다.

페인트칠을 다시 한 것인지 빨갛던 철문이 검은색으로 바뀌었다. 그 문을 밀고 들어가자 끼이익, 듣기 싫은 소리가 귓속을 파고들었다.

마지막으로 찾았을 때 박 여사와 심하게 다투었던 기억이 이어진다. 그녀는 집을 나서는 지서의 등에 대고 외쳤다. 네 언니한테 절대 연락하지 말라고. 박화순 여사는 끝까지 지서의 친모를 '네 언니'라고 칭했다. 정말 지독한 고집이었다.

지서는 마당을 가로질러 집 안으로 들어갔다. 당연하지만, 어둡고 습했다. 전등을 켜려다 그냥 거실 바닥에 털썩 주저앉았다. 집에선 익숙한 냄새가 났다. 가끔씩 떠올렸던, 그렇게 싫어하면서도 때로는 그리워했던 그 냄새. 지서는 무릎을 세우고 몸을 웅크렸다. 갑자기 한겨울이 된 것처럼 오한이 들어 어깨가 가늘게 떨렸다.

창밖에선 천둥소리와 함께 비가 내렸다. 거센 빗줄기가 요란하게 창을 때리고 번개가 칠 때마다 일순 집 안이 밝아졌다가 어두워지기를 반복했다.

공허와 무기력이 파도처럼 몰려왔다. 마음에 둔 사람이 아니라고 여겼는데 평생을 싸우며 든 미운 정 때문인지 그녀를 보내고 나니 가슴에 구멍이 생긴 느낌이었다.

지서는 살면서 어떤 종류의 소속감도 느낀 경험이 없었다. 늘 스스로가 적을 둔 곳 없이 그저 흐르는 대로 떠다니는 물 같다고 생각했다. 빗물이었다가, 실개천이었다가, 강물이었다가, 바다로 갔다가. 그 과정을 반복하며 홀로 외롭고 지겨운 삶을 이어 가겠구나 생각하면 덜컥 불안해지기도 했다. 그 불안을 지우기 위해 일에 몰입해 봤지만 손에 남는 것은 많지 않았다. 흐려진 마음의 틈을 헤집어 보니, 씁쓸한 깨달음만 보였다.

결국 누구도 내 사람이 아니었고 무엇도 내 것이 아니었다.

"무연, 무연…… 무연."

몇 번쯤 소리 내어 되뇌어 본다.

이제 정말 이 마을과의 모든 인연이 사라져 버렸다.

홀로 다른 행성에 버려진 무연고자가 된 것 같다.

02.

단지 이 밤이 지나치게 부드럽기 때문에

무연에서의 하루가 이틀이 되었다.

본부장은 모친상으로 받은 경조사 휴가 5일에 미리 예정돼 있던 안식 휴가를 붙여 쓸 것을 권했고 만사가 귀찮아진 지서는 그러겠다고, 배려 감사하다고 인사했다.

팀원들에게 간단한 지시 사항을 전달하고 이곳까지 조문을 와 준 몇몇에겐 커피 기프티콘을 보냈다. 현숙과 은기가 잠시 자리를 비웠을 때 방문했던 회사 사람들은 홀로 상가를 지키고 있던 지서에게 가까운 친척도 없냐며 걱정 섞인, 하지만 못내 거슬리는 말을 몇 마디씩 얹었다.

일을 처리하고 나니 진이 빠졌다. 분명 바로 정리해서 서울로 가려고 했는데 갑자기 피곤해져 그냥 맨바닥에 누웠다. 박 여사의 넓은 방은 비었지만 지서는 굳이 거실을 고집했다. 답답한 기억만 있는 자신의 방도 싫었다. 그렇게 거실에서 죽은 듯 잠만 잤다. 불면증 환자라고 믿기 힘들 정도로, 갑자기 마취를 당한 사람처럼. 별의별 꿈을 다 꾼 것 같은데 기억에 남지는 않았다.

미리 죽음을 예감한 것인지 박 여사의 집은 딱히 정리할 것이 없었다. 긴 여행을 떠나기 전 같았다.

다만 지서의 기억 속 집과는 조금 달랐다.

좀 더 허름하고 낡았던 것으로 기억하는데 어제 낮에 본 집은 생각보다 멀쩡했다. 누렇게 때가 탔던 외관 벽은 흰 페인트로 깔끔하게 칠해져 있었고, 습기가 차 곰팡이가 슬었던 지서의 방도 새로 도배를 한 듯했다. 벽지와 장판이 제각각이지만 조금씩 수리를 한 흔적이 제법 됐다. 아끼는 게 버릇이고 습관인 박 여사라면 적당히 참으며 살 줄 알았는데 의외였다.

대충 훑어보았을 뿐인데 마당에도 변화는 뚜렷했다. 박 여사는 막 쌓아올린 듯한 돌담의 대문을 기준으로 오른쪽엔 장미를, 왼쪽엔 능소화를 심었다. 장미와 능소화. 언밸런스한 조합이지만 고개를 돌릴 때마다 시야가 바뀌는 게 꽤 마음에 들었다. 비스듬히 심어져 있는 꽃나무는 담을 타고 자라 개화를 앞두었다. 움트기 시작한 꽃봉오리를 보니 여기 좀 더 머물까, 그런 생각도 들었다. 만개하면 제법 예쁠 것 같아 더 머무르고 싶어졌다.

처음엔 밭도, 집도 모두 처분할 생각이었는데 아까워졌다.

식탁엔 박 여사의 손때가 묻은 수첩과 뭘 알고 가입한 건지 의심스러운 보험 증권, 한눈에 봐도 연식이 되어 보이는 통장이 놓여 있었다. 종신 보험 두 개. 액수가 꽤 됐다. 수혜자 이름은 이지서. 서울의 집을 사면서 받은 은행 대출을 갚고도 남을 만큼 큰 액수였다. 그렇게 사람을 괴롭히더니 위자료인가 싶었다. 그녀는 지서가 보낸 용돈도 그대로 모아 두었다. 7년 남짓이니 꽤 큰돈이다.

뉴스 미디어 업무 특성상 평일이나 주말, 연휴의 구분이 없었고 남들 다

쉬는 명절에도 지서는 일에 매달렸다. 피곤에 절은 지서가 하루라도 내려 가겠다는 마음에도 없는 소릴 할 때면 그녀는 길에다 시간 버리지 말라고, 당신은 친구들과 마실이나 갈 것이니 굳이 올 필요 없다고 매몰차게 거절했다. 차라리 편했다. 만나면 또 언쟁을 하고 서로에게 상처를 주겠지 싶어서. 차라리 안 보는 게 서로를 위해 나았다. 그리고 그럴 때마다 지서는 보상 심리로 돈을 보냈다.

식탁에 놓여 있던 수첩을 열자 바로 앞장에 클립으로 끼워 둔 지서의 명함이 눈에 들어왔다. 처음 입사했을 때부터 팀 리더가 되었을 때까지의 명함이 순서대로 꽂혀 있었다.

1년에 한두 번 전화 통화를 할 때면 박 여사는 지서에게 아직 사원인지, 주임인지, 대리인지 직급을 물어보곤 했다. 임원이나 팀장 아래로는 전부 다 매니저라고 설명하면 무슨 연예인 시중 드는 놈들이냐며 퉁명스럽게 대꾸하곤 했다. 그녀는 용돈은 됐다고, 푼돈 너나 쓰라고 거절하면서도 명함 한 장 달라는 말은 잊지 않았다.

박 여사가 입사한 회사 이름을 물어봤을 때, 그리고 처음 명함을 주었을 때 혹시나 회사 오너가 주애의 남편이라는 것을 알고 잔소리를 해 댈까 봐 긴장하기도 했다. 하지만 의외로 그녀는 아무런 말이 없었다. 그냥 가만히 명함을 들여다보며 알 수 없는 한숨만 내쉴 뿐이었다.

지서는 가장 최근에 건넨 명함을 클립에서 뺐다. 영어로 표기된 Team Leader 아래에 박 여사의 글씨로 '팀장'이라고 써 둔 것이 눈에 들어왔다. 기분이 이상했다.

다음 장으로 넘기자 그녀에게서 돈을 빌려 간 사람들의 명부가 나왔다. 반드시 확인하라는 듯 크게 별 표시를 해 뒀다. 이 돈, 다 받아 내라는 건가. 대충 계산해 보니 300만 원이 좀 안 됐다. 누가 누군지도 모르는데 귀찮아 지서는 그것을 한쪽으로 치워 버렸다.

조의금 함을 지켜 준 이장은 정리는 직접 하라며 지서에게 명부와 봉투를 건넸다. 촌구석 장례식치곤 봉투가 제법 많이 보여 명단과 액수를 정리하다 갑자기 귀찮아졌다. 어차피 전부 박 여사의 손님일 텐데 정리하는 게 의미 있을까, 그런 생각 때문이었다. 연락하는 동창도 없고 이제 더는 무연리를 찾을 일도 없을 테니 이 명부 속 사람들과 경조사를 챙길 일도 없을 것 같았다. 정리는 그만두자며 봉투에서 돈을 꺼내는데 수표 한 장이 지서의 눈에 들어왔다. 꽤 거액이었다. 이 시골에서 쉽게 건넬 수 없는 액수의 조의금.

여자가 왔다 간 걸까. 지서가 모르는 사이에, 도둑처럼.

잠시 생각했지만 친모는 아닐 거라고 결론 냈다. 과거를 들키는 것을 무엇보다 두려워하는 그녀가 자신을 아는 사람이 많은 마을에 쉽게 들락거리진 못했을 것이다.

친모에게 호기롭게 협박을 했지만 실천하고자 하는 의지는 별로 없었다. 최태하. 여자의 의붓아들이자 가장 큰 약점. 그 남자만 있으면 지서는 언제든 친모를 옥죌 수 있다.

찬 바닥에서 잔 탓인지 몸에 미열이 맴돌고 입 안이 말랐다. 긴장이 풀어져서일까. 몸살이 오는 것 같다. 뭘 좀 먹어야 하는데, 마음과 다르게 몸은 심연으로 가라앉는다. 웅크리고 누워 지서는 작게 앓았다.

서울에서의 이지서는 강한 사람이다. 명문대를 나와 대기업에 입사하고 승승장구 중인 30대 초반. 하지만 이 작은 마을엔 그녀를 약하게 만드는 것들이 너무 많다. 어린 지서는 바람에, 빗줄기에, 풀 냄새에도 상처를 받곤 했다.

사실 그녀는 강한 사람이 아니다.

예민하고 연약하지만 그렇지 않은 척 위장한 것일 뿐.

이른 나이에 이룬 성공은 스스로를 갈아 내며 버텼던 시간의 산물. 날카로운 성향은 칼 같은 말과 세상으로부터 나를 지키기 위한 갑옷.

사랑스럽지 않다는 것을 안다. 태어난 순간부터 일생을 사랑받지 못해 그게 무엇인지 모른다.

그러니까 이지서.

무뎌진 외로움에 난도질당해 속은 다 해진 이지서.

그래서 뭐.

날 지켜 줄 것도 아니면서.

저수지에서 밀려온 물안개가 자욱하게 깔려 한 치 앞도 내다보이지 않았다. 까딱 잘못했다간 차를 몰고 저수지로 돌진하는 건 아닐까. 지서는 가만히 운전석에 앉아 차창 밖을 바라봤다. 그런 실없는 걱정이 들 정도로 안개가 어마어마했다.

오늘은 삼우제. 박화순 여사의 장례 3일째 되는 날이었다.

음식을 어쩌나 고민했는데 지서의 집에 불이 켜져 있는 것을 본 현숙이 손도 다쳐 성치 못하니 이거나 들고 가라며 3단 찬합 통에 나물 몇 가지와 전, 잡채를 채워 내밀었다. 그녀는 과일은 읍내 시장 가서 실한 것으로 사고, 박 여사가 생전에 터미널 앞 빵집의 롤케이크를 좋아했으니 그것도 사 가라고, 매몰차게 서울 가지 말고 이 기회에 조용히 며칠 쉬다 가면 좋을 거 같다며 지서의 등을 떠밀었다.

삼우제를 안 챙길 거라고 생각한 걸까. 착하지는 않지만 그 정도로 후레

자식은 아닌데.

지서는 안개를 헤치며 조심스럽게 차를 출발시켰다.

내비게이션의 안내에 따라 읍내에 들어서고 가장 번화가인 터미널 근처로 향하는 내내 지서는 모든 것들이 익숙하면서도 낯설었고, 낯설면서도 익숙했다. 무연리도 꽤 많이 변했다고 생각했는데 읍내에 비할 바가 못 되었다. 터미널로 들어서는 1차선 도로는 3차선으로 넓어졌고 삼거리도 변했다. 맞은편 커다란 화원은 사라지고 그 자리엔 카페가 들어섰다. 한눈에 봐도 북적북적한 것이 읍내 만남의 광장이라도 되는 듯했다.

지서는 내비게이션이 안내하는 대로 공영 주차장으로 차를 몰았다. 낯선 듯 익숙한 골목을 지나자 주차장이 나온다. 주차권을 뽑는데 맞은편 문방구가 눈에 익다. 그렇다면…… 여긴 지서도 종종 왔었던 분식집 자리일 것이다. 주차를 하고 차에서 내린 지서는 잠시 멈춰 사방을 둘러보고는 곧장 근처 시장으로 발걸음을 옮겼다.

시장 입구까지는 길을 헤맸지만 안으로 들어가자 기억 속 그 풍경이 그녀를 맞이했다. 초입의 옛날 도너츠 가게는 여전히 장사가 잘됐다. 연예인과 함께 찍은 사진이 프린트된 현수막을 걸어 놓은 게 어디 TV 음식 프로그램에 소개라도 된 모양이었다.

읍내에 나올 때면 박 여사는 장에 들어서자마자 어린 지서의 손에 팥앙금이 가득 든 찹쌀도너츠를 쥐여 주곤 했다. 그리고 그 옆 수레에서 요구르트 한 줄을 사 건네며 목멜 때마다 마시라고, 배 아프니 두 개만 먹으라는 잔소리를 덧붙였다.

괜히 그 기억에 취해 도너츠 한 봉지를 샀다. 꽈배기에 찹쌀도너츠, 고로케까지 섞어서 사니 봉투가 제법 묵직했다. 잠시 멈춰 서 입에 넣어 봤다.

그때의 기억만큼 맛있지는 않았다.

억지로 씹어 삼키며 시장의 가장 안쪽에 있는 과일 가게로 걸음을 옮겼다. 가는 길에 꽃집에 들러 수국을 샀다. 분홍 수국과 어울릴 만한 풀을 섞어 달라고 했는데 포장이 영 마음에 들지 않았다. 과일 가게에서는 제일 크고 예쁜 복숭아와 살구를 골랐다. 살구를 보자 집에 심어 둔 나무들이 궁금해졌다. 대문 근처에 묘목을 얻어 와 심은 감나무, 지서가 어릴 적 심은 매화나무와 살구나무. 차례대로 떠올리다가 집을 팔면 나무들이 다 베어지겠다는 생각이 들었다.

돈을 지불하고 검은 비닐 봉투를 건네받는데 제법 묵직했다. 들고 몇 걸음 걷다가 반대편 손으로 옮겨 들기를 반복했다. 비닐이 팽팽하게 당겨져 그냥 들면 손가락에, 팔에 걸면 손목에 붉은 자국이 났다. 또 몇 발자국 걷다 옮겨 들려는데 갑자기 뒤에서 나타난 손이 불쑥 그녀의 봉투를 빼앗아 갔다. 화들짝 놀라 돌아보니…….

은기였다.

고은기.

"이리 줘요."

지서가 손을 내밀었지만 은기는 못 들은 체 생선 가게를 구경하는 시늉을 했다.

"은기 씨."

그러더니 이번엔 지서를 지나쳐 앞장섰다. 지서는 다시 한번 은기를 불러 세우려다 그냥 내버려 두기로 했다. 어차피 손의 상처도 제대로 아물지 않아 움직일 때면 통증이 느껴졌다. 붕대를 감아 두긴 했지만 솜씨가 어설퍼 고정되는 효과는 없었다. 드레싱 받으러 병원에 가야 하는데 귀찮아 그냥 내버려 둔 탓이 컸다. 그러니 짐꾼 있으면 좋지 뭐. 이 정도의 가벼운 마음이었다.

원래는 과일만 사려던 걸 지서는 살림이라도 장만하는 사람처럼 온 시장을 다 헤집고 다녔다. 떨어진 조미료를 사고 생각에도 없던 우유며 고기, 그릇까지 샀다. 그럴 때면 은기는 아무런 말 없이 짐을 챙겨 들었고 그것들이 차곡차곡 쌓여 그의 양손엔 검은 비닐 봉투가 주렁주렁 매달려 있었다. 꽤 무거울 텐데도 은기는 군소리조차 없었다. 괜히 끌고 다니면서 부려 먹는 게 분명한데 개의치 않는 눈치였다.

그 와중에 은기는 무언가 그녀에게 할 말이 있는 듯했다. 돈을 내는 손을 빤히 응시하다가 몇 번 입술을 달싹거렸고 지서가 말하라는 듯 바라보면 얼른 시선을 피했다. 괜히 청개구리 심보가 발동해 그 후로는 지서도 굳이 묻지는 않았다.

그렇게 한참을 돌아다니다가 이 어린애랑 무슨 기 싸움을 하나 싶어 괜한 자괴감까지 들었다. 비록 무뚝뚝하고 심통이 난 얼굴이긴 했지만 도움이 된 것은 사실이니까.

그러다 지서는 퍼뜩 걸음을 멈춰 섰다.

……설마 오늘도 수고비를 줘야 하나?

그녀는 덩달아 걸음을 멈춘 은기를 물끄러미 응시했다. 지서가 응시하는 게 부담스러운지 은기가 비스듬히 시선을 내렸다. 이상하다. 그렇게 돈이 궁해 보이지는 않는데. 분명 다른 의도가 있을 텐데.

대부분의 경우 이런 종류의 호의는 목적이 두 가지로 나뉜다. 돈, 아니면 이성적인 호감. 그러다 문득, 돈을 낼 때면 집요하게 바라보던 은기의 모습이 뇌리를 스쳤다. 아, 그래. 그거였구나. 새삼스러운 깨달음이 이어졌다.

주차장에 도착할 때까지도 은기는 아무런 말이 없었다. 트렁크를 열라며 턱짓 한 번 했을 뿐. 이쯤 되면 차라리 대놓고 본인이 바라는 바를 말해 줬으면 좋겠는데 입을 꾹 닫은 채 땀까지 흘리며 짐 정리를 하는 은기를 보자 기분이 이상했다.

짐을 다 실어 준 후, 은기가 고개를 꾸벅하고는 움직임 없이 그녀를 바라봤다. 한참을 그렇게 빤히 보다가 왔던 길로 되돌아가려 하자 지서가 황급히 그의 팔을 잡아 붙들었다.

"은기 씨."

조금 놀랐는지 은기는 그 큰 체구와 어울리지 않게 가벼운 접촉에도 눈을 크게 뜨고 몸을 떨었다.

"아, 미안해요."

지서는 얼른 그의 팔을 놔 주었다. 스킨십, 혹은 퍼스널 스페이스에 민감한 타입인가 보다. 은기는 반대쪽 손으로 지서가 잡았던 팔꿈치께를 조심스럽게 문질렀다. 그의 귀 끝이 붉어진 것 같았다.

"미안해요. 다른 게 아니라……."

얼른 돈 줘서 보내자.

"오늘도 도와줘서 고마워요."

지서는 은기의 말을 가로막으며 지갑에서 5만 원짜리 두 장을 꺼내 내밀었다. 가진 현금은 이게 전부였다.

분명 원하는 게 돈일 텐데 은기는 빤히 그녀의 손만 바라볼 뿐 아무런 미동도 하지 않았다. 그러다 일순, 그의 미간이 확 일그러졌다.

"저 돈 때문에 도와드린 거 아닌데요."

간신히 화를 억누른 목소리였다. 은기는 울컥한 얼굴로 자신의 트레이닝복 주머니를 뒤적이다가 짜증스러운 한숨을 내쉬었다.

"저 돈 달라고 짐 들어 준 거 아니에요. 장례식 때도…… 돈 때문에 그런 거 아니었어요. 그거 얼떨결에 받고 다시 드리려고 했는데 지금 없어요. 다음에 보면 꼭 돌려드릴게요."

빠르게 말을 내뱉은 은기가 몇 초쯤, 그녀를 똑바로 응시했다. 새까만 눈동자엔 온통 원망만 담겼다. 미소 지을 때면 예쁘게 패었던 볼우물이 일그러지고 서러움이 묻어났다.

무어라 해야 하나 지서가 말을 고르는 사이, 은기는 몸을 돌려 후다닥 주차장을 벗어났다.

다시 불러 세우려던 지서는 한숨을 내쉬며 흘러내린 머리카락을 신경질적으로 넘겼다. 완벽하게 잘못 짚었다. 그녀는 멀어지는 그의 뒷모습을 보다가 들고 있던 지폐로 시선을 옮겼다. 순수한 호의를 있는 그대로 받아들이지 못하는 자신이, 그 증거처럼 돈을 쥐고 있는 손이 부끄러웠다.

납골당에 도착한 지서는 챙겨 온 음식을 꺼내 올리고 과일도 그릇에 담아 상을 차렸다. 유골함만 있는 게 허전해 보여 영정 사진을 액자에 넣어 세워 놓고 마음에 안 드는 꽃다발을 풀어 다시 정리한 뒤 장식했다. 어쩐지 사진 속 박 여사가 세상에 찌들어 꼬아서만 생각하는 지서를 질책하는 것 같아서 기분이 좋지 않았다.

드디어 장마가 시작된 것인지 하늘은 밤새 미친 듯이 비를 쏟아 냈다. 집 앞 실개천의 물이 흐르는 소리가 새벽부터 제법 거세게 들려 지서는 조금, 잠을 설쳤다. 혼자 산 세월이 벌써 10년인데 이상하게도 이 집에서의 밤은 서울의 밤과는 느낌이 달랐다. 뭐든 홀로 견뎌야 하는 도시의 밤은 때때로 그녀의 기억과 기분을 최악으로 왜곡하곤 했다. 창밖의 인공적인 빛이, 자동차의 소음이, 시간을 가리지 않고 울려 대는 휴대폰 진동이 족쇄처럼 느껴졌던 그 밤.

시골의 밤 또한 혼자 견뎌야 한다는 점에선 크게 다르지 않았다. 먹구름이 쏟아 내는 천둥과 번개, 그리고 비바람이 가득한 밤. 하지만 오히려 쥐 죽은 듯 조용하지 않았다는 점이 지서에겐 기묘한 안정감을 주었다.

빗소리에 잠을 설치다 두꺼운 솜이불을 꺼내 몸에 감고 뜨겁게 끓인 보리차를 마시며 밤새 창밖을 바라보았다. 바람에 흔들리는 나무를, 비가 만들어 낸 물웅덩이를, 밝아 오는 아침 아래 모습을 드러내는 세상을 바라보니 도리어 머릿속의 수많은 생각을 잠시 멈출 수 있었다. 박 여사의 장례가, 무연에서의 시간이 이지서라는 음악의 일시 정지 버튼을 누른 것 같았다.

아침이 오자 소강상태에 접어든 건지 빗줄기가 가늘어지다가 이내 그쳤다. 지금 시간이면 서울은 출근하는 사람들로 대중교통이 혼잡하고 차가 막힐 텐데, 빗소리마저 사라진 이곳은 사방이 쥐 죽은 듯 조용했다. 도시의 시끄러운 소음에 잠을 설치며 이 적막을 그리워했지만 막상 고요의 한복판에 놓이니 소리가 빈 공간이 어색하다.

가만히, 자세히 들여다보니 마을은 변한 것이 없었다. 머리가 하얗게 세고 주름이 늘었다는 것만 제외하면 마을 사람들 역시 그대로였다.

다른 게 있다면…….

고은기 하나가 추가된 것 정도.

그를 떠올리자 가슴 한구석이 답답해졌다. 사회생활을 하다 보니 인정머리가 없어졌나 보다. 사과해야 하는데 마땅히 연락할 방법도 없고 현숙에게 묻자니 괜한 관심을 사 귀찮아질 것 같아서 꺼려졌다.

다시 볼 사이 아니니 괜찮겠지 하다가도…… 상처받은 은기의 얼굴이 계속 가시처럼 가슴에 걸렸다.

은기를 생각하며 목덜미를 긁던 지서의 얼굴이 순간 신경질적으로 일그러졌다. 소양감을 참지 못하고 계속 긁었더니 살갗이 파인 것처럼 상처가 났다.

"내 피가 맛있나."

예전부터 그녀는 무연리 모기들의 식량 창고였다. 피가 달달한지 다른 사람들은 멀쩡한데 꼭 지서만 물리곤 했다. 모기약을 찾으려다가 귀찮아 손톱자국을 꾹꾹 내고 길게 기지개를 켰다. 뭉쳐 있던 근육이며 관절이 비명을 질렀다.

주전자에 물을 올리고 믹스커피를 뜯어 컵에 부었다. 입에 맞지도 않는데 아침마다 출근하며 아메리카노를 한 사발 마시던 버릇 때문인지 카페인이 들어가지 않으면 머리가 띵하고 아팠다. 끓는 물을 컵에 붓고 스푼으로 휘저은 뒤 한 모금 마셨다. 입 안에 진득하니 달라붙는 단맛이 영 별로라 남은 커피를 싱크대에 부어 버렸다.

무엇보다도 허기가 졌다. 빈속에 약을 먹을 수는 없으니 일단 식사를 하고 슬슬 서울로 돌아가자. 사망 신고도 하고 보험 청구도 하고. 생각을 마친 지서는 종아리까지 오는 장화를 챙겨 신고 마당 한쪽에 놓인 소쿠리를 주워 밖으로 향했다.

지서의 기억이 맞는다면 그녀의 집과 감나무 집 사이에 일궈 놓은 제법 큰 이 밭은 박 여사의 것이었다. 칼같이 줄을 맞춰 자란 작물과 깔끔하게 제거된 잡초. 이렇게 밭을 돌볼 사람은 이 무연리에 박 여사밖에 없다.

지서는 뭘 해 먹을까 고민하며 밭으로 들어섰다. 물기를 머금은 흙냄새가 코끝을 찌르고 발을 내디딜 때마다 느껴지는 푹신한 감촉이 기분 좋았다. 커다란 잎에 맺힌 빗물이 뚝뚝 떨어져 옷을 적셨지만 서울의 비와는 분명 달랐다. 특유의 먼지 냄새가 전혀 나지 않았다.

지서는 적당한 크기의 양파를 하나 뽑아 소쿠리에 던져 넣었다. 고추도 몇 개 따고 파도 한 단 뽑았다. 청경채와 배추, 가지까지 챙기는데 그 옆의 붉게 익은 토마토가 눈에 들어왔다. 가장 크고 예쁜 것을 따 베어 물었다. 설탕을 친 것처럼 달았다.

"왜 도둑질이에요?"

그때, 누군가 불쑥 나타나 그녀를 가로막았다. 지서가 화들짝 놀라며 소쿠리를 떨어뜨리자 남자는 몸을 숙이며 그것을 다시 담았다. 하지만 그녀에게 돌려주지는 않았다. 그는 장물을 압수한 경찰처럼 엄숙한 표정으로 지서를 내려다봤다.

은기였다. 내내 신경이 쓰였던 고은기.

"왜 도둑질이냐구요."

"여기 우리 노인네 밭이에요."

"할머니가 밭 저 줬어요."

"……뭐?"

그 구두쇠가?

"망할 계집애는 저 회사 일 혼자 다 하느라 코빼기도 안 비친다고 밭은 네가 가져라 하셨어요."

지서의 표정에서 생각이 읽혔는지 은기가 무표정한 얼굴로 설명을 덧붙였다. 처음 봤을 땐 잘 웃는 거 같더니, 역시 아직도 화가 난 모양이었다.

"손……."

그때 은기가 조금 놀란 듯 소쿠리를 옆에 끼고는 지서의 손을 잡아 끌어 당겼다. 붕대는 진즉에 답답해 풀어 버리고 적당히 처방 연고만 바른 뒤 반창고를 덕지덕지 붙여 둔 볼품없는 상태였다. 괜히 민망해 지서가 손을 빼려 했지만 은기는 쉽게 놔 주지 않았다. 도리어 고개를 숙여 상처를 자세히 살펴보았다.

"이럴 줄 알았어. 이러면 덧난다고요."

운동이라도 한 건지 가까이 다가온 은기에게선 후끈한 열기가 느껴졌다. 머리카락은 땀인지 빗물인지 모를 것으로 흠뻑 젖었고 상의 역시 마찬가지였다. 흰 티셔츠가 그의 몸에 엉겨 붙어 건장한 실루엣이 완전히 드러났다. 옷이 젖은 탓에 속살이 비쳤다. 군살이라곤 찾아보기 힘들 정도로 몸이 매끈하고 단단하면서도 날렵했다. 누가 보면 운동선수라고 착각할 만큼 꽤 오랜 시간 공들여 만든 것 같았다. 얼굴은 앳되고 순해 보이는 게 다리 근육은 굵고 탄탄했다. 옅은 땀 냄새가 났지만 역하지 않다. 오히려 아침의 냄새와 뒤섞여 싱그럽기까지 하다.

"괜찮은데."

멍하니 은기를 바라보던 지서가 퍼뜩 정신을 차리며 말했다.

"괜찮긴 뭐가 괜찮다고. 약이랑 테이핑할 거 가져갈 테니까 집에 가 있어요."

자신의 땀 냄새가 신경 쓰였는지 은기가 그녀에게서 한 발자국 뒤로 물러섰다. 지서가 됐다고 하기도 전에, 집에 가 있으라 덧붙인 은기는 그녀의 소쿠리를 들고 자신의 집 방향으로 뛰기 시작했다.

진짜 빨랐다. 키가 커서 그런지 몇 걸음 안 움직인 것 같은데 벌써 저 앞이다.

지서는 자신의 손을 내려다보다 픽 웃었다.

이제야 알겠다. 시장에서 저 애는 돈을 본 게 아니라 손이 보고 싶었던 거다. 순수한 호의로, 괜찮을까 궁금해서.

누가 내 걱정 해 주는 게 너무 오랜만이라 그런가.

어색하면서도 기분 좋다.

도시의 이지서는 경계심이 어마어마한 사람이다. 한 엘리베이터에 타는 이웃 주민에게도, 같은 사원증을 건 회사 사람에게도 먼저 인사하는 일이 거의 없다. 덕분에 사내에선 싸가지 없단 소리를 자주 듣는다. 태도가 냉랭할 뿐 예의 없이 굴지는 않았는데 뭐든 꼬투리 잡기 좋아하는 사람들에게 지서의 벽 같은 성향은 좋은 먹잇감이었다.

물론 여기엔 사연이 있지만 애써 구구절절 설명하는 것도 우스워 입을 닫고 살았다. 대학 시절 조금 친절하게 굴었더니 남학생이 3년을 쫓아다녀서 고생했다거나, 유부남 사수가 혼자 오해하고 소설을 쓰는 바람에 곤란했다거나 하는 것들은 혼자만 알고 삭인 사연이다. 차라리 '그 싸가지' 라는 지칭이 낫다는 게 지서의 결론이었다.

"벌써 덧나려 하잖아요."

그런 지서의 경계심을 고은기라는 이 애는 완벽하게 해제시켜 버리는 재주가 있다. 익숙하면서도 낯선 이 마을에서 만났기 때문인지, 지서에게 중요한 순간마다 곁에서 도움을 줘서인지는 잘 모르겠다.

서울에서 만났어도 그를 아무렇지도 않게 집에 들이고 치료를 부탁할 수 있었을까.

아닐 것 같다.

"따가워."

은기가 적갈색 소독약을 상처에 바르자 지서는 미간을 찌푸리며 말했고,

"참아요."

은기는 진짜 의사라도 되는 것처럼 정교하게 상처를 살폈다. 실제로 은기의 손놀림은 제법 능숙했다. 환부에 가루약을 조심스럽게 도포하는 게 많이 해 본 솜씨다.

"미안해요."

지서가 조용히 입을 열었다. 그러자 은기가 멈칫거렸다.

"발인 날에도, 시장에서도, 내 식대로만 생각하고 오해했어요. 미안해요."

그는 고개를 들지 않았다.

"내 사과 받아 줄 거죠?"

대답 대신 다시 손을 움직여 드레싱을 할 뿐이었지만 사과를 받아 준다는 뜻인 듯했다.

열이 많은지 은기의 손가락이 피부에 스칠 때마다 건조한 온기가 느껴졌다. 늘 몸이 차가운 지서의 체온과는 꽤 차이가 났다. 뜨거웠지만 불쾌하지 않았다. 한여름에도 에어컨 바람 때문에 사무실에선 핫팩을 쥐고 있는 지서로서는 손가락을 얽어 깍지를 끼고 싶은 충동이 드는 온기였다. 그녀는 가만히 그의 손을 관찰한다. 크지만 섬세한 느낌. 손가락이 곧고 길다. 손톱은 깔끔하게 손질해 거스러미 하나 없다. 은은한 비누 향이 오히려 향수 냄새보다 더 자극적이다.

"은기 씨, 샤워하고 왔어요?"

지서가 묻자 손에 테이핑을 하던 은기가 고개를 들어 그녀를 바라보았다.

"……네."

당황했는지 은기의 새까만 눈동자가 흔들렸다. 그의 귀 끝이 조금, 붉어진 것도 같다.

"저 땀 냄새 나요? 잘 씻었는데."

은기가 당황한 얼굴로 자신의 냄새를 킁킁 맡아 보며 말했다.

"아니."

지서는 어린애를 희롱하는 나쁜 인간이 된 것 같은 기분이 들었다.

"비누 냄새 나서 물어봤어요."

나쁜 거 맞다.

놀리려는 의도도 아주 조금은 있었으니까.

"다 됐어요. 당분간 손 많이 쓰지 말고 물 안 닿게 조심해요."

은기가 지서의 시선을 피하며 낮은 목소리로 말했다. 그는 평온한 척하고 있었지만 이미 귀부터 시작해 목덜미까지 붉어졌다.

"컴퓨터 많이 하죠? 지서 씨 손목 근육도 많이 약해져서 다 고정되게 감았어요."

부끄러워하면서도 은기는 지서의 손을 자신의 양손으로 한 번 감쌌다가 놔 주며 당부했다. 짧은 찰나였지만 묘한 안정감이 느껴져, 지서는 멀어지는 그의 온도가 아쉬웠다.

그래서 손 핑계를 대 보기로 한다. 어차피 이 손으로 요리는 무리이고 창밖에선 언젠가부터 다시 비가 내리기 시작했다. 바람도 제법 거세 외출하고 싶지 않았고 항생제에 약한 지서는 약을 먹기 위해선 꼭 식사를 해야 했다.

"비가 많이 와요."

지서는 작게 속삭이며 은기를 응시했다. 처마를 타고 빗물이 떨어지는 소리와 시계 초침이 움직이는 소리, 그리고 쿵쿵 뛰는 은기의 심장 소리가 공간을 가득 채웠다.

지서가 무의식중에 모기 물린 곳을 긁자 신경이 쓰이는지 은기의 눈길이 그녀의 목덜미로 향했다. 그 뜨거운 시선 때문인지, 부어오른 상처 때문인지 살갗에서 열감이 느껴졌다. 그의 눈길이 닿을 때마다 소양감이 온몸으로 퍼졌다. 지서는 몰래 발가락 끝에 힘을 주었다. 은기 역시 무언가를 참으려는 사람처럼 꽉 주먹을 움켜쥔다.

"나 부탁 하나만 더 할게요."

지서의 말에 은기가 눈을 크게 뜨며 그녀를 바라보았다.

새까만 눈동자가 맑고 깊다.

"들어줄래요?"

흔들고 싶을 만큼. 장난삼아 돌을 던져 저 호수 같은 눈동자의 평온을 깨뜨리고 싶을 만큼.

"네."

은기가 작게 대답하며 그녀에게 더 가까이 다가왔다.

"나 배고파. 밥해 줘요."

지서가 그의 어깨에 손을 올리며 말했고.

"해 줄게요."

은기는 조용히, 남자의 목소리로 답했다. 낮게 갈라지는 쇳소리에 뜨겁고 고요한 숨소리가 더해졌다.

"그럼 난 뭘 해 주면 좋을까."

지서의 물음에 은기가 천천히 양손으로 그녀의 뺨을 감쌌다. 아주 가까운 거리에서 시선이 마주쳤다. 은기가 말하지 않아도 그녀는 그가 바라는 것이 무엇인지 알 것 같았다. 집요한 시선. 그 눈빛의 온도는 여름을 닮았다. 노골적인 바람. 내가 흔들면 그는 분명 흔들릴 거라는 확신이 든다. 그래, 모르는 척하기엔 늦었다. 아니, 알면서도 그를 당긴 것은 그녀 자신이

다. 지금 이 순간, 은기가 원하는 것은 너무나도 명백했고 지서는 그것이 즐거웠다.

"키스……. 키스해 주세요."

은기가 작게 속삭이며 그녀에게 살며시 입을 맞추었다. 키스라 부르기엔 부족한, 입술이 스치는 정도의 접촉이었다. 지서는 목덜미가 간지러웠다. 부족해. 애매한 자극이 몸 안을 둥둥 떠다녔다.

뜨겁고 커다란 손이 그녀의 뺨에서 미끄러져 내려가 목을 감쌌다. 모기에 물려 부은 자리를 엄지로 살살 쓸어 내며 은기가 지서의 귓가에 말했다.

"저 처음이에요."

그러면서 은기가 긴 팔을 뻗어 지서를 당겨 안았다. 남자의 몸이 가늘게 떨렸다. 얇은 티셔츠 너머 경직된 근육이 꿈틀거리는 게 생생하게 느껴졌다.

"……서투를까 봐."

작게 속삭인 그는 큰 힘을 들이지 않고 그녀를 자신의 무릎 위에 앉히며 깊게 포옹했다. 지서의 허리가 자연스럽게 은기의 팔 안에 갇히고 그녀의 가슴이 그의 것과 닿았다. 넓고 단단하다. 그와 동시에 뜨거운 숨결이 그녀의 목덜미에 쏟아진다. 닿는 면적이 넓어질 때마다 그의 몸이 뜨겁게 달아오른다. 지서는 커다란 난로를 끌어안은 것만 같았다. 금방이라도 터져 버리는 것은 아닐까 걱정스러울 정도로 그의 온몸이 뜨겁다.

은기의 목덜미, 타투가 눈에 들어왔다. 그동안 옷에 가려 보지 못했던 모양이다. 어떤 그림과 날짜가 쓰여 있었는데 잘 보이진 않았다. 타투 한 남자에 대한 편견이 있는데 이 애는 묘하게 잘 어울린다. 그녀는 저도 모르게 그것을 손으로 더듬었다. 슬쩍 만지기만 했는데도 그는 낮게 앓는 소리를 냈다.

"지서 씨……."

은기가 열에 들뜬 목소리로 졸랐다. 지서는 은기의 어깨를 가볍게 다독이며 그의 입술에 자신의 것을 가져갔다. 혀로 은기의 입술을 핥고 손으론 그의 뺨을 감쌌다. 이쯤이던가. 보조개가 있던 자리를 더듬자 그가 작게 신음했다. 손에 조심스럽게 힘을 주었다. 천천히 남자의 입술이 열린다. 서로의 혀가 닿는 순간 그가 크게 숨을 헐떡인다.

콰쾅!

창밖에선 요란하게 천둥이 친다.

지서는 자신의 혀를 더 깊이 밀어 넣으며 눈을 감는다.

……괜찮겠지. 이 정도의 장난쯤은.

"2 대 1 비율로요. 멥쌀 조금 더 넣어 주세요."

지서의 말에 은기는 얌전히 독에서 쌀을 더 퍼 대야에 담았다. 그녀가 이제 됐다고 하자 그는 수도를 틀고 쌀을 씻어 불렸다.

"그다음엔요?"

"파 썰어서 기름에 볶아 줄 거예요. 아, 은기 씨 혹시 가지 싫어해요?"

"저 다 잘 먹어요."

긴 입맞춤 후 적당히 라면이나 끓여 먹자는 그녀의 말에 은기는 자취 경력이 꽤 된다고, 알려만 주면 할 수 있다고 우겼다. 크게 기대하지 않았는데 거짓말은 아닌지 기본은 하는 듯했다. 파를 다듬고 칼질하는 속도가 제법 빨랐다.

갑자기 지서는 헛웃음이 났다. 방금 전까지 서로 부둥켜안고 헐떡였으면서 지금은 무슨 소꿉장난을 하는 것 같다.

키스가 처음이라며 안달 내던 은기는 서투르고 섣불렀지만 집요하고 열정적이었다. 깊숙이 들어와 꼼꼼하게 헤집던 남자의 혀가 아직도 입 안에서 느껴지는 듯했다. 어느 정도 시간이 흐르자 요령을 알았는지 그는 그녀의 목덜미 상처를 핥고 흡입하며 깨물었고 덕분에 그 자리엔 지서를 신경 쓰이게 했던 소양감 대신 야릇한 통증이 자리 잡았다.

불쑥 지서의 티셔츠 안으로 들어와 가슴을 만지려던 손의 온도가, 그런 스스로에게 놀라 사과하던 은기의 목소리가 아직도 생생하다.

"가지도 잘라 줘요."

저 애가 순진하지 않았더라면. 죄송하다고 사과하며 욕실로 도망가지 않았더라면.

만약을 가정하다 지서는 은기 모르게 쓰게 웃었다. 아무리 충동이었다지만 스스로가 생각해도 이해되지 않았다.

"두께는 어느 정도로요?"

난 왜 널 건드려 보고 싶을까.

"두껍지도 얇지도 않게."

나한테 휘둘리는 모습에 괜히 못된 심보라도 튀어나온 걸까.

"이 정도면 될까요?"

"네, 딱 좋아요."

지서의 조언에 은기가 가지를 들어 요리조리 살피고는 칼질을 시작했다. 아까부터 은기는 지서 쪽으로는 시선을 두지 않았다. 어색하기 짝이 없다. 그래서 더 귀엽다.

"칼질 잘하네요. 자취 오래했어요?"

"네, 열여덟 살부터요."

이번에도 은기는 지서 쪽은 보지 않고 말했다.

"고등학생 때부터?"

의외라는 듯 지서가 눈을 크게 뜨며 물었다. 그때 현숙이 했던 말이 그녀의 뇌리를 스쳤다. 감나무 집 손자. 교수 아들. 몸 쓰는 일을 해 자주 다칠까 봐 걱정이라고 했던 게 기억났다.

"혹시 지금 몇 살이에요?"

지서의 질문에 은기가 칼을 내려놓고는 무언가 억울하다는 표정으로 그녀를 응시했다. 속상함, 섭섭함, 그런 종류의 감정이 그의 얼굴에 나타났다가 빠르게 사라졌다.

"……저 스물세 살요."

지서와는 여덟 살 차. 다행히 미성년자는 아니었다. 어차피 일상으로 돌아가면 순간의 장난으로 흘러가겠지만.

그녀가 나직이 한숨을 내쉬자 은기가 입술을 삐죽이고는 다시 칼을 집어 들어 가지를 썰기 시작했다.

"그럼 지금 대학생이에요?"

"아뇨."

실례되는 질문이었다.

놀란 지서가 사과하려 입을 떼려는데 불쑥 은기가 덧붙였다.

"중졸이에요. 고등학교 중퇴했어요."

괜히 물어봤나 보다.

"지금은 네덜란드에서 일…… 비슷한 걸 해요."

은기의 말을 끝으로 부엌엔 어색한 공기가 맴돌았다. 가지를 자를 때마다 나는 칼질 소리가 소음의 전부였다. 그때, 납골당에서 은기가 전화 통화를 하며 썼던 외국어가 네덜란드어였나 보다. 특이한 이력이라 궁금한데 왜인지 물어보면 안 될 것 같은 느낌이 들었다.

"음, 그럼 나보다 한참 동생이네."

가슴 한구석이 허전했다. 갑자기 현실로 돌아온 기분이라고 해야 하나.

"난……."

"알아요, 서른한 살. 서울대 경영학과에 차석으로 입학했고 지금은 큰 회사 팀장이라고…… 할머니가 자랑하셨어요."

자랑이라니, 의외였다.

"박 여사가 내 이야기 많이 했나 보네요."

어째서일까. 은기가 말하는 박 여사와 지서 자신이 알고 있는 그녀는 다른 사람 같다.

은기에게 박 여사는 다정하고 따뜻한 옆집 할머니였을 것이다. 그러니 장례를 끝까지 지켰겠지.

……그렇다면 왜, 그녀는 나한테만 그렇게 매정했을까.

"할머니가 지서 씨 명함 보여 주시면서 팀 리더가 무슨 뜻이냐고 물어보셨거든요."

그 말에 지서는 문득 박 여사의 수첩에 있던 명함이 떠올랐다. 팀 리더라는 영어 아래에 쓰여 있던 그녀의 글씨. 은기가 가르쳐 준 모양이었다.

처음부터 그는 지서가 어떤 사람인지 알고 있었다. 하지만 기억을 되짚어 봐도 떠오르는 얼굴은 없었다. 과거에 인연이 있었던가. 그래서 그렇게 살갑게 굴었던 걸까.

"누나라고 해도 되는데."

"싫어요."

혼잣말하듯 중얼거린 지서의 말에 은기는 조금의 고민도 없이 단칼에 거절했다. 마냥 순진한 것 같다가도 자기 의사 표현이 확실한 걸 보면 아예 무른 애 같지는 않았다.

"이거 이제 어떻게 하면 돼요?"

"아, 같이 볶을 거야. 볶아 주면 돼요."

파기름을 내고 가지를 넣어서 같이 볶아 줄 거라는 말에 은기는 얌전히 고개를 끄덕이며 덧붙였다. 가지밥이죠? 할머니가 해 주신 적 있어요. 청경채를 넣은 된장국과 배춧국 중 무엇이 좋냐 묻자 그는 잠시 무언가를 생각하다 국은 배춧국, 청경채는 무치자고 제안했다.

모두 지서가 좋아하는 것들이었다.

아마도 이를 고은기에게 발설한 사람은 박화순 여사일 것이다.

은기는 느리지만 충실하게 지서의 지시를 따르며 상을 차려 냈다. 손이 많이 가 귀찮을 텐데 원래 차분하고 끈질긴 성격인지 지서가 과정을 생략해 말해 줄 때마다 굳이 레시피대로 하겠다며 고집을 부리기도 했다. 건너뛴 과정을 눈치채는 것을 보면 아마도 박 여사가 요리하는 걸 어깨너머로 보고 어렴풋하게 기억하고 있었던 모양이다.

그렇게 상을 차리고 지서가 첫술을 뜰 때, 은기는 긴장한 눈으로 그녀를 바라봤고 고개를 끄덕이며 간이 딱 맞다 평하자 환하게 웃었다. 덕분에 지서는 배부르게 식사를 했지만 더부룩해 불쾌하지 않았다. 속이 편안한 느낌은 오랜만이었다.

음식을 준비하는 데 긴 시간을 써 버린 까닭에 정리까지 하고 나니 시간이 꽤 지나 있었다. 그사이에 비는 더 거세졌고 처지는 날씨 때문인지 몸이 나른해 지서는 서울로 가려던 계획을 수정했다. 어차피 당장 서울에 급한 일이 있는 것도 아니고 기다리는 사람이 있는 것도 아니니 게으름을 피우고 싶었다. 무엇보다도 고은기가 마음에 들었다.

자신의 집으로 돌아간 줄 알았던 은기는 자두를 한 아름 안고 다시 지서를 찾았다. 예쁜 것만 골라 온 그는 먹기 좋게 잘라 그녀에게 내밀었고 지서는 달게 받아먹었다.

지서가 다시 한번 누나라고 해도 된다고, 반말해도 된다고 하자 은기는 또 거절하며 물었다.

"키스해도 돼요?"

라고.

"가슴 만지는 건 안 되는데."

장난스럽게 대꾸하자 은기가 눈을 질끈 감았다 뜨면서 입술을 깨물었다. 안달 내면서도 참으려 한다. 그 모습이 꽤 귀엽고 사랑스럽다. 지서가 먼저 쪽 소리 나게 뺨에 입을 맞추자 승낙의 의미로 이해했는지 그는 조심스럽게 그녀의 허리를 안았다. 신생아를 다루듯, 유리 인형을 안는 것처럼 행동 하나하나가 느리고 섬세했다.

"아, 아파요?"

귀 아래에 닿는 입술이 간지러워 지서가 작게 신음하자 은기는 아프다는 뜻인 줄 알았는지 화들짝 놀라며 그녀를 살폈다.

"괜찮아요."

흥분해서 그런 건데. 키스가 처음이라는 말이 거짓은 아닌가 보다.

가슴이 맞닿자 얇은 섬유 너머로 은기의 체온과 단단한 근육이 느껴졌다. 머리카락은 풍성한데 팔은 체모 하나 없이 매끄럽다. 운동을 진짜 열심히 하나 보다. 키도 크고, 손도 크고, 어깨도 넓고. 허리에 팔을 둘러 그를 안자 손끝에 단단한 등 근육이 만져졌다. 한 품에 다 안지 못할 정도로 넓었다. 이렇게 커다란 남자애가 자신 때문에 속상해하던 걸 생각하니 발뒤꿈치가 간지러운 느낌이었다.

지서의 손이 나무처럼 곧게 뻗은 기립근을 따라 올라가며 더듬자 은기가 몸을 떨었다. 흥분했는지 작게 숨을 몰아쉬며 그녀의 목덜미에 얼굴을 비볐다. 그가 관절이 하얗게 드러날 정도로 꽉, 주먹을 움켜쥔다. 당장이라도 지서를 만지고 싶은 것을 애써 참는 눈치다.

지금 나 놀리는 거죠.

응.

이런 대화를 나눴던 것도 같다.

지서는 해가 질 때까지 그와 입을 맞추었다. 사실, 이대로 섹스를 해도 상관없다는 생각도 했지만 정직한 고은기는 정말 키스만 했다. 저도 모르게 손이 그녀의 가슴으로, 허리로, 엉덩이로 가려 할 때마다 화들짝 놀라며 몸을 떠는 모양새가 비 맞은 강아지 같아 웃음이 났다.

그러다 까무룩 잠이 들었다.

지서가 다시 눈을 떴을 땐 옅은 모기향 냄새가 코끝을 찔렀다. 어디서 가져왔는지 거실엔 넓게 모기장이 쳐져 있었고 은기는 조금 떨어진 곳에 앉아 어느새 비가 그쳐 맑아진 밤하늘을 바라보고 있었다.

먼 곳에 눈썹달이 떴다. 얼마 되지 않는 그 달빛에 홀린 지서는 몸을 움직여 그의 무릎을 벴다. 단단하게 근육이 잡힌 허벅지는 그녀의 허리둘레와 맞먹을 만큼 두꺼웠다. 작은 접촉에 놀라 흠칫하던 은기는 지서가 허벅지에 팔을 감자 뜨겁고 긴 한숨을 내쉬었다. 하지만 피하지는 않았다. 그녀가 편하게 벨 수 있도록 다리를 조금 움직여 주기까지 했다. 그녀가 반쯤 말려 올라간 반바지 아래, 매끈한 다리의 맨살을 더듬자 그의 체온이 여름 한낮으로 변한다.

다시 한번 강조하지만 이지서는 경계심이 심한 사람이다.

이 충동의 이유는 많다.

갑자기 일상이 무료해서.

무언가 자극이 필요해서.

네가 뜻밖에도 너무 매력적이라.

단지 이 밤이 지나치게 부드럽기 때문에.

03.

무정형의 형상

'고은기'

은기는 봉투에 쓰여 있는 자신을 이름을 노려보았다. 지서의 생김새만큼이나 글씨는 단정하면서도 칼 같았다. 글씨에서 온도가 느껴질 리 없는데도 얼음처럼 차가운 느낌이 들었다. 손으로 더듬자 살갗이 베인 것처럼 쓰렸다.

납골당에서 그렇게 헤어진 후, 은기는 지서의 표정 없는 얼굴이 계속 눈앞에 어른거렸다. 장례식 내내 창백하게 지쳐 보이던 얼굴도, 그럼에도 불구하고 늘 허리를 곧게 펴고 있던 자세도. 과호흡으로 쓰러져 안았을 때 너무 가벼웠던 것도 계속 마음에 걸린다. 그녀는 이따금 박화순 여사가 보여주었던 사진보다 더 가늘고 여렸다.

조금만 힘을 주어 잡아도 붉어질 것 같은 흰 피부가, 햇빛을 받으면 투명하게 빛나는 갈색 눈동자가, 고단해 보이는 작은 어깨가 내내 머릿속을 맴돈다.

손은…… 괜찮은 걸까.

계속 신경이 쓰이는데 다짜고짜 손 좀 보자고 할 수도 없고.

은기는 머리를 마구 헝클어뜨리고는 스마트폰을 꺼내 인스타그램 애플리케이션을 열었다. 스폰서 기업 홍보를 위해 에이전시에서 관리하는 공식 계정이 있지만 이 계정은 아무도 모른다. 딱 한 사람만 보기 위해 만든 것이니 팔로잉한 사람도 딱 하나이다. JiSeo_1222. 이거 찾으려고 얼마나 용을 썼는데.

은기가 3년째 염탐 중인 이 계정의 주인은 한 달에 한 번도 업로드하지 않을 때가 많았다. 어쩌다 소식을 전해 주나 싶으면 사진 한 장, 멘트 한 줄. 그나마도 멘트가 없을 때가 더 많으니 이 또한 박화순 여사가 말하곤 했던 이지서라는 사람의 성격 그 자체였다. 꽃을 좋아하는지 플라워 클래스에서 직접 만든 생화 리스나 다발 사진이 대부분이었다.

강렬한 원색의 꽃을 독특하고 과감하게 활용해 잘 모르는 은기가 봐도 그동안 접해 본 플라워 아트랑은 다른 느낌이었다. 팔로워도, 댓글을 다는 사람도 많았지만 친절하지 않은 지서는 단 한 번도 답해 주지 않았다. 마지막 업로드는 6개월 전. 제주도 위치만 찍힌 동백꽃 사진이다. 남자 친구랑 여행 간 건가 싶어서 은기는 처음으로 댓글을 달아 봤다.

[남자 친구랑 여행 가셨나 봐요. 저도 어디 갈지 찾아보는 중인데 여기 가 봐야겠어요.]

예상했던 대로 지서는 대꾸조차 하지 않지 않았고 지질한 스토커가 된 기분에 은기는 자신의 댓글을 삭제했다.

"오, 이게 뭐야? 나 밥 사 주려고 돈 뽑아 왔냐?"

그때 불쑥 나타난 정훈이 은기의 손에서 잽싸게 봉투를 낚아챘다.

"아, 형. 이리 줘."

놀라서 벌떡 일어난 은기가 빼앗으려 팔을 뻗어 봤지만 정훈은 몸을 돌려 막으며 봉투를 슬쩍 열어 봤다.

"뭐야, 진짜 돈이네? 이게 다 얼마야?"

그래, 돈이다. 이지서가 고은기에게 수고했다며 아르바이트비 주듯 쥐여 준 돈.

"달라니까."

"너 상갓집 간다더니 어른한테 용돈 받았냐?"

차라리 어른이 준 용돈이면 이렇게 황당하지는 않았을 것 같다.

"달라고."

"야, 이걸로 고기 먹자."

손을 내밀었지만 정훈이 줄 기미를 보이지 않자 은기는 테이블을 반 바퀴 돌아 그에게로 다가갔다. 도망가려는 정훈의 팔을 잡아채자 그가 몸을 틀며 벗어나려 한다. 하지만 어림없다. 박정훈은 크지만 고은기가 더 크다. 은기가 팔꿈치로 그의 어깨를 찍어 눌렀다.

"야! 야, 알았어. 줄게! 줄 테니까 이거 놔! 야! 고은기!"

인적이 드문 넓은 카페 안, 운동복 차림의 커다란 남자 둘이 몸싸움을 하니 창가 쪽에 홀로 앉아 있던 여자가 두 사람을 힐끔거렸다.

"나 죽는다고!"

엄살이다.

몇 차례의 실랑이 끝에 정훈을 힘으로 제압한 은기는 그의 손에서 봉투를 빼앗으며 인상을 찌푸렸다.

"……구겨졌잖아."

정훈이 봉투를 움켜쥔 탓에 지서의 글씨가 일그러졌다.

"짜증 나게."

은기는 미간을 찌푸리며 구겨진 종이를 손으로 꾸욱 눌러 폈다. 작게 욕지거리를 내뱉자 그제야 심상치 않다는 것을 느낀 정훈이 은기의 눈치를 살폈다.

"뭔데. 돌아가신 분이 주신 용돈 같은 거야?"

은기는 정훈의 말에 대꾸도 없이 봉투에 쓰인 글씨만 물끄러미 바라봤다.

"야, 고은기."

"……형한테 짜증 내는 거 아니야. 그냥, 답답해서."

지서에게 다시 돌려주고 싶은데 당황스럽고 놀라서 그냥 받아 온 게 계속 마음에 걸렸다. 이제 안 볼 사이인 것처럼 구는 게 속상해서, 내가 돈 때문에 장례식을 도왔다고 생각하는 게 섭섭해서. 그래도 그렇게 헤어지지는 말 걸 그랬다. 언제 다시 볼 수 있을지도 장담 못 하는데 납골당에서 차 태워 준다고 했을 때 얌전히 따라 탈걸. 그랬더라면 연락처라도 얻을 수 있었을지도 모르는데.

"너 왜 그래. 형이 새 돈 뽑아다 줘?"

지서의 냉랭한 표정과 밤처럼 낮은 목소리가 아직도 은기의 눈앞에, 귓가에 맴돌았다. 박화순 여사의 말이 다 맞았다. 차갑고 쌀쌀맞은 성격이라고 했었지. 벽 같은 애라고. 네가 상상하는 것보다 훨씬 완고하고 고집이 세며 까칠하다고.

"고은기 너 왜 그래. 기사 봤는데 잘 풀리고 있다며. 뭐가 안 좋아?"

"아니야."

"아니긴 뭐가 아니야. 얼굴이 썩었는데. 형은 장난친 건데 네가 그러면 내 마음이 아프잖아. 뭔데. 햄스트링 부상 재발했어?"

햄스트링은 멀쩡하다. 지서가 내민 돈 봉투에 욱해서 산길을 구두 신고 내려오는 바람에 뒤꿈치가 까지긴 했지만 이 정도의 가벼운 상처는 연습 경기마다 달고 다니는 것이니 새삼스러울 것도 없다. 몸 컨디션도 지나치게 좋아 탈이다.

"형."

"응. 뭔데. 말해 봐."

은기의 물음에 정훈이 눈을 반짝이며 고개를 끄덕였다. 은기가 입을 열 듯, 말 듯 망설이다 꾸욱 닫자 정훈이 긴 한숨을 내쉬며 그의 멱살을 잡았다.

"말해. 말하라고 했지. 나 이런 거 제일 싫어해."

정훈의 기세에 잠시 망설이던 은기가 조심스럽게 입을 열었다.

"……자기보다 여덟 살 어리면 남자로 안 보일까?"

의외라는 듯 정훈의 눈이 커졌다.

"여자?"

정훈이 되묻자 은기가 고개를 끄덕였다.

"미안. 그건 내가 조언해 줄 수 없는 영역 같다."

소개팅한다더니 또 망했나 보다.

누가 누구에게 조언을 해 주겠다는 건지. 방금 전까지 형만 믿어 보라는 듯 눈을 반짝이다 금세 풀이 죽은 정훈을 보며 은기는 한숨을 푸욱 내쉬었다. 차라리 웨이트 트레이닝을 하고, 운동장을 뛰고, 공 차는 게 훨씬 쉬운 것 같았다.

박화순 여사가 해 준 말들을 토대로 이미지 트레이닝 했던 것들도 막상 그녀 앞에 서면 다 무용지물이 된다. 어린애 취급 하는 게 눈에 훤히 보이는데 자신이 미숙한 것도 맞아 짜증이 난다. 그래서 어른스럽게 다가가고 싶었는데 용돈 뜯어내려는 애새끼 취급이라니.

"고은기도 여자 꼬시려고 노력을 다 하는구나. 그 얼굴에, 그 키에, 그 재력을 가지고도 여자 때문에 고민을 다 하고."

눈만 마주쳐도 정신이 나가 버리고 귀부터 목까지 확 빨개지며 열이 난다. 가슴은 쿵쿵, 눈앞은 어질. 이게 첫눈에 반한다는 거구나 새삼 실감이 된다. 이미 오래전에 반했지만, 볼 때마다 빠진다는 말이 이제야 이해된다.

"이건 뭐야?"

정훈이 옆에 놓인 쇼핑백을 향해 턱짓하며 묻자 은기가 한숨 섞인 목소리로 대꾸했다.

"커피 내려 먹는 거."

잘 몰라서 직원이 권해 주는 대로 다 쓸어 담았는데 맞게 산 건지 모르겠다. 커피 로스팅이 어쩌고, 여과지가 어쩌고, 핸드 드립이 어쩌고. 직원이 맛보라며 직접 내려 주기도 했는데 프라푸치노나 스무디 같은 단걸 좋아하는 은기의 입엔 맞지 않았다. 차라리 보리차가 더 나은 거 같다.

"뭣하면 돈으로 어필해. 나 주급 오천만 원이라고 하면 혹할지도 몰라. 센터백(Center Back: 축구 중앙 수비수) 주급이 그 정도면 완전 탑 클래스지."

정훈의 말에 은기는 막 들어온 문자 메시지를 확인하며 대꾸했다.

"나 주급 오천 아니야."

"어, 아니야? 사천이야?"

"칠천오백. 수당까지 다 해서 연봉 50억 정도."

그리고 은기의 에이전트는 이번에 이적하면 주급 10만 파운드, 한화로 1억 5천 정도는 무난하게 넘길 수 있을 것 같다고 귀띔했다.

"형, 우리 식사 다음에 하자. 내가 나중에 고기 살게."

문자 메시지를 확인하고 뭔가를 곰곰이 생각하던 은기가 벌떡 일어나며 말했다.

"응?"

"나 급한 일이 생겼어. 나중에 봐."

"야! 야, 고은기!"

정훈을 팽개쳐 두고 카페에서 나온 은기는 차를 대 둔 주차장 방향으로 전력 질주 하기 시작했다. 여기서 차로 무연까지 한 시간. 빠르게 가면 따라잡을 수도 있을 것 같다.

황급히 자신의 차에 오른 은기는 다시 한번 문자 메시지를 확인했다.

[은기야, 오늘 박 여사님 삼우제잖아. 지서 아직 서울 안 올라갔는데 내가 음식 해다 주면서 보니까 이제 납골당 갈 준비 하는 거 같더라고. 시장 가서 과일 사 갈 거라는데 애가 얼굴이 까칠해. 내가 장사만 아니면 같이 가는 건데 걱정되네.]

축구로 완전히 진로를 정한 것은 은기가 초등학교 4학년 때였다. 그 무렵, 부모님은 미국 대학으로 연수를 갈 계획 중이었는데 마침 그때 지방 프로 팀에서 은기에게 유소년 팀 입단 제의를 해 왔다. 취미로 하던 축구였지만 미국에 가면 그만둬야 한다는 생각에 학교 친구들과 송별회를 하며 몇 날 며칠을 울었던 은기는 열심히 부모님을 졸랐다. 입단 제의가 온 팀의 연고 도시는 할머니의 집에서 한 시간 거리. 평일에는 친척 집에서 하숙 생활을 하고 주말에는 할머니와 지내겠다며, 미국에는 가지 않겠다고 주장했다.

그렇게 은기가 무연리에 온 것이 열한 살 때였다.

그 후로 은기는 주말이면 시외버스를 타고 무연리로 와 할머니 장봉령 여사와 그녀의 옆집에 사는 박화순 여사의 친구가 되었다. 여기저기 빵빵

돌고 정거장마다 다 서는 느리디느린 시외버스였지만 무연리로 가는 두 시간이 지겹지 않았다.

특히 박화순 여사와의 대화는 늘 기대되고 즐거웠다. 친할머니인 장 여사가 질투할 정도였는데, 이제 와서 돌이켜 보면 박 여사가 해 주는 이야기 속 '이지서' 라는 사람에 대한 호기심과 관심 때문이었던 것 같다.

주말에 무연리에 가면 은기는 늘 멀리서 지서를 바라보기만 했다. 고등학교 교복을 입은 예쁜 누나. 차가워 보여서 감히 범접하지 못했던 사람. 고3이라 공부한다고 정신없던 지서에게 공 차며 얼쩡거리는 꼬마애가 눈에 들어올 리 없었다.

우습게도 이 첫사랑의 계기는 김밥이다.

그때, 은기는 유소년 팀 겨울 현장 학습으로 파주 국가대표 팀 트레이닝 센터에 가기로 예정되었다. 센터에 들렀다가 임진각에서 도시락을 까먹고 오는 일정이었는데 지역 대회 예선 준비에 정신이 팔려 할머니에게 말하는 걸 새까맣게 잊었다.

도시락은 개인 지참이었고 하필이면 그때 할머니는 제주도 여행 중이었다. 주말 동안 식사는 잔뜩 끓여 둔 사골국으로 해결했지만 도시락으로 싸 가기에는 무리가 있는 메뉴였다. 지금 같았으면 편의점 김밥이라도 사 갔을 텐데 그 시골 마을에 그런 것이 있을 리 만무했다.

할머니에게 말하면 당장 집에 오겠다고 할 게 뻔해 은기는 혼자 준비하기로 했다. 그녀가 이 여행을 얼마나 기대했는지 잘 알기에 방해하고 싶지 않았다.

인터넷으로 도시락 메뉴를 검색해 봤다. 김밥 사진을 보니 괜히 배가 고픈 기분이었지만 너무 레벨이 높았다. 그런데 사진을 계속 들여다보니 먹고 싶었다.

잠깐 동안 은기는 머리를 굴려 본다. 친구 도시락을 빼앗아 먹을까. 김밥 한 줄 더 부탁하고 간식을 잔뜩 사 가 나눠 먹자고 할까. 고민됐지만 대회마다 응원 오는 부모님이 없다고 은근히 무시당하던 게 떠올라 생각을 접었다. 은기가 5, 6학년을 제치고 지난 예선전에 주전으로 나가는 바람에 요즘 분위기가 조금 이상하기도 했다.

도시락에 도전을 해 보고 안 되면 슈퍼에서 빵이라도 사 가면 될 테니까. 그렇게 하기로 정했다.

"뭐 사러 왔는데 거기서 그러고 있어? 과자 이쪽이잖아."

김밥 재료를 메모해 온 종이를 보며 냉장 코너에서 얼쩡거리자 현숙이 은기에게 물었다.

"아, 저 김밥 싸야 해서요."

"김밥? 할머니 여행 가셨지 않아?"

"내일 축구부 현장 학습 가는데 도시락 싸 가는 걸 제가 까먹었어요."

은기가 진지한 목소리로 대답하자 현숙이 우습다는 듯 말했다.

"그래서 직접 김밥을 싸겠다고?"

약간의 비웃음이 담겨 있는 말투였다. 별 뜻 없는 말인 걸 아는데도 괜히 주눅이 들어 은기는 고개를 푹 숙였다.

"어디 종이 봐."

순식간에 은기의 손에 들린 종이를 낚아챈 현숙이 메모를 소리 내어 읊었다.

"맛살, 햄, 단무지…… 검색은 열심히 해 왔는데 너 혼자 김밥 만드는 건 무리야."

안다.

"그럼 그냥 빵 사 가면 돼요. 혹시 할 수 있을까 싶어서 찾아본 거예요."

"도시락은 아줌마가 대충 싸 줘도 되니까……."

"아니에요. 괜찮아요."

은기는 어색하게 대꾸하며 빵이 쌓여 있는 매대 쪽으로 다가갔다. 보름달 빵, 크림빵, 꿀호떡빵. 뭘 사 갈까 고르는데 인기척이 느껴졌다. 고개를 돌려 보니…… 지서였다. 이제 봄이 오면 서울에 있는 대학에 간다던 옆집 누나. 편안한 옷차림의 그녀는 군것질거리를 사러 왔는지 손에 과자를 한 아름 들고 있었다. 박 여사도 함께 여행을 갔으니 지서 역시 집에 혼자일 것이다.

요즘도 가끔 옆집에선 그녀, 지서와 박 여사가 싸우는 소리가 심심치 않게 들리곤 했다. 솔직히 은기는 이해가 되지 않았다. 장학금까지 받고 좋은 대학에 갔는데 왜 옆집 할머니는 기뻐하지 않는 걸까. 은기가 이상하다고 고개를 갸웃할 때면 그의 할머니는 웃으며 말하곤 했다. 너무 사랑해서 품에서 떨어지는 게 불안해서 그러는 거라고. 그게 무슨 뜻인지 어린 은기는 알 수 없었다.

"너, 김밥 싸야 해?"

눈이 마주치자 지서가 물었다.

"네."

"맛있겠네."

혼잣말처럼 말하며 지서가 손에 들고 있던 과자들을 다시 하나, 둘 제자리에 올려 두었다. 그러고는 냉장실 쪽으로 다가가 은기가 사려 했던 김밥 재료들을 챙기기 시작했다.

은기는 빵을 고르던 걸 멈추고 재료를 챙기는 지서를 보며 눈을 깜빡였다. 이게 뭘까. 김밥을 싸 주겠다는 의미일까. 쌀쌀맞다고 생각했는데 의외의 친절이다.

"뭐야, 너 은기 김밥 싸 주게?"

지서가 재료를 챙겨 계산대에 가져가자 현숙이 물었다.

"아뇨. 저 먹으려고요."

"그럼 하는 김에 은기 한 줄 싸 주면 되겠네."

"제가 왜요."

"어머, 얘 좀 봐. 너 진짜 심보가 왜 이래!"

아……, 아니었구나.

몰래 엿들은 것도 아닌데 두 사람의 대화에 기분이 이상해졌다. 왜 지서가 김밥을 싸 줄 거라고 생각한 거지. 괜히 민망해 은기는 다시 빵이 쌓여 있는 매대로 몸을 돌렸다.

"꼬마야."

꼬마라고 불릴 만큼 작지는 않았지만 지서가 지칭하는 게 은기 자신 같았다. 뒤돌아보자 그녀가 고개를 까딱거렸다.

"돈, 반 내."

"……네?"

"재료비 반반. 난 내 김밥 쌀 거니까 넌 네 김밥 싸."

지서의 말에 현숙이 어이가 없다는 얼굴로 끼어들었다.

"넌 진짜 애한테 돈을 받아야겠니?"

"저 이제 돈 없어요. 노인네가 학비 한 푼도 안 준다 그래서 지금부터 아껴야 해요."

"어휴 진짜 둘 다 지독하다, 지독해."

현숙이 질렸다는 듯 고개를 절레절레 흔들었다.

"싫어?"

지서는 그러거나 말거나 은기를 보며 무표정하게 물었다.

"아뇨, 낼게요."

은기는 계산대로 가 할머니가 주고 간 비상금을 내밀었다. 재료값을 칼같이 5:5로 나눈 그녀는 10원짜리까지 정확히 계산해 은기에게 주었다.

슈퍼에서 나온 은기는 지서보다 몇 걸음 뒤에서 그녀를 따라 걸었다. 겨우 오후 4시인데 벌써 해가 저물며 석양이 그녀의 갈색 머리카락에 붉은 물을 들였다. 은기는 홀린 듯 그 광경을 바라보았다. 어쩐지 가슴이 간지럽고 기분이 이상했다.

매서운 겨울바람이 불자 그녀의 긴 머리카락이 정신없이 휘날렸다. 잠시 멈춰 선 지서가 신경질적으로 머리를 정리하고는 걸음을 더 빠르게 옮겼지만 힘들어 보였다. 황량한 겨울의 들판. 이 바람에 지서가 날아갈까 봐 걱정이 돼 은기는 후다닥 그녀의 옆으로 뛰어갔다. 바람이 불어오는 방향으로 서 본다. 하지만 아직 지서보다 키가 작아 든든한 바람막이 역할을 하기엔 역부족이다.

은기는 몰래 그녀를 훔쳐보았다. 시선이 자신보다 조금 위에 있었다. 저 정도 되는 6학년 형이 170㎝라고 했던 것 같은데. 왜인지 모르겠지만 은기는 지서보다 작은 게 조금 속상했다.

그때 지서가 기습적으로 은기를 향해 몸을 돌렸다.

"너 내일 몇 시에 출발해? 대구로 가서 출발하는 거야?"

은기가 대구에서 지내는 것을 아는 듯했다. 별것 아닌데도 기뻤다.

"관광버스가 여기 지나간다고 7시까지 마을 앞에 나와 있으면 된다고 그랬어요."

"그럼 4시까지 오면 되겠네. 우리 집으로 4시까지 와."

"새벽 4시요?"

"응. 나도 김밥 처음 싸 보는 거라 시간 넉넉하게 잡는 게 좋을 거 같아서."

"아……, 네."

"다시 말하지만 내 거는 내가, 네 김밥은 네가. 알았어?"

지서의 물음에 은기는 고개를 끄덕였다.

"가서 일찍 자고, 내일 봐."

성의 없이 인사한 지서가 빨간 철문을 밀고 자신의 집으로 들어갔다. 끼익하며 문이 닫히고 그녀가 마당을 가로지르는 발걸음 소리가 들렸다. 잠시 후 쿵, 하고 현관까지 닫힌다.

차가운 겨울바람이 뜨거워진 뺨을 스쳐 지나간다.

은기는 멍하니 문을 바라본다.

네 김밥은 네가.

지서가 내세운 원칙이었지만 주방 일이 서툰 은기에게 그것이 가능할 리 없었다.

일단 새벽 4시에 일어나는 건 성공했다. 이상하게 긴장이 돼 잠을 자지 못했다는 게 맞을 것이다. 3시에 일어나 꼼꼼하게 씻고 평소엔 할머니가 피부 튼다고 잔소리해도 바르지 않던 로션까지 열심히 발랐다.

4시가 되기 10분 전, 지서의 집으로 갔다. 이미 깨어 있는지 집 안엔 불이 환하게 켜져 있었다. 괜히 긴장이 되어 은기는 5분 정도 서성거리다 벨을 눌렀다. 고마움을 표시하기 위해 할머니가 잘 말려 둔 곶감을 챙겨 와 그녀에게 내밀었다. 그것을 받아 든 지서가 피식 웃고는 은기에게 들어오라는 듯 고갯짓을 했다.

집으로 들어서자 고소한 냄새가 진동했다. 이미 어느 정도 준비를 해 둔 것인지 주방에선 작은 소음이 들렸다.

"전 뭐 하면 돼요?"

"일단 여기 앉아서 하는 거 봐."

은기가 욕실에서 손을 씻고 나오자 지서가 식탁 의자를 빼 주며 말했다. 도마 위엔 그녀가 채 썰던 당근이 놓여 있었다. 당근을 좋아하지 않아 저도 모르게 미간이 찌푸려졌다. 그 옆엔 오이. 오이는 괜찮았다.

"못 먹는 거 있어?"

재료를 살피는 은기의 시선을 느꼈는지 지서가 물었다.

"저 당근요."

"못 먹는 거야, 안 먹는 거야?"

지서의 물음에 은기는 쭈뼛거리다 작은 목소리로 답했다.

"안 먹는 거요."

"그럼 먹어."

목소리가 냉정하다.

"네에."

망했다. 그냥 먹는다고 할걸. 편식쟁이라고 생각할 게 분명하다. 지서가 별다른 노력 없이 말 몇 마디로 은기에게 당근을 먹인 걸 알면 손자의 편식을 고치려 애쓰던 할머니가 섭섭해하실지도 모른다는 생각이 들었다.

"저도 칼질할 줄 알아요. 도와드릴게요."

은기가 호기롭게 말하자 칼을 집어 들던 지서의 눈빛이 흥미롭다는 듯 빛났다.

"잘해?"

"할머니가 사과…… 잘 깎는다고 그러셨어요."

은기가 눈치를 보며 중얼거렸다. 목소리가 점점 작아졌다.

"그래도 위험하니까 그냥 보고 있어."

"……네."

어쩐지 입을 열수록 망하는 기분이었다.

당근을 채 썰고, 오이도 채 썰고. 그녀의 칼질은 굉장히 능숙했다. 지서는 채 썬 야채를 소금에 절이고 불린 쌀로 밥을 지었다. 분명 그녀도 김밥 싸는 건 처음이라고 했는데 미리 레시피를 찾아보고 모조리 외운 것인지 모든 게 빈틈없이 진행됐다.

중간, 중간 지서는 은기에게 김밥 싸는 과정을 설명해 주는 것도 잊지 않았다. 같이 김밥을 싼다기보단 같이 김밥 싸는 법을 공부하는 느낌이었다.

"자, 재료 준비는 끝. 바닥에 신문지 깔자."

어묵까지 다 볶은 후 지서가 은기에게 지시했다.

은기는 바닥에 넓게 신문지를 깔고 지서가 재료별로 담아 둔 접시를 착착 옮겼다. 잠시 짬이 나자 지서가 허리를 쭈욱 펴며 길게 스트레칭을 했다. 그녀가 팔을 위로 들자 헐렁한 티셔츠가 당겨지며 몸의 굴곡이 드러났다. 은기는 황급히 시선을 피하고 몸을 돌렸다. 또 갑자기 가슴이 간지럽고 귀가 뜨거워진다. 속이 울렁거린다.

"이리 와. 김밥 마는 건 네가 할 거야."

"네에."

나쁜 생각을 들킨 것 같아 은기는 지서를 똑바로 바라보지 못했다.

그녀를 따라 자신의 앞에 놓인 김발에 김 한 장을 깔았다. 그 위에 밥을 펼쳐 손으로 꾹꾹 누르고 차례대로 재료를 올렸다.

"손끝으로 동그랗게 모양 잡아 주면서 말아."

지서가 능숙하게 김밥 마는 법을 보여 주었다. 은기도 어설프게 따라 해 보았지만 보기보다 꽤 까다로웠다. 재료가 밖으로 쏟아지려 해 억지로 힘을 주어 말아 버리자 어딘가 터졌는지 꼴이 김밥이라기보단 주먹밥에 가깝다.

“밥도 속도 너무 많이 넣었네. 밥은 지금보다 더 적게. 재료도 절반만. 처음엔 다 그래. 이건 연습하는 거다 생각해.”

지서가 진지한 어조로 조언했다.

은기는 고개를 끄덕이며 다시 김 한 장을 깔았다. 밥도 적게, 재료도 적게. 아까에 비하면 동그랗게 잘 말리긴 했는데…… 상대적으로 볼품이 없었다. 은기의 두 번째 작품을 보고는 지서가 피식 웃었다.

“그건 또 너무 적잖아.”

그녀의 김밥은 두께도 적당하고 모양도 예쁘다.

“자, 밥은 이만큼.”

지서가 보여 주자 은기는 눈대중으로 밥 양을 따라 했다. 좋아, 이 정도면 얼추 비슷한 것도 같았다. 이번에도 그녀를 따라 재료를 채우고 신중하게 말기 시작했다.

“꽉 누르지 말고 천천히 살살 말아 줘. 밥에 온기가 있어서 김 끄트머리가 잘 붙으니까 너무 힘주지 말고.”

“네에.”

살살. 억지로 말고 살살. 은기는 속으로 몇 번이고 반복하며 김밥을 말았다. 이 정도면 되었겠다 싶어 발을 풀고 자신의 세 번째 김밥을 봤다. 이번엔 모양이 제법 그럴듯했다.

“저 이거 했어요. 괜찮아요?”

자랑스럽다는 목소리로 말한 은기가 김밥을 소중하게 들어 지서를 향해 내밀었다. 그녀가 한 것만큼은 아니었지만 처음에 비하면 장족의 발전이었다. 이리저리 은기의 김밥을 살펴본 지서가 그를 보며 웃었다.

“잘했어.”

미소를 보는 순간 심장이 쿵쿵 울려 댄다. 그녀의 머리카락이 어느새 창으로 들어오는 희미한 아침 햇살을 받아 연한 갈색으로 빛난다. 은기는 괜히 자신의 머리카락을 쓸어 넘긴다. 짧게 잘라 밤톨 같은 머리털이 손바닥을 스치자 또 가슴이 간지럽다.

"다음에 또 혼자 도시락 싸야 할 일이 있으면 넌 더 잘할 수 있을 거야."

이번엔 롤러코스터를 탄 것처럼 심장이 아래로 곤두박질치는 느낌이 든다.

"해 보는 게 중요해. 누구든 다 처음은 있으니까 실패해도 될 때까지 하면 돼."

러닝을 할 때면 아무 생각 없이 흥얼거리던 가요의 가사가, 첫눈에 반한다는 그 노랫말이 이젠 어렴풋하게 이해가 되었다.

"……네."

은기는 고개를 끄덕이며 입술을 꾹 깨물었다.

첫사랑의 순간이었다.

은기도 노력을 했지만 모양은 지서의 것이 훨씬 나았다. 맛도 그녀의 것이 더 맛있었다. 지서는 자신의 것을 도시락으로 싸 주었고 은기의 김밥은 할머니 드리라며 락앤락 통에 잘 챙겨 주었다. 은기는 괜히 박 여사가 생각나 지서가 싼 김밥을 한 줄 더 챙겨 두었다. 왠지 그녀가 기뻐할 것 같아서였다.

트레이닝 센터 견학을 마치고, 도시락을 먹는데 비상금이라고 쓰여 있는 봉투에 은기가 지서에게 준 재료값에 5,000원을 더한 금액이 들어 있었다. 은기는 휴게소에서 간식 사 먹고 싶은 걸 참으며 봉투째 고스란히 간직했다.

봉투엔 레몬 맛 사탕도 들어 있었다. 돌아오는 버스에서 은기는 사탕 껍질을 조심스럽게 벗겨 입에 넣었다. 평소엔 깨물어 먹는데 그 사탕만큼은 입 안에서 오랫동안 조심조심 녹여 먹었다.

사탕이 녹을수록 레몬 향이 넘실거리며 입 안 가득 퍼졌다. 첫사랑의 맛. 그러다 불쑥 그녀의 입술이 떠올라 은기는 혼자 몸을 꼬며 얼굴을 붉혔다. 입 안의 사탕이 점점 작아져 가자 괜히 마음이 울적해 김이 서린 차창에 우는 표정을 그리기도 했다. 그러다 사탕을 그렇게 먹어 버린 것을 후회하기도 하고 까무룩 졸다가 그녀의 꿈을 꾸었다.

그 후로 지서는 은기의 밤을 자주 훔쳐 갔다.

가만 보면 돈 주는 게 버릇인가.

"난 그래도 내가 유명해진 줄 알았는데."

은기는 지서의 집 창문을 보며 중얼거렸다. 옅은 불빛이 새어 나오는 것을 보니 아직 그녀는 잠들지 않은 것 같았다.

그 뒤로 시즌이 끝나고 여유가 될 때마다 무연리로 내려가 얼쩡거렸지만 지서와 마주친 적은 없었다. 설레며 왔다가 실망하며 돌아간 게 제법 되었다.

U-17 대표 팀 시절 네덜란드 프로 팀 스카우터의 눈에 들어 열여덟 살에 유럽으로 갔고 그 후 U-20 청소년 월드컵에 막내로 합류해 준우승의 주역이 되며 이름을 알렸다. 청소년 월드컵 결승전에서 중앙 수비수로 뛴 은기는 마지막 추가 시간에 골을 내주고는 다 자기 탓이라며 대성통곡을 하는 모습이 전파를 타 울보라는 별명을 얻었다. 앳되고 덩치만 큰 어린애가

졌다고 우는 게 귀여웠던 모양인지 한동안 축구 팬들 사이에 꽤 크게 회자되었다.

지난 올림픽에서는 헤더(Header: 머리로 볼을 컨트롤하거나 슈팅, 패스하는 동작)로 4강전 결승 골을 넣었다. 이런 말 내 입으로 하기 좀 그렇지만 한국 축구 판에서 고은기는 나름 유명인이다. 올림픽 은메달을 따며 병역 특례 혜택을 받아 군 문제를 해결하면서 영국 프리미어 리그나 독일 분데스리가에서 오퍼도 제법 많이 온다.

포털 사이트에서 뉴스 일을 하고 있으면 축구 선수 고은기는 알 법한데. 아무리 스포츠에 관심 없다고 해도 나 정도면 아는 게 맞지 않나.

역시 아버지 말이 맞았다. 장난기가 많은 아버지는 은기를 볼 때마다 늘 골 먹히고 욕만 먹을 거 수비수 해서 뭐 하냐고, 포워드나 윙어 같은 공격수를 해야 했다며 농담을 하곤 했다. 백인이나 흑인 선수들에게 밀리지 않을 정도로 타고난 피지컬이 좋고 키가 큰 편이라 세트 피스에서 헤더 골을 넣긴 하지만 어쩌다 가끔이었다. 공격수였다면 골 넣을 때마다 뉴스 탔을 건데, 그럼 지서가 감나무 집 손자 고은기는 기억 못 해도 축구 선수 고은기는 알았을 건데.

어릴 적 동네 아기 스포츠단에서 처음 축구를 배웠을 때 다들 공격수를 하고 싶어 했다. 코치 선생님은 발이 빨랐던 은기의 포지션을 공격수로 정해 주었는데, 수비수로 배정받은 단짝이 하기 싫다고 울어서 바꿔 주는 바람에 센터백 외길 인생을 걷게 됐다. 센터백이 공격수만큼 폼은 안 나지만 멋진 포지션이라고 생각했는데 축구 인생 처음으로 그때 바꿔 준 것을 후회했다.

이제 와서 포지션을 변경한다고 하면 미친놈이라고 하겠지.

은기는 지서의 집을 보며 긴 한숨을 내쉬었다.

지서가 또 돈을 내밀어 마음 제대로 상한 그다음 날, 은기는 홀로 박화순 여사의 납골당을 찾았다.

박 여사의 유골함에는 지서가 다녀간 흔적이 남아 있었다. 생화로 장식된 액자를 보자 시장에서 만났을 때 지서가 들고 있던 촌스러운 꽃다발이 떠올랐다. 다발을 풀어 그녀가 다시 정리한 모양이었다.

꽃을 보자 지서는 친부를 닮아 손재주가 좋다고, 그림을 그리고 싶어 했는데 애비 닮은 게 싫어 죽어라 반대했다던 박 여사의 이야기가 떠올랐다. 그때 박 여사의 표정이 은기의 눈앞에 어른거렸다. 어린 은기는 막연히 그녀가 슬퍼한다고만 생각했는데 이제 어렴풋하게 그 표정의 의미를 알 것 같다. 후회나 회한, 차마 다 털어놓지 못한 사랑. 그런 말들이 둥실 떠오른다.

박 여사는 알까. 은기에게 지서의 이야기를 할 때면 늘 앙다물고 있어 단호해 보이던 입술이 길게 늘어졌다는 것을.

그녀가 이야기해 준 지서는 무심하고 차가운 사람이었다. 박 여사는 그것들이 다 당신 탓이라며 책망했다. 자기 스스로 방어하지 않으면 안 되어서 그런 거라고. 타인에게 단단히 벽을 세우는 성품이라 아마 친구도 없을 거라고. 혹시나 만나게 된다면 은기 네가 지서 누나의 친구가 되어 주라고.

"죄송해요 할머니. 저 지서 누나 친구는 못 될 거 같아요."

은기는 티슈를 꺼내 액자에 묻은 꽃가루를 닦아 주며 옅게 웃었다.

서울에 가지 못하게 한 것도, 친모와 연락하지 못하게 한 것도, 출생 때문에 혹시나 풍파에 휩쓸려 다칠까 봐 걱정해서였다는 걸 지서에게 끝내 털어놓지 못한 채 그녀는 세상을 떠났다. 차라리 미움받는 게 편하다며 쓰게 웃던 박화순 여사의 영정 사진은 더할 나위 없이 평온했다. 이 사진은 은기가 골라 준 것이었다.

마지막으로 은기와 주고받은 이메일에서 박 여사는 어느 정도 자신의 죽음을 직감한 듯했다. 독수리 타법에 메일이 익숙하지 않은 그녀는 늘 은기의 이메일에 짧게 답하곤 했는데 그날은 어쩐 일인지 꽤 장문이었다.

언제 한국에 들어올 수 있는지 물었고, 혹시나 그때 들어와 보지 못하더라도 너무 마음 쓰지 말라는 당부였다. 계절이 지나가는 것과 같은 일이니 우리가 다시 만나지 못해도 너무 안타까워하지 말라고도 했다. 내 앞에서 웃어 달라고. 혹 여력이 된다면 지서를 돌봐 달라 부탁하며, 지서라면 텃밭의 작물을 다 말려 죽일 테니 그건 너에게 주겠다고도 덧붙였다.

그녀 스스로 죽음을 언급하지는 않았지만 긴 여행을 준비하는 듯한 그 글을 보며 은기는 조금 울었다. 그리고 평온한 척 답했다. 그러겠다고. 할머니 보고 싶다고.

시즌이 끝나고 한국으로 들어가는 비행기를 타기 직전 박 여사의 부고를 전해 들었다. 슬픔보다도 그녀의 부탁과 당부가 더 크게 와닿아 비행기에서 내내 이메일만 들여다봤다.

그렇게 박화순 여사와 다시 만났을 때, 검은 상복을 입은 지서의 작은 어깨를 보며 은기는 문득 그런 생각을 했다.

내가 이지서의 남편이었으면 좋겠다고.

그랬다면 그녀의 옆에 서서 손을 잡아 줄 수 있었을 텐데.

이 무정형한 마음의 형상이 무엇인지도 모르고, 그런 생각부터 했다.

04.

환상통

아침 8시.

오늘도 지서는 똑똑, 현관문을 두드리는 소리와 함께 아침을 시작했다. 문을 열면 어제처럼 텀블러엔 커피가, 작은 그릇엔 샌드위치나 스콘 같은 것들이 있겠지.

키스를 한 다음 날, 은기는 커피와 간식을 내밀며 지서가 줬던 돈도 다시 돌려주었다. 어쩐 일인지 새 봉투였지만 돈은 그대로였다.

지서는 커피를 한 모금 마셔 보았다. 첫날에는 좀 썼던 커피가 둘째 날부터는 그럭저럭 마실 만하더니 셋째 날인 오늘은 지서의 입에 딱 맞았다.

"무슨 소꿉장난하는 거 같네."

지서는 창가에 서서 먼 길을 따라 사라지는 은기의 차를 바라보며 중얼거렸다. 작은 경차인데 저 차로 고속도로까지 타는 것 같아 조금 걱정이었다.

아침이면 은기는 커피와 간단한 식사를 문 앞에 놓고는 어디론가 사라졌다가 점심이 조금 지난 시간 무렵에 다시 마을로 돌아왔다. 나른해 보이는 얼굴, 살짝 젖은 머리카락과 옅은 파스 냄새. 운동을 하고 온 눈치였다. 간식이라며 사 온 디저트의 상호를 보니 대구까지 다녀오는 모양이다. 한창 몸 관리하고 외모에 신경 쓸 나이이긴 한데 과하게 부지런하다.

이런 종류의 호감을 안다. 차라리 날것 그대로, 본인이 원하는 것을 표하는 가벼운 성의였다면 지서도 은기의 호의에 대해 깊이 생각하지 않았을 것이다. 누군가에게 선을 긋는 것은 지서가 가장 잘하는 것 아니던가. 만약 이곳이 서울이었다면 고작 20대 초반 남자애의 이런 호감 표시는 그녀에게 고려 사항조차 되지 못했을 것이다.

그런데도 계속 저 애 생각을 하게 되는 걸 보면 이 마을이 너무 조용해서, 자신에게 찾아온 이 여유가 갑작스러워 어색해서일지도 모르겠다.

알게 된 것은 겨우 일주일 남짓. 아는 거라곤 이름과 나이가 전부이다. 직업도 잘 모른다. 지금은 네덜란드에서 일하고 있고 잠시 한국에 들른 것이라는 정도뿐. 중졸이라는데 EU 국가에서 일을 할 자격이 되나. 취업 비자가 나오나. 부모님이 교수라는데 오픈 마인드인가 싶었다. 보통은 더 좋은 대학에 보내려고 고액 과외를 때려 붓는 경우가 많은데.

텀블러에 담긴 커피를 다 마신 지서는 휴대폰 액정을 터치해 네덜란드를 검색했다.

네덜란드, 암스테르담. 기회가 된다면 가 보고 싶어 블로그의 여행 후기를 보다가 문득 네덜란드에서만 합법인 것들이 눈에 들어왔다. 거리에 마리화나 냄새가 난다든가, 카페인 줄 알았는데 마리화나를 피우는 곳이었다든가 하는 것들.

중졸에 피지컬이 엄청난 20대 초반 남자애가 마리화나가 합법인 나라에서 일을 한다.

좀 이상한 생각이 들려 해 지서는 픽 웃고 말았다. 마약상이라니. 그럼 난 마약상의 첫 키스 상대인가.

순진한 척 연기하는 걸 수도 있지.

아니, 그러기엔 반응이 너무 솔직했다.

아니, 아니다. 어마어마한 연기파일지도 모른다.

그러다 문득, 평범한 남자들보다 더 매끈했던 은기의 팔과 다리가 신경 쓰였다. 왁싱을 하는 모양인지 체모가 없었다. 그와 동시에 지난달 스퀘어 연예 뉴스를 책임졌던 아이돌 마약 사건 기사가 지서의 뇌리를 스쳤다. 검사를 피하기 위해 염색을 여러 번 하고 왁싱을 했다고 했었지. 고은기 머리는 자연 갈색 같았는데. 타투……. 그때 봤을 땐 목에 그거 하나였지만 벗기면 온 등판이 용 문신일지 누가 안단 말인가.

옆집 할머니 장례도 돕는 효자 약쟁이라니.

오늘따라 이지서 상상력이 풍부하다.

"은기 햄스트링 수술한 지 얼마나 됐지?"

"9개월 정도 됐어요. 왜요? 안 좋아요?"

"아니야. 관리 잘하고 있어서 물어본 거야."

침대에 엎드려 있는 은기의 바지를 위로 올려 준 트레이너가 종아리와 허벅지에 마사지 크림을 듬뿍 발랐다. 경기 도중 경련이 일면 스프레이 같은 약품으로 응급 처치를 하는데 체모가 있으면 흡수가 늦고 피부에 염증이 생길 확률도 높아 왁싱을 하며 관리해 주는 편이었다. 오늘은 인터벌 트레이닝 강도를 평소보다 높여서인지 마사지 크림의 차가운 기운이 근육에 닿자 찌릿한 고통이 느껴졌다.

"그러게 매일 치료실 들렀다 가라니까."

"……급한 일이 있어서요."

혹시나 지서가 말도 없이 서울에 가 버릴까 봐 이렇게 누워 있는 지금도 불안했다.

한 달이 조금 넘는 휴가 기간이면 은기는 한국으로 돌아와 유소년 시절 몸담았던 팀에서 개인 훈련을 하곤 했다. 갑자기 근육을 늘리고 벌크 업을 하면 스피드나 신체 밸런스에도 영향을 주기 때문에 전문 트레이너가 짜 주는 프로그램대로 진행을 해야 했다. 그래서 당초에는 3주 정도 팀 클럽하우스 숙소에서 지내기로 되어 있었다.

하지만 지서를 만나면서 모든 일정이 바뀌었다. 무연리에서 대구까지 왕복 두 시간 출퇴근은 계획에 없던 일이었고 그 때문에 은기는 급하게 에이전시에서 노는 경차도 빌렸다. 공간이 좁아 경차에 몸을 구겨 넣고 다니는 은기를 보며 정훈은 네 키면 다리를 세 번은 접어야겠다고 농담을 하기도 했다.

"타투 했네?"

어깨 근육을 풀어 주던 트레이너가 흘러내린 티셔츠 틈으로 드러난 타투를 보며 은기에게 물었다.

"네, 우승 기념. 타투 저랑 안 어울리지 않아요?"

"이왕 할 거면 크게 하지. 보이는 데다가."

"그랬다가는 저희 아버지 뒷목 잡으실걸요. 이거 한 거 알면 한 소리 하실 거예요."

에레디비시(Eredivisie: 네덜란드 프로축구 리그) 우승을 확정한 날짜와 팀 엠블럼을 목뒤에 그려 넣었다. 우승은 재작년에도 했지만 올해는 은기를 비롯해 팀 주축인 20대 초반 선수 다섯 정도의 이적이 확실시된다. 다시 이 멤버로 만날 수 없다는 걸 알아 섭섭한 마음에 친한 몇 명이서 타투를 했다. 가장 친한 팀메이트는 팔에 가족과 형제, 그리고 오랜 연인의 이름을 새겼다. 경기 시작 휘슬이 울리기 전 그는 항상 팔에 새긴 연인의 이름에 입을 맞추곤 한다.

문득, 지서가 손으로 타투를 더듬던 감각이 떠오르자 목덜미가 간지럽다.

"올 이게 누구야! 고은기 아냐! 맨체스터 시티와 바이에른 뮌헨이 노린다는 고! 은! 기! 형을 길바닥에 버리고 간 고! 은! 기!"

팀 훈련이 끝났는지 마사지가 필요한 선수들 몇이 치료실 안으로 우르르 들어왔다. 그날, 지서에게 가기 위해 카페에 버리고 간 일로 어지간히 충격을 받았는지 정훈은 마주칠 때마다 저런 식으로 은기를 골려 먹었다.

"너 진짜 맨시티나 뮌헨 가?"

트레이너가 자신의 팔꿈치로 은기의 등 근육을 누르며 물었다. 안 그래도 어제인가, 영국에서 그런 기사가 나왔다며 한국 언론에서도 인용 보도를 하는 바람에 주변에서 다들 진짜냐고 연락이 쏟아져 하루 종일 휴대폰이 울려 댔다.

"아뇨. 그냥 하는 말들이에요."

일본인 선수가 지난주 빅 팀으로 이적하는 바람에 한국 팬들은 우리도 질 수 없다며 고은기는 레알 마드리드를 가니 바르셀로나를 가니 난리였다. 요즘 은기의 이적 기사 댓글엔 알아주는 빅 팀 이름은 한 번씩 다 언급되는 것 같다. 당사자인 은기는 조용한데 온 축구 커뮤니티에서 그의 미래를 대신 계획해 주고 있는 중이다.

그대로라면 은기는 스물여섯 살에 프리미어 리그와 FA컵, 챔피언스 리

그 우승을 일궈 내고 스물일곱 살에 첫 발롱도르(Ballon d' Or: 전 세계 축구 선수 중 뛰어난 활약을 보여 준 개인에게 수여하는 상)를 수상하며 스물여덟 살에 국가대표 팀 주장으로 한국 최초의 월드컵 우승을 견인할 예정이다. 또 뭐라더라. 서른 살엔 우주 정복을 할 거라나. 그만큼 기대가 커서 부담스러운 것도 사실이었다.

에이전트에겐 가고 싶은 팀과 우선순위에 대해 이야기를 해 뒀고 실제로 협상이 꽤 진행된 팀도 있다. 이제 스물셋. 누가 봐도 최적의 이적 타이밍이라는 걸 부정하진 않겠지만 괜히 말이 잘못 새어 나갔다가 협상이 꼬이는 수가 있으니 에이전트 쪽에서도 이에 대해 입단속을 부탁했다.

"그래도 은기는 언어가 되니까 좀 낫지. 원어민 수준이니까."

수비수들은 특히 파트너와의 커뮤니케이션이 중요해 포워드나 미드필더보다 더 언어 능력이 우선시되곤 했다.

"영어? 독일어?"

트레이너가 웃음기 섞인 목소리로 물었다. 은기는 프리미어 리그로 갈 거냐, 분데스리가로 갈 거냐 떠보는 말에 아무런 대답 없이 그냥 웃었다.

가장 가고 싶은 곳은 프리미어 리그다. 팀 간 격차도 적고 선수층도 두꺼우며 거칠고 속도가 빨라 처음엔 벤치에라도 앉으면 다행일지도 모른다. 경기장에 출근해도 명단에서 제외되면 관중석에서 지켜보기만 하는 날이 더 많을 수도 있을 것이다. 특히나 커뮤니케이션이 중요한 수비수인 은기 입장에선 더 각오할 게 많았지만 그만큼 자신도 있었다. 이미 영국에서 뛰고 있는 대표 팀 선배에게 리그 분위기나 환경 같은 것에 대해 여러 번 조언을 구했다.

"영국 가, 영국. 나 너 프리미어 리거 되면 직관 갈 거야."

정훈이 장난기 섞인 목소리로 덧붙였다.

아무래도 한국인 센터백의 빅리그 이적이 처음이다 보니 팬들은 물론 선수들까지 은기에 대한 관심이 최고치를 찍었다. 아버지는 네가 그렇게 잘나서 사람들이 관심을 가져 주는 게 아니라고 잔소리를 했지만 어쨌든 고은기는 한국 축구계가 주목하는 차세대 스타다.

그래서 은기는, 지서가 자신을 어렴풋하게나마 알 거라고 생각했다.

"야, 너 그 여자랑은 잘되어 가? 날 버리고 간 보람은 있냐고."

트레이너가 잠시 자리를 비운 사이, 은기에게 가까이 다가온 정훈이 목소리를 낮추며 귓속말을 했다.

"징그럽게 왜 귓속말을 하고 그래. 저리 떨어져."

은기가 질색을 하며 거칠게 정훈의 어깨를 밀어 버렸다. 몸싸움을 하는 줄 알았는지 옆 침대에 누워 있던 선수가 슬쩍 고개를 들어 둘을 보았다.

"아니, 걱정되니까 그러지. 잘되고 있냐."

……지금 이게 잘되어 가고 있는 건가.

잘 모르겠다.

하나 분명한 것은 그녀가 자신을 철저하게 심심풀이 어린애 취급 하고 있다는 것.

"야, 설마 연예인은 아니지?"

"아니야."

은기가 단호하게 말하자 정훈이 슬쩍 뒤쪽으로 턱짓을 했다.

"요즘 네 연락처 따려는 애들 겁나 많아. 조심해."

치료실에 같이 들어온 몇몇은 두 사람의 대화에 귀를 커다랗게 세우며 엿듣고 있는 눈치였다.

"여덟 살 연상이면 솔직히 네가 얼마나 애새끼로 보이겠냐. 내가 생각을 해 봤는데, 일단 어른스럽고 믿음직한 걸 어필하는 게 중요하다고 본다. 그러면서 연하의 패기를 같이 보여 주는 거지.”

말은 쉽지.

은기가 손을 까딱이며 정훈에게 가까이 오라는 시늉을 했다. 그러자 정훈이 은기가 엎드려 있는 치료용 침대로 다가와 자신의 귀를 내밀었다.

“형.”

“응.”

“형이나 잘해…….”

소개팅 열 번, 그중 딱 한 번 연애 직전까지 갔지만 무산됐다. 어제도 은기에게 전화를 해 아무래도 자기가 눈치가 없는 것 같다며 땅을 치던 박정훈이 연애 조언을 하려 들다니.

은기의 말에 정훈이 주먹으로 때리는 시늉을 하고는 그를 흘겨봤다. 정훈의 말은 신뢰가 가지는 않지만 그렇다고 틀린 말도 아니었다.

연하의 패기는 도대체 어떻게 보여 주는 걸까.

“야, 고은기. 나 그분 사진 보여 줘. 카톡 프로필 사진 같은 거 있을 거 아냐.”

“……모르는데.”

은기의 대답에 정훈이 말이 되냐는 듯 눈을 크게 떴다.

“뭐야. 번호도 안 따고 깝죽거린 거야?”

“타이밍이 안 맞았어.”

물론 생각은 계속하고 있었다. 마음만 먹으면 마을 어른들을 통해서 쉽게 휴대폰 번호를 얻을 수 있지만, 왠지 직접 물어보고 싶었다.

“내가 자연스럽게 번호 따는 법 알려 줄까? 이거 나도 기준이 형한테 배웠어. 형이 형수한테 들이댈 때 쓴 방법이래.”

그런 방법이 과연 통할까.

이지서.

이름 세 글자만으로도 긴장된다.

은기가 오랜 시간 궁금해했던 환상 속 그녀는 주변을 압도하는 특유의 분위기가 인상적인 사람이었다. 신비롭고 우아하며 매혹적이다. 부러지지 않을 것처럼 단단해 보이면서도 쉽게 깨질 것 같아 불안하기도 했다. 그래서 곁을 지켜 주고 싶다는 생각을 한 것 같다.

이지서, 이지서……, 이지서.

은기는 입 안으로 그녀의 이름을 반복해 보았다. 혀를 움직일 때마다 지서의 혀가 자신의 입 안에 들어왔을 때의 야릇한 감각이 떠올라 심장 박동이 빨라졌다.

"이거 형들이 성공률 100%라고 했다니까?"

떠올리는 것만으로도 챔피언스 리그 4강전에서 처음 그라운드를 밟았을 때보다 떨린다.

그라운드 안에서의 은기는 거칠게 상대를 압박하고 괴롭히는 타입이다. 공격수에게 얕잡아 보이는 순간 주도권을 빼앗기기 때문에 몸싸움도 마다하지 않았다. 유럽 리그에서 뛰는 아시안, 그중에서도 몇 없는 수비수에 나이도 어리니 경기 중 과도한 신경전과 인종 차별을 당하는 경우도 허다했다. 요즘에야 VAR(Video Assistant Referees: 비디오 판독)이 도입되고 경기장 내 인종 차별에 대한 처벌이 엄격해지긴 했지만 불과 2~3년 전까지만 해도 은기가 감당해야 할 것들이 많았다. 열여덟 살에 처음 네덜란드에 왔을 땐 힘들 때마다 한국에 전화해 할머니가 해 준 김치찌개가 먹고 싶다고 운 적도 있다.

그랬지만, 결국 이겨 냈지. 실패하면 될 때까지 했으니까.

"뭐야. 싫으면 관둬라."

정훈이 삐진 시늉을 하며 반대편 치료용 침대를 향해 몸을 돌리려 했다.

"형."

몸을 일으킨 은기가 그의 셔츠 자락을 붙잡아 자신 쪽으로 당겼다.

할 수 있는 건 다 할 거다. 늘 그랬던 것처럼.

"……나 알려 줘."

폼 잡고 싶은데 그게 쉽지 않다는 게 문제지만.

지서는 나무가 우거진 그늘 아래의 평상에 앉아 딸기 맛 콘 아이스크림을 먹었다. 시선은 저 먼 곳, 슈퍼 앞 나무에 고정된 상태였다. 마을로 들어오는 차는 두 시간째 한 대도 없었다. 차는커녕 오가는 사람조차 없는 더운 여름. 평소 같았으면 벌써 돌아와 괜히 주변을 알짱거리며 그녀의 눈치를 보았을 은기도 아직 보이지 않았다.

초여름. 태양은 뜨겁고 공기는 무덥고 초록은 싱그럽다.

계절의 변화에 예민한 지서는 기온이 급격하게 바뀔 때면 한 번씩 크게 앓곤 했다. 여름은 더워서, 겨울은 추워서 힘들었다. 지금도 여름이면 혈압이 떨어지고 맥이 느리게 뛰어 어지럼증이 심했다.

어릴 적, 지서가 힘들어할 때면 박 여사는 여기 가만히 있으면 시원하다며 그녀를 평상에 눕혀 놓고 부채질을 해 주었다. 이제 나이를 먹어 보니 어떤 느낌인지 알 것 같다. 낮은 산에 둘러싸인 탓에 무연은 다른 곳보다 더위가 빨리 찾아왔지만 도시의 더위와는 결이 달랐다. 바람은 뜨겁고 햇볕은 피부가 따끔할 정도로 강했지만 서울 아스팔트의 지열처럼 순식간에 녹아 내가 사라질 것 같은 느낌은 분명 아니었다.

몇 입 먹지도 않았는데 아이스크림이 벌써 녹아 손으로 뚝뚝 떨어졌다. 먹는 속도가 느린 탓에 분홍빛 액체가 손목까지 흘렀지만 그녀는 자신의 속도를 지켰다. 뭐라 그럴 사람도 없고 집을 더럽히는 게 아니니 빨리 치워야 한다는 생각도 들지 않았다. 이상하게도 지서의 고향은 사람을 나태하게 만든다.

더운 바람이 불 때마다 평상을 덮은 나무 그림자가 흔들리고 담벼락을 덮은 장미 향이 코를 찔렀다. 붉은 덩굴장미와 잡초가 제대로 보수하지 않고 그때그때 어설프게 벽돌을 얹어 시멘트를 바른 담을 완전히 뒤덮었다. 처음 이 집에 온 일주일 전만 해도 이 정도로 만개하지 않았던 것 같은데 신기하다. 나무와 꽃을 보는 것 자체가 굉장히 오랜만이었다. 눈에 들어오는 것들이 모조리 다 원색이다. '붉다' 보단 '빨갛다' 는 말이 더 어울리는 장미, 녹색 물감을 짜 칠한 것 같은 나무와 논, 그리고 새파란 하늘. 지서는 무언가에 홀린 사람처럼 아이스크림을 핥으며 장미 담벼락으로 더 가까이 다가갔다.

남들은 촌스럽다 해도 역시 진한 붉은색이 좋다. 그림이나 디자인 공부를 하고 싶었던 시절에 늘 제일 먼저 떠올린 컬러도, 플라워 클래스에서 꽃을 만질 때 택하는 센터피스도 붉은색이었다.

그때였다.

찰칵.

휴대폰 카메라의 기계음이 들려와 지서는 퍼뜩 정신을 차렸다.

"오늘은 좀 늦었어요."

은기였다.

"사진 잘 나왔어요."

언제 오나 하고 지서가 마당을 얼쩡거리게 만든 그 고은기.

은기가 보라는 듯 지서를 향해 휴대폰을 내밀었다. 하지만 태양 빛이 워낙 강해 액정 화면이 제대로 보이지 않았다. 지서는 무의식중에 휴대폰을 달라고 손을 내밀다가 아이스크림이 묻은 것을 깨닫고 한 걸음 물러섰다. 그러자 은기가 지서의 팔꿈치를 슬쩍 잡아 자신 쪽으로 당긴다.

팽이처럼 그녀의 몸이 팽그르 돌고 은기는 어느새 지서의 뒤쪽으로 다가와 섰다. 몸이 맞닿은 건 아니었지만 등 뒤에서 느껴지는 존재감이 지나치게 확실해 신경 쓰였다.

"봐요."

다른 손을 넓게 펴 휴대폰을 가리며 그늘을 만들어 준 그가 말했다. 덕분에 지서는 접촉만 없을 뿐이지 은기의 품에 안긴 것과 다름없었다.

"잘 나왔네."

손이 정말 크다.

"그렇죠? 저도 모르게 찍었어요."

사실, 사진은 잘 보이지 않았다. 커다란 손이, 근육과 핏줄이 팽팽하게 곤두선 팔이 신경 쓰여서 눈에 들어오지 않았다.

"예뻐요."

그가 잠시 말을 고르다가 작은 목소리로 수줍게 말했다. 돌아보지 않아도 은기의 긴장이 느껴져 덩달아 의식됐다. 지서 자신에게 온 신경을 곤두세우고 있는 게 생생하게 느껴졌다.

"지서 씨 번호……."

등 뒤에서 들려온 은기의 목소리에 지서는 소리 없이 웃었다. 이럴 거 같더라니. 어설픈 수작에 웃다가 지서는 저도 모르게 입술을 핥았다. 연한 딸기 맛이 난다.

"휴대폰 번호 알려 주세요. 사진 보내 드릴게요."

은기는 또박또박, 어색하게 '휴대폰 번호'라고 고쳐 말했다. 지서가 대답 없이 슬쩍 뒤를 돌아보자 그가 황급히 시선을 피했다. 이런 애를 두고 약쟁이라고 의심했다는 걸 알면 본인은 얼마나 어이가 없을까.

잘생긴 귀가 가장 먼저 눈에 들어왔다. 쑥스러우면 귀가 붉어지나 보다. 잔뜩 긴장한 기색이 역력했지만 그는 지서를 향해 내민 휴대폰을 거둘 생각이 없어 보였다.

"나 손에 아이스크림 묻어서."

그 말을 거절의 의미로 이해했는지 은기의 표정이 살짝 굳었다.

아마 오는 내내 이 생각만 했겠지. 어떻게 말을 꺼내며 들이대나 고민하면서. 장미를 보고 있는 지서를 발견하곤 지금이다! 했을 거다.

은기의 미숙함이, 서툰 수작이 이상하게도 즐거웠다. 그의 박자에 맞춰 주고 싶기도 하고 엇박자를 놓아 완전히 엉망으로 만들어 주고 싶기도 하다.

"대신 번호 불러 줄게."

녹은 아이스크림이 그녀의 손가락을 타고 흘러 뚝, 아래로 떨어지며 바닥에 자국을 남겼다.

"……네."

은기가 웃었다.

여름을 닮은 미소였다.

해가 길다. 늦은 오후인데도 하늘은 단지 붉을 뿐이다.

지서는 노을이 깔린 길을 따라 걸어오는 은기와 그 뒤를 따르는 슈퍼 집 개를 창 너머로 보았다. 더할 나위 없이 평화로웠다. 후텁지근한 여름의 공기와 베일처럼 드리운 붉은 노을, 곡식이 무르익는 논. 늘 예민하고 경직되어 불안정했던 모든 것들이 편안했다. 급하게 서울에서 내려온 후 장례를 치르는 동안 팽팽하게 당겨져 끊어질 것 같았던 신경은 무연리의 느긋함에 완전히 동화됐다. 고독이라 여겼던 것들은 이제 지서에게 마음의 고요를 선사한다.

복숭아와 자두, 살구 같은 여름 과일을 닦아 쟁반에 담는데 지서의 휴대폰 진동이 울렸다. 발신자, 최태하 전무. 지서는 이름을 확인하곤 무감각한 얼굴로 전화를 끊어 버렸다. 지금 이 전화를 받는다면 이 완벽한 평온은 완전히 깨질 것이 분명했다.

또다시 전화가 울리자 지서는 아예 최태하의 연락처를 수신 거부 해 버렸다. 어차피 이곳에 온 후 그녀의 휴대폰은 시계 정도의 역할밖에 하지 않았다. 사적인 연락을 주고받는 친구도 없고 안식 기간 동안은 업무 연락을 되도록 하지 않는 게 암묵적인 룰이었다. 처음엔 열심히 기사 모니터링을 하고 오류를 바로잡아 주던 지서도 어느 순간부터는 사이트를 확인하지 않고 있었다. 정말 급하면 전화를 하겠지만 태하의 연락은 분명 업무적 필요는 아닐 거였다.

은기는 자신을 뒤따르며 짖는 개의 머리를 쓰다듬어 주면서 장난을 쳤다. 함께 저녁 식사를 한 게 10분 전. 지서가 평상에 나가 디저트를 먹자 제안했고 은기는 모기향이 떨어졌다며 슈퍼에 다녀오겠다고 했다. 귀찮을 텐데 뭐 하러 그러냐며 지서는 대수롭지 않아 했지만 은기는 슈퍼로 향했다. 섬세한 구석이 많은 애였다.

한참 개를 달래 슈퍼로 돌려보낸 은기가 거의 뛰다시피 빠르게 지서의 집으로 오는 게 보였다. 창문으로 지서가 보이자 슬쩍 웃는 게, 주인 보고 좋아하는 멍멍이 같다.

동물을 싫어하는 것은 아니지만 단 한 번도 키워 본 적은 없다. 혼자 살기 시작하면서 가끔 외로울 때마다 반려동물을 키워 볼까 하는 생각을 하기도 했지만 마음을 접은 것은 무서워서였다. 이유는 생각보다 나약하다. 이 외로움은 순간일 수도 있는데 혹시나 충분히 사랑을 주지 못할까 봐, 그러다 어느 순간 반려동물이 귀찮게 느껴질까 봐, 온 정성을 다 쏟았는데 그 애가 날 두고 먼저 떠날까 봐 같은 이유.

지서는 은기가 미리 챙겨 두었던 쟁반을 들고 평상으로 나갔다.

"은기 씨, 내가 할게. 이리 줘요."

지서가 모기향에 불을 붙이기 위해 라이터와 사투를 벌이는 은기에게 손을 내밀었다. 손놀림이 어설픈 게 흡연자는 아닌 모양이었다. 알수록 의외투성이다. 이력이나 외모, 스펙은 딱 엇나가기 좋은 양아치 스타일인데.

그때, 또다시 지서의 휴대폰이 울렸다. 모르는 번호지만 누구인지 알 만해 그녀는 그대로 전화를 끊어 버렸다.

최태하겠지.

지서는 치솟는 짜증을 간신히 내리눌렀다.

"안 받아도 돼요?"

"응, 회사. 라이터 줘요."

은기에게서 라이터를 받아 능숙하게 모기향에 불을 붙인 지서는 담배를 꺼내 입에 물었다. 그러자 그가 눈을 커다랗게 뜨며 그녀를 바라봤다.

"줘요?"

"어, 아뇨. 전 담배 안 피워요."

당황하는 그는 귀엽다. 그래서 계속 놀리고 싶어진다.

내가 이런 취향이었던가.

"지서 씨 담배 피우는 거 처음 봐요."

그러면서 은기가 작은 소리로 몸에 안 좋은데, 하고 중얼거렸다.

"자주는 아니고 가끔. 스트레스받거나 정신 사납거나 그럴 때."

지서의 말에 복숭아를 자르던 은기의 손이 멈칫했다.

"혹시 제가 귀찮게 하는 거예요?"

말하며, 그의 표정이 가라앉았다. 라이터를 켜려던 지서의 손이 멈칫하고 잠시 두 사람 사이에 정적이 흘렀다. 소음이라곤 밀밭을 지나가는 바람 소리뿐이었다.

은기가 살짝 고개를 숙이자 노을의 그림자가 져 어떤 얼굴인지 보이지 않았다.

"아니야. 아니에요, 은기 씨."

지서는 반말을 했다가, 존댓말로 고치면서 조용히 답했다. 신입은 물론 인턴에게도 존댓말을 쓰며 곁을 준 적이 없는데 은기는 그녀의 담을 낮추고 선을 넘나든다.

"편해서 그래요. 원래는 다른 사람 앞에서 안 피우는데……."

그때, 또다시 지서의 휴대폰이 울렸다.

"아주 오늘 날 잡았네."

지서가 담배를 길게 빨며 휴대폰을 내려다보았다. 방금 전과는 또 다른 번호였다. 그녀의 기억이 맞는다면 태하는 라스베이거스의 장기 출장을 마치고 오늘부터 출근이었을 것이다. 뒤늦게 들었겠지. 지서가 모친상을 당한 것도, 긴 안식 휴가를 떠난 것도.

"지금 전화 거는 그 사람 때문이에요?"

은기가 불쑥 물었다. 늘 조심스러워하던 것과는 다르게 이번만큼은 억양이 경직되고 분명했다.

"응."

지서는 부정하지 않았고.

"그럼 피우지 마요."

은기는 그녀의 손에 들린 담배를 빼앗아 갔다. 그러고는 평상의 끄트머리에 꾸욱 눌러 불을 꺼 버리곤 아래로 툭 던졌다. 침묵과 함께 옅은 연기가 두 사람의 공간을 맴돌았다.

잠시 시선을 비스듬히 내리고 무언가를 생각하던 은기가 지서의 손을 자신 쪽으로 끌어갔다. 담배를 쥐었던 그녀의 손가락을 조심스럽게 펼치고는 물티슈를 뽑아 부드럽게 닦아 주었다. 은기의 손이 닿은 자리에서 그의 후끈한 체온이 느껴졌다. 기온이 높은 여름의 오후. 타인의 체온이 기묘한 안정을 주었다.

"담배 몸에 안 좋아요. 피우지 마요. 안 그랬으면 좋겠어요."

은기가 똑바로 지서를 바라보며 말했다. 그의 새까만 동공에 노을이 스몄다. 얇지만 진한 샤프로 그린 것 같은 긴 눈매가 오로지 지서 자신만을 향했다.

그때 또다시 휴대폰이 울렸다. 지서가 전화를 끊으려 하는데 은기가 재빠르게 그녀에게서 휴대폰을 낚아채 갔다.

"이지서 씨 휴대폰입니다."

그리고 그녀가 말리기도 전에 전화를 받았다.

"네. ……아뇨. 용건 있으시면 전해 드리겠습니다."

태하가 무어라 말하는 것 같았지만 무슨 내용인지는 명확하게 들리지 않았다. 다만 은기는 그것을 가만히 들으며 그녀를 한 번 바라보았을 뿐이었다. 지서가 휴대폰을 빼앗기 위해 손을 뻗었지만 역부족이었다. 한 번 더 시도해 보지만 은기는 간단히 몸을 돌려 그녀를 저지했다.

"그건 곤란합니다."

대답하며, 은기가 커다란 손으로 그녀의 손에 깍지를 끼고 힘을 주었다.

"방해받고 싶지 않습니다. 이제 전화하지 마시죠."

은기는 그 말을 끝으로 전화를 끊었다. 그리고 곧장 지서의 휴대폰을 꺼 버렸다.

잠시 어색한 정적이 이어졌다. 늘 온화하던 은기의 온도가 차게 가라앉는 느낌이었다. 사나운 얼굴. 지서는 처음 보는 모습이다. 비틀리고 꼬인 최태하가 은기에게 호의적으로 굴었을 리 없으니 당연한 반응일지도 모른다.

그래도 이건 아니야. 지금 화를 내야 할 사람은 지서 자신이었다.

지서는 손목을 비틀어 은기의 손을 떼어 냈다. 갑자기 훌쩍 선을 넘어 끼어든 은기에게 화가 났다.

"남자 친구예요?"

은기가 물었다.

"구 남친, 대학 선배, 직장 상사."

지서는 경직된 어조로 순순히 대답해 주었다. 어차피 은기에게 치부를 들켰으니 숨길 이유도 없었다.

최태하와의 관계는 단 하나로 설명하기 어렵다. 만나는 순간부터 그럴 수밖에 없었다.

"그리고 친모 아들."

그 말에 은기가 눈을 크게 뜨며 그녀를 바라봤다.

"내 친모 의붓아들이에요. 현 남편의 전처 아들."

지서는 대수롭지 않다는 듯 어깨를 으쓱했다.

"돌이켜 보면 그렇게 좋았던 기억이 없어. 헤어지고, 다시 만나고, 또 싸우고. 그것만 몇 년째라 좀 지겨워."

그 누구에게도 꺼내 본 적이 없는 말이었다. 차마 입에 담지 못했던 말인데 뱉고 보니 별것 아닌 것처럼 느껴졌다. 왜 이 애 앞에선 치부와 약점을 아무렇지 않게 내보일 수 있는 것인지 모르겠다.

여길 떠나면 다시 안 볼 사이이기 때문일까.

"개족보지."

날씨가 이렇게 맑은데 귓가엔 장맛비가 퍼붓는 소리가 들리는 것만 같다. 떠올리고 싶지 않은 기억들이 뇌리를 스친다. 내가 좇던 것이 허상이라는 걸 알았을 때의 좌절감과 그날의 차가운 온도를 떠올리자 심장이 서늘하게 식어 버린다.

"그래서 친모가 나한테 발작하는 거예요. 난 버리고 갔으면서 그 아들은 자기 영혼을 다 바쳐서 키웠거든."

누군가 가슴을 바늘로 찌르는 듯한 느낌이 든다.

지서는 차분한 얼굴로 은기를 바라보며 냉정하게 입을 연다.

"은기 씨, 오늘 이거 주제넘은 짓이에요."

꽤 여러 번 느껴 본 통증.

"돌아가요."

환상통이었다.

05.
달아

이지서와 최태하 사이엔 수많은 접속사가 존재한다.

그런데, 그리고, 그러나, 그래서, 하지만. 세상의 모든 언어를 동원해야 할 정도로 너무나 많다. 아마 그 접속사들뿐이었다면 변덕이 심하고 확신을 주지 않는 태하와 곱게 굽힐 줄 모르는 지서의 관계는 지독하게 싸우고 그저 그렇게 마침표를 찍었을 것이다. 서로를 위해 져 줄 줄 모르는 두 사람이라면 분명 그런 결말이 어울렸다.

문장과 문장의 관계를 결정짓는 접속사처럼 태하와 지서의 관계를 확정지어 버린 접속사는 따로 있었다.

이지윤, 아니, 이제는 이주애.

지서의 친모.

'이주애' 라는 접속사는 지서로 하여금 태하에게 이별을 선언하는 계기이기도 했고, 그를 붙들게 만드는 원동력이기도 했다.

대학 시절, 처음 태하와 만났다.

그리고 스퀘어에 취직한 후 이주애가 찾아와 입사 포기와 함께 아들과의 이별을 종용했다. 그때 처음 태하가 누구 아들인지 알았다.

절실하지도, 대단하지도 않은 마음이었다.

그러나 이주애를 괴롭히고 싶어 그를 붙잡았다.

태하와는 매번 서로에게 상처를 준다. 이주애가 있는 한 이 관계에 미래는 없다.

아니, 애초에 그는 그녀에게 순수한 애정을 주는 사람이 아니다.

그래서 오늘도 헤어진다.

죽일 듯 싸우며 이별하고 내일 또 만나겠지.

그런데…….

이제 그만하고 싶다.

지서는 꺼진 휴대폰을 만지작거리다가 꾸욱 전원 버튼을 눌렀다. 스마트폰이 켜지는 짧은 순간, 쌓여 있을 메시지와 부재중 전화를 생각했지만 의외로 잠잠했다. 은기가 전화를 끄자마자 다시 걸려 온 부재중 전화 한 통이 전부였다. 최태하 성격에 아직까지 잠잠한 게 수상하다. 당장 다 뒤집어엎고 위치 추적 해서 여기 내려왔을 인간인데.

이 복잡한 관계에 대해 은기는 아무런 말도 하지 않았다. 지서의 축객령에 담담히 고개를 끄덕이고는 말없이 자신의 집으로 돌아갔을 뿐. 지서는 모기향이 다 타 재만 남을 때까지 평상에 멍하니 앉아 움직이지 않았다. 이렇게 또 타인과 멀어지겠구나. 짧은 깨달음이 그 밤 유독 사무쳤다. 아무런 말 없이 고개를 꾸벅 숙이며 돌아가던 은기의 뒷모습이 눈에 밟혀 밤새 자리를 뒤척였다.

현관문을 두드리는 소리에 퍼뜩 정신이 들었다. 시계를 확인하니 아침 8시. 설마 싶었다. 그렇게 매몰차게 굴었는데 설마. 하지만 문을 열자 이제는 익숙해진 옅은 비누 향이 지서를 반겼다.

"잘 잤어요?"

은기의 넓은 어깨 너머에서 아침 햇살이 미끄러져 들어왔다. 눈이 부셨다.

"잘 못 잔 얼굴인데."

"……은기 씨."

"은기야. 이렇게 불러 주세요."

지서는 대답하지 않고 입술을 깨물었다.

"어제는 제가 잘못했어요. 지서 씨 불편하게 해서 죄송해요."

충혈된 눈으로 그가 담담히 말했다. 아무렇지 않은 척하지만 얼굴이 까칠하다.

"사과 안 받아 주실 거예요?"

은기가 조심스럽게 묻자 지서는 잠시 그를 응시하다 시선을 내렸다.

이건 분명 지서도 예상치 못한 전개였다.

당연히 멀어질 거라고 생각했다. 짧은 인연도 이대로 끝일 거라고.

"지서 씨."

은기의 부름에 지서는 대답 대신 손으로 그의 뺨을 감쌌다. 오늘도 챙겨 온 커피 텀블러를 숨기려 뒷짐을 지고 있던 은기의 몸이 살짝 굳었다.

가장 먼저 지서의 뒤꿈치가 들렸다. 손에 힘을 주어 그의 얼굴을 당기자 그녀의 얼굴에 그림자가 졌다. 입술이 닿는 순간 은기가 눈을 감았다. 늘 푸르고 곧은 침엽수를 닮은 눈매를 따라 빼곡한 속눈썹이 파르르 떨린다.

"어디 가지 말고 집에 있어요."

짧은 입맞춤을 끝내고 두 사람의 몸이 멀어지려는 순간 은기가 그녀의 허리를 안아 자신 쪽으로 당기며 말했다.

"걱정되니까."

도대체 최태하가 뭐라고 했기에 은기가 이런 얼굴을 하는 걸까.

"은기 씨."

지서가 입을 열자 은기가 그녀의 뒷머리를 손으로 쓸어내리며 말했다.

"은기야."

이렇게 불러 달라는 듯.

"……은기야."

"네."

"나도 감정적으로 굴어서 미안해요."

지서의 사과에 은기는 말없이 그녀를 한 번 꽉 끌어안고 놓아주었다. 멀어지는 온기가 못내 아쉬웠다.

"저 금방 올게요."

텀블러를 지서에게 건네준 은기는 무슨 일 있으면 전화하라는 말을 남기고는 집을 나서려 했다. 그러자 잠시 망설이던 지서가 그를 잡아 세웠다.

"은기 씨, 이거."

어차피 외출할 예정도 없고 전부터 신경 쓰였으니까.

"내 차로 가. 고속도로에서 경차 위험하니까."

지서는 은기의 손에 자신의 차 스마트 키를 쥐여 주었다. 놀랐는지 은기가 외제 차 엠블럼이 선명한 차 키와 지서를 번갈아 보며 눈을 깜빡였다.

"괜찮아요?"

보통 운전자들은 자기 차 운전대를 아무에게나 맡기지 않는다. 더군다나

20대 초반의 남자라면 대부분 거칠게 운전하는 경우가 많아 더더욱. 은기 역시 이를 염두에 두고 묻는 말 같았다.

"괜찮겠지. 가져가."

지서가 희미하게 웃으며 가라는 듯 은기를 떠밀었다.

사람들은 이렇게 화해를 하며 관계를 이어 나가는 걸까.

"다녀올게요. 어디 가지 말고 집에 있어요. 먹고 싶은 거 있으면 전화하고요."

마치 연인 사이의 대화 같아. 몇 번이고 망설이는 은기의 모습에 지서는 하마터면 그를 잡을 뻔했다.

지서는 은기가 저런 얼굴을 할 때가 좋았다. 날 걱정하는 얼굴. 물질적 가치와 이해득실을 최우선으로 여겨도 결국 지서가 가장 약한 부분은 이런 사소한 것들이었다. 숨겨도 숨겨지지 않는 애정 결핍 때문일지도 모르겠다. 그러니까 최태하와 그 말도 안 되는 싸움을 하면서도 이 지긋지긋한 관계를 유지했던 거겠지. 최태하만큼 지서 자신에게 관심 있는 사람이 없어서.

지서는 쓴웃음을 지으며 지난밤 은기가 가져다준 과일을 손질하기 시작했다. 살구로는 잼을 만들고 복숭아로는 푸딩을, 자두로는 타르트를 만들 계획이었다. 생각을 멈추려면 단순노동만큼 효과적인 게 없었다.

흐르는 물에 과일을 씻자 차가운 기운에 등줄기에서부터 소름이 돋았다. 아침부터 실내는 습하고 무더웠다. 머리를 올려 묶었지만 흘러내린 잔머리 사이로 땀방울이 맺혔다. 덜덜거리는 선풍기 바람은 소용이 없다. 서울에서는 느끼기 힘든 더위, 그 자체이다.

여름의 온도가 새삼스러웠다. 출퇴근은 차로, 점심도 최대한 시간을 아끼기 위해 지하 아케이드나 사내 카페테리아에서 사 와 자리에서 때우니 계절을 느낄 일이 없었다.

샌드위치 같은 핑거 푸드를 입에 넣을 때면 계절이 바뀔 때마다 박 여사가 해 주었던 음식이 떠오르곤 했다. 직접 낸 콩국물, 가마솥에 삶은 백숙 같은 것들. 그럼 자연스럽게 이어지는 광경이 있다. 땀을 뚝뚝 흘리면서도 불 앞에서 씨름을 하며 무언가를 만드는 박 여사와 그 옆에서 말없이 일을 돕는 지서, 자신. 갑자기 그 시절이 생각날 때면 직접 음식을 해 먹어야겠다며 부지런을 떨기도 했지만 혼자 먹는 식사는 맛이 없었다.

두서없이 생각을 이어 가며 살구를 닦다가 지서는 짧은 한숨을 내쉬었다. 해 본 적 없는 게 이렇게 많았다. 계절을 느끼는 일, 무언가를 만들어 먹는 일, 맛있게 먹은 식사.

왜 난 다 가진 줄 알았지.

은기가 밤새 그녀의 집 주변을 서성인 것을 안다. 집 지켜 주는 충견도 아니고, 주인에게 버림받은 유기견도 아니고. 지서가 늦게까지 불면의 밤을 보내다 결국 선잠이 들었을 때, 그때서야 은기는 돌아간 것 같았다.

……그 순간 그는 무슨 생각을 하고 있었을까.

진지하게 생각하지 않았을 수도 있다. 이제 고작 일주일 남짓. 지서 자신처럼 은기 역시 이곳에 머무는 동안 무료한 일상을 달래 줄 심심풀이 상대라고 생각했을지도 모른다. 그 나이대 애들은 다 그런 법이니까.

……아니, 그러기엔.

은기의 선한 눈매와 차분한 목소리, 정직한 표정이 차례대로 지서의 눈앞을 스쳐 지나갔다. 그게 거짓이라면 슬플 것이다.

그때, 쾅쾅 누군가 거칠게 문을 두드리는 소리가 들렸다. 낡은 현관이 충격에 들썩이며 집 안 전체가 울렸다. 누군지 알 만도 해 지서는 손에 묻은 물기를 닦으며 현관으로 향했다. 문득, 손의 상처가 눈에 들어왔다. 아마 문밖의 저 남자가 아니었다면 주애는 근조 화환조차 보내지 않았을지도 모른다고 생각하니 피가 차게 식었다.

문을 열자 예상했던 대로 익숙한 남자의 얼굴이 보였다. 한여름임에도 불구하고 어두운 정장을 흐트러짐 없이 차려입은 남자. 태하는 허락도 구하지 않고 불쑥 집 안으로 들어왔다. 신발도 벗지 않은 채였다.

"전화받은 새끼는 어디 있어?"

2주, 아니, 3주 만이던가.

"왜 왔어?"

지서가 물었지만 태하는 대꾸도 않고 집 안을 훑어봤다. 그녀는 살짝 문을 열어 둔 채 그의 뒤를 따라 안으로 향했다. 매번 이런 식이다. 남 생각 따위, 예의 따위 안중에도 없지. 눈앞에 보이는 것에만 집착하고 자신의 뜻만 관철시킨다.

"최태하."

"그 새끼 어디 있냐고."

태하가 신경질적으로 넥타이를 느슨하게 풀어냈다.

"너 내 기분 좆같이 만들려고 한 짓이면 성공했어. 다른 남자라니 상상도 못 했지 뭐야."

간신히 화를 억누르고 있는 듯 그가 꽉 주먹을 움켜쥐었다.

"그만하자고 했잖아. 얘기 끝난 거 아니었어?"

지서 역시 격앙된 어조로 말했다.

"난 출장 다녀와서 다시 이야기하자 했고. 동의한 적 없는데."

"선배 약혼녀는 너 이러고 다니는 거 알아?"

지서의 말에 태하가 어이없다는 듯 헛웃음을 지었다. 그러곤 불쑥 다가와 양손으로 그녀의 어깨를 꽉 움켜잡았다.

그가 낮은 목소리로 그녀의 귓가에 속삭였다.

"네가 그만하자고 하는 건, 너만 예뻐해 달란 소리잖아."

지나치게 가까운 거리, 그리고 어깨를 짓누르는 강한 힘. 그의 모든 게 위협적으로 느껴진다.

"지서야."

잡힌 것은 어깨인데 목을 조르는 것 같다.

"어젯밤에 전화 꺼 놓고 그 새끼랑 뭐 했어?"

"……몸 좋고 어린 애랑 뭐 했겠어."

한때 이런 애정에 기대었다는 사실이 그녀를 초라하게 만든다.

"이건 또 뭐야."

무언가를 발견했는지 갑자기 태하의 미간이 엉망으로 구겨졌다. 지서가 제지하기도 전에 태하가 그녀의 티셔츠 목덜미 부분을 잡아 내렸다. 모기 물린 자리. 그리고 은기가 며칠 전 깨물고 빨았던 그 자리에 태하의 시선이 꽂혔다.

"이지서 너 이거, 씨발, 나 돌아 버리라고 한 짓이지? 그렇지?"

사랑을 구걸하는 걸 그만두면 내 삶은 얼마나 변할 수 있을까.

지서는 자신의 어깨를 잡은 태하의 손을 천천히 떼어 내며 입을 열었다.

"씨발이 뭐야 태하야. 말 예쁘게 해야지."

"야."

"전무씩이나 돼서 말본새가 그따위면 어떡해."

"이지서!"

"천박하게, 조카가 이모 이름을 막 부르고."

피가 섞이지 않았다고 해도 결국 이 관계의 정의는 하나였다.

"언니는 너 이러고 다니는 거 알아?"

파괴와 몰락. 갉아먹기 위한 관계.

시작이 어쨌든 결국 그렇게 될 수밖에 없겠지.

끝나지 않을 것 같은 불편한 침묵이 이어지고 덜덜거리는 선풍기 소리만이 초라하게 두 사람 사이를 오갔다. 지서는 이 위태로운 고요가 무의미하게 흘러간 지난 시간처럼 느껴졌다. 지서 자신을 버린 친모에게 상처를 주고 싶었고 또, 저 남자의 뒤틀린 애정에 기대고도 싶었다. 의미를 찾는 것조차도 낭비였던 시간들이 우습다. 뜻밖에도 박 여사의 죽음이 지서에겐 어떤 터닝 포인트가 되고 있다는 게 아이러니하다.

숨을 곳 없는 계절.

여름이었다.

처음부터 최태하가 누구인지 알고 시작한 관계는 아니었다. 나에게 관심을 보이는 대학 선배. 어렸던 지서는 그가 좋은 사람이 아니란 것을 알면서도 시작했다. 타인의 애정에 목말랐고 그래서 그 얄팍한 관계에 의존하고 싶었다. 어리석게도 태하가 내 버팀목이 되어 줄 거라고 믿었다.

입사 합격 후 이주애라는 사람에게서 만나자고 연락이 왔다. 박 여사의 수첩에 있던 그 연락처, 그 이름. 그렇게 미워했으면서도 지서는 '엄마' 라는 말이 주는 안정감을 상상하며 터무니없는 기대를 했다. 자신을 '태하 엄마' 라고 소개하는 여자와 얼굴을 마주하기 전까진 그랬다.

그때 처음 알았다. 그가 주애의 의붓아들이라는 것을.

주애와의 첫 만남은 지서에겐 일방적인 강요와 권유를 가장한 폭력으로 점철되었다. 정신적으로 꽤 단련되었다고 생각했는데 아니었다. 아마 지서가 또래처럼 평온한 환경에서 곱게 컸다면 이주애와의 만남으로 인한 상처가 어마어마했을 것이다. 결국 지서는 스스로를 보호하기 위해 여자에게만 큼은 막무가내로 굴었다. 여자의 약점을 알기 때문에 가능한 일이었다.

주애는 자신에게 복수하기 위해 지서가 의도적으로 태하에게 접근했다고 생각했고 지서는 그 생각을 바로잡지 않았다. 그래야 주애가 고통스러울 테니까. 그래야 지서를 떠올리며 노심초사해 하고, 자신의 과거를 부정하며 불안에 떨 테니까.

어쩌면 모녀의 접속사가 최태하일지도 모르겠다.

"나한테 뭘 바라는 건지 모르겠네. 약혼했다며. 나 상간녀 할 생각 없어."

지서가 차갑게 말하자 태하의 미간이 잔뜩 일그러졌다.

"아직 결혼 전이야."

"결혼 전이면 그건 불륜 아니야? 나한텐 똑같아."

이제 그만할 때가 되었다. 오늘 끝내야 한다.

"당신, 내가 그런 리스크 감당하면서까지 가지고 싶은 사람 아니야."

지서는 명확한 답을 입 밖으로 내뱉었다. 그러자 그와의 마지막 만남 때 애매하게 마무리했던 결론이 비로소 또렷해졌다. 눈앞의 저 남자는 누군가를 위해 희생해 본 적이 없으며 원한다면 무엇이든 가지는 인생을 살았다. 그는 지서를 위해 무엇 하나 놔 버릴 생각이 없다. 그녀를 위해 움직일 생각도 없다. 딱 그 정도의 마음이다.

태하가 인상을 쓰며 말했다.

"왜 네가 피해자인 척해? 너, 네 친모 엿 먹이고 싶어서 나 만난 거잖아. 처음엔 몰라서 만났다고 하더라도 나 이용한 건 너도 마찬가지야."

그의 말 한 마디 한 마디가 가슴을 후벼 파는 느낌이 들었다.

"그러니까 이지서, 앙탈 부리지 마."

단호하게 규정짓는 태하를 보며 지서는 나직한 한숨을 내쉬었다. 저런 사람이라는 것은 이미 잘 알고 있었다. 어디서부터 망가지기 시작했는지 알 길이 없어 이제 와서 바로잡는 것도 불가능하다.

일단, 지서 자신에게 의지가 없다.

"그래. 우리 쌍방 과실이야."

평행선이다. 결코 만날 리 없어야 하는데 왜 저 남자를 만나서는. 지서가 이주애와 얽히는 것에 박 여사가 그렇게 예민하게 군 이유가 이제야 어렴풋이 와닿았다.

"그러니까 그만하자."

저 남자는 평생 모르겠지. 지서가 가장 견딜 수 없었던 것은 '이주애'의 존재가 아니라 확신을 주지 않았던 그 자신이라는 걸.

"그만하자는 이유가 내 약혼 때문이야?"

태하가 귀찮다는 듯 말했다.

"응. 난 그동안 당신이 나 엄청 사랑하는 줄 알았거든. 그런데 그게 착각이라는 걸 알았어."

지서는 평온한 어조로 옅게 미소를 지으며 답했다. 놀랍게도 모든 것이 편안했다.

"그러는 넌 날 사랑이라도 한 것처럼 말하네."

"아…… 그런 줄 알았는데."

그냥 이 결핍을 채우고 싶었던 걸지도 모르겠다.

"아닌 거 같아. 아니, 아니야."

그동안 지서를 지배한 감정들은 처음부터 서로 양립할 수 없는 모순된 명제였다. 그래서 늘 불안했나 보다. 내 안의 그림자는 타인을 통해 지울 수 있는 게 아니라는 걸 빨리 깨닫지 못해서 늘 위태롭고 버거웠다.

주애를 알게 된 후 이 양가감정에 사로잡혀 모든 것을 지배당했다. 태어날 때부터 박탈당한 모정에 대한 슬픔과 상실감에 스스로를 연민하며 희망을 품고 애정을 구걸하면서. 하지만 처음부터 주애에게 지서를 위한 모성애는 없었다. 그저 삶의 걸림돌일 뿐. 지서는 처음부터 존재하지도 않는 것을 좇았다.

친모를 향한 짝사랑이라니. 이 짝사랑을 억압하기 위해 의식적으로 더 미워하려 애썼다는 걸 왜 이제야 안 걸까.

"……아니라고."

아닌 것 같아. 아니야.

태하가 새삼스럽다는 얼굴로 지서의 말을 몇 번이고 되뇌었다. 그는 무언가 충격을 받은 듯했다.

그때 갑자기 태하가 들고 있던 휴대폰을 지서를 향해 집어 던졌다. 요란한 파열음과 함께 그녀의 등 뒤에 있는 오래된 창문이 깨지며 거실에 유리 조각이 쏟아졌다. 놀란 지서는 입술을 깨물며 눈을 질끈 감았다.

"납득 못 하겠는데."

태하의 구두에 유리가 밟히는 소리가 그녀의 고막을 후볐다.

"지서야, 어쩌지. 난 납득 못 하겠어."

다시 눈을 뜨자 그녀의 시야 가득 태하가 보였다. 지서는 황급히 시선을 내렸다. 그녀의 맨발 위, 쏟아진 유리 조각이 가장 먼저 눈에 들어왔다. 덜컥 겁이 났다. 지금 움직인다면 자신은 유리에 발을 베일 것이다. 그럼에도 상처받지 않는다면 벗어날 수 없다는 게 마치 지금의 현실 같아서 속에서 무언가 울컥 치받았다.

태하가 점점 가까워졌다. 그가 손을 뻗으려 하자 지서는 한 걸음 뒤로 물러서며 눈을 질끈 감았다.

그때였다.

"지서 씨, 신발 신어요."

익숙한 목소리와 함께 그녀의 발치에 무언가가 툭 떨어지는 느낌이 들었다. 눈을 뜨자 태하의 팔을 잡고 막아선 남자가 보였다.

은기였다.

"다쳤어요?"

그가 물었다.

"……아니."

지서는 간신히 대답하며 주먹을 꽉 쥐었다. 괜히 눈물이 날 것만 같았다.

"다행이다."

은기가 그녀를 자신의 등 뒤로 숨겨 태하에게서 떼어 놓았다.

지서는 은기가 가져다준 슬리퍼를 신으며 그의 등을 응시했다. 단단한 뒷모습이 무너지지 않는 커다란 벽 같았다. 태하가 완전히 가려 보이지 않았다. 이 애라면 날 세상으로부터 숨겨 줄 거라는 터무니없는 믿음이 생기기도 했다.

"너구나. 어제 전화받은 새끼."

최태하가 이 자리에 없었다면 지서는 이대로 은기를 안았을지도 모른다.

"제가 지금 끼어드는 거, 주제넘은 거예요?"

은기가 태하에게 시선을 고정한 채 지서에게 물었다. 그녀는 잠시 망설이다가 작은 목소리로 대답했다.

"……아니."

"지서 씨가 거절해도 주제넘을 생각이었어요. 저 나가면 우리 집에 가 있어요."

태하가 무어라 하건 말건 은기는 뒤로 팔을 뻗어 지서에게 열쇠를 건네

주었다. 그러면서도 그는 끝까지 태하에게서 시선을 떼지 않았다. 늘 온화했던 은기에게선 날 선 기운이 느껴졌다. 몸에 힘이 들어갔는지 헐렁한 티셔츠 아래로 팽팽하게 뭉친 근육의 실루엣이 또렷했다. 잔뜩 경계하는 기색이 역력하다.

"금방 올게요."

그와 동시에 은기가 태하의 멱살을 잡아 집 밖으로 끌고 나갔다. 태하가 몸을 비틀며 저항했지만 은기는 매우 손쉽게 그를 제압했다.

딱 봐도 연식이 얼마 안 된 것 같은 벤츠, 새것이나 다름없는 스마트 키.

은기는 멍한 얼굴로 손바닥 위에 올려 둔 차 키와 차를 번갈아 봤다. 보통 운전자들은 자기 차를 남에게 함부로 넘기지 않는다. 특히나 지서처럼 경계심 많은 성격이라면 더더욱. 그런 사람이 이걸 줬다는 건……. 김칫국 마시지 않으려고 하는데도 괜히 웃음이 났다.

바로 옆, 지서의 차와 나란히 주차해 둔 경차가 오늘만큼은 사랑스러워 보였다. 키가 큰 은기에게 공간이 좁은 경차는 여러 가지로 불편했다. 허리를 똑바로 세워 앉지도 못하고 움직이기도 불편하고.

거기다 은기는 한국에서의 운전 경험도 거의 없었다. 그 때문에 빨리 차 좀 구해 달라고 에이전시를 닦달한 게 어젯밤인데 지금 이 상태도 나쁘지 않은 것 같다. 지서가 계속 집에만 있을 거라면 외제 차라 직접 운전하는 건 부담스러우니 그녀에게 데려다 달라고 해 볼까 싶다. 간단한 체력 훈련이라 오전에 두세 시간 하면 끝나는데, 그동안 카페에서 기다려 달라고 하고 점심을 같이 먹는 거다. 그러니까 데이트처럼. 어제 그 전화 이후로 가라앉은 지서에겐 기분 전환도 될 것이다.

"네, 저요."

때마침 휴대폰 진동이 울리자 은기는 목소리를 가다듬고는 전화를 받았다. 에이전시였다.

— 은기야, 운전 중이니? 차 때문에.

"괜찮아요. 말씀하세요."

이번에 스폰서십 계약을 한 자동차 브랜드에서 한국에 체류하는 동안 쓸 차를 준비해 주기로 했다. 네덜란드에서는 구단 스폰서인 독일 브랜드의 차를 이용했고, 가족들 모두 해외에 거주하는 까닭에 한국에 오면 이동은 에이전시에서 도와주는 편이었다. 이번에도 친정 팀 트레이닝 센터에 틀어박혀 개인 훈련을 할 계획이었기 때문에 차가 필요하지도 않았고 신경도 별로 안 썼는데.

— 이번 주말 지나면 차 나온다고 하는데 많이 불편하면 대구 쪽 렌터카 빌리는 게 어떨까 싶어서.

"……아."

어쩔까.

은기는 빠르게 머리를 굴리며 지서의 벤츠 키를 소중한 뭐라도 되는 것처럼 만지작거렸다.

"괜찮을 거 같아요."

분명 지서라면 은기의 제안에 응할 것이다. 갑자기 자신이 생겼다.

— 급하다며. 괜찮아? 정훈이가 픽업해 주기로 했어?

유소년 시절부터 은기의 일을 봐준 에이전시 대표가 의외라는 듯 물었다.

"그건 아니구요. 음, 어쨌든 픽업해 줄 사람 찾았어요. 저 괜찮으니까 그쪽에다가도 무리하지 않아도 된다고 전해 주세요."

— ……은기 너 혹시.

대표가 말을 멈추자 잠시 침묵이 이어졌다. 은기 또래의 아들이 있는 대표는 눈치가 빠르다.

— 여자 친구 생겼니?

"어……."

— 맞네. 여자 맞네.

"아직은 아니에요."

여자 친구라니. 뭔가 간지러운 말이다.

— 어쩐지 클럽하우스에서 지낼 거라던 애가 갑자기 할머니 집에서 다니겠다고 할 때부터 이상하다 했어. 뭐 하는 사람이야. 배우? 아이돌? 연예인 지망생이거나 그런 애들이야?

"그런 사람이었으면 제가 여기 시골에 있었을까요."

은기의 대답에 대표가 그러네, 하고 쉽게 수긍하더니 다시 입을 열었다.

— 너 지금 중요한 시기야. 연애하지 말라는 게 아니라 가볍게 놀지 말라는 거야. 아저씨가 무슨 말 하는지 알지?

"알죠."

최종 수비수인 은기는 클린시트(Clean Sheet: 무실점 경기)가 아닌 이상 뭘 하건 욕먹기 딱 좋은 포지션이었다. 경기 내내 잘해도 종료 직전 딱 한 번의 실수로 대역죄인이 되는 경우가 굉장히 흔하다. 현대 축구의 센터백은 수비뿐만 아니라 경기 전체를 조율하는 빌드 업 능력까지 갖춰야 하는 까다로운 포지션이지만 그에 비해 공격수보다 인정받지는 못했다.

— 빅 리그로 이적도 할 거고, 너 조금 있으면 월드컵 최종 예선이야. 괜히 기사 나고 말 나오는 일 없었으면 좋겠다.

"네, 조심할게요."

— 그래, 뭐. 그나저나 뭐 하는 사람인데. 진짜 괜찮아?

"걱정 안 하셔도 돼요. 스포츠에 관심 없어서 제가 축구 선수인 줄도 몰라요."

안 그래도 그거 때문에 자존심이 상했다. 이제 유망주 취급에서 벗어났다고 해도 그렇지, 어떻게 날 모르지?

— 그래, 몸 관리 잘하고. 오늘 훈련 스케줄은 어떻게 된다고 했지?

"필드 훈련은 다음 주부터 하구요, 이번 주는 하체 위주로 하려고요. 식단은 따로 안 하고 있어요."

— 아마 오늘 저녁에 구단 관계자들끼리 이적료 조율하러 만날 거야.

"합의했어요?"

원소속 구단에서는 4,000만 파운드는 받아야 한다고 버티고 있고 런던에서는 2,500만 이상은 안 된다는 입장이라고 전해 들었다.

— 합의하려고 만나는 거지 뭐. 근데 양쪽 다 워낙 의견이 팽팽해서…….

협상이 장기화되면 리그 개막 직전에야 이적이 확정될 수도 있다.

"전 메디컬 테스트 준비하고 있을게요."

대표에게 대답하는데 먼 곳에서부터 요란한 자동차 엔진 소리가 들렸다. 마을이 워낙 조용한 탓에 더 시끄럽게 들리는 듯했다. 잠시 후, 길의 끝에서 마이바흐가 모습을 드러냈다. 이런 시골에서는 보기 드문 차종인 탓에 밭에 나와 일을 하던 마을 사람 몇몇이 차를 보며 수군거렸다.

"저 전화 끊어야 될 거 같아요."

은기는 직감적으로 알았다. 저 차의 목적지는 지서의 집일 것이다.

예상대로 차는 지서의 집 앞에 멈췄고 그 안에서 한 남자가 내렸다. 빈틈없는 정장 차림의 남자는 주소를 확인하고는 망설임 없이 안으로 들어갔다. 일반인치고는 키가 꽤 큰 편이지만 은기만큼은 아니었다. 솔직히 말하자면, 잘생기긴 했는데 인상이 안 좋다. 성격도 나빠 보인다.

지서가 문을 열자 남자가 집 안으로 들어갔다. 둘 다 사라지고 나서야 마당으로 들어간 은기는 평상에 앉아 현관을 노려봤다. 불투명한 거실의 유리창으로 두 사람의 실루엣이 어른거렸다. 솔직한 심정으로는 당장 남자의 멱살을 잡고 끌고 나오고 싶었다.

별일이야 없겠지. 없어야겠지. 지서와 저 남자가 단둘이 한 공간에 있는 건 신경 쓰이고 싫었지만 관계를 정리할 시간도 필요할 테니까.

……설마 관계가 은기 자신에게 안 좋은 방향으로 진전된다면.

최악을 상상하다 불쑥 밀고 들어온 생각에 그는 인상을 찌푸렸다. 공허해 보이던 지서의 표정, 지나치게 차분하고 담담했던 음성, 나직한 한숨. 그동안 그녀가 겪었을 수많은 감정들이 수면 위로 떠오르다 다시 잠겨 가는 것을 직접 확인했다.

그때였다.

갑자기 요란한 소리와 함께 거실 창문이 깨지며 파편이 사방으로 튀었다. 놀란 은기는 벌떡 일어나 주저하지 않고 집으로 발걸음을 옮겼다.

문을 열자 깨진 유리, 맨발의 지서, 그리고 그녀 앞에 위협적으로 서 있는 남자가 차례로 눈에 들어왔다. 은기는 현관에 굴러다니는 슬리퍼를 하나 집어 들고 그대로 안으로 뛰어 들어가 지서의 앞을 가로막았다.

"지서 씨, 신발 신어요."

남자의 앞을 가로막고 지서를 잡아 자신의 등 뒤로 숨겼다. 갑작스러운 은기의 등장에 남자의 미간에 작게 금이 갔다. 아래위로 은기를 훑어보던 남자의 눈이 일순 커지더니 이내 헛웃음을 지었다. 누구인지 알아본 눈치였다.

"다쳤어요?"

은기는 남자를 응시한 채 물었다. 자신이 없는 사이에 이런 일이 일어났다면. 아찔한 상황을 가정하자 눈앞의 남자에게 주먹질을 하고픈 충동이 일었다.

"아니."

"다행이다."

은기가 지서를 슬쩍 보며 웃자 남자, 태하의 눈빛이 변했다. 역시 한 공간에 있는 것은 위험하다. 어떻게든 지서와 남자를 떼어 놓는 것이 우선이었다.

"금방 올게요."

은기는 그대로 남자의 멱살을 잡아 집 밖으로 끌고 나갔다.

구석진 곳에 태하를 끌고 온 은기는 그를 팽개치듯 벽 쪽으로 밀며 놔 주었다.

제법 키도 크고 꾸준히 관리한 티가 나는 몸이었지만 그래 봤자 일반적인 한국 남자였다. 유럽에서 피지컬 좋기로 유명한 공격수들과의 몸싸움에 이골이 난 은기에게는 댈 바가 아니었다.

"어디서 많이 봤다 했더니."

숨을 몰아쉰 태하가 구겨진 옷매무시를 다듬으며 은기를 천천히 아래위로 훑었다.

"고은기?"

역시 알아보는구나.

"네, 제가 그 고은기 맞아요."

골치 아플지도 모르겠다.

"뭐야. 어떤 새끼랑 굴러먹었나 했더니, 고은기였어?"

위력이 필요한 이런 상황에서 운동선수, 특히나 국가대표인 은기는 여러 모로 불리했다. 더군다나 바로 몇 분 전, 중요한 시기이니 괜한 말 안 나오게 해 달라고 에이전트가 주문까지 하지 않았던가.

"셀카는 곤란하고, 사인해 드릴까?"

은기가 미묘하게 불량해진 말투로 웃으며 말하자 최태하가 얼굴을 구겼다.

몇 대 맞아 주면 되겠지. 맷집은 좋은 편이니까.

은기의 집은 소박하지만 깔끔했다.

거실 한가운데엔 굉장히 커다란 침대가 있었고 대각선으로 보이는 주방 싱크대엔 아침에 커피를 내린 흔적이 남아 있었다. 그리고 침대 옆엔 페이지가 접혀 있는 책 한 권. 제목을 본 지서는 픽 웃었다. 책 제목이 '핸드 드립 커피 마스터'였다.

지서는 '핸드 드립 커피 마스터'를 집어 들고 앞에서부터 천천히 넘겼다. 꽤 진지하게 공부했는지 메모한 흔적도 있었다. 한글, 그리고 지서는 알지 못하는 외국어로 쓴 문장들. 잘생기고 단정한 얼굴만큼이나 글씨가 정갈하다. 책이라니. 상상도 못 했다. 칵테일로 여자 홀리게 생겨서는 하는 짓은 영락없는 무연리 토박이 같다.

"왜 이렇게 안 와……."

지서는 혼잣말을 하며 시계를 확인했다. 체감으론 세 시간도 넘은 것 같은데 겨우 3분 정도 지났을 뿐이었다. 완력으로 은기가 밀릴 거 같진 않았지만 그래도 걱정이 되는 것은 어쩔 수 없었다.

"나 왔어요."

그 순간 문 열리는 소리와 함께 은기의 목소리가 들렸다. 침대에 걸터앉아 있던 지서는 벌떡 일어나 한걸음에 현관으로 다가갔다. 그리고 그의 얼굴을 보고 멈칫했다.

"미리 말하는데 저 괜찮아요."

은기가 엉망이 된 얼굴로 웃었다.

"생각보다 안 아파요."

입술은 터졌고 뺨은 붉다. 멍이 들 것 같다.

"최태하는?"

가만히 은기의 얼굴을 확인하던 지서가 차분한 어조로 말했다.

"최태하 갔어?"

"네, 갔…… 지서 씨!"

뛰쳐나가려는 지서를 낚아채 가볍게 안아 든 은기가 그녀의 허리를 꽉 끌어안은 채 집으로 들어갔다.

"내려 줘."

"싫어요."

"그럼 내가 변호사 사 줄게. 그 새끼 폭행으로 고소해."

은기의 품에 안겨 들린 상태로 지서가 그의 양 뺨을 감싸며 말했다. 운동 열심히 해서 싸움도 잘하는 줄 알았더니 누가 봐도 일방적으로 맞고 온 꼴이다.

"뽀뽀해 줘요. 그럼 나아요."

속도 모르고 은기가 입술을 동그랗게 모아 내밀었다. 지서는 인상을 쓰며 그의 입술에 자신의 손바닥을 가져다 댔다. 닿는 감촉이 부드러워 괜히 눈물이 핑 돌았다.

문득 나약해질 때면 지서는 스스로를 세뇌하며 간신히 살아 냈다. 나는 지금 시간이 없다고, 우울감에 빠져 지쳐 있기에는 너무나도 바쁘다고.

하지만 박 여사의 죽음이 삶의 모든 이정표를 뒤바꿨고 지서가 가진 연료는 모조리 연소됐다. 의지할 사람이 없어서 고향에서 만난 어린 남자애에게 기대고 있다니. 괜히 헛웃음이 났다.

이 짧은 휴가가 끝나면 지서는 다시 일상으로 돌아가야 했다. 그리고 또, 혼자, 안간힘을 쓰겠지.

이제서 후회가 되는 것은…… 난 왜 그렇게 투쟁하듯 살았을까.

은기의 이 온기를 몰랐더라면 이게 외로움인지도 몰랐을 텐데.

진정으로 깨달은 이 외로움은 지금보다 배로 불어날 것이다. 지서는 그의 친절을, 미소를, 다정함을 평생 지우지 못한 채 외로움의 실체를 배워 갈 자신이 걱정됐다.

스스로 외로움에 대한 면역력은 제법 강하다 생각했는데.

아니었다. 이제 자신이 없다.

은기가 그녀를 깊이 끌어안았다. 여태까지와는 달리 세게 안아 잠시 숨이 막혔지만 몸을 단단하게 감싸는 팔의 힘이, 그의 온도가 싫지 않았다. 오히려 미묘한 안정감이 느껴졌다.

그래서 전부 다 가지고 싶었다. 단 한 번이라도 온전히 내 것으로 만들고 싶다.

지서를 침대에 앉힌 은기가 몸을 일으키더니 등을 보이며 벽 쪽으로 돌아섰다. 배 쪽에 난 태하의 구두 자국을 숨기려 저러는 게 분명했다. 그러면 뭐 해. 등엔 핏자국이 있는데. 지서는 몸을 일으켜 은기에게로 다가갔다. 흰 티셔츠엔 작은 핏자국이 선명했다.

지서는 손을 뻗어 은기의 티셔츠를 위로 올렸다. 등에 그녀의 손이 닿자 배의 상처를 확인하던 은기가 몸을 움찔거렸다. 햇볕에 그을린 피부엔 날카로운 것에 긁힌 듯한 상처가 세로로 길게 나 있었다. 심각해 보이지는 않았지만 금방이라도 핏물이 흐를 것 같았다. 지서가 조심스럽게 주변을 매만지자 그의 몸에 힘이 들어가는 게 느껴졌다. 금세 등 근육이 날카롭게 긴장하며 팽팽하게 조여지고, 견갑골의 윤곽이 또렷하게 드러나며 미세하게 경련을 일으킨다.

"이 몸으로 왜 맞고 다녀."

분명 자신이 곤란해질까 봐 맞아 준 거겠지. 아는데, 미안하고 고맙다는 말을 해야 하는데 입 밖으로 나온 말은 지서의 마음과는 다르게 까칠했다.

지서는 은기의 티셔츠를 천천히 어깨까지 끌어 올렸다. 그러자 은기가 아예 셔츠를 벗어 버렸다. 다행히 긁힌 상처를 제외하고는 위험할 정도로 매끈했다.

생각했던 것보다 훨씬 더 몸이 예쁘다. 곧게 뻗은 척추를 중심으로 어깨부터 허리까지 완벽하게 대칭을 이뤘다. 창을 통해 들어와 뿌옇게 번진 햇빛이 그의 어깨와 등을 따라 허리까지 흘러내리며 음영을 만들어 낸다. 지서는 무언가에 홀린 사람처럼 그것을 더듬는다. 어깨를 타고 내려와 허리까지 느릿하게 손을 움직이자 은기의 근육이 꿈틀거리며 경직되는 게 생생하게 느껴진다.

"저 허리 쪽이 따가워요."

은기가 낮은 목소리로 속삭였다.

"응, 상처 났어."

지서 역시 잠긴 목소리로 대답하며 상처 옆을 간질이듯 만졌다. 머릿속에 뿌옇게 안개가 끼는 기분이었다. 갑자기 목덜미에서부터 열이 오르고 뒤꿈치가 간지럽고 발끝에 힘이 들어갔다. 이상한 충동이 넘실거리며 발끝에서부터 차오른다.

"앞에는요?"

은기가 몸을 돌려 지서를 마주 보고 섰다. 그의 복부엔 시퍼렇게 멍이 들었다. 일방적인 구타의 흔적을 보며 지서가 입술을 깨물자 은기는 그녀의 손을 잡아 자신의 상처로 가져갔다.

"아파요."

몸을 숙인 은기가 뜨거운 호흡을 내뱉으며 그녀의 귓가에 속삭였다.

"만져 주세요."

목소리가 지나치게 유혹적이다.

지서가 손끝으로 복근을 더듬자 잔뜩 성나 부풀어 오른 가슴 근육과 넓은 흉곽이 크게 오르내렸다. 양팔을 넓게 펼쳐서 안아도 한 품으로 모자랄 정도로 가슴팍이 넓고 두껍다. 전체적으로 밸런스가 좋고 날렵한 체형에 촘촘히 잘 만들어진 근육이라 옷을 입고 있을 땐 크게 체감하지 못했나 보다. 진부한 표현이지만 솜씨 좋은 조각가가 오랜 시간 공들인 예술품 같다.

"……아."

은기가 낮게 신음하며 더운 숨을 내뱉었다. 지서가 느릿하게 손을 움직일 때마다 그의 몸이 작게 경련했다. 별것 아닌 접촉에도 예민하게 반응하는 은기가 마음에 든다. 내 손 안에서 신음하는 그가 좋다.

두꺼운 팔이 그녀의 허리에 감겼다. 그는 다른 손으론 지서의 뒷머리를 안고는 잠시 그녀의 목덜미에 자신의 얼굴을 묻었다. 흥분한 탓인지, 긴장한 탓인지, 그의 어깨가 가늘게 떨렸다.

"은기야."

지서는 양팔로 그의 등을 안았다. 손바닥에 스치는 맨살의 감촉이 부드러웠다. 그의 팔에 힘이 들어가며 그녀의 몸이 가볍게 들렸다. 몸을 단단하게 감싸는 압박감이 갑갑하면서도 묘한 안도감을 주었다.

"안고만 있을 거야?"

그녀의 물음에 그가 낮은 목소리로 답했다.

"……아뇨, 아니에요."

짙은 욕망이 묻어나는 쉿소리. 말을 할 때마다 남자의 뜨거운 입술이 그녀의 예민한 살갗을 스친다.

지서는 슬쩍 은기의 가슴을 밀어 냈다. 떼어 낼 줄 몰랐는지 그가 조금 당황한 얼굴로 그녀를 내려다봤다. 그 눈을 똑바로 응시하며 은기의 바지 버클에 손을 가져갔다. 그의 새까만 눈 속에서 서서히 불길이 일었다. 투명한 빛이 어른거리던 눈에 욕망이 깃들고, 기이한 광채가 어른거린다. 버클이 열리고 지퍼가 내려가고. 모든 소리가 하나하나 그녀의 고막에 새겨진다.

은기의 하체는 뜨겁게 팽창했고 드로어즈는 약간 젖어 있었다. 지서는 검지를 밴드에 걸고는 슬쩍 아래로 내렸다. 안으로 깊이 손을 넣어 움켜쥐자 은기가 무너지듯 그녀의 어깨에 이마를 기대곤 몇 초쯤 숨을 멈췄다. 더운 여름날. 끈적한 공기가 밀도를 더해 간다.

지서는 손에 세게 힘을 주었다가 다시 느슨하게 풀어 주며 이를 세워 그의 어깨를 깨물었다.

네 몸이 달다.

그래서 난 몸이 단다.

06.
행방行方은 그녀도 모른다

뜨거워진 체온, 거친 호흡, 살갗에 배어 나온 땀.

"그만……."

은기가 양손으로 그녀의 어깨를 잡으며 말했다. 하지만 지서는 아랑곳하지 않고 손에 힘을 주어 그의 페니스를 조였다. 은기가 마음만 먹으면 자신보다 한참 작고 약한 지서를 떼어 놓는 것은 꽤 쉬운 일이다. 하지만 그는 그녀의 손에 자신을 내맡기며 뜨거운 숨을 토해 낼 뿐이었다.

은기의 속눈썹이 파르르 떨렸다. 붉어진 눈가가 자극적이다. 몸은 이렇게 큰데 눈은 소년처럼 맑아 도리어 지서의 욕망을 자극한다.

그를 망치고 싶다.

"지서 씨……."

은기가 잔뜩 잠긴 목소리로 그녀의 귓가에 속삭였다.

몇 번이고 자신의 이름을 부르는 소리에 그녀의 몸이 달았다. 덩달아 숨이 가빠지고 체온이 그의 온도를 닮아 갔다. 그녀의 어깨에서 맴돌던 은기의 손이 점점 아래로 향했다. 골반을 배회하던 커다란 손은 이내 그녀의 셔츠 안으로 들어와 몇 번이고 등허리를 매만졌다. 지서가 페니스를 자극할 때마다 그의 손아귀에 힘이 들어가며 그녀의 허리를 세게 움켜쥐었다. 아팠지만 오히려 그 고통이 흥분처럼 느껴지기도 했다.

"가슴……."

지서가 눈을 감고 신음하듯 입을 열었다.

"가슴 만져도 돼."

남자의 손이 그녀의 브래지어 안으로 성급하게 파고들었다. 그가 젖가슴을 움켜쥐는 순간, 기이한 감각이 그녀의 몸 전체를 훑고 지나갔다.

은기가 지서를 잡아 침대에 눕혔다. 체중을 실어 그녀를 위에서 누르고 힘으로 속박해 움직이지 못하게 했다. 그러곤 허겁지겁 지서의 상의만 끌어 올리고는 젖가슴에 얼굴을 묻었다. 남자의 뜨거운 숨결이 속살에 닿자 그녀의 몸이 저도 모르게 움찔거렸다. 알지만 낯선 감각. 시야가 크게 출렁거리고 머릿속이 하얗게 휘발된다. 그의 입술이 닿을 때마다 늘 차갑고 건조하게 가라앉아 있던 마음속 무언가가 천천히 부유한다. 소리 없이 뒤섞이다가 순식간에 터질 듯 부풀어 오른다.

은기가 상체를 일으켜 그녀를 내려다보며 앞으로 흘러내린 머리카락을 손으로 훑어 올렸다. 불투명한 창으로 들어오는 햇빛이, 다시 앞으로 쏟아진 머리카락이 그의 얼굴에 음영을 만들어 냈다. 나른한 눈빛이 지서를 꼼꼼히 훑어봤다. 그녀는 그 시선이 지나간 자리마다 감각이 예민하게 날을 세우는 것을 느꼈다. 제법 남자다운 선 굵은 눈썹, 그리고 그 아래 매끈하게 그린 듯한 눈이 사나운 이채를 띠며 그녀를 응시했다. 완벽하게 성욕에 사로잡힌 눈빛을 확인하자 묘한 희열에 몸이 뜨거워졌다.

눈빛과 분위기는 앳되었는데도 날카롭고 강인한 느낌이 나는 것은 눈썹과 높은 콧날, 각진 턱선 때문일까.

길고 단단한 목과 널찍한 어깨, 작게 오르내리는 탄탄한 흉곽. 지서 역시 매끈하고 건강하게 근육이 자리 잡은 그의 몸을 시선으로 마음껏 음미했다. 오른쪽 복부에 난 상처와 멍 자국마저 관능적이다.

다시 몸을 굽힌 은기가 조급하게 그녀의 가슴에 입을 맞추고 살갗을 깨물었다. 지서는 천장에 시선을 고정한 채로 날것의 감각에 집중했다. 그가 브래지어도 제대로 벗기지 않고 젖가슴을 크게 물어 깊게 빨았다. 입 안 가득 부드러운 살을 머금고 오물거리자 통증 섞인 쾌감이 그녀의 몸 여기저기로 빠르게 퍼져 나갔다. 유륜을 동그랗게 덧그리며 배회하던 혀가 유두를 건드렸다. 그녀는 저도 모르게 남자의 머리카락 안으로 자신의 손가락을 찔러 넣었다. 부드럽게 손에 감기는 감촉. 지서의 시야가 좁아지는 순간.

"아!"

은기가 기습적으로 유두를 깨물자 좁아졌던 시야가 갑자기 넓어지며 천장이 내려앉는 것만 같았다. 찌릿한 통증이 야릇해 지서는 저도 모르게 신음했다. 유두를 잘근잘근 씹는 감각. 몸 안에서 폭죽이 터진다. 그가 숨을 헐떡이며 목 안을 긁는 소리를 낸다. 위협적이다.

"은기야, 잠깐만."

후크를 풀지 않은 브래지어 때문에 예민한 피부가 아파 왔다. 하지만 그녀의 말을 못 들었는지, 그만두지 않겠다는 의사 표현인지 은기는 다리에 힘을 주어 지서를 움직이지 못하게 결박하고는 집어삼킬 듯 거칠게 가슴을 깨물고 빨았다. 마치 그에게 심장을 물어뜯기는 기분이었다. 지서가 몸을 비틀며 빠져나가려 했지만 그녀의 의지는 소용없었다. 아니, 오히려 허벅지에 닿은 그의 페니스가 점점 더 몸집을 키우며 존재감을 과시했다.

"아읏, 은기야, 은기야…… 잠깐만, 잠깐만."

지서가 연달아 부르자 그녀의 손목을 잡고 있던 힘이 느슨해졌다. 은기가 몽롱한 얼굴로 지서를 보다가 퍼뜩 정신을 차리며 물었다.

"아……, 아파요? 제가 아프게 했어요?"

금방이라도 잡아먹을 것처럼 굴었던 주제에 순식간에 눈빛이 유순해졌다.

"아니, 괜찮아. 나 이게 너무 조여서."

"죄송해요."

은기가 풀 죽은 목소리로 사과하며 얼른 지서를 일으켜 앉혔다. 무슨 힘이 이렇게 센지 제법 키가 큰 지서를 어린아이 다루듯 한다.

지서는 팔을 등 뒤로 돌려 후크를 풀어냈다. 가슴을 압박하던 것이 사라지고 젖가슴이 온전히 모습을 드러냈다. 그가 정신없이 빨아 대던 왼쪽 가슴이 타액과 붉은 멍으로 물들었다. 고통인지 쾌락인지 모를 감각이 아직도 몸 안을 맴돌았다.

"우리 조금만 천천히 하자."

"……네."

지서의 말에 은기가 얼굴을 붉히며 고개를 끄덕였다.

지서는 자신의 바지를 벗기 위해 버클을 풀다가 문득 침대에 걸터앉아 고개를 푹 숙이고 있는 은기를 보았다. 바지는 허벅지까지 내려가고 드로어즈는 축축하게 젖어 안 입은 것만 못해 보였다. 게다가 앞섶이 팽팽하게 부풀어 금방이라도 찢어질 것 같다. 부들부들 몸을 떠는 게 안간힘을 쓰며 참는 눈치다. 힘들 것이다. 이미 그녀의 손에 자극받아 발기한 상태이니 자위라도 하고 싶겠지. 그럼에도 불구하고 지서 자신의 속도에 맞추려 애쓰는 모습이 마음에 든다.

"벗겨 줘?"

바지를 벗고 속옷 한 장만 걸친 지서가 은기의 옆에 앉아 그의 허벅지를 쓰다듬으며 물었다.

"아, 아뇨. 제가 벗을게요."

그리 말하곤 재빨리 바지를 벗어 한쪽에 던져두었다. 드로어즈를 벗을까 말까 고민하는 모습이 제법 귀여웠다. 그러다 은기가 갑자기 벌떡 일어나 반쯤 문이 열린 욕실로 들어갔다. 세면대의 물소리. 손이라도 씻는 모양이다.

"혹시 콘돔 있어?"

욕실에서 나온 은기에게 지서가 물었다. 그가 그녀의 시선을 피하며 고개를 끄덕이곤 스포츠 백에 손을 넣어 콘돔 한 움큼을 쥐어 꺼냈다. 종류도 다양하다. 이 정도면 일주일 내내 섹스만 해도 다 못 쓸 거 같은데.

"왜 이렇게 많아?"

그 물음에 은기는 우물쭈물 대답이 없었다. 다만 목덜미가 핑크빛으로 물들었다.

"은기 씨."

지서가 경직된 어조로 입을 열었다.

"키스는 처음이고 섹스는 아니야?"

그녀 스스로도 당황스러울 정도로 다그치는 말투였다.

"아니에요! 저……, 저 섹스도 처음인데."

은기가 울 것 같은 얼굴로 말했다.

"그…… 네덜란드에 있을 때 받은 건데 쓸 일이 있을 거 같아서."

뭐야.

그래서 굳이 챙겨 왔다고?

"한번 자 보고 싶어서 나 꼬신 거니?"

"……네. 아, 아니, 아니요. 그러니까, 섹스도 하고 싶고, 연애는 더 하고 싶고 그래서. 그래서 그런 건데……."

은기가 어수룩하게, 하지만 제법 당당하게 말하며 그녀를 자신 쪽으로 끌어당겼다. 그에게선 비누 냄새가 났다.

"지서 씨도 제가 수작 부리는 거 알았잖아요."

은기의 목소리가 점점 작아졌다.

"……저 어설프잖아요. 다 알면서 받아 준 거 아니에요?"

알았지. 알기야 했지만.

"진짜예요. 믿어 주세요."

은기가 억울하다는 듯 어깨를 축 늘어뜨리며 웅얼거렸다. 지서는 그 모습을 보며 헛웃음을 지었다. 자신보다 머리 하나는 더 큰 남자가 귀여워 보이다니, 웃긴 일이었다.

"저 계속해도 돼요?"

은기가 조심스럽게 물었다. 눈치를 보면서도 눈빛을 반짝거리는 게 안달 난 기색이 역력했다.

"응."

지서의 수락이 떨어지자 은기는 누구보다 빠르게 그녀를 잡아 침대에 눕히려 했다. 하지만 그녀는 그의 손을 저지하고는 턱짓을 했다.

"앉아. 내가 올라갈래."

"네에."

은기가 얌전히 침대에 앉자 지서는 만족스럽다는 듯 고개를 끄덕이며 남자의 허벅지 위에 마주 보도록 올라탔다. 엉덩이 아래, 그의 탄탄한 허벅지가 생생하게 느껴졌다. 벗겨 놓고 보니 확실히 알 것 같다. 온몸이 근육질이지만 은기는 특히 허벅지가 축구 선수처럼 잘 발달했다.

은기가 맨어깨 아래로 흘러내린 그녀의 머리카락을 부드럽게 매만졌다. 어리광 부리는 것처럼 머리를 들이밀고 지서의 뺨에 자신을 것을 비비다가 쪽 소리 나게 그녀의 볼에 입을 맞추었다. 허공에서 눈이 마주쳤다. 지서는 그 검은 눈동자를 똑바로 바라보며 옅게 웃었다.

그녀는 무언가에 휩쓸리는 것을 좋아하는 성격이 아니었다. 계획을 짜고 계산하고 그것을 철저하게 지키는 타입. 그래서 이 섹스 자체가 지서에겐 성급한 충동, 혹은 욕구에 휩쓸리는 행위였다.

평소라면 절대 하지 않았을 행동이지만.

"키스해 줘."

상관없겠지. 한 번쯤은 실수해도 괜찮을 것이다.

은기가 그녀의 가슴을 만지며 몸을 바싹 밀착했다. 곧이어 서로의 입술이 맞닿고 그녀의 입 안으로 그의 혀가 들어왔다. 남자의 혀가 그녀를 옭아맨 채 비비고 핥고 빨아 댔다. 호흡이 격렬하게 얽히고 잔잔하던 수면이 급류로 변해 갔다.

그 와중에도 그의 손은 부지런히 그녀의 유두를 만지고 꼬집다가 손 전체를 사용해 주무르기를 반복했다. 처음엔 조심스러웠지만 갈수록 힘이 강해졌다. 조금 아팠지만 지서는 굳이 그를 제지하지 않았다. 힘 조절을 못한다는 것은 흥분했다는 뜻. 오히려 거칠고 사나워진 모습으로 덤벼드는 그가 마음에 들었다.

"해도 되는 거 맞죠?"

그가 그녀의 귓가에 속삭였다. 달콤한 말 한마디에 귓가에서 시작된 찌릿한 감각이 전신으로 퍼졌다. 그녀는 문득 처음 그와 키스했을 때가 떠올랐다. 붉었던 귀, 어설픈 몸짓. 그게 불과 며칠 전이더라.

"……응."

지서 역시 뚜렷하게 갈라진 그의 가슴 근육을 간질이듯 더듬었다. 양손 엄지로 그의 유륜을 둥글게 문지르며 피부를 자극하자 은기가 숨을 크게 내쉬었다. 안달 내는 몸짓. 아슬아슬하게, 하지만 분명히 느끼도록 그의 유두를 슬쩍 건드리자 남자의 뜨거운 호흡이 그녀의 입 안으로 흘러들어 왔다.

못 참겠다는 듯 은기의 손이 지서의 목덜미를 감싸 뒤로 당겼다. 그녀의 턱이 들리자 은기가 고개를 틀고 입술을 먹어 버릴 기세로 각도를 엇갈려 겹쳤다. 입맞춤이 더 깊어졌다. 점막이 접촉할 때마다 물기 어린 소리가, 서로의 목 안에서 울리는 신음이 그녀의 귓가를 스쳤다.

움직임이 격렬해질수록 얇은 속옷이 축축하게 젖었다. 그 역시 마찬가지. 지서가 허벅지에 힘을 주어 성기를 자극하자 남자의 목 안에서 쇳소리가 났다. 지서는 은기의 양손을 잡아 자신의 엉덩이에 가져갔다. 확실히 손이 크다. 그는 그녀의 엉덩이를 감싸 꽉 움켜쥐며 주물렀다. 한참 동안, 지서의 온몸을 만져 대던 은기가 그녀의 허리를 잡아 가볍게 들고는 손쉽게 속옷을 벗겨 냈다.

남자의 앞섶은 터질 것처럼 한층 더 팽팽하게 부풀어 올랐다. 그녀가 드로어즈를 잡아 내리려 했지만 페니스가 사납게 발기한 탓에 쉽지 않았다. 지서가 손에 조금 더 힘을 주어 속옷을 벗기자 성기가 튕기듯 솟아오르며 그녀의 배에 뜨거운 체액이 튀었다. 짙은 욕망의 냄새가 훅, 그녀의 후각을 자극했다. 불과 몇 분 전 손으로 잡았을 때도 꽤 크다고 느꼈는데 완전히 발기해 핏대가 선 페니스는 은기의 키와 피지컬만큼이나 어마어마하다. 단지 보는 것만으로도 아래가 젖어 드는 느낌이다.

지서는 방바닥에 나뒹구는 콘돔 중 하나의 박스를 뜯어 침대에 쏟았다. 은기가 그것을 집어 들고 찢으려 했지만 지나치게 흥분한 탓인지 비닐 하나조차 제대로 벗기지 못했다. 이래서야. 지서는 픽 웃으며 그에게서 콘돔을 빼앗아 이로 찢었다.

"그냥 있어. 해 줄게."

지서가 콘돔을 씌우기 위해 페니스를 잡자 은기가 숨을 멈추었다. 그 모습이 재미있어 괜히 놀리고 싶다.

"은기 너 얼굴 엄청 붉어."

나긋하게 말하며 지서는 그의 성기를 아래에서부터 손끝으로만 슬쩍 더듬어 올라갔다. 무게감이 느껴지지 않는 아슬아슬한 접촉에 은기가 깊고 뜨거운 숨을 내쉬며 고개를 살짝 비틀었다. 그의 목덜미에 선 핏대를 따라 흘러내린 땀이 넓은 가슴팍으로 떨어졌다. 한여름 높아진 온도와 습도 탓에 실내의 공기가 후텁지근하다.

"빨리요, 빨리해 줘요."

간신히 쥐어짜듯 말한 은기가 지서의 어깨를 슬쩍 눌러 재촉했다. 땀이 밴 타인의 살갗이 맨어깨에 닿았지만 그녀는 전혀 불쾌하지 않았다. 오히려 그 질척한 감각이 잠들어 있던 신경들을 모조리 깨우는 느낌이었다. 대낮, 한여름의 섹스. 날것 그대로 노출된 것 같은 이 위험한 기분이 나쁘지 않았다.

"왜?"

은기가 의미심장한 얼굴로 바라보자 지서가 물었다.

"예뻐서요."

"……뭐야."

실없어.

어이없다는 듯 헛웃음을 지으면서도 지서는 어쩐지 심장 박동이 빨라지는 기분이었다. 섹스할 때의 남자는 무슨 말이든 할 수 있다는 걸 아는데도 저 별것 아닌 말에 반응하는 스스로가 우스웠다.

"멍이 너무 심하게 들었는데."

"괜찮아요. 괜찮으니까…… 빨리해요."

그의 목소리가 조급하다.

콘돔을 완전히 씌우고 다시 올라타려는데 은기가 그녀의 허리를 낚아채 자신의 아래에 가두었다. 갑작스러운 기습에 지서는 멍한 얼굴로 그를 응시했다. 확실히 아래에서 올려다보는 은기는 어딘가 모르게 위협적이다. 그게 피지컬 때문인지 평소와는 다른 남자의 얼굴을 하고 있어서인지는 모르겠다. 단정하고 말간, 싱그러운 외모가 이성을 잃고 짙은 색욕에 빠진 모습이 이질적이다. 자신이 그를 남자로 만들고 있다는 사실이 지서의 기이한 정복욕을 부추겼다.

"넣고 싶어요."

은기가 그녀의 다리 사이에 자리를 잡고는 몸을 굽히며 말했다. 잡아먹힐 것 같은 기분. 처음 은기가 키스 마크를 남겼던, 아직도 옅게 자국이 남아 있는 목덜미가 욱신거렸다.

"넣게 해 주세요."

은기가 재차 애원하자 지서는 대답 대신 다리를 조금 벌렸다. 그러자 그가 몸을 겹쳐 왔다. 이내 몸으로 은기의 무게가 느껴지며 순간 숨이 턱 막혔다. 남자의 입술이 그녀의 목에 닿았다. 한동안 맥이 뛰는 부분을 씹어 대더니 목덜미를 타고 올라와 귓불을 깨물며 숨을 헐떡였다. 체구가 큰 어린 짐승이 달려드는 것만 같았다.

"……천천히."

지서는 손으로 그의 뺨을 감싸 쥐고 가볍게 건드리며 말했다. 은기의 눈은 붉게 충혈되어 있었다.

"응?"

되묻자 그가 간신히 고개를 끄덕였다. 하지만 눈의 초점은 흐리고 몽롱했다.

남자의 커다란 손이 그녀의 무릎을 잡았다. 은기는 그녀의 무릎에 입을 맞추고는 사타구니 안쪽에 깊고 짙은 키스를 했다. 입술이 속살을 자극할 때마다 지서의 내전근이 움찔거리며 긴장했다. 은기의 혀는 계속해서 미끄러져 올라왔다. 아슬아슬하고 끈질겼다.

그러다 일순, 몸이 반쯤 허공에 뜨는 느낌이 들었다. 그와 동시에 무언가 빠듯하게 아래에서부터 밀고 들어오는 아찔한 감각이 이어졌다.

이걸 무어라 표현해야 할까.

오감을 넘어선.

"지서 씨."

타인의 세계에 완전히 편입되어 흡수되는 순간을.

은기는 자신의 몸 위에 올라탄 지서를 멍한 얼굴로 올려다보았다. 하고 싶은 게 너무 많아 머릿속이 엉망이었다. 그녀의 눈을 보면 입술을 보고 싶다. 키스를 하고 싶은 동시에 저 흰 젖가슴을 머금고 원껏 빨며 탐하고 싶다. 품 안에 끌어안고 싶은 동시에 온몸 구석구석 만지고 싶기도 하다.

무섭다.

"왜?"

밤마다 상상만 했던 욕망을 남김없이 끌어모아 다 퍼부으면.

"……예뻐서요."

그녀가 깨질까 봐.

살면서 신체적 한계를 느낀 경험은 별로 없었다. 타고난 피지컬, 강한 체력, 노력으로 만든 기술. 하지만 이 작은 여자 앞에선 한계를 느낀다. 경기에서 쏟아붓던 것들을 수치화해 반으로 줄이는 것이 은기에겐 또 다른 한계였다.

치솟는 아드레날린을 간신히 억눌렀다. 그녀의 과거 속 남자를 눈으로 확인했을 때부터 뜨거워지던 피가 이제는 펄펄 끓어오르기 시작했다. 남자에게 맞은 상처는 강렬한 성적 자극과 흥분 탓에 통증조차 느껴지지 않았다. 어차피 이 정도의 타박상은 경기 중에도 흔히 발생했다. 코뼈가 골절되고도 90분 풀타임을 다 소화한 적도 있다. 그러니 요령껏 맞아 준 상처의 통증 따위가 이 성욕을 이길 수 있을 리 없다. 다만 상처를 볼 때마다 그녀의 눈동자에 스치는 우울함이 신경 쓰일 뿐이었다.

은기는 지서의 몸을 감싸 자신의 아래에 가두었다. 시선의 각도가 바뀌자 머리카락에, 역광에 가려 제대로 보이지 않았던 지서의 몸이 그의 앞에서 환하게 모습을 드러냈다.

은기는 항상 위에서 그녀를 내려다본다. 키가 크기 때문에 이는 지서가 아닌 타인에게도 적용되지만 유독 그녀에게만큼은 이 시선의 각도가 더 특별하다. 이마의 작은 곡선, 그 경계에 자리 잡은 정갈한 눈썹과, 그리고 그 아래, 긴 눈매가 만들어 낸 예각. 그녀의 시선이 은기 자신에게로 향할 때면 그 날카로운 각도는 아주 조금 동그랗게 변한다. 미세한 변화라 타인은 모를 것이다. 하지만 은기는 안다.

햇빛 때문에 시야가 지나치게 밝다. 넓은 거실 창은 불투명하긴 했지만 누군가 두 사람의 은밀한 행위를 훔쳐보고 있는 것만 같은 착각에 빠지게 했다. 아니…… 사실 처음 만난 후 내내 지서를 훔쳐보고 있는 것은 은기 자신이다. 여자의 가느다란 몸은, 연약하지만 부러지지 않을 것 같은 섬세한 생김새는 그에게 이상한 관음증을 부추겼다.

상상은 현실을 따라가지 못했다. 매일 밤 머릿속으로 했던 음란한 상상들, 그럴 때마다 가졌던 지독한 죄책감도 지금 눈앞의 광경 앞에선 모두 무가치한 허상에 불과했다.

그녀의 긴 머리카락이 어깨와 가슴 아래로 쏟아지자 은기는 그마저도 눈에 담고 싶어 조바심이 났다. 적나라한 모습. 단전에 단단하게 뭉쳐 있던 열기는 이제 터지기 일보 직전이었다. 자신에겐 10밖에 되지 않는 힘이어도 그녀에겐 버거울 수도 있다는 걸 안다. 은기의 피지컬은 일반적인 범주에서 한참을 벗어났고, 그래서 늘 주의를 기울이는 편이었다. 충분히 인지하고 있다. 그러니 조급하게 굴면 안 되는데 마음은 다급하기만 했다.

은기는 지서를 똑바로 응시했다. 허락의 의미인지 그녀의 가느다란 다리가 벌어지며 그의 굵은 허벅지를 감쌌다. 팔꿈치로 몸을 지탱하며 그녀의 위로 상체를 숙였다. 살짝 무게를 싣자 그녀가 크게 숨을 들이켰다. 하지만 은기는 모르는 척 그녀의 목, 예민한 피부에 입술을 붙이며 혀로 핥았다. 간지러운지 그녀가 못 참겠다는 듯 몸을 뒤척였다.

"은기야, 은기야…… 잠깐만, 잠깐만."

다급하게 부르는 목소리에 간신히 멈췄다. 강제로 욕망을 저지당한 기분이 썩 달갑지 않았지만 눈앞의 지서를 보며 애써 속도를 줄여 본다.

여유롭고 능숙하고 싶은데 쉽지 않았다. 어설프고 힘만 세서 그녀가 싫어하면 어쩌나 불안하기도 했다.

"지서 씨."

그녀의 이름을 불러 본다. 마음속으로도 그 이름을 여러 번 반복하자 거짓말처럼 조급함이 사라진다.

삽입의 순간, 은기는 눈을 감았다.

어두워진 그의 하늘에 별이 많아진다.

지서는 살짝 고개를 들어 아래를 내려다보았다. 콘돔에 싸인 커다란 페니스가 자신의 몸 안으로 사라지는 모습이 적나라하게 눈에 들어왔다. 다시 시선을 올려 은기를 응시했다. 약에 취한 사람처럼 그가 허리를 움직일 때마다 익숙하지만 낯선 감각이 파도처럼 몰려왔다. 삽입이 깊어지는 순간이면 자신의 내벽이 진득하게 남성을 붙잡고 조여 대는 느낌이 이질적이었다.

은기가 낮은 신음을 흘리며 손등으로 자신의 이마에 맺힌 땀을 닦아 냈다. 늘 맑다고 생각했던 두 눈의 안광이 지금까지 지서가 봐 왔던 빛과는 확연히 달랐다. 눈이 마주치자 그가 싱긋 미소를 지으며 자세를 바꿔 지서 쪽으로 몸을 굽혔다. 파고드는 각도가 달라지며 결합이 깊어졌다.

"하읏, 잠깐…… 잠깐만."

자극이 강해지자 지서의 입에서는 저도 모르게 신음이 흘러나왔다. 지서는 손을 뻗어 그의 가슴팍을 밀어 내려 힘을 주었다. 하지만 그런 미약한 힘 따위 바위처럼 단단한 남자의 몸에는 아무런 타격도 주지 못했다. 도리어 은기는 그녀의 손가락 사이사이에 자신의 것을 옭아매 깍지를 꼈다. 그러곤 단단하게 붙든 손을 짓누르며 좀 더 그녀에게로 자신의 무게를 실어 쳐올렸다.

"지서 씨……."

서로의 몸이 닿을 때마다 땀이 밴 피부가 질척이며 끈끈하게 달라붙었다. 호흡이 부족해 정신이 혼미했다.

"나 죽을 거 같아요. 아…… 미치겠어."

은기가 그녀의 귓가에 두서없이 중얼거렸다. 말하는 도중에도 미친 듯이 허리를 쳐 대는 바람에 지서가 고개를 세차게 저으며 진저리 쳤다. 고통인지, 쾌락인지 모를 것들이 감당하지 못할 만큼 넘쳐흘렀다. 몸을 쑤셔 대는 뜨거운 불기둥이 정신까지 헤집었다. 남은 손으로 가슴팍을 치려 했지만 보잘것없이 단숨에 붙들려 머리 위로 결박됐다. 덫에 걸린 초식동물 같았다.

"은기야, 너무, 너무 깊어."

내가, 내가 아닌 것 같다. 온몸이 저릿하다. 시야가 뿌옇게 흐려지고 눈가가 뜨겁다. 그가 페니스를 꽉 욱여넣자 울음 섞인 신음이 잇새에서 터져 나왔다. 저도 모르게 턱이 들리고 주체 못 할 쾌감에 몸이 덜덜 떨렸다. 이런 건 처음이었다.

허리가 들리고 다리가 그의 어깨에 걸쳐졌다. 은기가 두 팔로 양옆을 짚고 자신의 안에 가두자 지서는 몸을 뒤틀어 움직이며 벗어나려 노력했다. 하지만 소용없었다. 지서의 허리둘레 정도 될 만큼 두껍고 단단한 허벅지가 꽉 힘을 주어 몸을 옭아매자 전신의 압박감이 상당했다. 강인한 골격, 건장한 신체. 타고난 피지컬의 차이가 압도적이었다. 힘으로 그를 이길 수 있을 리 없다.

한계까지 빠져나간 성기가 다시 끝까지 짓누르며 들어왔다. 그 박자에 맞춰 몸이 들썩이고 부딪힌다. 쾌락과 함께 남자의 몸이 자신의 전신을 타박할 때마다 지서는 어쩌지 못하고 미간을 찌푸렸다. 말을 하려 입술을 달싹였지만 흘러나오는 것은 흐느끼는 신음뿐이었다.

정제되지 않은 일방적인 욕망이 아무런 완화 장치 없이 몰려왔다. 차마 시선을 어디에 둬야 할지 가늠할 수 없어 지서는 눈을 질끈 감았다. 진득한 열기를 품은 공기와 질척한 습기가 예민해진 피부에 엉겨 붙었다. 강렬한 성욕의 냄새가 코끝을 날카롭게 자극했다. 분명 싫은 건 아니다. 다만 낯설었다. 이성을 잃고 무기력하게 휩쓸리는 자신이, 그럼에도 불구하고 욕망에 흔들리는 몸이.

말이 안 된다. 이건, 말도 안 돼. 생각이 여기에 미치자 지서의 눈가에 열이 몰렸다. 이내 눈물이 맺혀 아래로 떨어졌다. 왜 우는지 스스로도 이해되지 않았다.

"……아파요?"

지서의 반응이 이상하다는 것을 눈치챘는지 은기가 페니스를 완전히 빼내며 물었다. 갑자기 몸 안이 텅 빈 느낌에 지서는 참았던 숨을 내쉬었다.

아픈 걸까. 아니, 그건 아닌데. 아, 모르겠어.

이성적인 사고가 불가능했다.

"왜 울어요. 싫어요?"

은기가 그녀의 젖은 앞머리를 쓸어 올려 주며 걱정스러운 얼굴로 바라봤다.

"싫으면 안 할게요."

아니, 아니야.

말해야 하는데 목소리가 나오질 않았다.

"아프게 해서 미안해요. 그런데 살살 하는 게 어떤 건지 모르겠어."

그가 그녀의 어깨에 머리를 박고 중얼거렸다.

"나만, 지서 씨, 나만 이렇게 좋아요?"

난 너무 좋아요. 아프면 참을게요. 미안해요. 은기가 두서없이 아무렇게나 말하자 지서가 그의 등을 쓸어내리며 다독였다.

"은기야."

지서는 간신히 목을 긁어 소리를 내며 그를 불렀다.

"나 일으켜 줘."

그녀의 말에 은기가 지서의 등에 팔을 감고는 손쉽게 안아 세워 자신의 무릎에 앉혔다.

"싫어서 그런 거 아냐. 네가 너무……."

속삭이며, 아직도 거대하게 발기해 있는 성기를 보자 은기가 얼굴을 붉혔다. 혈관이 도드라진 채 빳빳하게 선 모양이 어마어마했다. 지서는 그의 페니스를 잡아 자신의 입구로 가져갔다. 어리다는 게 이런 건가. 막 섹스를 시작했을 때처럼 그의 성기는 여전히 뜨거워 금방이라도 터질 것 같았다.

지서는 천천히 은기의 허벅지 위로 내려앉으며 그의 어깨에 이마를 댔다. 빽빽하게 내부를 채우는 감각은 여전히 버거웠다. 조금 전보다 더 삽입감이 깊었지만 자신이 속도를 조절할 수 있다는 점에선 차라리 이 체위가 나았다.

지서가 은기의 뒷머리를 감싸 자신을 바라보게 당겼다. 시무룩하게 아래로 처진 눈가에 입을 맞추자 경직되어 있던 눈매가 조금은 느슨해졌다. 지서는 가진 체력을 끌어모아 몸을 아래위로 움직였다. 치골에 그의 음낭이 닿는 감각이 야릇하다. 점막과 점막이 스치는 소리가 적나라하게 귓가를 적신다.

지서의 속도를 파악했는지 은기가 그녀의 허리에 팔을 둘러 감쌌다. 견갑골에서부터 등허리까지 몇 번이고 길게 쓰다듬던 손이 그녀의 엉덩이에서 멈추었다. 커다란 손이 부드럽게 엉덩이를 주무를 때마다 지서의 몸에 힘이 들어가고 내벽이 그의 페니스를 쥐어짜듯 압박했다. 당연한 수순으로 은기가 뜨거운 신음을 토해 냈다.

"괜찮아요?"

그가 묻자.

"응."

그녀는 작게 고개를 끄덕이며 답했다. 일일이 물어보고 관찰하는 은기를 보자 지서는 괜히 웃음이 났다.

"왜 웃어요."

"응?"

소리 내지 않은 것 같은데. 갑작스러운 물음에 고개를 들자 은기가 집요한 시선으로 지서를 바라보고 있었다.

"나 별로야? 그래서 그래요?"

그 질문에 지서의 눈이 커졌다. 그녀의 반응을 멋대로 판단했는지 은기의 미간이 살짝 일그러졌다. 언뜻 서러워 보이기도 했다.

"처음이라 그렇잖아. 섹스 처음 하는데…… 하아, 어떻게, 사람이 처음부터 다 잘해요."

여기서 더 잘하면 누굴 죽이려고.

하지만 속상해하는 은기의 얼굴을 보자 말이 바르게 나오질 않았다. 어쩐지 놀리고 싶었다. 이 커다란 남자애가 자신 앞에서 절절매는 게 싫지만은 않았다.

넌 뭐가 그렇게 속상하고 서러운 걸까.

"나도 알아요. 나 무식하게 힘만 센 거."

어른스러운 것 같다가도 이럴 때 보면 또 영락없는 그 또래의 어린애 같다. 지서는 양손으로 그의 뺨을 감싸 쥐고 아이에게 하듯 쪽 소리가 나게 뽀뽀했다.

"그럼…… 그럼, 지금부터라도 잘해 봐."

지서의 도발에 은기가 울컥하는 게 느껴졌다. 가만 보면 순한 것 같으면서도 승부욕이 강한 편이었다.

어느새 은기의 손이 그녀의 아랫배를 어루만지고 있었다. 배를 더듬던 손이 갈비뼈와 옆구리 구석구석을 주무르다가 젖가슴에서 멈추었다. 은기가 손바닥으로 가슴을 동그랗게 감싸고 힘을 주어 누르자 살덩이가 그의 손 모양을 따라 마구 뭉개졌다. 흥분으로 부푼 유두가 비벼지자 지서의 입술에서 옅은 한숨이 새어 나왔다. 엉덩이를 괴롭히는 손길, 가슴을 만져 대고 유두를 꼬집는 감촉, 아래를 쑤셔 대는 페니스, 귓가를 간질이는 뜨거운 숨. 모든 감각이 생생하게 그녀의 몸 안으로 파고들었다.

"으읏."

지서는 고개를 뒤로 젖히며 입술을 깨물었다. 젖꼭지가 빨리고 씹히는 느낌이 적나라했다. 집요한 남자는 가슴의 살덩이까지 크게 입에 물어 흡입하다가 입술을 모아 소리가 날 정도로 강하게 빨기를 반복했다. 그 감각에 익숙해질 무렵엔 혀로 유륜을 핥아 대고 치아로 잘근잘근 씹어 댔다. 계속되는 자극에 지서의 무릎에 힘이 들어가고 몸이 들썩였다. 언제부터인가 은기는 아래에서부터 느릿하게 쳐올리며 그녀의 몸을 지탱해 주고 있었다. 지서의 허리가 아래로 낮아졌다가 위로 솟아오르길 반복하며 흔들렸다. 삽입도 애무도 느리기 짝이 없어 오히려 더 자극적이었다.

그렇게 동시에 어느 임계점에 도달한 순간, 그의 허리가 빠르게 튀었다. 점점 걷잡을 수 없이 속도가 빨라지자 지서의 몸이 크게 흔들리며 뒤로 젖혀졌다. 은기가 팔로 그녀의 등을 받치며 침대에 눕혔다.

지서는 눈도 제대로 뜨지 못하고 그의 움직임에 몸을 내맡겼다. 탁탁, 몸이 부딪칠 때마다 아래에서는 젖은 소리가 났다. 간신히 눈을 뜨자 흐릿한 시야로 은기의 얼굴이 보였다. 머리카락 사이로 드러난 그의 눈이 지서를 응시했다. 충혈되어 붉어진 눈엔 욕망의 그림자가 짙게 드리워져 있었다.

뚝뚝, 은기의 턱을 타고 떨어진 땀방울이 그녀의 가슴팍을 적셨다. 민감해진 감각 탓에 그 땀방울이 피부에 닿아 아래로 흘러내리는 움직임이 생생하게 느껴졌다.

거칠게 쳐올리던 은기가 어느 순간 움직임을 멈추었다. 완벽하게 박자가 일치하자 지서의 등줄기에서부터 찌릿한 무언가가 일순 폭발하며 시야가 하얗게 흐려졌다. 뜨거운 무언가가 배 속을 가득 채우는 느낌이 들었다. 절정, 그리고 사정. 은기의 몸이 잘게 떨리며 경련하듯 바들거렸다.

은기가 거친 숨을 몰아쉬며 그녀 몸 위에 자신의 것을 겹쳤다. 맞닿은 가슴, 심장이 요란하게 뛰는 게 생생했다.

지서는 잠시 그의 무게를 느끼며 눈을 감았다. 그의 온도에 몸이 잠겨 들었다. 어쩐지 머리가 맑아지고 후련해졌다. 고작 섹스일 뿐인데, 순간의 감정에 휩쓸려 충동적으로 저지른 실수임에도 불구하고 복잡함보다는 개운함이 더 컸다. 분노와 고독, 오래 묵은 공허와 외로움이 씻겨 내려간 기분이었다.

공기가 덥고 습해 불쾌지수가 높은 날씨였지만 정사의 여파로 지친 지서는 얌전히 그의 품에 안겼다. 아니, 오히려 그의 가슴팍에 얼굴을 묻고 볼을 비볐다. 또 하고 싶어 하는 게 눈에 보였지만 그는 아무런 말 없이 그녀를 안으며 나른한 섹스의 여운을 즐기는 눈치였다.

"몸에 왜 이렇게 흉터가 많아."

가슴팍이며 배, 옆구리까지 수술 자국과 옅은 흉터가 많았다.

"아, 운동하다가요."

"무슨 운동을 어떻게 하길래."

지서의 말에 은기가 뭔가 할 말이 있다는 듯 입술을 달싹이다가 이내 입을 다물고 미소 지었다.

이제 널 어쩌면 좋을까.

너에게 나는, 나에게 너는 어떤 감정인 걸까.

생각하다, 생각하다, 지서는 그냥 눈을 감았다.

"자요? 밥 먹어야 하는데."

자는 것을 확인하는지 커다란 손그림자가 그녀의 눈 위를 오간다.

미소 섞인 목소리. 부드럽고 포근한 향기.

지겹고 귀찮을 만큼 사랑받고 싶다가도.

"지서 씨. ……이지서."

사랑을 지키는 것보다 마음을 죽이는 것이 더 쉽다는 걸 이제는 안다. 시작조차 하기 전에 끝을 내는 게 더 쉬운 일이라는 것도.

"지서야."

뺨에 부드러운 감촉이 느껴졌다. 쪽 소리 나게 입을 맞춘 은기가 이마를 쓰다듬다가 그녀의 허리를 안았다. 모든 것이 안정적이고 편안해 오히려 덜컥 겁이 났다.

"너 왜 반말이야."

지서가 눈을 뜨며 말하자 은기가 희게 웃었다.

"저 한 번만 더 하면 안 돼요?"

그가 몸을 깊게 겹치며 졸랐다. 지서는 승낙의 의미로 말 대신 그의 손가락 끝을 살짝 깨물었다. 별것 아닌 몸짓에도 은기는 몸을 떨며 반응한다.

마음이 표류한다.

행방行房은 그녀도 모른다.

07.

여름의 무엇

"국수 소면은 없어요?"

아침부터 시작된 섹스가 해 질 무렵까지 이어졌다. 밥 먹을 생각도 못 한 채 뒹굴다 정신을 차리니 점심이 한참 지난 시간이었다.

"거기 왼쪽. 뭐 해 먹게?"

현숙의 물음에 지서는 심드렁하게 대꾸했다.

"그냥 간단하게 비빔국수요."

외관은 허름했지만 슈퍼 내부는 제법 깔끔하게 정돈되어 있었다. 시장까지 버스로 30분은 족히 걸리는 시골이라 마을 사람들 대부분이 슈퍼를 이용하는 까닭에 물건도 꽤 괜찮았다.

"은기는."

"저희 집 유리창이 깨져서 그거 봐 주고 있어요."

지서를 씻겨 주고 머리까지 말려 준 은기는 파편을 치운 뒤 유리를 갈아 주겠다며 분주히 움직였다. 지서는 괜히 할 일 없이 누워 있다가 국수라도 만들어 둬야겠다며 나온 차였다. 젊어서인지, 처음이라 은기가 지나치게 흥분한 탓인지 정사는 꽤 거칠었고 그 덕에 지서는 아직 걷는 게 어색하고 아래의 감각이 둔했다. 조금만 정신을 놔 버리면 무릎이 꺾여 넘어지지 않을까 싶을 만큼 골반부터 허리까지 얼얼하다.

"아까 그 으리으리한 외제 차, 너 보러 온 거지?"

마을 어디를 가건 슈퍼 앞을 지나야 하니 당연히 봤을 것이다. 더군다나 태하가 그렇게 요란하게 들이닥쳤는데 슈퍼에 앉아 오가는 사람 구경하는 게 일과인 그녀가 몰랐을 리 없었다.

"네."

지서의 대답에 현숙이 눈을 가늘게 뜨고 보다가 쯧쯧, 혀를 찼다.

"은기 착한 애야."

"착하죠."

"잘생겼지, 어리지, 그리고 능력도 있지."

잘생기고 어린 건 맞는데 능력이라니. 잠시 의문이 들었지만 지서는 묻지 않고 매대의 물건을 살펴보는 시늉을 했다.

"그만한 애 없다? 유럽 가는 게 어디 쉽냐고."

못 들은 척, 지서는 과자를 집어 들었다. 그러자 또다시 잔소리가 쏟아졌다.

"똥개도 아니고 네 뒤만 졸졸 쫓아다니는데…… 걔가 어디서 그런 대접 받을 애야?"

현숙은 대충 지서와 은기의 관계를 눈치챈 모양이었다.

착한 애라는 말이 괜히 꼬아 듣게 만든다. 이지서는 나쁜 애니까 착한 애 물들이지 말라는 건가. 오늘 둘이 내내 무슨 짓을 했는지 알면 그 착한 애가 나쁜 누나 꼬임에 넘어갔다며 한탄을 할지도 모르겠다. 만약 그런 식이라면 지서 입장에선 억울했다. 아직도 은기가 주무르고 깨물어 댄 가슴이 욱신거리고 걸을 때마다 허리가 시큰거리는데.

지서는 골라 둔 재료를 내밀었다. 무표정한 얼굴로 계산을 하자 할 말이 많다는 얼굴로 물끄러미 지서를 보던 현숙이 비닐 봉투에 물건을 담아 주었다.

"있어 봐."

바로 슈퍼를 나서려는데 현숙이 냉장고에서 뭔가를 꺼내 같이 넣어 주었다. 지서가 슬쩍 보자 그녀가 설명을 덧붙였다.

"고추전이랑 깻잎전 한 거야. 프라이팬에 한번 지져 먹어."

지서는 대꾸하지 않고 봉투에 담긴 통을 바라보았다.

"뭐 해. 얼른 챙기지 않고."

"……감사해요."

"처음 왔을 때보단 낯빛이 좀 낫네. 피죽도 못 얻어먹은 애처럼 하얗게 질려 있더니. 그래도 고향이 좋지? 집에 먹을 거 없으면 와. 반찬 챙겨 줄게."

"네."

고분고분하게 대답하며 지서는 허름한 문을 밀었다.

슈퍼에서 나오자 여름 바람이 그녀를 반겼다. 슈퍼 앞, 마을을 상징하는 커다란 느티나무까지 흔들릴 정도로 바람이 제법 강했다. 바닥에 비친 나무 그림자가 그 박자를 따라 흔들렸다. 잎과 가지가 부딪치며 내는 소리가 청명하다.

구름 한 점 없는 하늘, 짙은 초록, 곡식이 익는 들판. 시야를 가로막는 건 단 하나도 없었다. 하늘이 이렇게나 넓게 보인다는 게 신기하다. 빌딩 숲 틈으로 간신히 올려다본 서울의 하늘은 늘 좁았고 그래서 답답했다. 그마저도 새벽같이 출근해서 해 진 후에 퇴근하는 생활을 5년 이상 반복한 지서는 하늘을, 햇빛을 마주할 일이 거의 없었다.

지서를 봤는지 저 먼 곳에서 은기가 그녀를 향해 크게 손을 흔들었다. 안 그래도 키가 큰데 팔까지 뻗으니까 정말 길었다.

지서는 저도 모르게 미소를 짓다가 무표정한 얼굴로 바꾸며 은기를 향해 걸었다. 거리가 멀어 실루엣만 보였지만 은기의 표정을 알 것도 같았다.

분명, 웃고 있겠지.

보조개가 깊게 우물질 만큼 예쁘게.

은기는 상대 공격수의 스루패스를 걷어 낸 뒤 손등으로 이마에 흐르는 땀을 닦아 냈다. 숨이 턱 끝까지 차오르고 심장은 금방이라도 터질 것처럼 요란하게 뛰어 댔다. 한낮, 가장 더운 시간. 악명 높은 대구의 여름 날씨 덕분에 정수리가 따가웠다. 하지만 오랜만에 공을 차니 괜히 기분이 붕 뜨고 설레었다. 이유 없이 그냥 모든 게 다 좋았다.

전후반 30분씩 진행하기로 한 구단의 연습 게임에 은기는 객원 멤버로 참여했다. 전반은 A팀 멤버로, 후반은 B팀 멤버로. 공격수들은 K리그에서 언제 챔피언스 리그 4강 멤버의 수비를 경험해 보겠냐며 눈을 반짝였고, 수비수들은 제대로 비결을 배우겠다며 열의를 보였다. 경기를 구경하겠다고 유소년 선수들까지 다 몰려오는 바람에 연습 구장이 사람들로 버글거렸다.

무엇보다도 괜히 들떴다. 분명 어제와 같은 오늘인데 어제의 고은기와 오늘의 고은기는 완전히 다른 사람인 것만 같았다.

"고은기 이 새끼. 이 지독한 새끼."

몰려온 유소년 선수들에게 사인을 해 주고 그늘에 앉아 쉬는데 정훈이 스포츠 음료를 던져 주며 말을 붙여 왔다. 경기는 3 대 3 무승부로 끝났다. 전반, 은기의 A팀이 3골을 넣었고 후반, 은기의 B팀이 3골을 넣었다. 골은 꽤 터졌지만 수비수인 은기는 무실점 경기를 이끌어 냈다.

"얼굴 꼴은 그 모양인데 공은 또 존나 잘 차. 이 빌어먹을 새끼, 완전 벽이야 벽."

정훈의 말에 은기는 씨익 웃으며 어깨를 으쓱했다. 뭐 이쯤이야. 그런 제스처였다.

"눈탱이가 밤탱이가 되도록 쥐어 터져서는. 안 아파?"

정훈이 그에게 바짝 붙어 상태를 살피며 물었다. 은기의 얼굴엔 태하에게 맞아 생긴 멍이 선명했다. 보는 사람마다 왜 그러냐며 묻기에 술집에서 시비가 붙었다고 적당히 둘러댔다.

"괜찮아. 보기만 그렇지 별로 안 아파. 멍 빼는 약도 발랐고."

"유명인은 피곤하다. 시비 털어도 맞아 줘야 하고. 그나저나 너 빌드 업 더 좋아졌더라. 유럽 물 먹으면 다 그렇게 되냐."

정훈이 축구화를 벗고는 은기의 옆에 앉으며 중얼거렸다. 그는 이번 연습 경기에서 은기의 롱패스를 받아 두 골을 넣었다.

"형은 시야 넓어졌더라."

"또? 또?"

"패스도 좋고."

"그렇지? 좋아졌지? 또 뭐 없어?"

은기의 칭찬에 정훈이 더 해 보라는 듯 신나서 떠들었다.

"음……."

정훈을 보면서 말을 길게 끌던 은기가 웃으며 덧붙였다.

"골 결정력을 좀 키우는 게."

"야."

"여전히 개발 심하고."

그래서 팀 서포터즈들은 정훈을 욕할 때 홈런왕이라고 부르곤 했다. 골대 위로 공을 날려 댄다는 걸 조롱하는 별명이었다.

"나도 알거든."

입을 삐죽 내민 정훈이 은기가 마시던 음료수를 빼앗아 벌컥벌컥 들이켰다.

"근데 너 오늘 되게 기분 좋아 보인다?"

"아, 응."

좋지. 좋고말고.

"뭔데. 왜 기분 나쁘게 실실 쪼개."

정훈이 못 볼 거라도 본 사람처럼 얼굴을 구겼지만 은기는 신경 쓰지 않고 히죽거리며 웃었다. 그래, 오늘 하루 종일 기분이 좋았던 것은 다 이 때문이었다.

"형, 나."

은기가 주변을 한 번 살펴보고는 가까이 오라는 듯 정훈에게 손짓을 했다.

"나 여자 친구 생겼어."

정식으로 사귀자고 한 건 아니지만, 어쨌든 지서도 마음이 있으니까 섹스를…… 했겠지?

"그 연상?"

"응."

어제, 아니, 오늘 아침의 기억을 떠올리자 은기는 괜히 등줄기가 찌릿하고 목덜미가 뜨거워지는 느낌이 들었다. 하루 종일 구름 위를 둥둥 떠다니는 기분인 것은 잠에서 깨 눈 뜨자마자 지서의 얼굴을 봤기 때문일 것이다. 끌어안고 몸을 만지고, 입을 맞추고, 그리고 또 하고.

처음엔 자신이 생각해도 서툴렀던 것 같다. 콘돔도 지서가 끼워 주고 하나하나 다 가르쳐 주고. 상상 속 자신처럼 현실의 고은기도 능숙하게 리드할 수 있을 줄 알았는데 상상과 현실의 괴리는 어마어마했다. 그래도 할수록 더 늘지 않았나. 그랬던 거 같은데. 은기는 불과 몇 시간 전 아침, 지서의 표정과 신음 소리를 떠올리며 히죽 웃었다. 원래 몸으로 하는 건 금방 배우는 편이었다.

"사귀자고 한 거야?"

정훈의 물음에 은기가 눈을 크게 떴다.

"어? ……그건 아닌데."

"뭐야, 그러면서 무슨 여자 친구야."

정훈이 심드렁하게 말하며 손으로 툭, 은기의 머리를 쳤다. 너무 좋게만 생각한 걸까. 자신은 세상이 뒤집히고 난리가 났는데 정훈이 별것 아니라는 듯 반응하자 은기는 갑자기 찬물을 뒤집어쓴 기분이었다.

"장거리 연애는 괜찮은지 물어는 봤고?"

"……안 물어봤는데."

사실 지서는 은기가 뭐 하는 사람인지도 모른다. 축구 선수인 것도 모르고 왜 아침마다 대구에 가는지도 모른다.

"나 유럽에 있는 건 알아."

묻질 않아서, 은기도 애써 말하지 않았다. 말할 타이밍을 계속 놓치기도 했고.

"뭐 하시는 분이야?"

"대기업 팀장. ST그룹."

"능력자네."

"응, 서울대 나왔다 그랬어."

우리 지서 어느 대학 나왔는 줄 아냐고, 박화순 여사가 은기를 볼 때마다 자랑을 했었다.

정훈이 은기의 눈치를 보며 조심스럽게 입을 열었다.

"초 치려는 게 아니라 한번 진지하게 그분이랑 이야기를 하는 게 좋을 거 같다. 가볍게 연애만 하는 건지, 결혼까지 생각하는 건지 그런 거."

"난 완전 무거워."

은기가 결연한 얼굴로 말하자 정훈이 너털웃음을 지었다.

"그분도 그러냐가 중요한 거지."

그래, 그렇지. 은기는 커다란 몸을 웅크렸다. 정훈의 말을 듣자 들떠서 깨닫지 못했던 것들이 눈에 들어오기 시작했다. 현실적인 문제들부터 시작해서 그동안 쭈욱 미묘했던 지서의 태도까지. 확실히 전보다 곁을 주긴 하지만 그렇다고 완전히 선 안에 들여놓은 것은 아닌 느낌이었다.

무슨 벽이 그렇게 단단하고 높담. 은기는 입을 삐죽 내밀고 투덜거렸다. 하나에 꽂히면 다른 생각은 못 하는 게 은기의 장점이자 단점이었다. 한번 시작하면 적당히를 모르는 극단적인 성격. 운동도 그렇게 해 왔다. 그 때문에 코칭스태프에게 아직 시야가 좁고 노련미가 부족하다고 지적당했는데 지금 보니 실생활에서도 똑같은 짓을 하고 있었다. 이지서 하나에만 꽂혀서 다른 것들은 보지 못했다.

들떴던 마음이 천천히 가라앉았다. 섹스라는 행위 자체에 너무 커다란 의미를 부여하고 있었던 걸까. 은기는 지서를 볼 때면 만지고 싶고 입 맞추고 싶고 결국엔 자고 싶었다. 플라토닉한 것도 괜찮을 줄 알았는데 아니었다. 조심스럽게 눈치를 보고 인간적인 도움과 배려를 위장해 접근했으면서도 밤이면 그녀를 떠올리며 자위했다. 처음엔 죄책감이 들었지만 결국엔 그마저도 받아들였다. 좋으니까, 당연한 거라고.

지서와 하나가 되던 순간의 모든 것들이 생생했다. 하늘의 색, 햇빛의 각도, 바람의 냄새, 계절의 온도, 그런 것들까지도 사진을 찍은 것처럼 선명하다.

은기는 그 모든 것들을 문신처럼 자신의 안에 새기다 문득 스스로가 각인당한 짐승 같다는 생각이 들었다. 태어나 처음 그녀에게 '사랑'을 각인당한 짐승.

고은기에게 이지서라는 이름은 사랑의 동의어다.

그래, 이건 분명 사랑이다. 의심할 여지 없이, 완전무결한.

이지서.

이름을 떠올리는 것만으로도 심장이 바스라지는 기분이다.

"저야 잘 있죠. 네, 메일 확인했어요. 상반기 본부 KPI가 좀 높아서 걱정했는데 다행이에요."

지서는 전화 속 상대에게 적당히 대꾸하며 서점에서 가장 잘 보이는 곳에 디스플레이되어 있는 컬러링 북을 살펴봤다. 빨간 머리 앤 같은 동화, 파리나 영국 어디쯤으로 보이는 풍경화, 해바라기 표지의 보타니컬 아트. 너무 쉬운 건 곤란하다. 적당히 어려워야 색칠하는 데 집중해서 다른 생각을 못 하게 해 줄 테니까. 지금 지서에겐 잡념을 없애는 것이 가장 시급했다.

"최 전무가요?"

전화 너머에서 들려온 말에 지서는 들고 있던 책을 내려놓으며 휴대폰을 고쳐 잡았다.

— 네, 지랄병 환자 같아요. 우리 상반기 KPI 달성 못 했으면 큰일 날 뻔했어요. 아주 미디어 본부 전체를 다 털어먹으려고 작정한 인간처럼 달려들어요. 이 팀장 휴가 중이길 다행이지 특히 우리 쪽에 시비 엄청 거는데…… 본부장님이 불쌍할 정도예요. 출장 갔던 거 잘됐다고 들었는데 왜 지랄인지 모르겠네요.

지서가 자리를 비우는 동안 시사 팀장인 미선이 그녀의 업무까지 서포트해 주기로 했다. 업무 분장이 세분화되어 있고 로테이션으로 움직이는 데다가 휴가 전 지서가 급한 업무는 몰아서 처리해 둔 덕에 공백이 크지는 않았을 것이다. 최태하라는 변수가 발생하지 않는 한.

"원래 최 전무 좀 그렇잖아요."

……나 때문이겠지.

— 오전에 연예 뉴스 섹션 메인에 사소한 오타가 있었어요. 막내 편집자가 실수한 건데 그걸 최 전무가 봤나 봐요. 직접 자리까지 내려와서 다 뒤집어엎었어요.

지서가 늘 주의하라고 팀원들에게 상기시키지만 누구나 할 수 있는 사소한 실수다.

— 잘못한 건 맞는데 사람들 다 보는 앞에서 너무 인격적으로 모욕을 줘서…….

막내 나이가 몇이더라. 스물넷이었나 다섯이었나. 바로 어제, 지서 자신 앞에서 날뛰던 그대로 퍼부어 댔을 태하를 생각하니 목덜미가 뻣뻣해지고 두통이 일었다.

— 위로라도 한마디 해 주세요. 티는 안 내는데 화장실 가서 울고 나왔는지 눈이 벌개요.

"네, 챙겨 주셔서 감사해요."

— 다른 건 뭐 없어요. 아, 최 전무 출장에서 돌아왔다고 박여진 나대는 거 정도? 쌍으로 꼴 보기 싫어 죽겠네.

박여진이 태하의 약혼녀이다.

통화를 마무리한 지서는 곧장 모바일 메신저로 막내에게 메시지를 보냈다. 한참을 길게 쓰다가 괜히 부담스러울 것 같아 짧게 줄였다. 이야기 들었어요. 크게 마음에 담지 말고 자신감 잃지 않았으면 좋겠어요. 바로 메시지를 확인한 막내는 한참 후에야 '네, 죄송합니다.' 하고 답했다. 하고 싶은 말을 다 못 한 눈치였지만 신입 시절의 자신이 떠올라 지서는 굳이 더 캐묻지도, 질책하지도 않았다.

그래도 본인이 억지를 부렸다는 자각은 있는지 지서의 메일함은 깨끗했다. 최태하라면, 질책이 필요한 경우 업무 메일로라도 경고를 했을 사람인데 메일, 휴대폰 메시지, 사내 메신저 모두 조용하다.

지서는 다시 컬러링 북으로 시선을 옮겼다. 무얼 살까 뒤적거려 봤지만 이미 그림은 그녀의 눈에 들어오지 않았다. 잡념을 없애고 싶어서 컬러링 북을 사려 서점에 들어온 건데 전화 한 통에 머릿속이 더 복잡해졌다. 물리적으로든 감정적으로든 서울로 돌아가서 정리할 것들이 많았다.

태하와는 제대로 끝을 낼 생각이다. 지지부진하지 않게, 아주 깔끔하게.

그동안 태하를 친모와의 연결고리로 여기며 미련하게 붙들었다. 홀로 남는 것이 두려워 누구라도 곁에 있길 바라는 마음도 있었다. 생각해 보니 우스웠다. 뭐가 그렇게 무서웠을까. 유일한 혈육이나 다름없었던 박 여사가 죽은 지금도 시간은 가고 일상은 계속되는데.

이제는 안다. 괜찮을 거다.

그리고…… 고은기, 그 애도.

하는 일이 무엇인지, 왜 네덜란드에 가게 됐는지, 학교를 그만둔 이유가 있는지, 매일 무슨 운동을 그렇게 열심히 하는지.

은기가 많이 궁금했지만 지서는 애써 묻지 않았다. 마음 깊이 들이지 않겠다며 선을 긋는 행동이었다. 많이 알게 되면 곤란한 일이 생길까 봐 애매하게 웃어넘기고 대수롭지 않은 척했다. 비겁하게.

지서가 선을 긋고 한발 물러설 때면 은기는 입술을 달싹이다가도 섭섭한 얼굴로 입을 다물곤 했다. 그의 마음을 알면서도 그 마음을 책임질 자신이 없어서 모르는 체하며 그냥 넘겼다. 현실적으로 생각했을 때 오래갈 리 없는 환경이고 차이였다.

실수로 쳐도 될까. 늘 이성으로 중무장을 하고 살아서 한 번쯤은 그냥 불쑥 저질러 버리고 싶은 마음이 그와의 충동적인 일탈이 되어 버린 거라고.

서울로 올라가는 날 서로 담담하게 인사를 하며 헤어지는 딱 그 정도에서 멈추어도 괜찮을 것이다. 그런 애가 있었지, 참 잘생기고 멋있었는데. 그렇게 떠올리며 웃을 정도의 기억이면 나쁘지 않을 것 같다. 여름마다 떠올리면서 추억하고, 그러다 좀 아쉬워도 하고. 먼 미래의 어느 여름날, 이 계절을 닮은 애가 있었지 떠올리며 잘 지내고 있을까 궁금해하기도 하고.

차라리 은기가 자신을 깃털처럼 가볍게 여겨 줬다면 다 쉬웠을 것 같다. 심심풀이로 적당히 만나 놀고 싶은 상대처럼 대해 줬더라면 나도 기꺼이 널 그런 사람 취급 했을 텐데.

지서는 옅은 한숨을 내쉬며 해바라기 표지의 컬러링 북을 집어 들었다. 해바라기. 은기를 닮았다.

서점에서 나온 그녀는 근처 카페에 자리를 잡았다. 은기와의 약속 시간까지는 한 시간 정도 남았다. 백화점을 돌아보며 필요한 것들을 쇼핑하고 컬러링 북도 샀으니 카페에서 적당히 시간을 보낼 생각이었다.

차 키를 내어 줬지만 은기는 지서에게 직접 데려다줄 것을 청했다. 외제차라 부담스럽고, 아직은 한국 고속도로가 무섭고, 기타 등등. 여러 가지 핑계를 대며 자신의 눈치를 보던 은기를 떠올리자 괜히 웃음이 났다. 그냥 같이 외출하고 싶다고 하면 되는 걸 뭐 그렇게 이유가 많은지. 딴에는 떠본다고 하는데 속이 투명하게 보인다. 혹시 이것도 수작의 일종이라면 고은기는 진정한 고단수일 것이다.

지서 씨.

꼭 그렇게 부른다.

평소엔 목소리가 낮고 차분한데 '지서 씨' 하고 부를 때는 음성이 조금 높아진다는 걸 너는 알까. 그 목소리에 열심히 혼자 그어 둔 선이 어느새 희미해져 간다는 것도.

그때, 테이블에 놓아둔 지서의 휴대폰 진동이 울렸다. 액정 화면에 뜬 발신자명을 보자 그녀가 피식 미소를 지었다.

[은기^^♥]

진지한 얼굴로 번호를 저장하더니 이러고 있었나 보다. 괜히 그 이름이 더 보고 싶어서 지서는 전화를 받지 않고 몇 초쯤 액정 화면을 응시했다. 커다란 덩치와 어울리지 않게 아기자기한 면이 있다니까. 차분하고 어른스러운 것 같다가도 이런 면은 또 그 또래 같다. 그 순간, 전화가 끊어지고 화면이 검게 변했다. 테이블에 턱을 괸 채 웃고 있는 자신의 모습이 액정 화면에 비쳤다. 지서는 흠칫 놀라 휴대폰을 테이블에 엎어 뒀다.

"……미쳤어."

단단히 미쳤다.

지서는 잠시 숨을 고르고 휴대폰을 집어 들었다. 때마침 다시 그에게서 전화가 왔다.

"응, 은기야."

침착해야지.

"빨리 끝났네. 여기 5층……."

장소를 설명하기 위해 두리번거리던 지서의 시선이 어느 한 곳에서 멈췄다.

"……스포츠 브랜드 매장 쪽 카페."

지서는 카페의 맞은편, 글로벌 스포츠 브랜드 매장을 멍하니 응시하며 말했다. 일반 매장보다 세 배는 넓어 보이는 크기. 그 앞에 설치된 커다란 전광판엔 스포츠 스타의 CF 화면이 송출되고 있었다.

이윽고 전화가 끊어졌다.

지서는 그대로 카페에서 나와 천천히 스포츠 매장 쪽으로 걸음을 옮겼다. 그러면서도 전광판에서 단 한 번도 시선을 떼지 않았다. 백화점 내부의 천장이 통유리로 돼 있어 실내가 밝았다. 안으로 들어오는 빛의 각도에 따라 전광판 화면에 그림자가 지며 영상이 명확하게 보이지 않았지만 몰라볼 정도는 아니었다.

이제야 알 것 같다.

왜 은기가 낯익었는지.

화려한 네온사인이 비치는 경기장. 빠르게 전환되는 화면. 스포츠에 관심이 없는 지서도 한 번쯤은 이름을 들어 본 적 있는 세계적인 축구 선수들의 얼굴이 차례대로 지나간다. 음 소거 된 영상이었지만 지서의 귀에는 선수들의 거친 숨소리와 관중들의 함성이 들리는 느낌이다. TV에 방영된 CF를 본 것도 같은데 그땐 집중해서 보지 않아 누가 나오는지, 어떤 구성인지도 몰랐다.

잘못 본 것은 아닐까. 지서는 반복되는 영상을 다시 뚫어져라 바라봤다.

새파란 잔디가 깔린 그라운드. 화려한 기술을 뽐내는 스타들. 뉴스에서나 본 적 있는 유명 감독들.

그리고…….

고은기.

"개유치해."

정훈의 말에도 은기는 못 들은 척, 빈 골대 앞에 공을 가지고 섰다.

"야, 남자가 말이야."

"……닥쳐."

깐죽거리는 정훈에게 제법 매섭게 대꾸했지만 그는 멈추지 않았다.

"화끈하게 사귀자고 하면 되는 거지, 무슨 꽃잎 따면서 점치냐? 고백한다, 안 한다. 사랑한다, 안 한다?"

"아니까 닥치라고."

이건 연습이야. 은기가 길게 심호흡을 하고 킥을 하자 공이 아슬아슬하게 골대 크로스바를 스쳐 지나갔다. 인프런트로 차려고 했는데 몸에 힘이 너무 많이 들어갔는지 공이 자신이 생각했던 것보다 더 많이 떴다.

"상체 낮추고 무게 중심 뜨지 않게 해야지."

정훈이 놀리는 어조로 훈수를 두며 들고 있던 공을 은기에게 툭 던져 줬다. 소속 팀은 물론 대표 팀에서도 전담 키커인 정훈은 발목 힘이 좋고 킥이 날카롭기로 유명했다. 수비력은 좋지만 빅 리그에서 살아남으려면 롱패스의 정확도를 키워야 한다는 지적을 종종 받는 은기로서는 휴식기에 연습해 두면 좋을 요소이긴 했다.

"그래서 열 번 중 여덟 번 골대 맞히면 좋아한다고 고백한다고?"

정훈이 물었지만 은기는 시선을 골대에 고정한 채 대꾸하지 않았다. 아니, 집중하느라 옆에서 뭐라고 떠들어 대는지 들리지도 않았다는 쪽이 정확했다.

"챔스 8강 맨 오브 더 매치(Man of the match)도 좋아하는 여자 앞에선 쫄아서 빌빌거리는구나."

다시 인프런트로 킥을 하자 이번엔 너무 낮게 차는 바람에 그대로 골이 들어가고 말았다. 은기는 손등으로 이마의 땀을 닦아 내며 작게 욕지거리를 내뱉었다. 빌어먹을 날씨. 햇빛이 너무 밝아 눈이 부시고 시야가 어지럽다. 이건 다 햇빛 때문이다. 쉬운 게 하나도 없어 어린애 같은 짜증이 치민다.

"될 때까지 할 거야. 될 때까지 하고 오늘 확실하게 말할 거야."

은기가 진지한 어조로 중얼거리자 정훈이 공을 그의 앞으로 던져 주었다.

뻥, 킥을 하는데 스텝이 꼬였다. 은기가 뒤로 넘어지자 정훈이 바보냐, 한심해하며 공을 그의 머리에 맞추었다. 이 정도로 못하진 않았는데 마음속으로 목표치를 세운 탓인지 평소답지 않게 긴장이 됐다. 이지서라는 이름 세 글자는 늘 은기를 긴장하게 만든다.

"은기 넌 키가 커서 네가 생각하는 것보다 더 무게 중심을 낮춰야 된다고."

도전.

"다시 해."

한 번 더.

"다시."

또.

"야, 너 이래서 이적하겠냐? 벤치 데우면서 티셔츠나 팔다가 2군으로 쫓겨나고 소리 소문 없이 방출되면 먹튀 소리 듣기 딱 좋겠네."

그 말에 욱한 은기가 정훈을 흘겨봤다.

"그 정도는 아니야."

"아니긴 뭐가 아니야. 너 존나 못해."

은기가 괜히 울컥해서 발로 뻥 내지르자 공이 그대로 하늘 높이 솟구쳤다.

"올, 고쏘공."

고은기가 쏘아 올린 작은 공. 원래 이건 정훈의 별명이다. 성질이 난 은기는 미간을 찌푸리며 정훈을 노려봤다.

"형 그 책 보긴 했어?"

"책? 고쏘공이 책이야?"

정훈이 눈을 동그랗게 뜨며 물었다. 알 리가 없지. 공부하기 싫어서, 수업 빼먹으려고 축구를 시작했다는 정훈이다. 자기 별명이 '난장이가 쏘아 올린 작은 공'이라는 소설에서 유래한 거라는 걸 알 리가 없었다.

"야, 너 나 무식하다고 놀리는 거지."

은기가 한심하다는 듯 고개를 절레절레 젓자 정훈이 그의 엉덩이에 발길질을 했다. 제법 거칠고 소리가 요란했지만 아프지는 않았다.

"이 새끼가! 지는 찐따같이 구는 게!"

"내가 왜 찐따야!"

"한 번 잘해 줬다고 사귀는 거라고 망상하는 게 찐따 아니면 뭔데!"

지서 씨가 나한테 그냥 잘해 준 게 아니란 말야. 할 거 다 했다고. 손도 잡고, 키스도 하고, 잠도 잤다고.

억울한 마음에 버럭 소리 지를 뻔했지만 은기는 간신히 목 아래로 삼켰다. 지금 기분 같아서는 이지서 바짓가랑이라도 잡고 매달리고 싶은 심정이었다.

"난 정말 이해가 안 된다. 너 왜 그렇게 자신이 없어?"

"……형이 그 사람 못 봐서 그래."

깨질 것처럼 약해 보여도 단단하고 벽 같은 구석이 있다. 그리고 지서는 뭐든 능숙하다. 거리를 두는 것도, 그리고 단숨에 좁히는 것도.

경기를 뛰다 보면 상대의 연륜과 노련함에 저도 모르게 감탄하는 순간이 있는데 지서를 볼 때도 그런 기분을 느끼곤 했다. 장례식 후 비즈니스적인 미소를 띠며 돈 봉투를 내밀었을 때. 경차로 고속도로에서 운전하는 건 위험하다며 벤츠 키를 내밀었을 때. 그 남자에게 몇 대 맞은 자신을 보고 변호사를 사 주겠다며 화를 냈을 때. 심지어 섹스할 때조차도.

은기는 몸을 숙여 잔디를 잘 만지고 공을 자신의 앞에 놓았다. 그리고 하늘을 보며 크게 호흡했다.

그래도 결국 그녀는 날 사랑하게 될 거다.

내가 그렇게 만들 거니까.

지서는 전광판에 나오는 1분짜리 광고를 연달아 열 번을 봤다. 스마트폰을 꺼내 인터넷 브라우저를 열자 익숙한 검색창이 떴다. '고은'까지 입력하자 고은기가 자동 완성 됐다. 아니, '고'만 입력해도 고은기가 뜬다.

이름을 터치하자 가장 위에 은기의 프로필과 함께 경기 주요 영상, 인터뷰 영상, 관련 기사들이 나왔다. 연예인이나 스포츠 선수를 검색하면 관련 영상과 기사가 자동으로 추출되도록 만든 건 다름 아닌 지서 자신의 아이디어였다.

"……내가 미쳤지."

심지어 스포츠 팀에서 서비스 개편 홍보 영상 모델로 쓴 게 고은기다. 아무리 지서가 연예 뉴스 팀이라고 해도, 스포츠에 문외한이라고 해도 한눈에 알아보지 못한 건 확실히 문제가 있었다.

프로필 아래 빼곡한 이력이 화려하다. 열여덟 살 네덜란드 에레디비시의 AFC 아약스 암스테르담 이적, 열아홉 살 U-20 청소년 월드컵 준우승, 스무 살 국가대표 데뷔, 스물두 살 올림픽 대표 팀 은메달, 스물세 살 챔피언스 리그 4강. 궁금해하지 않으려 노력하며 넘겼던 것들이 이제야 하나둘 눈에 밟혔다.

전광판에선 아직도 은기가 등장하는 CF가 무한 반복 되고 있었다. 영상 속 그가 낯설다. 누가 뒤통수라도 세게 때린 기분이다. 어이가 없어 계속 헛웃음이 난다. 이런 애를 두고 책임을 지기 싫으니, 데뷔시키면 연예인으로 먹고는 살겠느니 뭐니 변덕을 부리며 좌지우지하려 굴었던 게 창피하다.

지서는 액정 화면 속, 추정 연봉 50억이라는 기사를 보며 웃었다. 나보다 연봉이 50배나 높은 애 앞에서 뭐 한 거람.

'넌 오만한 게 문제야.'

갑자기 박화순 여사의 목소리가 귓가에 맴돈다.

"창피하게."

고은기 앞에선 내 밑바닥을 다 내보이는 기분이다. 성공과 돈에 집착하는 속물적인 본성까지.

네가 내 생각보다 대단한 사람인 건 분명 좋은 일인데 왜 난 실망스러울까.

지서는 인상을 쓰며 긴 한숨을 내쉬었다. 도대체 왜 말을 안 한 거냐며 은기를 원망하려 했지만 엄밀히 따지자면 이 또한 자신의 탓이었다. 선을 긋고 말 못 하게 한 건 다름 아닌 지서 자신이었으니까.

"응."

때마침 휴대폰이 울렸다. 지서는 기운 없는 목소리로 전화를 받으며 힐끗, 스포츠 매장 안에 크게 걸린 은기의 사진을 바라봤다.

맞은편 에스컬레이터로 훤칠한 키의 남자가 올라오는 게 눈에 들어왔다. 매장 안, 인적이 드물었지만 모두의 시선이 순식간에 그에게로 향하는 게 느껴졌다. 모자를 깊이 눌러써 얼굴이 보이지 않아도 지서는 한눈에 그를 알아보았다.

"정면에."

지서의 간결한 설명에 은기가 두리번거리더니 그녀를 발견하곤 슬쩍 손짓을 하며 성큼성큼 걸어왔다. 흰 티에 청바지. 흔한 옷차림인데도 눈을 뗄 수가 없었다. 천장의 통유리로 쏟아지는 햇빛이 흰 상의에 반사되어 밝게 비추었다.

"어……."

지서 쪽으로 가까이 다가오던 은기가 그녀의 뒤에서 재생 중인 광고를 보고 머쓱한 표정을 지었다. 지서에게 정신이 팔려 그녀가 서 있는 곳이 자신이 모델인 스포츠 브랜드라는 걸 눈치채지 못한 모양이었다.

"들켰네요."

"일부러 숨겼어?"

"그건 아니지만, 말 안 한 것도 맞으니까."

은기가 그녀를 보며 고개를 비스듬히 했다. 샤워를 하고 왔는지 아직 다 마르지 않은 머리카락에선 청량한 수분감이 느껴졌다. 그의 나른한 눈매가 부드러운 곡선을 그린다.

"못 알아봐서 자존심 상했겠다."

"조금요. 난 내가 되게 유명한 줄 알았거든요."

아니라고는 안 하네. 눈이 마주치자 은기가 소리 없이 웃으며 등 뒤에 숨겨 두었던 꽃다발을 지서에게 건넸다. 고흐의 해바라기와 테디베어 해바라기를 섞은 노란 꽃이 풍성한 초록의 풀 다발과 함께 예쁘게 포장되어 있었다.

"생각나서 샀어요. 오늘 날씨랑 잘 어울리는 거 같아서요."

그 말에 지서는 고개를 젖혀 천장을 바라봤다. 옅은 색으로 코팅된 유리가 소용없을 정도로 햇빛이 밝았다.

"또 우리 첫 데이트기도 하니까."

은기가 뒷머리를 긁적이며 작은 목소리로 덧붙였다.

"데이트?"

꽃을 보던 지서가 저도 모르게 되물었다. 그러자 은기가 눈을 크게 떴다가 울상을 지었다.

"이거 데이트…… 아니에요?"

속상한지 은기의 미간이 잔뜩 일그러졌다. 아니라고 하면 울 것 같은 얼굴이었다.

지서는 괜히 씰룩거리는 입술을 꾹 깨물며 꽃을 보았다. 첫 데이트. 꽃

선물. 가슴이 간지럽다.

고개를 들자 은기가 그녀를 물끄러미 바라보고 있었다. 뚫어져라, 입술을 응시하며.

"음……."

지서가 말을 길게 끌자 그의 눈매가 긴장으로 경직된다.

"맞아, 데이트."

그와 동시에 은기가 긴 한숨을 내뱉고는 활짝 웃었다. 세상을 다 얻은 것처럼 밝고 청량한 미소였다.

해바라기의 꽃말이 떠오른다. 숭배, 그리고 기다림. 꽃말은 알고 샀을까. 코를 가져다 대자 은은한 해바라기 향기와 함께 풀 다발에 섞인 유칼립투스 향이 그녀의 후각을 자극했다. 여름 특유의 진득하고 습한 기운을 덜어내 주는 싱그러운 향기.

은기의 시선이 느껴진다. 그의 시선은 늘 곧고 길게, 정확히 일직선으로 뻗어 온다. 애써 평온을 가장하지만 그 시선 앞에서 마음은 몇 번이고 흘러내리고 만다.

눈을 뜨고 꿈을 꾸는 것 같다.

도대체 여름의 무엇이 날 이렇게 만드는 걸까.

08.
한여름의 겨울

"피곤하면 자도 돼."

"……그래도 지서 씨는 운전하는데."

은기의 목소리는 이미 반쯤 수마에 빠졌다. 지서가 기다리고 있을 거란 생각에 쿨다운 회복 훈련도, 치료실 마사지도 받지 않고 그냥 뛰쳐나온 여파가 생각보다 컸다. 차에 타자 잠이 쏟아지고 몸이 나른해졌다. 혈액의 젖산 농도가 높아지는 기분. 근육은 펌핑되고 몸에선 아직도 열이 났다.

"오늘 오랜만에 연습 게임 했거든요."

은기는 이거라도 마시라면서 정훈이 챙겨 준 스포츠 드링크의 병을 따며 말했다. 따라가서 몰래 지서의 얼굴을 보겠다며 말도 안 되는 소리를 늘어놓던 정훈은 훈련이 끝나자 지금 상태로 운전했다간 졸다가 교통사고 내고 저세상 갈 거 같다며 클럽하우스에서 한숨 자야겠다고 했다.

"실내 훈련 지겨웠는데…… 재미있었어요."

문제라면 한국의 더위는 지나치게 습하다는 점. 그 유명한 대구의 여름에 적응하지 못한 은기로서는 풀타임을 소화하는 게 버겁긴 했다. 거기다

그 고은기 한번 뚫어 보겠다고 어찌나 다들 열심인지. 상대 팀 수비수까지 골 욕심을 내는 통에 연습 경기 내내 바빴다.

은기는 순식간에 드링크 한 병을 다 마셨다. 벌써부터 다리에선 가벼운 지연성 근육통이 느껴졌다. 치료실에 들르기 귀찮아서 찬물로 샤워하고 말았는데 무연리로 돌아가면 스트레칭하고 얼음물에 몸이라도 담가 열을 빼야 할 것 같다.

"일정 있니?"

지서의 물음에 은기는 간신히 하품을 참으며 말했다.

"아뇨……. 금 토 일 다 쉬어요."

은기는 능숙하게 차선을 바꾸는 지서를 보며 대답했다. 아무래도 운전 연수를 받아야겠다. 팀 트레이닝 센터가 암스테르담시 외곽에 있어 차가 많지도 않은 데다가 좌회전 한 번, 우회전 두 번이면 출퇴근이 해결되는 바람에 은기의 운전 실력은 통 늘 기미가 없었다.

"그럼 나랑 놀아."

"……좋아요."

나랑 놀자니. 괜히 가슴이 간지럽다.

"도착하면 깨울게. 자."

지서의 나긋하고 차분한 목소리가 꿈결 같다. 자면 안 되는데 계속 졸음이 몰려온다. 이럴 줄 알았으면 그래 봤자 연습 게임인데 적당히 뛸걸. 괜히 승부욕이 발동해서는.

잠과의 싸움에서 진 은기는 천천히 눈을 감았다. 자신이 무어라 중얼거린 거 같은데 그 말이 지서에게 전달됐는지는 모르겠다. 그저 그녀의 낮은 웃음소리가 기분 좋게 들려오던, 그 감각만은 명확하다.

조용한 차 안, 적당한 실내 온도, 그리고 내 옆의 그녀.

은기는 안심하고 잠에 빠져든다.

주차를 한 지서는 의자에 편안히 몸을 기댔다. 차의 앞 유리로 파란 하늘, 그리고 그 하늘보다 더 파란 바다가 한눈에 들어왔다. 탁 트인 시야 때문에 오히려 눈이 시릴 정도였다. 창을 조금 열자 그 틈으로 들어오는 바람에서 소금기가 느껴졌다. 습기를 머금은 후끈한 바람이었지만 오랜만에 맡아 보는 바다 냄새가 나쁘지 않았다.

지서는 몸을 옆으로 돌려 잠시 은기를 응시했다. 누군가가 이 차 조수석에 앉아 있는 것이, 세상모르고 잠들어 있는 광경이 어색했다. 그 정도로 가까운 사람이 없었기 때문일 것이다. 이지서는 벽이 높은 사람인데, 고은기는 그 높은 벽을 아무렇지도 않게 뛰어넘는 재주가 있다.

지서는 다 마신 드링크병을 소중한 무엇이라도 되는 것처럼 쥐고 있는 은기를 보며 옅게 웃었다. 병을 빼앗자 긴 팔이 스르륵 아래로 떨어진다. 그가 가지고 있었을 땐 병이 작아 보였는데, 그녀에겐 한 손에 다 쥐기도 힘들 정도로 컸다.

지서는 은기의 손에 자신의 손을 가져가 겹쳤다. 손바닥은 물론이고 손가락도 한 마디 이상 차이가 났다. 뭐든 다 크고 길고 넓다. 운동선수라니까 그제야 은기의 생활 패턴이 납득이 간다. 차가 큰 편인데도 그가 앉아 있는 조수석이 꽉 찼다.

지서가 손을 떼려 하는데 은기의 커다란 손가락이 그녀의 것을 옭아맸다. 깬 건가 싶어 보니 여전히 눈을 고요하게 감고 있었고 숨소리도 고르다. 잠투정인가. 손을 뺄까 하다가 지서는 그냥 내버려 두기로 한다. 커다란 손을 잠시 매만져 본다. 손난로처럼 뜨끈하다. 분명 축구는 발로 하는 운동일 텐데 그의 손등엔 긁히거나 찍힌 타박상이 꽤 많다.

지서는 왼손으로 스마트폰을 터치해 유튜브를 켰다. '고은기'라고 검색하자 제일 상단에 지난 시즌 활약상을 모아 둔 편집 영상이 떴다. 370만 뷰. 댓글은 3,000개가 훌쩍 넘었다.

이어폰을 귀에 꽂고 재생시키자 빠른 비트의 음악과 함께 경기 장면이 흘러나왔다. 수비수랬지. 축구에 관심이 없던 탓에 모르고 지나쳤던 장면들이 흥미롭다. 공격수였으면 골 넣을 때마다 뉴스에서라도 봤을 텐데.

헤더 경합 상황에서 상대와 부딪혀 이마에 피가 철철 나는데도 붕대를 감고 뛰고, 코뼈가 부러졌는데도 풀타임을 소화하는 경기 장면이 연달아 나오자 지서의 미간이 일그러졌다. 극적인 상황에서 은기가 몸을 던져 실점을 막을 때면 현지 해설자들의 극찬이 이어졌다.

드디어 지서도 아는 경기가 나왔다. 챔피언스 리그 4강전. 은기의 상대 팀은 지서도 알고 있는 국가대표 팀 간판 공격수이자 주장인 박성조가 소속된 프리미어 리그 팀이었다. 한국에선 챔피언스 리그가 만든 코리안 더비라며 관심을 받았던 경기로 기억한다. 그 때문에 경기 며칠 전부터 스포츠 팀에선 특별 페이지도 만들고 지서의 연예 팀에 배정된 배너도 할애받아 대대적으로 뉴스와 칼럼, 영상을 노출해 그녀를 화나게 하기도 했다. 그땐 그깟 공놀이 뭐가 그렇게 중요하냐고 스포츠 팀장에게 성질을 부렸었는데.

추가 시간, 경기 종료 직전. 은기를 제친 박성조의 결승골 장면은 지서도 뉴스를 통해 수십 번 봤던 것이었다. 그땐 몰랐다. 화려한 셀레브레이션을 하는 승자의 뒤에서 엎드린 채 일어나지 못하고 있던 이 선수가, 그래도 남은 30초 동안 어떻게든 해 보겠다며 근육 경련을 참고 뛰던 게 너라는 걸.

경기 종료 직후 은기가 커다란 몸을 웅크리고 박성조에게 안겨 우는 장면이 나오자 지서는 화면 속 은기와 자신의 곁에서 잠이 든 은기를 번갈아 보았다.

같은 사람인데도 다른 사람 같았다.

"왜 우는 걸 그렇게 유심히 보고 그래요. 부끄럽게."

잠에서 깼는지 은기가 나른한 목소리로 말하며 몸을 일으켰다. 눈도 제대로 못 뜨고 끔뻑거리는 모습이 지서가 아는 고은기였다.

"다음엔 꼭 우승할 거야."

은기가 잠이 덜 깬 목소리로 중얼거렸다. 말투만 봐서는 초딩이 짱이 되겠다는 것과 크게 다르지 않았다.

"여기 어디예요?"

"포항 호미곶."

대답하며 지서가 슬쩍 잡힌 손을 빼려 했지만 은기는 손가락에 힘을 주어 더 깊게 깍지를 꼈다. 매번 부끄러워했으면서 오늘의 은기는 묘하게 자신감이 넘쳤다.

"우리 맛있는 거 먹어요. 바다 왔으니까 해산물."

은기의 말에 그녀는 가만히 고개를 끄덕였다.

지서의 안식 휴가는 이제 일주일 반이 남았다.

경치에 집착하고 맛에 집착하던 은기는 한참 동안 검색을 해 대더니 적당한 맛집을 찾았는지 어딘가로 지서를 이끌었다. 식당에 들어가기 전 은기가 캡 모자를 깊이 눌러쓰자 그제야 지서는 '고은기'가 누구인지 실감이 됐다.

점심을 먹기엔 늦고 저녁을 먹기엔 이른 4시. 들어간 식당은 한적했다. 손님이 한 팀도 없었다.

바다가 보이는 자리로 달라는 은기의 말에 아주머니가 우리 가게 최고 명당이라며 가장 끝자리로 두 사람을 안내했다. 모서리 양쪽이 완전히 통유리로 뚫려 있어 유리창이 액자, 창밖 바다가 그림 같다.

자리를 잡고 앉자 푸짐한 밑반찬이 세팅됐다. 메뉴판을 유심히 보며 고민하던 은기가 퍼뜩, 생각이 났다는 듯 지서에게 물었다.

"혹시 회 안 먹거나 그런 건 아니죠?"

"응?"

"생각해 보니…… 비리니까 안 좋아할 수도 있을 거 같아서요."

미리 물어봤어야 했는데. 은기가 작게 덧붙이며 지서의 눈치를 살폈다.

"괜찮아요?"

지서가 아무런 대답도 하지 않고 눈만 깜빡이자 은기가 살짝 울상을 지었다. 그러고 보니 정말 아무 생각 없이 따라 들어왔다. 까다로운 편인가. 그런 편이긴 하다. 팀장 직급자 점심 회식을 할 때면 늘 급하게, 불편하게 먹어 항상 소화제를 챙기곤 했다.

"우리 물회 맛집으로 유명해요. 오늘 대게도 실하니 괜찮고, 매운탕은 잡내 하나도 없어요."

양념간장을 얹은 도토리묵을 가져다주며 아주머니가 말을 거들었다.

"응, 나 괜찮아."

괜찮을 것 같다. 긴장하지 않아도 되고 자신의 속도대로 느리게 식사를 할 수 있을 테니까.

"그럼 물회 하나랑요, 대게는 지금 철 아니죠?"

"크기가 제철일 때보다야 좀 작긴 한데 먹을 만해요. 하나 쪄 줄게요."

"네에. 그리고 회 중짜 하나랑 매운탕이랑 돌솥 밥이요. 해물파전 맛있어요?"

"당연하죠. 우리는 재료 안 아껴서 진짜 맛있어요."

"그럼 파전도 하나 주세요."

거침없이 술술 나오는 은기의 주문에 지서가 놀라 입을 열었다.

"몇 개 시킨 거야?"

"지서 씨 모자라요? 그러면 문어숙회도……"

모자라긴, 너무 많아서 문제였다.

"아니. 은기야, 나 그거 다 못 먹어. 먹다가 모자라면 더 시키자."

그제야 알았다는 듯 은기가 고개를 끄덕였다. 몇 번이나 실랑이를 한 끝에 물회와 활어 회, 대게, 매운탕 소짜 정도로 합의를 봤다. 뭘 이렇게 많이 먹나 싶다가도 일반적인 남자와는 확연히 다른 피지컬을 생각하면 납득이 된다.

은기가 자는 틈에 봤던 영상이 떠올랐다. 몸싸움이 꽤 거칠었지. 서로 어깨를 부딪치고, 엉켜 넘어지고. 아시안 수비수들은 백인이나 흑인 선수에 비해 타고난 피지컬이 열세라 유럽에 진출해 살아남기 힘들다던 해설자의 목소리가 귓가에 맴돌았다. 그리고 그 편견을 깬 게 바로 눈앞에 앉아 있는 은기라고 했다. 애초에 골격부터가 남다르다. 그리고 꾸준한 은기라면 노력도 어마어마하게 했을 것이다. 이런 애가 운동하면 유럽 진출도 하고 연봉도 몇십억 받는구나 싶었다.

"처음에 네덜란드 갔을 때 식성 때문에 고생했어요. 전 한식 엄청 좋아하거든요."

은기가 도토리묵을 집어 지서의 앞접시에 놓아 주며 말했다. 젓가락질이 깔끔했다.

"잘 먹어야 경기 잘 뛰는데 빵은 안 먹히고, 한식당은 비싸고. 할머니가 해 준 김치찌개, 된장찌개 먹고 싶어서 밤에 막 울고 그랬어요."

"나도…… 서울 처음 갔을 때 그랬어."

지서는 은기가 먹기 편하도록 반찬을 옮겨 주며 말했다. 인스턴트 음식으로 끼니를 때우고 커다란 샌드위치를 3등분해 하루 세끼를 해결하고. 박 여사는 이런 상황을 예상하고 지서가 제풀에 지쳐 다시 돌아올 거라고 생각했던 것 같다. 하지만 악착같았던 이지서는 버티고 버텼고 어떻게 알았는지 박 여사는 딱 식비로 쓸 정도의 돈을 그녀에게 말도 없이 보내 주곤 했다.

"그때보단 적응도 했고 가끔 한식도 만들어 먹고 하는데 그래도 한국에 있을 때가 제일 좋아요. 먹을 게 많아서요. 시즌 중엔 식단 관리도 하거든요."

"운동선수도 식단 관리를 해?"

"네. 사람마다 다른데 저는 해요. 몸 컨디션이 확실히 다르거든요. 체력 관리도 되고 회복도 빨라져서요. 그리고 체중 관리도 해요. 조금만 쪄도 둔해지고, 조금만 빠져도 후반에 체력 저하가 심해져요."

의외였다. 운동선수들은 아무런 걱정 없이 잘 먹기만 하면 되는 줄 알았는데.

"단걸 좋아해서…… 시즌 끝나고 한국 들어오면 제일 먼저 하는 게 인천공항 스타벅스에서 휘핑크림 잔뜩 올라간 프라푸치노 사 먹는 거예요."

아메리카노만 마시게 생겨서는.

때마침 음식이 나오자 은기가 물회를 그릇에 덜어 지서에게 내밀었다. 야채도, 해산물도, 양이 제법 많았다.

"그만 덜고 너 많이 먹어."

"지서 씨 나 없으면 식사 잘 안 챙기잖아요."

어떻게 알았냐는 듯 지서가 말없이 보자 은기가 어깨를 으쓱했다.

"잘 먹어야 건강해지죠. 입 짧잖아요."

"나 건강해. 많이 먹어."

"그러기엔 너무 가볍던데."

"네가 힘이 센 거지."

"박화순 여사님이 맨날 그랬어요. 지서 걔는 톡 치면 부러질 거 같다고."

"안 부러져. 나 여기 와서 살쪘어."

"그래야죠. 내가 얼마나 열과 성을 다해 먹이는데."

은기가 의미심장하게 말하며 웃었다.

생각해 보니 늘 메뉴를 선정하는 것은 지서였고 만드는 것은 은기였다.

곧이어 대게가 나오자 은기는 비닐장갑을 끼고 본격적으로 게살을 발라내기 시작했다. 가위를 이용해 자르고 도구를 이용해 속살을 끄집어내는 솜씨가 제법 능숙했다. 손이 커서 섬세한 작업은 못할 줄 알았는데. 큰 손으로 저러고 있으니 대게가 아니라 꽃게처럼 보인다.

"역시 갑각류는 노동력 대비 가성비가 별로야."

은기가 게살을 건네자 지서가 단호한 어조로 말했다. 그러자 은기가 웃음기 섞인 목소리로 대꾸했다.

"에이, 대하 좋아하면서."

그건 또 어떻게 안 거야, 생각하다가 자연스럽게 박화순 여사가 떠올랐다. 지서는 못 들은 척 게살을 집어 은기에게 내밀었다. 잠시 당황하던 그가 웃으며 그것을 받아먹는다. 그의 귀 끝이 조금 붉다.

"다음에 같이 대하 먹으러 가요."

……우리에게 다음이란 게 있을까.

"내가 새우 껍질 다 까 줄게요."

지서의 '다음'과 은기의 '다음'은 분명 다를 것이다. 지서의 다음은 회피하기 적당한 사회적 언어였다. 다음에 밥 한번 먹어요. 말하면서도 상대로부터 연락이 오길 바란 적은 없다. 특히나 불편한 상대와 식사하는 걸 극도로 꺼리는 지서에게 '다음'은 적당히 상황을 모면하기 위한 말일 뿐이다.

"음, 이건 비밀인데 아마 런던에 있는 팀으로 이적할 거 같아요. 암스테르담 안내하는 게 더 자신 있는데…… 뭐, 나중에 기차 타고 잠깐 다녀와도 되고. 언제 한번 런던 놀러 와요."

은기의 '다음'은 구체적인 약속이다. 회피하기 위한 지서의 언어와는 결이 다르다.

은기의 말에 지서는 아무런 대답 없이 물회 육수를 떠먹었다. 고추냉이를 너무 많이 넣은 탓인지 코끝이 찡했다.

배부르게 식사를 하고 바다가 보이는 카페의 2층 구석 자리에 나란히 앉아 느긋하게 커피를 마셨다. 마주 보고 앉는 자리였음에도 은기는 불쑥 지서의 옆자리를 차지했고 그녀는 굳이 그 점을 지적하지 않았다.

에어컨을 강하게 틀어 카페 내부의 온도가 낮았다. 지서가 추워하며 몸을 웅크리자 은기는 자신의 저지 재킷을 건넸다. 어깨도, 품도 전부 커 이불을 두른 것만 같았다. 어른 옷을 몰래 훔쳐 입은 어린애처럼 소매가 길게 늘어졌다. 은기는 그런 지서를 의미심장한 눈으로 보며 입술을 한 번 꾹 깨물었다.

넓은 유리창으로 비스듬히 들어온 노을이 두 사람을 비추었다. 나른하고 평화로운 시간. 지서는 슬쩍 그의 어깨에 머리를 기댔다. 잠시 움찔하던 은기는 지서가 편하게 기대도록 몸을 그녀 쪽으로 기울였다. 어깨가 넓고 몸통이 두꺼워 안정적이다. 단단하면서도 부드러운 버팀목. 티셔츠 너머까지 후끈한 열기가 느껴진다.

"너 열나."

지서의 말에 은기가 팔을 올리더니 그녀의 어깨를 감싸 안고 더 깊이, 자신 쪽으로 당겼다.

"훈련 강도가 높으면 평소보다 체온이 좀 올라가요. 하루 이틀이면 괜찮아져요."

몸을 겹쳐 기댄 까닭에 은기의 목소리가 그의 몸 안을 울리며 들려왔다.

"그래도 너무 뜨거운데. 감기 걸린 사람처럼."

"원래 기초 체온이 높은 편이라."

말하며, 은기가 그녀의 머리에 입을 맞추었다. 맞닿은 곳이 불에 덴 것처럼 화끈했다.

사람의 평균 체온은 36.5도. 그는 조금 더 높겠지. 40도도 되지 않는 은기의 체온에 화상을 입은 것 같다.

"……사람들 봐."

"한 테이블밖에 없어요. 그리고 파티션 때문에 저쪽에선 여기 안 보여요."

"너 유명인이잖아."

"그래서 모자 썼잖아요."

모자가 무슨 투명 망토라도 되나.

어린애처럼 괜한 시비를 걸려다가 지서는 그냥 말없이 몸에서 힘을 뺐다. 완전히 은기에게 의지하며 그의 품 안으로 더 파고들었다.

이제야 왜 은기에게 끌리면서도 불현듯 두려워지는지 알겠다. 은기의 온기는 족쇄 같다. 붙들리면 끝도 없이 빠져들 것 같은 수렁, 혹은 늪. 도망칠 수 있을 때 최대한 거리를 벌려야 하지만 무턱대고 이 손을 잡고 싶을 때가 있다. 그게 바로 지금이었다.

이중적인 감정이 맴돌았다. 차라리 그가 무연리에서 자란, 그저 그런 어린 남자애였다면 편했을 것 같다. 그랬다면 다른 것들은 생각하지 않고 지금 순간의 충동에 충실할 수 있었을지도 모르겠다. ……아니, 이건 이기적인 욕심이다. 일상으로 돌아가면 잊어야 할 꿈 같은, 없었던 일로 하려 해 놓고선 점점 욕심을 내는 것도 우습다.

그래서 고은기가 가진 게 없는 사람이었으면 좋겠어. 그럼 나한테 기대게 할 수 있고 의존하게 할 수 있고 또 내 마음대로 널 휘두를 수도 있을 테니까.

출생의 순간부터 지금까지 삶의 중요한 변곡점마다 지서는 모든 것을 오롯이 혼자 겪어야 했다. 이젠 누군가 곁을 지켜 줄 거란 기대조차 하지 않았지만 어쩔 수 없이, 이지서 또한 사람이라 문득 외로움을 느낄 때가 있다. 사랑을, 위로를 얻기 위해 노력할 용기도 없으면서 겉으론 괜찮다고 허세를 떨고 홀로 자위했다. 결국 남은 건 공허함뿐이었지만 지서는 이 늪을 빠져나가는 법을 알지 못했다.

돈에 집착했던 이유도 이러한 감정적 빈곤의 일환이었을 것이다. 당장 수치화할 수 있는, 노력해서 얻을 수 있는, 가장 명확하게 가치를 확인할 수 있는 것이라.

사실 외로움에 대한 면역력이 강한 게 아니다. 몰랐을 뿐. 인간이 가진 근원적 고독도 견디지 못해 친모의 애정에 집착하며 증오를 원동력으로 평생을 살았으면서 네가 없는 일상을, 이 후폭풍을 내가 감당할 수 있을까.

지서는 스스로가 우스웠다. 누구보다 진지하지 않은 감정으로 은기를 대했으면서 고작 이 짧은 시간에 기대고 마는 것은 결국 자신 아닌가.

"자요?"

"아니."

깊은 애정, 견고한 유대, 서로를 향한 따스한 배려는 시간의 산물이라고 생각했다. 함께한 시간이 쌓일수록 더 가까워지는 것이라고.

……보름도 채 되지 않은 시간. 넌 도대체 나한테 무슨 짓을 한 걸까.

정체 모를 열병을 앓는 것 같다.

"저쪽에 있던 사람들 갔어요."

"응."

눈을 감은 채 대꾸하자 이마에 부드러운 무언가가 닿았다. 지서도 이미 아는 감촉이었다.

"좋아해요."

다시 한번. 이번엔 감은 눈에.

"좋아해요, 지서 씨."

커다란 손이 아무렇게나 늘어뜨린 그녀의 손을 쥐고 당겼다. 손등에 입술이 닿자 그 지점을 시작으로 몸 안 전체에 부드러우면서 간지러운 파동이 퍼졌다.

"대답 좀 해 주지."

은기가 그녀를 더 자신 쪽으로 당겨 안았다. 지서는 가만히 그의 손길에 의지했다. 커다란 손이 헝클어진 머리카락을 정리하고 재킷을 여며 주었다. 천장에서 쏟아지는 에어컨 바람은 차갑지만 곁에 앉아 이불처럼 자신을 감싸 주는 그의 체온 덕에 아늑했다.

"사랑해요."

그 말 한마디에, 그녀의 심장이 덜컥 내려앉는다.

"……응."

작게 대답하는데 소리가 명확하지 않았다. 지서는 어쩐지 목이 멨다. 기쁨인지 설움인지 모를 감정이 북받쳐 올라 마구 뒤엉켰다.

"은기야, 나는."

좋아한다. 사랑한다.

애정을 표하는 말이 주는 안정감을 새삼 깨닫는다.

말의 깊이가 주는 무게감이 두려워 늘 감정을 위장하는 것에 익숙했다. 좋다 대신 나쁘지 않다. 혹은 괜찮다.

넌 정말 포장할 줄을 몰라.

"그냥 말하고 싶었어요."

조금 들뜬 듯 은기가 웃음기 섞인 목소리로 말하며 그녀의 손을 만지작거렸다.

"지서 씨가……."

그가 말끝을 살짝 흐리고는 주변의 눈치를 살폈다. 그러곤 목소리를 한 톤 낮춰 그녀의 귓가에 속삭였다.

"지서 씨가 나 먹고 버릴까 봐."

"……뭐?"

그 말에 지서가 몸을 일으켜 은기를 바라봤다.

"아니에요?"

그가 눈을 반짝이며 물었다.

"어……."

지서가 말을 잇지 못하고 당황하자 은기가 어깨를 으쓱했다.

"전 보수적이고 조신한 사람이라 자면 다 사귀는 줄 알았는데 지서 씨는 아닌 거 같아서."

"저기, 은기야."

은기가 몸을 살짝 돌려 지서와 마주 봤다. 창으로 들어오는 노을이 그의 얼굴을 타고 미끄러져 내린다. 웃음기와 여유가 맴도는 눈매, 부드럽게 곡선을 그리는 입매. 바로 오늘 아침까지만 해도 그녀의 눈치를 살피고 할 말이 있는 듯한 얼굴로 바라보며 입술을 달싹이던, 미묘하게 자신 없어 하던 모습은 온데간데없었다. 편안하고 느슨했던 공기가 순식간에 팽팽하게 긴장되어 지서는 잠시 숨을 참았다.

"난 키스에 서투르고 지서 씨는 사랑에 서투르니까."

지서의 얼굴을 감싼 은기가 고개를 틀어 각도를 맞추고 그녀의 입술에 짧게 키스했다. 그리고 몸을 기울여 그녀의 귓가에 속삭였다.

"서로 가르쳐 줘요."

작게 읊조리며 은기가 그녀의 머리카락을 귀 뒤로 넘겨 주었다. 그러면서 엄지손가락은 아직도 지서의 입술에서 아쉽게 맴돌았다. 모자를 눌러썼지만 분명히 보였다. 내려다보는 은기의 시선이 깊고 짙었다. 지서는 잠시 그 눈 안의 바다를 조용히 마주했다. 바라보는 것만으로도 빠질 것 같았다. 아래층에서 들려오는 소음도, 요란한 에어컨 소리도 그 순간만큼은 천천히 멀어졌다.

……난 서툴지만 넌 아니야. 너와 입 맞출 때면 세상이 흔들리는걸.

지서는 은기의 커다란 손에 자신의 뺨을 비볐다. 그러곤 손을 뻗어 가만히 그의 목덜미를 감싸자 뜨거운 체온이 느껴졌다. 얼굴만 잘생긴 줄 알았더니 귀도 잘생겼네. 옴폭 들어간 귓바퀴를 손가락으로 덧그리곤 귓불을 비비듯 어루만졌다. 벌써 그의 목덜미는 붉게 달아올랐다.

"가르쳐 달라며."

지서는 손에 힘을 주어 은기를 자신 쪽으로 당겼다. 커다랗고 단단한 남자의 몸이 힘없이 그녀에게로 끌려왔다.

"배워야지."

작게 귓속말하며 지서는 살짝 입술을 열었다.

"……네."

대답하며, 은기의 혀가 그녀의 벌어진 입술 사이로 들어왔다.

입맞춤은 짧았지만 충분히 깊었다. 숨 쉬는 게 버거울 때면 지서는 작게 헐떡였고 그럴 때마다 은기는 아주 잠깐의 틈을 주었다. 숨 한 번 간신히 들이마실 만큼 짧은 찰나가 지나면 도저히 참을 수 없다는 듯 서로의 입술은, 혀는 성급하게 닿고 얽혔다.

키스가 아슬아슬하고 농밀해질 무렵 먼 곳에서 누군가의 말소리와 발자국 소리가 들렸다. 일정하게 울리는 발걸음. 누군가 2층으로 올라오는 듯했다.

먼저 이성을 찾은 것은 지서였다. 그녀는 은기의 목에 팔을 감으려다 퍼뜩 멈추며 그를 밀어 냈다. 하지만 바위처럼 단단한 몸은 조금도 움직이지 않았다.

"은기야."

소리가 그의 입 안으로 뭉개져 사라졌다.

"……고은기."

연거푸 이름을 부르자 갑자기 정신이 돌아온 사람처럼 은기가 몸을 움찔거리더니 천천히 입술을 떼어 냈다.

얼굴을 가리기 위해 썼던 모자가 이상한 모양으로 머리에 간신히 걸쳐 있었다. 머리카락이 눌리고 헝클어져 우스웠다. 입술엔 그녀의 립스틱이 묻어 붉게 번졌다. 지서가 웃자, 은기가 황급히 머리카락을 손가락으로 빗어 넘기고 모자를 고쳐 썼다. 그가 당황한 얼굴로 몸을 일으키려 하자 지서가 그의 팔을 잡아 다시 소파에 앉혔다.

"립스틱 묻었어."

그녀의 입술이 움직인 자리를 따라 붉은 흔적이 이어졌다. 지서가 손으로 닦아 주려 했지만 쉽게 지워지지 않았다. 그녀는 가방에서 물티슈를 꺼낸 뒤 그의 턱을 잡고 자신 쪽으로 가까이 당겼다. 그러자 은기가 순순히 얼굴을 맡기고 눈을 감았다.

눈썹은 곧고 짙었고 그 아래 가로로 긴 눈을 따라 속눈썹이 촘촘하다. 눈을 감으니 은기는 평소보다 더 앳되고 소년 같았다. 그을린 피부는 건강하고 생기 넘쳤다. 옅은 비누 향, 그리고 싱그러운 햇빛의 냄새. 그래서 더 붉은 립스틱 자국이 이질적이다. 농밀하고 야하게 느껴진다. 스스로가 낸 붉은 흔적을 지워 주는 행위도, 그리고 얌전히 그녀의 손길에 자신을 내맡긴 은기도.

"……됐어요?"

"응."

"저, 잠깐 화장실 좀 들렀다 내려갈게요."

모자를 눌러쓴 은기가 티셔츠를 끌어 내려 바지 앞섶을 가리며 말했다. 왜인지 알 법했지만 지서는 애써 모르는 척 시선을 돌렸다. 이미 형태를 아는 은기의 페니스가 자신의 내부로 삽입되던 순간의 느낌이 불현듯 등줄기에서부터 올라와 몸이 뜨거워졌다.

"그럼 먼저 차에 가 있을게."

그녀는 여유를 가장하며 소파에서 일어났다. 파티션을 돌아 나가자 다행히도 2층에는 아무도 없었다. 나무 계단을 내려가는데 발을 내디딜 때마다 끼익, 끼익 소음이 들렸다. 그 소리가 괜히 짧지만 깊었던 입맞춤을 나무라는 것처럼 느껴졌다.

마지막 한 걸음을 더 내디뎌 1층에 도착한 지서는 손등으로 입술을 훔쳤다.

……가르쳐 달라니.

여기서 더 배우면 어쩌려고.

은기에게 운전대를 넘긴 지서는 편안하게 조수석에 앉아 양손으로 핸들을 꼬옥 쥐고 있는 그를 보았다. 긴장했는지 허리를 곧게 펴고 어깨는 잔뜩 굳어 있었다.

"네덜란드에서 운전했다며."

지서가 입을 열자 은기가 느릿하게 대답했다.

"하긴 했는데…… 집에서 트레이닝 센터가 엄청 가까워요. 한 5분? 외곽이라 차도 별로 없고 좌회전 한 번, 우회전 두 번 하면 도착하는데, 도로도 2차선이에요."

지서에게는 시선도 주지 않고 전방을 주시하던 은기는 뒤차가 없음에도 충실하게 깜빡이를 켜 차선을 바꿨다. 속도 제한도 칼같이 지키고 무리하게 추월을 시도하지도 않았다. 20대 초반, 저 또래 특유의 안 좋은 운전 버릇 같은 게 없는 듯했다.

"운전 잘하는데."

며칠 동안 대구로 출퇴근도 잘했고.

"한국은 차가 좀 많아서…… 한국에서 운전 이번에 처음 해 봤거든요. 첫날은 대구까지 가는 데 세 시간 걸렸어요. 원래 클럽하우스에서 지내려고 했는데……."

운전하는 데 정신이 팔렸는지 은기가 말끝을 길게 늘이며 두서없이 중얼거렸다.

점점 해가 져 사위가 어둑어둑했다. 그녀가 직접 운전하는 게 속은 편했겠지만 어쩐지 나른하기도 하고, 기분이 그랬다. 그에게 의존하고 싶은 기분.

그러고 보니 밤길 운전은 안 해 봤다고 했던 게 생각난다. 자리를 바꿀까, 고민하며 지서는 마을까지의 거리를 가늠했다. 아예 해가 다 진 것도 아니고 IC만 빠져나가면 바로 무연리이니 괜찮을 것 같았다.

이래서야 어떻게 대구까지 출퇴근을 한 건지.

"그럼 왜 여기서 다녔어? 클럽하우스에서 지내도 된다면서."

지서의 물음에 은기의 눈동자가 흔들렸다.

"어, 그건……."

잠시 머뭇거리더니.

"지서 씨랑 같이 있고 싶어서요."

은기가 솔직하게 시인했다. 지서가 헛웃음을 짓자 그는 괜히 핸들을 톡톡 치며 그녀의 눈치를 살폈다.

차는 어느덧 마을 초입에 다다랐다. 문득 주홍빛 가로등 아래 세워진 간판이 눈에 들어왔다. 박 여사를 납골당에 안치하고 돌아오는 길에 무연無緣이라는 뜻을 곱씹었던 기억이 뇌리를 스쳤다. 괜히 이상한 기분이 들어 지서는 은기에게로 시선을 옮겼다. 왜 지금은 인연이라는 말이 연달아 떠오르는지 모르겠다.

운전에 자신 없어 했던 은기는 의외로 주차엔 능숙했다. 도로 경험은 없어도 주차 경험은 많다나. 늘 지서가 차를 대 두는 공간에 주차를 하고 완전히 시동을 끈 후에야 은기는 길게 한숨을 내쉬었다.

"수고했어."

차에서 내려 길게 기지개를 켜며 지서가 말했다.

"너무 집중해서 그런지 배고파요. 아, 지서 씨 모기 물렸어요?"

지서가 무의식중에 팔을 긁자 은기가 그녀를 살피며 물었다.

"바르는 모기약 다 썼는데. 저 슈퍼 다녀올게요. 또 필요한 거 있어요?"

"음, 과자?"

"네에."

덩치와는 어울리지 않게 발음을 동그랗게 굴려 대답한 은기가 슈퍼를 향해 발걸음을 옮겼다. 뛰지 않고 좀 빠르게 걸을 뿐인데도 보폭이 커서인지 순식간에 거리가 벌어졌다. 그녀는 그 뒷모습을 멍하니 바라보다가 고개를 뒤로 젖혔다.

서울에서는 좀처럼 보지 못했던 별이 그 어느 때보다 밝게, 쏟아질 듯 빛났다. 바람이 제법 불어 구름이 빠르게 흘러가는 음영이 꽤 또렷하게 보였다. 불과 몇 주 전, 모든 것과 전쟁하듯 살았던 게 전생의 기억인 것처럼 아득했다. 알람 소리에 간신히 눈을 뜨고, 젖은 머리를 대충 말린 뒤 출근해서 커피를 생명수처럼 들이부으며 일하고, 밤하늘을 보며 퇴근하던 생활들이 전부 꿈인 것 같다. 일에 미쳤다는 미디어 본부 이지서 팀장도 사실은 백수가 체질이었는지도 모르겠다.

지서는 희미하게 웃으며 자신의 집을 향해 걸음을 옮겼다. 하지만 몇 발자국 걷지 않았을 때, 어떤 그림자 하나가 그녀의 앞을 가로막았다. 가로등의 조도가 낮아 실루엣만 보일 뿐 얼굴은 명확하지 않았다.

하지만 지서는 직감적으로 알았다.

그 여자다.

"급했나 봐요."

지서는 가라앉은 목소리로 말했다. 눈앞의 여자에게 이야기할 때면 얼음을 뱉는 기분이었다. 날카롭게 잘 벼린 칼날 같은 얼음을.

"무슨 낯짝으로 여길 왔는지 모르겠네요. 자기 엄마 장례식도 외면해 놓고, 염치없게."

지서의 힐난에도 여자는 아무런 대꾸가 없었다. 뭐든 다 견디겠다는 태도였다. 돌을 던져도 맞겠다는 듯, 어떠한 희생도 감내하겠다는 듯.

지서는 여자의 태도가 가장 마음에 안 들었다. 두 사람의 관계를 잘 모르는 이라면 일방적으로 지서를 비난할지도 모른다. 그녀는 여자 앞에서 조금도 물러서지 않았고, 여자를 존중하지도 않았다. 태어날 때부터 자신을 부정한 여자다. 죽을 때까지 괴롭히고 싶다.

"사모님께서 이 시골까지 왜 왔을까."

피가 차갑게 식는다.

"아, 최태하 또 사고 쳤나?"

덩달아 지서를 감싸고 있던 뜨거운 여름의 공기도 순식간에 영하로 떨어진다.

"이주애 씨."

이곳은 한여름의 겨울이다.

09.
짙어진

박 여사의 집에 들어온 주애는 천천히 내부를 둘러보았다. 하나, 하나, 곱씹듯 시선을 옮기던 주애가 한숨 쉬듯 입을 열었다.

"여긴 하나도 안 변했네……. 다 그대로야."

떨리는 목소리로 말하던 주애가 왈칵 눈물을 쏟았다. 처음엔 소리 없이 눈물만 흘리더니 이내 흐느껴 울며 주저앉았다.

조용한 실내에는 여자의 울음소리만이 맴돌았다. 그러거나 말거나 지서는 피곤한 얼굴로 테이블에 아무렇게나 팽개쳐 두었던 타이레놀을 꺼내 먹었다. 벌써부터 목뒤가 뻐근하고 두통이 느껴졌다.

"제발, 지서야."

주애가 손수건으로 눈물을 훔쳐 내며 애원하듯 입을 열었다.

"제발 태하 좀 어떻게 해 줘. 내가 무릎이라도 꿇을게. 응?"

바닥에 주저앉아 있던 여자가 지서를 향해 무릎을 꿇으며 말했다. 여자가 저렇게 나오는 것을 보니 최태하가 뭐 대단한 짓이라도 했나 싶었다. 다만, 벌써 몇 번을 경험한 레퍼토리의 연장선이라 그런지 거짓말처럼 아무런 감흥도 없었다. 대단한 기대를 한 것은 아니지만 역시 이주애는 지서의 예상에서 조금도 벗어나지 않았다.

주애가 무릎걸음으로 기어 와 지서의 발치에서 그녀의 다리를 잡았다. 낮게 숨을 고르며 울음을 삼키는 소리. 지서는 여자를 뿌리쳤다. 닿는 것도 싫었다. 언제든 눈물을 무기로 자신을 좌지우지하겠다는 의지 같아 불쾌했다.

"사모님."

"태하가 파혼하겠대. 너랑 결혼하겠다고."

그 말에 지서는 헛웃음을 지었다. 어쩐지 그 최태하가 잠잠하다 했다.

"최명주 아들 연말에 임원으로 승진할지도 몰라. 그다음엔 반도체랑 스퀘어 노리겠지. 자기 아들한테 회사 물려줄 생각일 테니까."

ST그룹 직계인 텔레콤 최명주와 방계인 태하의 아버지, 최명훈의 싸움. 간간이 뉴스나 증권가 지라시에서 흥미롭게 다뤄지는 이야기였다.

고리타분한 가족사가 이어졌다. 태하의 일로 주애와 몇 번 얼굴을 마주할 때면 들었던 이야기들이었다. ST그룹은 최태하 거다. 정씨인 최명주 아들에겐 절대 빼앗길 수 없다. 그러기 위해선 이 정략결혼이 필요하니 제발 태하를 놔줘라.

주애의 말에 지서는 실소했다. 핏줄이 뭐가 그렇게 중요하다고. 정작 자기 자식은 버린 여자가 최씨니 정씨니 운운하는 게 어이가 없다.

"재미있네요. 내가 그룹 후계 구도에 영향을 끼칠 정도로 대단한 사람이라니."

지서의 말에 바닥에 시선을 고정하고 말하던 주애가 퍼뜩 고개를 들어 그녀를 노려봤다. 눈물 자국이 조금 있었지만 주애의 화장은 여전히 정갈하고 단정했다. 50대라는 나이가 믿기지 않을 정도로 눈가엔 주름 하나 찾아볼 수 없었다. 잡티 없는 피부, 풍성하고 윤기가 흐르는 머리카락. 가진 것 하나 없이 맨몸으로 ST그룹에 들어가 이젠 그 안주인 자리까지 노리는 여자답다. 지서는 주애의 얼굴을 볼 때면 소름이 끼쳤다.

"악어의 눈물이 따로 없네. 배우 하지 그랬어요."

지서가 차가운 어조로 말하며 주애의 앞에 몸을 굽혔다. 가늘게 떨리는 주애의 어깨에 지서의 손이 내려왔다. 주애가 몸을 틀며 뿌리쳤지만 지서는 손에 힘을 주어 끈질기게 그녀의 어깨를 움켜쥐었다.

"나한테도 기회가 주어져야 공평하지. 당신한테 상처 줄 수 있는 기회."

지서가 조소하며 다시 입을 열었다.

"누가 회장이 되든 내가 알 게 뭐라고. 이주애 씨, 난 월급만 제때 나오면 돼요. 최씨가 주건, 정씨가 주건 나랑은 상관없잖아."

지서가 주애의 귓가에 낮게 속삭이며 그녀의 어깨를 밀 듯 놔 주었다. 주애의 얼굴이 모멸감으로 사납게 일그러졌다. 기뻐야 하는데 일순, 지서의 피가 차게 식는다. 시야가 뿌옇게 번지고 사물의 경계가 흐릿해진다. 삐이, 길게 이명이 들린다. 혼탁한 소음에 정신이 아득했지만 지서는 이를 악물며 버텼다.

"텔레콤이랑 협업하면 나야 좋죠. 뉴스 미디어랑 A.I 접목하면 사업성 좋으니까. 나 돈에 환장하는 거 알죠. 나한텐 연봉 더 올릴 기회인데 마다할 이유가 있을까요. 최명주 아들…… 이름이 뭐랬더라. 이주애 씨가 나한테 무릎까지 꿇는 거 보니까 그 사람이 최태하보다 대단한가 보네."

입을 뗄수록 예기치 못한 감정들이 불쑥 튀어나오려 했지만 지서는 간신히 삼키며 마음의 둑을 더 높고 견고하게 쌓았다.

"이지서."

"……그러니까."

지서가 이를 악물며 말했다.

"그러니까 씨알도 안 먹힐 쇼 그만하라고. 역겨우니까."

지서의 말에 주애가 천천히 일어났다.

"네가 그렇게 버틴다고 ……너, 네가 진짜 태하랑 결혼할 수 있을 거 같아?"

주애가 히스테릭하게 외쳤다.

"아까 걔 누구야. 그 잠깐을 못 참고 남자나 꼬여 낸 주제에 네가 감히 누굴 넘봐, 넘보길!"

지서는 무감한 눈으로 여자를 아래위로 훑었다. 이제는 익숙한 가식과 위선이다. 주애는 늘 화려한 겉모습으로 최대한 자신을 위장하려 들지만 단 한 번도 자신의 본모습을 완벽하게 숨기지 못했다.

"유부남이랑 불륜으로 낳은 자식 버리고 도망가서 사모님 소리 듣는 여자한테 들을 말은 아닌 거 같은데. 어떻게 생각해요."

자신의 치부인 지서가 직접 약점을 건드리자 주애가 가늘게 몸을 떨었다. 한참을 그러고 있던 여자가 이내 다시 눈물을 흘리기 시작했다. 울음소리가 을씨년스러웠다. 평생을 자기 연민에 사로잡혀 사는 여자. 앞으로도 그러겠지. 지겹고 지긋지긋하다.

"왜 말이 없어요."

한편으론 지서를 키운 사람이 박 여사였다는 게 다행이었다. 지독하게 부딪쳤을지언정 그녀는 지서를 위선자로 키우진 않았다.

"……다 너 때문이야. 이게 다…… 흐윽."

주애가 흐느끼며 중얼거렸다. 울음이 섞여 제대로 알아들을 수 없었지만 지서는 애써 노력하지 않았다.

"이주애 씨는 꼭 불리하면 울더라. 그거 안 좋은 버릇이에요, 사모님."

남 탓을 하는 건 그녀의 오래된 재능이었고 사람은 쉽게 바뀌지 않는다. 어쩌면 지서보다 주애의 심리 상태가 더 기복 없이 안정적일지도 모른다. 뭐든, 스스로 느끼기에 부조리한 것은 전부 이지서 탓을 하면 될 테니까. 생각이 거기에 미치자 갑자기 불쾌감이 상승했다.

"전부, 이게 전부 다……."

"내 탓이겠지."

지서는 성의 없이 대꾸하며 테이블을 뒤적거렸다. 분명 30분 전까지만 해도 구름 위를 걷는 것처럼 좋았던 기분이 저 여자의 등장과 동시에 시궁창에 처박힌 것처럼 엉망이 되어 버렸다. 담뱃갑을 찾은 지서는 신경질적으로 담배를 꺼내 물고 라이터를 켜려다 퍼뜩 멈추며 깊은 한숨을 내쉬었다. 우습게도 이런 순간, 몸에 안 좋으니 담배 피우지 말라던 은기의 목소리가 귓가를 맴돌았다.

"내가 여기 붙어 있는 거 꼴 보기 싫으면 해고하세요. 가장 간단한 방법이잖아요. 사실 나 하나 묻어 버리는 거 사모님한테는 일도 아닐 텐데 왜 못 자를까."

말을 길게 끌던 지서가 주애를 보며 피식 웃었다.

"아, 그냥 잘라 버리기엔 내가 너무 잘났지. 내 실적 죄다 최태하 공으로 돌아갔을 테니까."

작년 이맘때 위태로운 관계와 상황이 지긋지긋해 지서는 충동적으로 사직서를 냈었고 그때, 본부장은 그녀에게 거액의 위로금을 제시하며 만류했다. 경쟁사에서 스카우트 제안도 받았지만 처음 일을 시작한 ST에 대한 애정 때문에 결국 그녀는 잔류를 택했다.

하지만 이젠 다 짜증 난다.

"널, 흐윽, 널 낳는 게 아니었어."

그 말에 지서는 신경질적으로 담뱃갑을 구겨 바닥에 내던졌다.

"그 부분은 저도 유감스럽네요. 차라리 그냥 지우지. 그럼 서로 좋았을 텐데."

"엄마만 아니었으면…… 너 낳지도 않았어. 엄마가 말리지만 않았으면……."

주애의 흐느낌에 지서는 잠시 그녀를 물끄러미 바라봤다. 의외였다. 여태껏 박 여사가 가장 먼저 지우라고 강권했을 거라 생각해 왔다.

엄마 때문이야. 이게 다 엄마 때문이야. 주애는 연거푸 울음 섞인 목소리로 중얼거렸고 지서는 잔뜩 미간을 찌푸린 채 여자를 노려봤다. 엄마. 여자의 입에서 나오는 그 말이 너무나도 끔찍하고 징그러웠다.

"우리 박 여사한테 엄마라고 부르지 마요. 장례식에 오지도 않은 딸이 무슨 자격으로 엄마라고 불러."

지서는 깊게 가라앉은 목소리로 말했다. 주애가 그녀를 '엄마'라고 지칭할 때마다 명치가 뻐근하고 답답하다. 평생을 미워한 사람이지만 이 순간만큼은 박 여사가 불쌍하고 안타깝다.

"정말 박 여사를 엄마라고 생각했으면 부고 전했을 때 왔어야지. 아니, 오자마자 낳지도 않은 아들 찾아 대며 나한테 무릎 꿇을 게 아니라 노인네 납골당이 어디인지부터 물어봤어야지!"

여태 나만 버림받았다고 생각했다. 친모가 날 버렸다고.

"당신이 감히 누구더러 엄마래."

지서는 터져 나오려는 화를 간신히 목 아래로 삼켰다.

문득 사소한 깨달음이 지서의 뇌리를 스친다.

왜 이제야 알았을까.

버림받은 건 박 여사 또한 마찬가지라는 걸.

주애의 차가 요란한 소리를 내며 떠났다. 지서는 자동차 엔진 소리가 완전히 멀어지고 나서야 긴 한숨을 내쉬며 바닥에 주저앉았다. 여자와의 대화는 겨우 30분 남짓일 뿐이었지만 진이 다 빠졌다. 식은땀으로 온몸이 축축하고 두통도 심했다.

잠시 숨을 고른 지서는 다시 일어나 현관으로 향했다. 문을 열자 예상대로 평상에 멍하니 앉아 있는 은기가 보였다. 품에 모기약, 모기향, 에프킬라 같은 걸 한 아름 안은 채 넋을 놓고 있던 그가 지서를 보곤 화들짝 놀라 벌떡 일어났다.

"안 들어오고 뭐 해?"

"혼자 있고 싶을 거 같아서요."

"아니야. 들어와."

지서의 말에 은기는 고개를 끄덕이곤 집 안으로 들어왔다.

"들었어?"

"네."

그녀의 물음에 은기가 바닥에 아무렇게나 굴러다니는 담뱃갑을 집어 들며 대답했다. 유심히 한 번 보고는 휴지통으로 던져 넣을 뿐 그는 아무런 말이 없었다. 무슨 생각을 하는 건지 그녀를 향해 등을 보인 채 잠시 멈춰 있었다. 지서는 그 뒷모습을 바라만 보다가 충동적으로 다가가 허리를 안았다.

그녀는 그의 등허리, 정가운데 옴폭 들어간 곳에 얼굴을 묻으며 가볍게 키스했다. 머리를 기대자 뺨으로 단단하고 뜨거운 남자의 몸이 느껴졌다. 허리에 두른 손을 넓게 펼쳐 아랫배를 쓰다듬었다. 손이 점점 아래로 향하자 은기가 크게 몸을 움찔거렸다.

무얼 어떻게 해야 저 아래까지 가라앉아 버린 이 기분을 다시 끌어올릴 수 있을까.

"은기 너한테 창피한 꼴 많이 보이네."

그 말에 은기는 조용히 그녀의 손을 감싸며 가볍게 다독였다.

"나 안아 줘."

지서가 나지막이 말하며 그의 티셔츠 안으로 손을 넣었다. 손끝에 닿는 익숙한 온기. 지금 그녀에겐 이게 필요하다. 절실하게, 그리고 다 잊을 수 있게, 아무런 생각도 하지 않을 수 있도록 어마어마하고 강렬한 자극이 필요하다.

그때, 지서를 향해 몸을 돌린 은기가 단번에 그녀를 안아 들고 자신의 허리에 다리를 감게 했다. 갑자기 시야가 높아져 당황스러웠지만 은기가 허리를 꽉 잡아 지탱해 준 덕에 안정적이었다.

"저도 안아 주고 싶어요."

은기가 그녀의 등을 가볍게 토닥이며 말했다. 흔연히 웃는 그의 입술에 지서는 자신의 것을 가져다 댔다. 이마로 그의 이마를 툭 건드리며 커다란 남자의 몸에 온 힘을 다해 매달렸다. 휩쓸리지 않기 위해서였다. 은기를 놓치면 또 거대한 상념의 파도에 무기력하게 쓸려 갈 것이다. 비집고 들어오는 여자의 목소리로 인해 앓아야 했던 수많은 밤처럼 오늘도 아플 게 분명했다.

"섹스하자는 뜻인데."

지서는 소년처럼 웃는 그에게 일부러 노골적인 단어를 골라 말했다.

"알아요."

그의 눈매가 부드럽게 휘었다.

"섹스해요, 우리."

은기가 지서를 똑바로 응시하며 '우리'에 힘을 주어 말했다.

지서는 그의 투명하고 새까만 눈을 보며 은기의 세계가 온통 자신뿐이길 욕망했다. 이유 없는 사랑은 얄팍할 거라 의심했으면서 그가 자신에게 미쳤으면 좋겠다는, 그런 생각을 했다.

살짝 열어 둔 창으로 축축한 바람이 불어 들어왔다. 그 바람에, 반쯤 쳐 둔 커튼이 날렸다.

"비 올 거 같아."

지서의 말에도 은기는 대답 없이 그녀의 가슴을 깊게 베어 물었다. 복숭아를 먹는 것처럼 살덩이를 크게 입에 담아 물고 오물거릴 때마다 은밀한 쾌감이 발뒤꿈치부터 머리끝까지 전신을 감싸며 넘실거렸다. 다음엔 더 잘할 거라는 은기의 다짐은 거짓이 아니었나 보다. 서툴게, 게걸스럽게 빨아 대기만 했던 처음과는 다르게 애무가 세심했다. 혀로 젖꼭지를 건드리다가 이로 아프지 않게 깨물고 다시 유륜을 동그랗게 배회하는 혀의 움직임이 야릇하다.

"사실, 아까 카페에서, 그 옆의 모텔…… 모텔, 들어가고 싶었어요."

은기가 지서의 가슴에 뜨거운 숨을 토해 내며 말했다.

"카페 화장실에서 뭐 했어?"

지서의 손가락이 은기의 머리카락을 더듬었다. 아직 마르지 않아 축축한 머리카락에선 샴푸 향이 진동했다.

"자위했어?"

"……자위는 아니고, 그냥, 식히려고. 운전하면 거기에 집중해서 섹스 생각 안 할 수 있으니까…… 그래서 제가 한다고 했어요."

계속 부담스러워하더니 선뜻 운전대를 잡겠다고 나선 이유가 그 때문이었나 보다.

다시 바람이 불었다. 커튼이 날리는 게 거슬렸는지 몸을 일으킨 은기가 모기장 밖으로 나가 커튼을 양옆으로 완전히 걷어 버렸다. 주방에 켜 둔 조명 탓에 역광이 져 빠르게, 바삐 움직이는 은기의 실루엣만 간신히 보였다. 날렵하게 잘빠진 신체가 아름답다. 어서 빨리 그가 자신의 몸 안에서 흥분하고 욕정을 느끼며 뜨겁게 타오르게 만들고 싶다.

은기는 목덜미에서 흐르는 땀을 손등으로 닦아 내고는 창문을 아예 활짝 열었다. 바람이 불자 시원한지 얼굴이 한결 편안해진다.

창이 커 완전히 열자 야외나 다름없었다. 하지만 어차피 이 밤에 지서의 집을 찾아올 유일한 사람은 이미 그녀의 눈앞에 있었다. 오히려 탁 트인 공간에서 나누는 정사 같은, 선을 밟는 듯한 아슬아슬함이 그녀의 은밀한 욕망을 자극한다.

열린 창으로 풀벌레 우는 소리가 들려왔다. 모기향 냄새가 후각을 자극하고 이따금 불어오는 바람이 지서의 벗은 몸을 가볍게 애무했다. 은기의 손길처럼 부드럽고 따뜻하며 습기 찬 바람. 그녀의 몸이 축축하고 노곤하게 젖어 들었다.

은기가 다시 모기장 안으로 들어오자 지서는 그에게 가까이 다가오라 손짓했다. 다리를 벌려 은기의 허리에 감고 하반신을 바싹 붙이자 그가 낮게 신음하며 몸을 들썩였다. 은기는 아직 바지를 벗지 않았지만 잔뜩 발기한 페니스가 정확히 지서의 입구에 닿았다. 흥분이 고조된 얼굴로 그가 침을 삼키자 목울대가 세차게 움직였다. 은기가 잔뜩 상기된 표정으로 그녀를 바라보았다. 늘 또렷하고 맑았던 눈이 짙은 욕망에 잠겨 흐릿했다.

"왜?"

물으며, 지서는 다리에 힘을 주어 더 진득하게 은기의 몸을 옭아맸다. 손으론 넓은 맨가슴을 더듬다가 흥분으로 선 유두를 자극했다. 간질이듯 매만지다 슬쩍 꼬집자 은기가 몸을 들썩였다. 기분이 좋은지 그가 가늘게 떨 때마다 지서의 몸 안에서 무언가가 꿈틀거리며 반응했다.

지서는 은기의 손을 잡아 자신의 입으로 가져갔다. 검지 끝을 깨물자 은기가 크게 숨을 몰아쉬었다. 이번엔 혀로 핥자 그가 검지와 중지를 더 깊이 지서의 입 안으로 밀어 넣었다. 말캉한 혀에 닿는 손가락이 굵고 곧다. 지서는 은기를 똑바로 응시하며 입술을 오므려 손가락을 빨았다. 남자의 몸에 힘이 들어가며 근육이 터질 듯 단단하게 부풀어 올랐다.

"이런 거, 이런 거 이제 나랑만 해요."

은기가 무언가에 홀린 듯한 얼굴로 손가락에 힘을 주어 혀를 누르며 말했다. 지서는 대답 대신 혀로 그의 손가락 사이를 핥았다. 몇 번이고 반복하자 남자의 온몸에 긴장으로 날이 서는 듯한 느낌이 들었다.

"다음엔 그 새끼한테 안 맞아 줄 거야."

무언가를 다짐할 때의 은기는 유독 소년 같다.

나약해서 맞은 것도 아니고 순전히 지서가 곤란해질까 봐 참았을 것이다. 은기 몸값이 얼마랬지. 한국의 국보급 센터백이라는데 이런 구닥다리 치정극에 휘말려서는.

미안하다고 말하기 위해 지서가 혀를 움직이려는 찰나 은기가 손가락을 빼고 그녀의 고개를 들어 올려 자신을 보도록 고정했다. 그러곤 곧장 상체를 숙여 깊게 키스를 해 왔다. 단번에 입 안으로 들어온 혀가 능숙하게 움직였다. 오늘 낮, 카페에서 몰래 나누었던 입맞춤과는 차원이 달랐다. 더 깊고 농밀했으며 원초적이었다.

입천장의 곡선을 둥글게 따라가던 혀가 그녀의 혀를 빨아 먹을 것처럼 흡입했다. 순간적으로 고여 있던 성욕이 흩어져 온몸으로 날카롭게 뻗어 나갔다. 채 삼키지 못한 타액이 그녀의 입가로 흐르자 그가 고개를 틀어 그것을 혀로 길게 핥았다. 천천히 핥아 올라와 비로소 아랫입술에 도착했을 때 은기는 지서의 혀끝을 깨물며 몇 번이고 연거푸 빨아 댔다.

깨물리고 빨리기를 반복하자 입술이 퉁퉁 붓고 열감이 느껴지며 뇌에 산소가 부족해 정신이 몽롱해졌다. 능숙해졌다는 말은 취소. 입맞춤이 점점 거칠어졌다. 잔뜩 흥분한 탓인지 은기는 무언가를 생각할 겨를조차 없이 짐승처럼, 다 먹어 치울 듯 달려들었다. 그녀의 달뜬 신음이 그의 입 안으로 사라졌다.

호흡이 버겁고 혀가 뽑힐 듯 얼얼했지만 지서는 어설프고 거칠기만 한 은기의 키스가, 자신에게 안달 내는 그 모습이 오히려 기분 좋았다. 욕심이 많고 성격이 꼬여서, 누구보다 이성적인 척하지만 사실은 그 누구보다 감정적으로 미숙해서, 여태껏 뒤틀려 있던 이지서라는 사람은 고은기의 애정을 어떤 파편 하나 놓치지 않고 완벽하게 독차지하길 원했다.

은기가 혀로 그녀의 입술을 핥으며 손으론 가슴을 크게 주무르기를 반복했다. 손아귀 힘이 강해 그가 젖가슴을 꽉 쥘 때마다 입 안에선 절로 옅은 신음이 흘렀다. 가진 산소를 모조리 그에게 빼앗기는 기분이었다.

순식간에 달아오른 욕망에 갈증이 났다. 여름밤의 축축한 공기가 끈적하게 피부에 엉겨 붙었다. 아랫배가 성욕 때문에 뻐근했다.

애무를 하는 틈틈이 은기는 지서의 표정을 관찰했다. 집중하려 애쓰는 눈이었다. 어떤 자극에 그녀가 반응하는지, 무엇을 더 기분 좋아하는지 모조리 기억하겠다는 의지가 보였다.

이제 도저히 못 참겠다는 듯 은기가 바지와 드로어즈를 한 번에 벗어 버렸다. 이미 성기는 완전히 발기되어 있었다.

은기는 양팔을 그녀의 무릎 뒤에 넣어 몸을 끌어당겼다. 이제 삽입하겠지. 그런 흐름이었는데.

"은기야, 콘돔."

"……아, 아직요."

그가 몽롱하게 대답하며 덧붙였다.

"지서 씨 거 빨고 싶어요."

무언가에 홀린 듯.

"뭐?"

놀란 지서가 몸을 일으키려 했지만 이미 은기에게 다리를 잡혀 움직일 수가 없었다.

"잠, 잠깐만."

"기분 좋게 해 주고 싶어요."

은기는 평소처럼 발음이 분명하지도 목소리가 또렷하지도 않았다. 완전히 이 행위에 몰입해 버린 듯 눈동자가 불투명하게 빛났다.

그에 의해 다리가 완전히 벌어졌다. 손을 떼어 내려 팔을 뻗어 보았지만 허공에서 잡혀 버렸다. 뾰족한 혀끝이 아래를 핥자 지서는 놀라 숨을 멈추었다. 젖은 살덩이가 속살을 파고드는 감각이 선명했다.

"아, 아으."

지서의 발끝에 힘이 들어갔다. 혀가 내벽에 닿을 때마다 쾌감이 전신을 관통했다. 얕게 핥다가 깊게 파고드는 움직임이 간지러웠다. 온 이성을 끌어모아 다리를 오므리려 했지만 남자의 강한 힘을 그녀가 이길 수 있을 리 없었다.

"좋아요?"

은기가 말을 하자 더운 숨결이 회음부에 닿았다. 감당할 수 없을 정도로 야릇해 정신이 나가 버리는 것 같았다. 참을 수 없어, 지서는 이불을 꽉 움켜쥐었다.

"아아…… 좋구나."

은기는 어쩐지 들떠 보였다.

싫다고 강하게 말하면 그만둘 거라는 걸 안다. 하지만 도저히 '싫다'는 말이 입 밖으로 나오지 않았다. 그만두라고 해야 하는데 입에서 나오는 것은 야릇한 신음과 교성뿐이다. 내가 이렇게 성욕에 약한 사람이었다니. 새삼스러운 깨달음이 그녀를 지배한다.

혀가 점막에 닿으며 아래를 쑤셔 댈 때마다 몸이 뜨겁게 불타 녹아 버리는 것 같았다. 의지와 다르게 계속 제멋대로 움직이며 아래가 축축하게 젖어 갔다. 차마 바라볼 수 없어 그녀는 시선을 천장으로 가져갔지만 좋은 선택은 아니었다. 조명에 비친 은기의 그림자가 천장 벽지에 일렁였다. 단지 형태일 뿐인데도 그 움직임이 야하게 느껴져 지서는 차라리 눈을 감아 버렸다. 쾌락이 지나쳤다. 또 과호흡이 오는 것은 아닐까 걱정스러울 정도로 심장 소리가 쿵쿵 머리를 울렸다.

은기가 무언가를 찾는 듯 바닥을 더듬거리는 소리가 들렸다. 종이 박스를 여는 소리, 비닐 포장끼리의 마찰음이 뒤를 따랐다.

시간의 공백이 제법 길어지자 지서는 천천히 눈을 떴다. 고개를 들어 은기를 보자 그는 뜯지도 않은 콘돔을 보며 깊은 생각에 빠진 듯했다.

"왜 그래?"

"……아뇨, 그냥."

대수롭지 않다는 듯 대꾸하며 은기가 포장을 이로 뜯었다. 불과 며칠 전, 콘돔도 제대로 끼지 못해 덜덜 떨던 그가 떠올라 지서는 괜히 약이 올랐다. 단 몇 번 만에 제멋대로 굴기 시작하는 게 어쩐지 얄밉기도 했다.

은기가 손을 뻗어 발목을 잡으려 하자 지서가 슬쩍 몸을 움직여 피했다. 처음엔 단순히 장난이라고 생각했는지 은기가 옅게 웃었다.

"왜 그래요."

하지만 지서는 대답 없이 슬쩍 뒷걸음질을 쳤다. 단지 그냥, 그가 자신에게 안달 내는 것이 보고 싶었다.

연거푸 손길을 거부하자 눈을 가늘게 뜨고 그녀를 응시하던 은기가 순식간에 발목을 낚아채 잡아당겼다. 눈 깜빡할 사이에 지서의 몸이 그에게로 질질 끌려갔다. 은기는 자신의 몸으로 엎드려 있던 그녀를 내리눌렀다. 몸싸움이라고 할 것도 없었다. 순식간에, 완벽하게 제압당했다.

"……하게 해 줘요."

속삭이며, 은기가 한 팔을 그녀의 몸에 둘러 꽉 붙들었다. 단지 조금만 힘을 주었을 뿐인데 몸이 묶인 것처럼 전신을 압박하는 구속감이 들었다. 이율배반적이게도 지서는 그 감각에 어떤 안정감을 느꼈다.

"진짜 싫어요?"

등 뒤에서 낮은 목소리가 들려왔다. 짙은 유혹의 소리. 색으로 치면 검붉을 것이다.

"응?"

은기가 조르는 소리가 귓가를 간질이자 온몸의 솜털이 일어났다. 허벅지로는 잔뜩 발기한 페니스가 느껴졌다. 불같이 뜨거워 피부에 닿을 때마다 덴 것처럼 화끈거린다.

"지서 씨가 이렇게 만들어 놓고."

은기가 지서의 뺨을 잡아 자신 쪽을 보게 하며 중얼거렸다. 그의 눈동자가 붉게 충혈됐다. 흥분으로 크게 헐떡이는 소리가 자극적이다. 성욕을 주체하지 못하고 몸을 부들부들 떨며 애원하는 게 기분 좋다.

은기에게 사슬로 만든 목줄을 채우고 싶다. 그의 주인이 되고 싶기도 하고 먹히고 싶기도 하다.

지서가 몸을 움직이자 은기의 팔에서 힘이 빠졌다. 아쉬운 해방감을 느끼며 지서는 무릎을 세우고 허리를 슬쩍 들었다. 어떤 의도인지 눈치챘는지 그가 떨리는 숨을 쉬며 그녀의 가느다란 허리를 양손으로 움켜쥐었다. 그리고 그녀의 허벅지 사이에 자신의 성기를 비볐다. 닿는 양감이 또렷했다. 얕게 들락거렸던 혀와는 비교도 할 수 없는 크기다. 지서는 고개를 틀어 그의 중심부를 바라봤다. 혈관이 도드라진 채 솟은 모습이 위압적이었다.

"왜요?"

은기가 상체를 지서 쪽으로 기울이며 물었다.

"넌 다 큰 거 같아서."

키부터 손, 발, 그리고…….

"아아."

무슨 말인지 알겠다는 듯 은기가 미소 지으며 고개를 끄덕였다. 저렇게 웃으면 그게 무엇이든 다 들어줘야 할 것 같았다.

은기가 지서의 허리를 잡은 손에 힘을 주며 자신 쪽으로 당겼다. 느릿하게 허리를 밀어 넣으며 교접하자 아래에서 상당한 부피감이 느껴졌다. 엎드린 체위는 처음이라 마주 보며 삽입했을 때와는 또 달랐다. 꽉 조여들며 내벽이 좁아졌지만 은기는 아랑곳 않고 천천히, 더 깊이 밀어 넣었다. 지서의 이마를 타고 흘러내린 땀방울이 뚝뚝 아래로 낙하했다. 얕게 삽입했을 뿐인데도 몸이 흔들려 그녀는 간신히 팔로 몸을 지탱하며 버텼다.

"……하아."

느릿하게 뿌리까지 모조리 넣은 후 은기가 숨을 토해 냈다. 바로 움직일 거라고 생각했는데 그는 벅찬 듯 호흡을 고르며 잠시 멈춰 그 감각을 음미했다.

"아, 어떡하지."

너무 좋아.

무의식중에 중얼거린 그가 허리를 바싹 추켜올렸다. 별것 아닌 움직임이었지만 지서는 숨을 삼키며 손등에 이마를 묻었다. 감각이 지나치게 예민해 도리어 두려웠다.

은기가 감질나는 속도로 느릿하게 성기를 빼기 시작했다. 움직임이 거의 느껴지지 않았음에도 몸 깊은 곳에서 점막이 마찰되는 촉감이 생생했다. 흥분으로 불거진 혈관, 도드라진 귀두. 딱딱하게 선 페니스의 형태가 몸 안에서 선명하게 자리 잡은 것이 느껴졌다.

"지서 씨 허리…… 내 허벅지보다 가느다란 거 같아요."

지서의 허리를 놔 준 은기가 몸을 굽혀 그녀의 등에 입을 맞추고는 다시 천천히 안으로 진입했다. 지서는 말없이 거친 숨만 몰아쉬었다. 무어라 의사 표현을 할 수 있는 상태가 아니었다. 자신이 주도했던 첫날의 섹스와는 결이 달랐다.

그가 안으로 들어올 때마다 내벽이 조여들며 페니스에 꽉 들러붙었다. 완전히 빠져나갈 것처럼 물러서다가 길을 내는 것처럼 끝까지 밀어 넣었다. 차라리 속도가 빠르고 격렬하다면 이렇게까지 몸이 예민하게 반응하지는 않을 텐데. 생생한 감각, 몰려오는 쾌감에 괴로웠다. 알 수 없는 수치심으로 지서의 눈가에 열이 몰렸다.

또다시 완전히 빼냈다가 단번에 끝까지 박아 넣었다. 버티지 못하고 지서의 팔이 무너지자 은기가 자신의 힘으로 안아 올려 강하게 찔렀다. 그녀는 숨을 토해 내며 저도 모르게 앞으로 기어가기 위해 팔을 움직였다. 하지만 벗어날 수 있을 리 없었다.

양팔이 뒤로 젖혀지며 그에게 붙들렸다. 상체가 허공에 붕 뜨며 아슬아슬한 느낌이 들었다. 그대로 앞으로 고꾸라질까 봐 불안했지만 방심한 틈을 타 밀고 들어온 쾌감이 그녀를 덮쳤다.

은기가 허리 짓의 속도를 높이자 그 박자를 따라 지서의 몸이 이리저리 흔들리며 비음이 터져 나왔다. 간혹 그녀가 소리를 삼킬 때마다 그의 움직임이 더 거세졌다. 입술을 깨물려 했지만 단단한 허벅지가 몸을 쳐 댈 때마다 쾌락의 극점이 한계까지 짓눌려 지서의 의지와는 다르게 알 수 없는 교성을 더했다.

"하아, 흐읏."

"목소리, 좋아…… 더, 더, 들려줘요."

그와 동시에 퍽, 강하게 압박하는 움직임에 헛숨을 삼켰다. 커다란 성기로 인한 압박감이, 쾌감과 뒤섞여 미묘한 통증을 만들어 냈다. 스치는 것만으로도 세포 하나하나가 과민하게 반응하며 부피를 불렸다. 차라리 쓰러지고 싶은데 그에게 양 손목이 붙들려 움직일 수가 없었다.

그때 불쑥 무릎이 들리며 몸이 완전히 허공에 떴다. 손목을 놔 준 은기가 한 팔로 그녀의 허리를 안아 들었기 때문이었다. 불안한 마음에 지서는 눈앞에 보이는 창틀을 잡고 엎드려 섰다. 두 사람의 움직임에 모기장이 크게 가우뚱했다.

키 차이 때문에 간신히 발끝으로 버티고 선 지서의 몸이 은기가 허리를 쳐올릴 때마다 조금씩 공중에 떴다. 긴장 탓에 허벅지에 힘이 들어가고 뒤꿈치가 간지럽다. 발끝이 뜰 때마다 아킬레스건이 잘게 경련한다.

강하게 안을 찌르는 힘에 그녀의 고개가 위로 꺾이며 얇은 모기장 너머 익숙한 풍경이 눈에 들어온다. 고즈넉한 시골의 밤이다. 한적하고, 조용한.

습기 찬 바람이 불자 담벼락의 장미가 파스스 흔들린다. 어스름한 달빛이 구름에 완전히 잠기자 일정한 박자에 맞춰 빗방울이 떨어지는 소리가 이어진다.

지서는 자신의 몸 위로 비가 내리는 것 같은 착각이 들었다. 뚝뚝 떨어진 물방울이 등을 타고 허리까지 흘러내리는 감각이 생생하다. 비를 맞은 것 같았다.

"얼굴⋯⋯ 얼굴 보여 줘."

지서가 속삭이자 은기가 삽입한 채로 몸을 잡아 돌려 자신을 바라보게 했다.

은기의 얼굴을 적신 것은 땀일까 빗물일까. 푸르스름한 새벽빛을 받은 그의 얼굴이 반짝인다. 지서는 살며시 그의 뺨을 감싸며 키스한다. 입술만 스칠 정도의 가벼운 입맞춤이었을 뿐인데도 몸 안의 페니스가 팽창하는 게 적나라하게 느껴진다.

"키스하는 거, 좋아요."

그의 숨결이 아주 가깝다.

은기가 지서의 등을 받치며 바닥에 눕혔다. 곧바로 벌어진 다리가 가슴에 닿도록 접히며 그의 페니스가 더 깊게, 빈틈도 없이 밀려왔다. 몸에서 느껴지는 압박감에 허공에 떠 있는 지서의 발끝이 잘게 떨렸다.

은기는 페니스에 달라붙는 탄성과 끈적함을 음미하며 길게 숨을 몰아쉬었다. 더 격렬하게 몰아붙이고 싶은 마음 반, 가느다란 그녀의 허리가 부러질까 봐 두려운 마음이 반. 뇌가 뜨거운 열에 녹아 버린 것 같았다. 오로지 본능만이 제대로 작동한다.

그는 아랫입술을 깨물며 뒤로 물러서다 단번에 뜨거운 내벽 안으로 끝까지 내리꽂기를 반복했다. 그 박자를 따라 그의 이마에서 떨어진 땀방울이 여자의 가슴을 적셨다. 흰 젖가슴은 이미 은기 자신이 주무르고 빨아 댄 덕에 울긋불긋했다. 그는 고개를 숙여 여자의 가슴을 핥았다. 유두를 이로 잘근 깨물자 흐느끼는 소리가 고막을 파고듦과 동시에 그녀의 허리가 뒤틀리며 성기를 조이는 압박감이 강해졌다.

"어떻게 사람이 이렇게 부드러울 수 있지."

……어떻게.

홀린 듯 은기가 중얼거렸다. 그는 이제 몸속에 번져 나가는 감각을 감당할 자신이 없었다. 눈가가 뜨겁고 시야가 희뿌옇게 번졌다. 창으로 쳐들어오는 빗물이 제법 거셌지만 다른 생각을 할 겨를조차 없었다.

지서가 양팔을 뻗자 은기는 그녀에게로 몸을 굽혀 안겼다. 좋아요. 좋아서 죽을 거 같아요. 너무 좋아요. 거칠고 빠르게 삽입하며 은기가 두서없이 말했다. 몸이 감당할 수 없을 만큼 흔들렸지만 지서는 차마 그에게 그만하라거나 천천히 하라는 말을 할 수가 없었다. 간절하게 애원하며 어린애처럼 조르는 남자. 하고 싶은 대로 하도록 내버려 두고 싶다.

허공에서 두 사람의 눈이 마주쳤다. 부끄러운 듯 은기가 고개를 틀어 얼굴을 감추려 하자 지서는 그의 턱을 잡아 자신을 바라보게 했다. 안 돼. 숨기지 마. 넌 다 보여 줘. 그런 말을 했던 것 같다.

"지서 씨, 난 지는 게 싫어요."

은기가 호흡을 고르며 입을 열었다.

"비록 내가…… 승리를 결정짓는 포지션은 아니지만 적어도 패배하지 않게 막을 수는 있다는 게 좋아."

그의 목소리가 가늘게 떨린다.

"더 좋아하는 사람이 지는 거라잖아. 난 지서 씨를 이길 생각이 없어. 그냥 내가 지고 말게요."

잠시 은기가 말을 멈추고 그녀를 똑바로 응시한다.

"사랑해요."

무수히 많은 단어 중 은기는 또 하필이면 '사랑' 이란 말을 골라낸다.

지서 씨를 사랑하는 것만으로도 내 하루가 가득 차서 시간이 모자라요. 스물네 시간은 너무 짧아. 두서없는 그의 속삭임이 귓가에 스민다.

가벼운 장난이라 치부했다. 이곳을 떠나면, 이 계절이 지나면 잊힐 마음이라고. 더 깊어질까 봐 두려워 사소한 척했다.

지서는 애써 눈물을 참았다.

그의 다정에 숨이 막힌다.

깊어 가는 마음에 여름이 짙어진다.

10.
나의 계절

꿈을 꿨다.

지난겨울, 설 명절 다음 주로 기억한다. 급작스럽게 박 여사에게서 연락이 왔다. 첫차를 타고 서울에 왔다고, 지금 터미널이라고. 철야 후 퇴근하려던 지서는 그 전화를 받고 그대로 터미널로 향했다.

오전의 터미널은 제법 북적였다. 주말의 여유와 설렘이 느껴지는 사람들 틈에서 지서만이 업무에 찌들어 피곤 속을 허우적거렸다. 홀로 다른 세상 사람처럼 깊이 가라앉아 있었다.

짧은 설 연휴 동안에도 쉬지 못하고 출근해 오늘까지, 집에는 옷만 갈아입으러 잠시 들른 수준이었다. 운전하는 것도 귀찮아 몇 주째 택시로 출퇴근을 할 정도로 피로했다. 빨리 집에 가서 따뜻하게 샤워한 뒤 자고 싶은 마음이 컸다.

사실 귀찮았다. 전화를 받지 말 걸 그랬나 후회가 되기도 했다. 왜 연락도 없이 급작스럽게 들이닥쳤나 짜증이 치밀었다.

박 여사는 터미널 벤치에 앉아 믹스커피를 마시고 있었다. 안색이 창백한 지서를 보고는 혀를 차며 그러게 왜 고된 서울살이를 하냐고, 지금이라도 집어치우고 무연으로 내려와 농사일이나 도우라며 힐난했다. 지서는 못 들은 척, 왜 왔냐 물었고 그녀는 시장하니 밥부터 먹자며 설렁탕집으로 앞장섰다. 그렇게 마주 앉아 대화 한마디 없이 아침을 먹었다.

식사를 마칠 무렵 박 여사는 어디론가 전화해 누군가에게 주소를 물었다. 약속을 확인하는 전화 같았다. 밥이 넘어가지 않아 반수면 상태로 국물만 떠먹던 지서는 그녀에게 크게 관심을 두지 않았다.

통화를 마친 박 여사는 언제 한번 여행을 가자 했다. 어디에 가고 싶냐 묻자 제주도, 라는 답이 돌아왔다. 시간 되면. 이렇게 답했지만 여행을 갈 생각은 없었다. 그러다 박 여사가 명함 한 장 달라기에 꺼내 주었고 그녀는 그것을 수첩의 클립에 꽂아 두었다.

지서가 수저를 내려놓자 곧장 식당을 나선 박 여사는 바삐 택시를 잡아타 어디론가 향했다. 차에 타자마자 그녀는 만나는 남자는 없냐고 물었고 지서는 대답하기 싫어 눈을 감았다. 무어라 푸념하던 박 여사가 기사에게 수첩에 적은 주소를 보여 주며 종로 어딘가를 설명하는 소리를 듣다가 그대로 잠이 들었다.

그렇게 도착한 곳은 꽤 큰 한방 병원이었다. 사람이 제법 많았지만 미리 연락이 갔는지 박 여사와 지서는 곧장 진료실로 안내되었다. 박 여사는 이 병원 한의사가 과수원 집 손녀라고 설명했고 지서는 성의 없이 고개만 끄덕였다.

먼저 진맥을 본 박 여사가 지서를 끌어다 한의사 앞에 앉혔다. 됐다고 했지만 손목 한번 내미는 게 무에 그리 대수냐는 잔소리가 이어지자 별수 없이 맥을 짚고 몇 가지 진찰을 받았다. 기가 허하고 울혈이 치밀었으며 피로도가 극심하다. 지서도 아는 문제였다. 이렇게 갑자기 들이닥쳐서 쉬지 못하게 괴롭히는 게 오히려 더 피곤하다는 걸 모르는 건지, 박 여사가 원망스러웠다.

한약을 지은 박 여사는 어찌 사는지 보자며 집으로 향하길 재촉했다. 며칠째 청소도, 설거지도 제대로 못 했다. 잔소리를 들을 것이 뻔해 거절하고 싶었지만 달리 핑계가 없어 체념했다.

그리고 어땠더라. 예상했던 대로 그녀는 집 안 꼴이 이게 뭐냐며 잔소리를 퍼부었고 지서는 적당히 대꾸한 뒤 샤워를 했다. 머리도 제대로 말리지 않고 소파에 누웠다며 등을 몇 대 후려 맞았지만 이내 수마에 빠져들었다. 잠결에 드라이기 소리를 들었다. 젖은 머리를 말려 준 뒤 딱딱하게 경직된 목덜미를 부드럽게 매만져 주는 손길이 이어졌다.

그리고 지서가 다시 눈을 떴을 땐 늦은 밤이었다.

싱크대에 쌓여 있던 컵은 말끔하게 치워졌고 빨래는 칼같이 줄을 맞춰 건조대에 널어 둔 상태였다. 내 집이 이랬었나. 낯설 정도로 깨끗했다.

주방 레인지에 못 보던 냄비가 놓여 있어 열어 보자 노란 호박죽이 쑤어져 있었다. 수저로 한 입 떠먹어 봤다. 간이 딱 그녀의 솜씨였다. 어린 시절, 지서가 배앓이를 할 때면 박 여사는 늙은 호박을 삶아 죽을 쑤어 주곤 했었다.

식탁엔 딱딱한 그녀의 글씨체로 쓴 메모가 놓여 있었다. 며칠 후 한약이 배달될 테니 설명 따라 잘 챙겨 먹으라고, 피죽도 못 얻어먹은 사람처럼 허옇게 떠서 시집가 애나 낳겠냐는 내용이었다. 흥, 조소하며 박 여사의 메모를 그대로 구겨 휴지통에 던졌다. 꿈속이지만 그 메모를 보관하지 못한 게 후회가 됐다.

그 늦은 밤, 지서는 호박죽을 데워 한 그릇을 다 비웠다.

지서는 천천히 잠에서 깨어났다. 눈을 뜨자 창틈으로 푸르스름한 새벽빛이 스며들고 있었다. 이게 현실이 맞는 걸까. 아직도 꿈속을 헤매는 기분이었다.

몇 번, 눈을 깜빡이자 희뿌옇게 흐리던 시야가 점점 선명해졌다. 흰 모기장과 그 너머 천장 벽지의 무늬가 눈에 들어왔다. 언제 잠이 들었는지 기억나지 않았다. 마지막으로 봤던 광경이…… 땀을 뚝뚝 흘리며 사정하는 은기였던가. 온몸이 흠뻑 젖었는데 다시 말끔해져 있었다. 밤새도록 이어진 정사에 지서가 지쳐 잠들자 은기가 씻겨 준 모양이었다.

지서는 몸을 덮은 이불을 어깨까지 끌어 올렸다. 얇은 이불의 건조한 감촉이 기분 좋게 피부에 감겼다. 가벼운 근육통이 느껴졌지만 생각보다 컨디션은 괜찮았다. 아마도 은기가 이를 악물고 참아 주었기 때문일 것이다. 지서에겐 프로 스포츠 선수의 왕성한 에너지를 감당할 체력이 없다. 지금 이렇게 몸을 움직일 정도의 기력이 남아 있는 것은 은기의 어마어마한 자제력 덕분이었다.

지서는 반대로 돌아누우며 시계를 봤다. 새벽 5시, 10분 전. 벌써 창밖이 밝아 오고 있었다.

"아, 그래요?"

은기의 목소리가 조금 먼 곳에서 들려왔다.

"다행이네요. 수고하셨어요."

앞마당 평상에 앉아 누군가와 전화 통화를 하는 듯했다.

"아뇨, 좋죠. 가고 싶었던 팀인데요. 그냥 좀, 실감이 안 되기도 하고…… 얼떨떨하네요. 더 걸릴 줄 알았거든요."

지서도 뉴스에서 봤던 프리미어 리그 팀과의 이적 협상이 마무리된 모양이었다.

"네, 메디컬 테스트. ……가야죠."

'가야죠' 라고 말하는 목소리가 어쩐지 풀이 죽은 듯했다.

"아뇨. 오늘은 무리예요. 저 지금 서울 아니어서요. 지금 공항 가면 비행기 놓칠 거 같아요. 여기서 정리할 것도 있고 하루 정도 시간이 필요해요. 내일 갈게요."

은기가 단호하게 말했다. 저렇게 말할 줄도 아는구나 싶어 새로웠다.

"네, 차 보내 주세요. 내일 새벽 5시쯤? 그때까지 사람 보내 주시면 돼요. 주소 문자로 찍어 드릴게요. 네."

그 말을 끝으로 전화를 끊었는지 말소리가 끊겼다. 그리고 곧 긴 한숨 소리가 이어졌다. 영국 프리미어 리그에서 뛰는 게 오래된 꿈이라고 했었는데 무엇이 그를 한숨짓게 만든 걸까.

가야죠. 공항. 하루의 시간. 내일.

그의 목소리가 지서의 귓가를 맴돌았다.

잠시 후 은기의 걸음 소리, 현관문이 열리고 닫히는 소리가 이어졌다. 왜인지 모르겠지만 지서는 눈을 감고 자는 척을 했다.

지서에게 다가온 은기가 커다란 손으로 그녀의 이마를 짚고 머리카락을 쓸어 넘겼다. 그 손길이 지나치게 다정하고 따뜻했다. 꿈속에서 젖은 머리를 말려 주던 박 여사의 손길이 떠올라 갑자기 왈칵 눈물이 날 것만 같았다.

은기가 그녀의 옆에 몸을 누였다. 그러곤 등 뒤에서 지서를 안아 자신의 품 안으로 끌어당겼다. 손가락을 꼼꼼하게 얽어 잡고 그녀의 뒤통수에 몇 번이고 입을 맞추었다. 이 사소한 행동에서 그녀는 사랑한다는 고백의 무게를 실감한다. 부유하는 감정의 파편들이 그의 온도에 녹아내리는 냄새를 맡는다. 창으로 들어오는 비의 잔향이, 청량한 그의 체취와 섞여 코끝을 찌른다.

잠시 그렇게 시간을 보내던 은기가 무언가를 집어 들고 지서의 피부에 톡톡 바르기 시작했다. 멘톨 특유의 화한 향. 모기 물린 곳에 약을 발라 주는 모양이다. 이리저리 만지며 주물러 주고 약을 발라 주는 손길이 편안하다.

격렬한 정사가 분노를 모조리 휘발해 버렸는지 지서의 마음은 그저 고요하기만 했다. 이주애와 만난 날은 늘 증오와 분노로 밤을 하얗게 지새웠는데 지금은 잔잔한 바다 위를 떠다니는 조각배에 누워 있는 것처럼 이상하리만치 차분하고 안정적이었다. 내일이면 은기가 떠난다는 걸 알았는데도, 그런데도.

"지서 씨."

은기가 그녀의 목덜미에 도장 찍듯 입술을 꾸욱 찍었다.

"꿈을 이뤘는데 다 꿈같아요."

"……뭐가?"

"지서 씨도, 축구도."

내가 꿈이었다니. 앳된 애정 표현에 심장이 간지럽다.

"들었죠?"

"응, 축하해."

지서는 은기를 향해 몸을 돌리고 그의 입술에 살짝 키스했다.

"최소 일주일은 더 걸릴 줄 알았는데…… 내일 영국 가야 해요. 메디컬 테스트 하고 계약서에 도장도 찍고 프리시즌 투어 합류도 해야 하고."

그때 갑자기 지서가 헛웃음을 지었다.

"왜요?"

"너 중졸 백수인 줄 알고 돈 준 거 창피해서."

"아아."

지서의 말에 은기가 푸흐흐 웃으며 그녀의 손바닥에 꾹 입술을 눌렀다.

"잘생겼는데 기획사 소개해 줄 테니까 한국 오라고 할까. 모델을 시킬까, 배우를 시킬까. 그런 생각을 했어."

"나 잘생겼어요?"

눈을 반짝이며 몸을 일으킨 은기가 그녀 쪽으로 자신의 얼굴을 내밀었다. 까무잡잡한 피부가 옅은 새벽빛 아래 더 싱그럽다. 그의 눈을 보면 젊음, 청춘, 그런 단어가 저절로 떠오른다.

"응, 잘생겼어."

"선크림 더 열심히 발라야겠다. 예쁨받아야지."

은기의 말에 지서의 시선이 식탁 위 화병에 꽂아 둔 해바라기 풀 다발로 향했다. 그는 지서에게 꽃을 주고 싶었다며 내밀었지만…… 사실 저 꽃과 잘 어울리는 건 은기였다. 은기가 꽃을 들고 다가오던 순간, 있지도 않은 20대 초반의 풋풋했던 첫사랑을 만난 기분이었다.

"내일 낮 12시 비행기예요. 새벽 5시까지 데리러 오기로 했어요."

은기가 나지막이 말하며 희미하게 웃자 뺨에 불우물이 진다.

시계는 어느덧 5시를 가리키고 있다.

우리에게 남은 시간은 스물네 시간뿐이다.

채 썬 당근과 오이에 소금 간을 하다가 지서는 길게 한숨을 내쉬었다.

어쩐지 실감이 나지 않았다. 막연하게 이곳에 남는 사람은 은기이고 지서 자신은 떠나야 한다고 생각했기 때문에 이 갑작스러운 동행이 끝난다는 게…….

"섭섭해."

그래, 섭섭하고 서운하다.

마땅히 가야 한다는 걸 머리로는 알고 있다. 인터넷에 조금만 검색해 봐도 충분히 알 수 있었다. 은기가 이적하는 팀은 프리미어 리그 상위권 팀이고, 한국인 센터백이 빅리그에 진출하는 건 이번이 처음이고, 연봉과 이적료도 어마어마하게 좋은 조건이고. 축구 팬들이 고은기의 이적에 대해 추측해 놓은 글만 봐도 오피셜 기사가 뜬다면 스포츠 팀에선 뉴스 알림을 쏴 댈 것이 분명했다.

서운해서 이러고 있다는 것 자체가 철 안 든 어린애 같다. 처음엔 심심풀이 취급 하며 어린애랑 짧게 불장난한다 치려 해 놓고선.

어느 정도의 각오도 필요하겠지. 몸이 멀어지면 마음도 멀어지기 마련이고 은기는 이제 겨우 스물세 살이다. 새로운 무언가를 시작하기에 한창인 나이. 사랑도 그럴 거다.

"김이랑 어묵 사 왔어요. 오다가 과수원 집 아줌마 만났는데 복숭아도 주셨어요."

우당탕 소리와 함께 은기가 집 안으로 들어왔다. 하루 동안 하고 싶은 게 뭐냐는 질문에 은기는 지서가 싸 준 김밥을 들고 박 여사의 납골당에 가고 싶다고 했다. 왜 하필 김밥인지 궁금했지만 그가 원하는 거라면 뭐든 상관없었다.

"알려 주면 내가 할 수 있는데."

지서가 다듬어 둔 재료를 보며 은기가 그녀의 손을 매만졌다. 흉터가 남긴 했지만 다친 손은 깨끗하게 아물어 움직이는 데 전혀 지장이 없다.

"다 나았다니까."

"손가락 부러질 거 같아서요."

"안 부러져. 가서 집 치우고 짐 챙기고 있어."

"진짜 도와줄 거 없어요?"

"응, 없어. 얼른 나가. 너 거슬려."

지서가 매몰차게 말하며 눈을 치켜뜨자 은기의 눈초리가 아래로 추욱 처졌다. 아무래도 저런 표정을 지으면 마음이 약해진다는 걸 아는 것 같기도 했다. 그래도 지금은 혼자 있고 싶었다.

은기를 내보내고 나니 실내가 섭섭하리만치 조용했다. 조용한 걸 좋아했으면서 조용하다고 섭섭하다니. 갑자기 정신연령이 덩달아 스물셋이 되어버린 것 같아 그런 스스로가 어이없었다. 지서는 헛웃음을 지으며 다시 느긋하게 재료를 손질하기 시작했다. 불린 쌀로 밥을 하고 계란을 풀어 지단을 부치고. 어쩐지 박 여사를 만나러 소풍이라도 가는 기분이었다.

주방 쪽 커다란 창으로 바람이 불어 들어왔다. 제법 거세 뒷마당의 나무가 흔들리며 이파리와 가지가 부딪치는 소음이 났다. 왼쪽이 살구나무, 오른쪽이 매화나무였던가. 저 나무들에 핀 꽃을 언제 마지막으로 봤었는지 기억을 더듬다가 그만두었다. 너무 오래되어 잘 떠오르지 않았다.

지금보다 훨씬 어렸던 시절, 아마도 여섯 살 때였을 것이다. 유치원과 소풍의 존재를 처음 안 지서가 나도 가고 싶다 보채자 박 여사는 친구처럼 함께 자라라며 나무를 심어 주었다. 봄엔 그녀와 함께 꽃을 보았고 여름엔 매실로는 청을 담그고 살구로는 잼을 만들었다. 식빵에 잼을 발라 도시락을 싸고 희석시킨 매실액을 차게 얼려 박 여사와 함께 마을 뒤편으로 소풍을 가고…… 그랬었지. 그랬었다.

냉장고를 열고 허리를 굽히자 가장 깊은 곳에 놓여 있는 유리병이 보였다. 꺼내서 뚜껑을 열자 진한 매실 향이 맡아졌다. 유리잔에 청을 넉넉하게 담고 차가운 물과 얼음을 부었다. 가볍게 흔들자 얼음이 유리잔과 부딪치는 소리가 청량하다.

한국에 아예 안 오진 않겠지. 국가대표 팀 경기도 있을 테니까 드문드문 만날 수 있을 것이다. 요즘은 모바일 메신저도 잘되어 있고 영상통화도 하면 되고. 지서가 직접 가는 것도 방법 중 하나이다. 평범한 연인들처럼 매일은 무리여도 한 달, 아니, 두 달에 한 번 정도는 볼 수 있지 않을까. 어쩌면 그러다 서서히 멀어질 수도 있고.

은기가 가야 한다는 건 당연히 알고 있었는데 그 막연한 이별의 순간이 이렇게 갑자기 들이닥칠 거라곤 상상도 하지 못했다.

스물네 시간. 역시 너무 짧다.

지서는 머릿속으로 자신의 복귀 날짜를 세어 보았다. 오늘까지 포함해 7일이 남았다. 인천에서 런던까지 가는 데 열두 시간. 메디컬 테스트라는 건 얼마나 걸리는 걸까. 그래, 하루라고 치고 자신이 런던에 간다면 함께 있을 수 있는 시간은…… 생각하다, 그만두었다. 무모하게 굴고 싶었지만 현실적으로 말이 안 되는 스케줄이었다. 거기다 은기의 의사도 중요하다. 어쨌든 그에겐 직업이고 커리어니까 방해가 되어서는 안 된다.

지서는 괜히 양손으로 눈을 꾸욱 눌렀다. 담담하게, 침착하게 보내 주고 싶은데 눈물이 날 것 같았다. 속을 달래려 차가운 매실을 마셨다. 기분 탓인지 눈물의 맛처럼 짰다.

왜 이렇게 마음이 허전한지 고민하다 깨닫는다. 지서는 늘 떠나는 입장이었지 남는 쪽은 아니었다. 뒷모습을 보여 줘만 봤지 보고만 있던 기억은 없다.

문득 떠나는 지서의 뒷모습을 보며 박화순 여사는 무슨 생각을 했을지 궁금해진다.

"가서 얼굴 보고 인사해야 하는데 시간이 안 돼서."

은기의 말에 전화 너머로 서운해하는 정훈의 타박이 이어졌다. 사실, 시간이 안 된다는 건 거짓말이다. 마음만 먹으면 대구로 내려가 개인 훈련 도와줘서 고맙다고 친정 팀에 인사하는 것쯤은 충분히 가능한 일이었다.

"감독님께도 따로 전화드릴 거야."

예상했던 것보다 너무 급작스러워서 지서와 함께 있을 시간이 부족하다. 정훈과 통화하는 지금 이 순간도 아까울 정도였다.

— 목소리가 왜 그래?

"응?"

묘하게 가라앉은 은기를 눈치챘는지 정훈이 불쑥 물었다.

— 그렇게 가고 싶어 했던 팀이잖아. 난 너 좋아 죽을 줄 알았는데.

"당연히 좋지. 그냥 뭐, 가서 또 주전 경쟁 해야 하니까 긴장도 되고 환경 바뀌니까 신경 쓸 것도 많고 그래서."

— 웃기시네. 너 그분 때문에 그러는 거잖아.

하여튼 이런 눈치는 더럽게 빠르다.

"……응."

은기는 시무룩한 어조로 말하며 비스듬히 보이는 지서의 뒷모습을 응시했다. 자신의 반도 안 될 것 같은 가느다란 체구의 여자가 주방과 거실을 나누는 벽에 가려 보일 듯 말 듯 어른거렸다.

음식을 만들다가 거슬렸는지 지서가 잠시 멈춰 머리를 올려 묶었다. 긴 머리를 능숙한 손길로 동그랗게 만들어 고정하자 감춰져 있던 흰 목덜미가 모습을 드러냈다. 길고 얇은 목의 흰 피부엔 지난밤의 흔적이 붉게 남았다.

거리가 꽤 되지만 시력 1.5인 은기에겐 분명히 보인다.

적어도 일주일은 시간이 있을 거라고 생각했다. 신중한 지서라면 시간이 걸릴 거라고, 느리지만 분명 자신에게 마음의 문을 열고 있다고, 그러니까 포기하지 말고 계속 두드리자고.

그날, 정훈과 함께했던 골대 맞히기는 결국 성공했다. 당연하다. 될 때까지 했으니까. 뭐든 될 때까지 하기 때문에 은기는 실패한 경험이 없다.

"형, 나 영국 가기 싫어."

— 미친 새끼. 그럼 나랑 바꿔. 내가 프리미어 리거 하고 연봉 50억 받을래.

"50억 아니야. 이번에 올라서 100억이야."

은기가 정정하자 정훈에게서 재수 없다는 힐난이 쏟아졌다.

전화를 끊고도 은기는 계속 마당을 서성이며 지서를 몰래 훔쳐봤다. 자신이 떠나면 지서는 서울로 갈 거고 다시 일상으로 돌아갈 것이다. 서른한 살 직장인의 모습으로 자신은 경험하지 못한 세계에서 살아가겠지.

갑자기 가슴이 답답해진다. 같이 가자고 말이나 꺼내 볼까. 순간적으로 콘돔 쓰지 말까 고민했던 지난밤이 생각나 등줄기를 타고 열이 올랐다. 임신은, 그건 같이하는 게 아니라 발목 잡는 거지. 아닌 건 아닌 거다.

무엇보다도 최태하가 가장 신경 쓰였다. 방계여도 ST그룹 일원이니 재산도 많을 거고 중졸인 자신과는 비교도 안 되게 좋은 대학도 나왔다. 얼굴은……, 생각하다 은기는 유리창에 비친 자신을 뚫어져라 바라봤다. 오늘 새벽 지서가 자신을 보며 잘생겼다고 한 게 떠올랐다. 그래, 은기 자신이 낫다. 키도 더 크고 몸도 더 좋고 체력은 한 5억 배쯤 더 좋고. 무엇보다도 고은기는 최태하보다 어리다. 선배들이 그랬다. 뭐든 어린 게 깡패라고.

역시 그때 맞아 주지 말걸. 이렇게 될 줄 알았으면 지서 곁에는 얼씬도 못 하게 두들겨 패서 어디 야산에 파묻어 버리는 건데.

예쁘게 싼 김밥을 고르고 골라 낡은 도시락 통을 채웠다. 동그랗고 매끈하게 잘 말린 것은 박 여사의 몫이었다. 은기는 김밥 꽁다리를 모아 둔 것을 보고는 지서를 향해 아, 하고 입을 벌렸다. 하나 집어 입에 넣어 주자 맛있게 먹으며 엄지를 치켜세웠다. 그렇게 김밥 꽁다리는 은기가 전부 먹어 치웠다.

시장에 들러 노란 겹루드베키아와 오렌지빛 미니 장미 두 다발을 샀다. 은기가 고른 꽃이었다. 보송보송한 미니 해바라기 같은 게 그는 이런 느낌의 꽃을 좋아하나 보다.

박 여사의 납골당에 도착하자 지서는 꽃을 동그랗게 엮었다. 플라워 원데이 클래스에서 리스를 만들며 몇 번 해 봤던 건데 아직 어설픈 솜씨지만 모양을 갖추자 제법 그럴듯했다. 남은 꽃은 끝을 다듬어 은기의 귀에 꽂아 주었다. 황급히 빼려던 은기는 지서가 아쉬워하자 꾸욱 참는 눈치였다.

은기의 사진을 찍어 주었다.

꽃과 은기, 그 자체가 지서에겐 싱그러운 꽃다발이다.

"드시고 싶어 하실 것 같아서 지서 씨한테 부탁했어요. 저도…… 먹고 싶기도 했고요."

아직도 또렷하게 기억한다. 어린 은기가 지서의 도움으로 쌌다며 내민 김밥과 우리 애가 날 닮아 손끝이 야무지다며 자랑스러워하던 박 여사의 미소를.

함께 납골당을 찾아 인사한 후 은기는 지서에게 잠시 혼자만의 시간을 달라고 부탁했다. 가만 보면 네가 나보다 더 우리 박 여사를 챙긴다며, 지서는 그에게 자신이 만든 꽃 리스를 걸어 주라고 당부했다. 나 말고 네가 걸어 줘야 박 여사가 좋아할 것 같다면서. 은기는 조심스럽게 납골함의 고리에 꽃을 걸었다. 화사했다.

성장기인데도 키가 크지 않아 축구를 그만둬야 하나 고민했던 시기가 있었다. 또래보다 10cm 커도 모자랄 판에 은기는 15cm나 작아 한동안 슬럼프를 겪었다. 6학년 때까지 해 보고 안 되면 미국의 부모님에게 가기로 약속을 했던 터라 마음이 조급했다.

그럴 때면 장 여사와 박 여사, 두 할머니들은 몸에 좋다는 것은 뭐든 구해다 은기의 입에 넣어 주었다. 아침마다 줄넘기를 하는 은기에게 박 여사가 그랬다. 지서 누나 공부 잘하니 걱정 말라고. 축구하다 안 되겠으면 그만두고 누나한테 공부 배워도 된다고, 그러니 무서워 말고 일단 할 수 있는 건 다 하라고.

다행히 그해 방학부터 은기의 키는 무섭게 자랐다. 성장통 때문에 밤마다 다리가 아파 잠을 설칠 때면 할머니들은 은기의 다리를 한 쪽씩 주물러 주었다. 네덜란드로 떠나던 날 두 할머니에게 큰절을 하며 꼭 암스테르담 여행을 시켜 드리겠다고 했는데 결국 그 약속은 지키지 못하게 됐다.

열아홉 살, 은기가 네덜란드에 간 그다음 해 할머니 장 여사가 세상을 떠났다. 간신히 라인업에 이름을 올리며 리그 경기를 뛰기 시작한 은기에겐 중요한 시기였기에 아버지는 뒤늦게 그에게 부고를 전했다.

소식을 듣고 급히 한국으로 들어간 은기는 발인만 겨우 참여했다. 장례를 마치고 할머니 집 안방에서 엉엉 우는 은기를 안아 주며 박 여사는 가을 지나고 겨울이 왔을 뿐이라고 그를 다독였다.

은기는 가만히 납골함에 걸려 있는 박 여사의 사진을 들여다봤다. 완고한 입매와 형형한 눈빛. 얼핏 보기엔 단단한 느낌이었지만 '지서' 라는 이름

앞에선 약해지고 마는 걸 안다.

지서는 뒤늦게, 천천히 박 여사의 죽음을 실감하는 듯했다. 장례식장에선 바늘 하나 들어가지 않는 사람처럼 단단했던 그녀의 미간에 실금이 가는 순간이 있다. 이따금 가만히 무연리의 먼 곳을 바라보며 아득한 표정을 지을 때가 있다. 그런 시간이 쌓이다 보면 어느 순간 툭 다 무너져 내릴 때도 있을 텐데 그때 그녀가 떠올리는 사람이 다름 아닌 은기 자신이었으면 싶다.

사진을 향해 고개 숙여 인사한 은기는 납골당 모퉁이를 돌아 나가려다 멈춰 서서 다시 박 여사를 바라보았다. 노란 꽃 더미에 감싸인 사진이 어쩐지 우는 듯 웃는 것 같다.

루드베키아의 꽃말이 영원한 행복이라고 했던가.

마음에 든다.

비 갠 하늘은 맑았고 걸음을 옮길 때마다 초록이 짙었다. 아직 마르지 않은 땅에서 올라오는 흙냄새가, 공기에 실려 오는 나무 냄새와 뒤섞여 후각을 자극했다. 바람이 불 때마다 나뭇잎에 맺혀 있던 빗방울이 비처럼 흩날려 은기의 티셔츠에 자국을 남겼다. 물이 계속 떨어지자 은기는 지서의 어깨를 당겨 안고 슬쩍 머리를 가려 주었다. 크게 효과는 없었지만 지서는 가만히 그의 곁에 머물렀다.

"잠깐만요."

우거진 나무 틈으로 햇살이 들어오는 곳에서 은기가 허리를 굽히며 지서의 걸음을 막았다. 낡은 운동화 끈이 풀려 있었다. 그가 작게 콧노래를 부르며 끈을 잡고 동그랗게 말아 리본을 만든다. 그의 손은 커다랗지만 길고 날렵해 둔한 느낌이 전혀 없다.

서울에서 급히 내려온 까닭에 신발이라곤 올 때 신은 로퍼 하나가 전부였다. 무연을 둘러싼 뒷산의 둘레 길을 걷고 싶다는 은기의 제안에 혹시나 싶어 신발장을 뒤졌더니 고등학생 때 신었던 낡은 운동화 한 켤레가 나왔다. 깨끗하게 빨아 둔 운동화에선 옅은 나프탈렌 냄새가 났다. 버리지 그냥. 이 운동화는 언젠가 지서에게 자신이 필요할 거라는 걸 알았던 것처럼 그곳에 있었다.

"자, 가요."

양쪽 운동화 끈을 모두 묶어 준 은기가 깍지를 껴 손을 잡으며 그녀를 이끌었다.

까마득히 높은 나무들이 만들어 낸 터널을 따라 흙길이 길게 이어졌다. 사춘기 시절, 선풍기 바람으로도 해결이 안 되는 더운 여름날이면 차가운 얼음물 한 병을 들고 이 길을 서성였던 기억이 났다. 변한 것은 이제 어른이 되어 버린 지서 자신뿐. 서울살이를 한 지 10년이 넘었지만 인생의 절반 이상을 머문 곳이 이 마을이라는 게 새삼스럽게 실감이 되었다.

간밤에 내린 비로 촉촉하게 젖은 땅을 밟을 때마다 느껴지는 폭신한 감촉과 부드러운 흙냄새가 기분 좋았다. 길을 따라 난 계곡의 물 흐르는 소리, 이름 모를 산새가 푸드덕거리는 날갯짓 소리, 흙에 섞여 있는 돌을 밟을 때마다 나는 소리들. 먼 곳에선 풀벌레가 운다. 그 사소한 소음들에 둘러싸여 지서는 깊게 숨을 들이마셨다. 폐부까지 맑고 서늘한 공기가 차서 어질어질했다. 잠시 참았다가 몸 안에 있는 숨을 길게 뱉어 냈다. 감정의 찌꺼기, 혼란, 그런 것들까지 모조리 다 토해 내는 것처럼.

찬 공기가 몸에 들어오자 갑자기 체온이 떨어지며 오싹했다. 지서가 본

능적으로 몸을 웅크리자 은기는 커다란 손으로 그녀의 맨팔을 가볍게 문질렀다. 피부가 마찰하며 따뜻한 열감이 돌았다.

지서는 무심결에 은기를 올려다보았다. 단단하게 뿌리를 내린 나무 같다. 키가 훤칠하게 커 이렇게 나란히 서 있을 때면 고개를 한껏 젖혀야 한다. 시선을 위로 하자 하늘에서 쏟아지는 햇살에 눈이 부시다. 감을까 말까 망설이는 순간 그녀의 얼굴에 커다란 그늘이 지며 이마에, 그리고 입술에 부드러운 것이 닿는다. 짙은 숲의 향과 은기의 청량한 체취가 뒤섞여 아찔하다.

30분쯤 더 걷자 지서는 처음 보는 커다란 정자가 눈에 들어왔다. 만든 지 좀 되었는지 난간이 반질반질했다.

먼저 자리를 잡은 은기가 어디서 주워 왔는지 커다란 꽃분홍색 보자기를 깔고는 여기 앉으라는 듯 긴 나무 의자를 탁탁 쳤다. 이렇게까지 안 해도 되는데. 그런데도 어쩔 수 없이 기분이 좋은 걸 보면 역시 지서는 은기가 자신을 걱정해 주는 게 좋다.

"이 정자는 처음 보는 거 같은데."

지서의 말에 은기가 물티슈를 꺼내 테이블을 벅벅 닦으며 말했다. 안 그런 척, 엄청 깔끔하다.

"한 4년 전쯤 만들었다나? 이장 선거 공약이었대요."

어떻게 된 게 암스테르담에 살던 고은기가 서울 살던 이지서보다 이 시골 마을 사정에 더 훤하다.

정자는 아담하지만 꽤 그럴듯했다. 아래로는 제법 크게 물이 흐르고 위로는 커다란 나무가 길게 가지를 뻗은 자리. 적당히 지친 등산객이 잠시 숨을 고르고 싶어 하는 위치였다. 안 하던 운동을 한 탓에 슬슬 체력이 떨어져 가던 지서 역시 이곳이 반가웠다.

은기가 가져온 생수병을 따 지서에게 건넸다. 몇 모금 마시자 갈증이 가라앉는다. 물이 달다.

"손."

또다시 물티슈를 뽑으며 은기가 그녀에게 손을 달라는 듯 눈짓을 했다. 지서가 얌전히 커다란 손 위에 자신의 것을 포개자 은기가 꼼꼼하게 닦아 주었다.

"이런 건 내가 해도 되잖아."

"그냥 해 보고 싶었어요."

"내가 무슨 왕이라도 된 것 같네."

"지서 씨 왕 맞아요."

씨익 웃으며 반대편 손까지 꼼꼼하게 닦아 준 은기가 어깨를 으쓱했다. 그러곤 자신의 손도 열심히 닦은 뒤 가져온 복숭아를 이리저리 살피더니 맨손으로 쪼갰다. 무슨 힘이 저렇게 센지, 순식간에 벌어진 일이라 놀랄 틈도 없었다. 하지만 은기는 아무 일도 아닌 것처럼 너무 자연스럽게 복숭아를 반으로 가른 뒤 가운데 커다란 씨를 빼 지서 앞에 놓아두었다. 분홍빛 복숭아의 단면이 마치 과도로 자른 것처럼 깔끔했다.

"왜요? 아…… 나 힘세죠?"

지서가 멍하니 복숭아만 보고 있자 은기가 싱긋 웃으며 말했다.

"그러니까 최태하인지 뭔지가 또 그러면 바로 말해요. 이번엔 내가 그 새끼 두개골을 쪼개 줄게."

기분이 좋은지 은기가 콧노래를 부르듯 말했다. 살벌한 말이 상큼하게 들렸다.

도시락 뚜껑을 연 은기가 지서의 입에 김밥을 넣어 주었다. 씹을 때마다 고소한 참기름 향이 입 안 가득 퍼졌다. 예전엔 가끔 김밥을 쌌었는데, 오랜만에 한 것치고 꽤 괜찮았다. 내가 쌌지만 맛있네. 스스로 평가하다 여기서 은기와 이렇게 마주 앉아 있다는 게 어쩐지 꿈처럼 느껴져 웃음이 났다. 장례식장에서 주애가 보낸 화환에 화풀이를 하다 분에 못 이겨 뒤로 넘어간 지서 자신과 달래 주던 은기. 그 첫 만남이 마치 어제의 일 같았다.

"시간 참 빨라."

지서가 정자 아래 천천히 흐르는 계곡물을 보며 말했다.

"연봉 좀 세게 불렀는데 구단 보드진이 그렇게 빨리 오케이 할 줄 몰랐어요. 아 씨, 더 부를 걸 그랬나."

은기는 속상하다는 듯 중얼거렸고…… 그렇게 잠시 대화가 끊겼다.

갑자기 공기가 축 가라앉았다. 시원하게 불어오던 바람도 칼로 베어 낸 것처럼 뚝 끊겨 버렸다. 숲속에 가득 차 있던 소음이 일순 사라져 고요했다. 그 적막이 괜히 어색해 지서는 입 안에 열심히 김밥을 집어넣고 씹었다. 다 넘기지 않았는데도 젓가락으로 김밥을 집으려 하자 은기의 젓가락이 불쑥 나타나 가로막았다. 눈이 마주치자 은기가 고개를 가로저으며 옅게 웃었다.

"천천히. 체해요."

지서는 김밥을 다 삼키고 물을 마셨다. 그러자 은기가 슬쩍 복숭아를 밀어 주었다. 이 다정에 익숙해져서 난 앞으로 어떻게 사나. 지서는 자조적으로 웃으며 복숭아를 집어 들고 크게 한 입 베어 물었다. 부드럽게 잘 익은 과육이 입 안에 들어차자 상큼한 향기가 훅 퍼졌다.

"맛있어요?"

"응."

"어디, 나도 맛볼래."

은기는 복숭아 대신 지서를 베어 먹었다.

짧은 시간 동안 은기의 수많은 얼굴을 봤다. 돈 봉투를 줬을 때의 속상한 듯 화난 얼굴. 지서가 유혹했을 때 애달파하던 얼굴. 첫 키스 후 부끄러워 어쩔 줄 몰라 하던 표정과 섹스할 때 초점 없는 눈으로 성욕에 달아오른 얼굴까지.

그중에서도 지금 저 얼굴이 가장 좋다. 나를 원하는 얼굴.

그가 알 수 없는 미소를 지었다. 마냥 좋은 것만은 아닌 듯한, 미묘한 웃음. 이제 주어진 시간이 얼마 남지 않았기 때문일까. 그도 아니면 비 온 뒤 갠 날이라 더 또렷하게 와닿는 걸까. 은기의 미소에 마음이 베인다.

짧게 맺고 끊을 수 있을 거라 생각했던 감정들이 예고도 없이 넘치려 한다. 없었던 일로 하기엔 이미 너무 늦었다. 그를 지나치게 깊이 마음 안에 담아 버렸다. 뒷모습을 보는 건 평생 내 몫이 아닐 줄 알았는데. 지서는 처음 겪는 이 감정들을 어떻게 갈무리하고 마무리해야 할지 종잡을 수가 없었다.

"이제 영국 가면 보기 힘들겠다. 잘 가. 다치지 말고, 건강하고. 새벽이라 경기 다 챙겨 보지는 못하겠지만 늘 응원할게."

담담하고 쿨하게. 예쁘지 않은 건 싫으니까.

하지만 지서의 말에 은기는 가라앉은 얼굴로 인상을 찡그렸다.

"왜 말을……."

아파 보였다.

"왜 말을 그렇게 해요. 다신 안 볼 것처럼."

부드럽게 휘었던 입술의 곡선이 일순 경직되며 미소가 사라진다. 미간엔 실금이 가고 눈썹은 마음에 들지 않다는 듯 올라갔다.

"은기야."

"나 속상해요."

은기가 고개를 푹 숙였다. 지서가 손을 뻗어 얼굴을 보려 했지만 그가 팔을 들어 그녀의 움직임을 제지했다.

"어른스러운 척하는 거 존나 힘드네."

벌떡 일어난 은기가 몸을 돌려 계곡이 보이는 난간 쪽으로 걸어갔다. 지서도 뒤따라 일어났지만 뒷모습이 완고해 보여 차마 다가갈 수가 없었다. 그녀를 향해 등을 보인 채 양 허리를 짚고 선 그가 잠시 호흡을 고른다. 분명 지서가 원했던 방향과는 달랐다. 이런 식은 아니었는데. 차분하게, 어른스럽게, 담담하게 인사하려 했는데. 유치하고 알량한 자존심 때문에 상처받기 싫어서 상처 준 꼴이 되어 버렸다.

"나 허세 떤 거예요. 안 괜찮은데 괜찮은 척. 애새끼인데 어른스러운 척. 초조한데 여유 있는 척."

은기가 다시 그녀를 향해 마주 서며 말했다. 찡그린 눈이 서러워 보이기도 하고, 화를 주체 못 하는 것처럼 보이기도 하고 복잡했다.

"그게 아니라."

"아니긴 뭐가 아니야. 나 떼어 내려고 그러는 거잖아!"

갑자기 은기가 버럭 소리를 지르자 지서가 놀라 몸을 움찔거렸다. 나긋하게 말하던 평소와는 다르게 목소리가 엄청 컸다.

"미안해요. 그…… 버릇이에요. 경기장이 시끄러운데 서로 콜할 일이 많아서 흥분하면 목소리가 커져요."

답답하다는 듯 은기가 자신의 머리를 마구 헝클어뜨리고는 그녀의 곁으로 다가왔다.

"저 폭력적인 사람 아니에요."

"알아."

"미안해요."

"응."

"지서 씨도 나한테 사과해요."

"……미안."

지서가 한숨 쉬며 말하자 은기가 알겠다는 듯 고개를 끄덕였다.

"나 상처받았잖아요."

은기가 지서를 당겨 품에 안았다. 아니, 그가 그녀에게 안겼다고 보는 게 맞을 거 같기도 하다.

"난 헤어져 있기 싫어서 나쁜 생각도 했어요."

"무슨 생각?"

지서는 가만히 그의 넓은 등을 다독이며 물었다. 은기가 의미심장하게 긴 한숨을 내쉬었다.

"말 안 해 줄래요."

"뭔데."

"나중에."

은기가 지서의 양 뺨을 감싸 자신을 보도록 고정했다. 얼굴을 꽉 잡은 채 꽤 긴 시간 눈을 가늘게 뜨고 말없이 바라만 본다. 시선을 맞춘다고 마음까지 읽어 낼 수 있는 게 아닌데도 그가 보는 것만으로도 속마음을 다 들킨 것 같다.

"오히려 불안한 건 내 쪽이에요. 내가 더 불리해."

은기가 낮은 목소리로 조용히 말했다. 그의 새까만 눈동자에 희미한 빛이 어렸다.

"떨어져 있는 게 불안해요. 최태하인지 뭔지랑 같은 회사인 것도 불안하고 저번처럼 그 마녀 같은 아줌마가 찾아와서 또 괴롭힐까 봐 불안해요. 난 남들처럼 학교 다니고 회사 다니는, 그런 경험을 못 해 봐서 지서 씨 일상이나 일 힘든 거 이해해 주지 못할 것 같아서 신경 쓰여요. 이제 한국에 당신 가족이라곤 아무도 없는데 혼자 아플까 봐 걱정되고 아픈 걸 나한테 숨길 것 같아서 또 걱정되고. 아, 그래…….”

말끝을 길게 흐리던 그가 숨을 골랐다. 그러곤 잠시 후 떨리는 목소리로 물었다.

“우리 사귀는 건 맞죠?”

버림받을까 봐 불안해하는 아이처럼.

“……응, 맞아.”

지서가 대답하자 그가 자신의 이마를 그녀의 것에 가져다 댔다.

“그럼 됐어요.”

그럼 됐어. 남자 친구. 그럼 됐어요.

몇 번이고 같은 말을 반복하던 은기는 지서와 눈이 마주치자 쪽 소리 나게 볼에 입을 맞추었다. 살벌하게 올라갔던 눈썹이, 잔뜩 찡그렸던 이마가 언제 그랬냐 싶게 부드럽게 가라앉아 있었다. 남자 친구. 그게 뭐라고 이렇게 좋아하는 건지 모르겠다.

“그럼 난 네 여자 친구야?”

괜히 유치하게 묻고 싶어진다. 이미 아는데도 확인하고 싶은 건 또 무슨 마음인지 모르겠다.

“그걸 말이라고 하나.”

은기가 장난스럽게 머리를 부딪쳤다.

거짓말처럼 부산스러웠던 마음이 일순 차분해졌다. 그가 돌아가야 한다는 것을 안 후로 가슴속에 둥둥 떠다니던 감정의 불순물들이 말끔하게 씻겨 내려간 기분이었다. 그 사실을 깨닫자 지서의 눈가가 뜨거워졌다.

“내가 잘해 줄게요. 나한테 와요.”

“……까불고 있어. 나보다 한참은 어린 게.”

말하는데 갑자기 눈물이 뚝뚝 흘렀다. 은기는 엄지로 지서의 눈물을 훔쳐 내고는 그대로 품에 그녀를 꽉 끌어안았다. 키스, 섹스, 뭐든 다 좋지만 이렇게 포옹할 때가 가장 좋았다. 따뜻하고 안정적인 느낌. 언제나 곁에서 지탱해 줄 거 같은 느낌이다.

"함께 런던으로 가서 같이 살고 싶어요. 그런데…… 지서 씨가 내 상황 때문에 뭔가를 포기하지는 않았으면 좋겠어요."

같이 살고 싶다니.

"고은기, 우리 만난 지 한 달도 안 됐어."

지서가 손등으로 눈물을 닦으며 어이가 없다는 듯 헛웃음을 짓자 은기가 능청스러운 표정으로 어깨를 으쓱했다.

"난 하루를 1년처럼 생각했는데."

은기가 웃는다. 그 미소에 세상이 붉게 물든다. 불어온 바람에 그의 머리카락이 흔들리며 따스하고 맑은 향기가 날아와 그녀를 감싼다. 늘 곁에 있어 당연하다 생각했던 햇빛이, 바람이, 지금 그와 함께하고 있다는 것만으로 다르게 작용한다.

사랑은 비현실적이다. 현실주의자인 지서의 모든 감각을 낯설게, 그리고 특별하게 만든다.

그가 떠났다.

나오지 말라기에 나가지 않았다.

가만히 누워 멀어지는 자동차 소리에 귀를 기울이다 지서는 조금 울었다. 그렇게 울다가 손을 뻗어 휴대폰을 집어 들고 런던행 비행기 티켓을 검색해 봤다. 보고 싶으면 말하라고, 언제든 티켓 끊어 주겠다는 은기에게 비즈니스 아니면 안 탈 거라 했다. 그 말에 그는 웃으며 알았다고 대답하곤, 쪽 소리 나게 입을 맞췄다.

꼬박 열두 시간. 공항까지 왔다 갔다, 넉넉하게 잡아 스무 시간. 갈 만하다. 마음먹으면 하루면 볼 수 있어. 그렇게 물리적 거리를 별것 아닌 것으로 만들어 본다.

난 분명 혼자가 익숙한 사람인데. 지서는 눈물을 닦으며 이제 홀로 견디는 새벽을 못 참게 만들어 버린 은기를 원망한다. 그가 남긴 해바라기 꽃다발은 아직도 싱싱하게 활짝 피어 있다.

똑바로 누워 천장을 바라봤다. 흰 모기장이 커다란 베일처럼 그녀를 감쌌다. 이제 모기에 물리면 누가 약 발라 주지. 모기향은. 남은 흔적을 되짚으며 생각의 생각을 이어 가다가 처음엔 라이터도 제대로 못 켜 모기향 하나를 붙잡고 몇 분이나 걸렸던 은기가 점점 능숙해지던 게 떠올라 울면서 웃었다.

그러다 갑자기 계절의 온도가 영하로 뚝 떨어져 버린 것처럼 추워 턱이 덜덜 떨렸다. 창틀에 머리를 기대고 앉은 지서는 얇은 이불을 넓게 펼쳐 몸을 감쌌다. 이불에서 은기의 향기가 난다.

자는 시간도 아까워 밤새 입을 맞추고 몸을 섞었다. 그럼에도 불구하고 많이 부족했다.

이 집을 나서기 전 은기는 그녀에게 손목에 키스해 달라고 부탁했다. 손목 안쪽 맥이 뛰는 자리에 입을 맞춘 뒤 가만히 몇 분 동안 그의 손을 잡고 수많은 것을 생각했다.

창틈으로 들어온 새벽빛이 흰 이불 위를 가로질러 안방까지 길게 뻗었다. 그 긴 흔적을 따라가다 지서는 안방을 한참 멍하니 바라봤다. 박화순 여사는 은기와 이렇게 될 거라는 걸 알고 있었을 것 같다는 이상한 예감이 들었다.

[무슨 생각 해요?]

그때, 진동 소리와 함께 휴대폰 액정에 메시지 창이 떴다.

[내 생각 말고.]

봤지만, 답을 고르지 못해 지서는 가만히 액정 화면을 바라만 봤다.

[자요?]

그가 묻자 지서는 천천히 답을 입력했다.

[응.]

의연한 척.

[자는데 어떻게 대답을 하지.]

[나는 해.]

[그럼 꿈에서 나랑 놀아 줘요. 방금 찾아봤는데 비행기 와이파이 된대.]

은기의 메시지를 보며 지서는 풀썩 베개에 머리를 묻고는 장난스럽게 대꾸했다.

[싫어. 나 자고 있다니까.]

심술부리는 스스로가 유치하다. 심장이 간질거리고 발끝이 오그라든다.

[쳇.]

은기가 불량스러운 이모티콘을 툭 던졌다.

대화는 그가 공항에 도착해 비행기를 탈 때까지 이어졌다.

그러다 어느 순간, 지서는 잠이 들었다.

다시 눈을 떴을 땐 한낮이었다.

퍼뜩 떠오른 생각에 휴대폰을 확인하니 메시지가 +300이 되어 있었다.

시시콜콜한 이야기들뿐이다. 이제 비행기 뜬다. 사실 고소공포증이 있다. 그래서 이륙할 때 무서워서 베개를 꽉 끌어안는다. 나 아무래도 몸이 허약한 거 같으니 다음엔 지서 씨가 비행기 뜰 때 손잡아 줬으면 좋겠다. 기내식이 맛없다. 영화가 재미있는 게 없다. 지금 시베리아를 지나고 있다. 뭐 그런 것들.

길게 기지개를 켠 지서는 일어나 주방으로 갔다. 물을 마시려 냉장고 문을 열자 작은 통에 예쁘게, 먹기 좋게 깎아 둔 복숭아가 담겨 있었다. 은기는 복숭아에 포크까지 꽂아 두고 갔다. 모양을 보니 이번엔 손으로 쪼갠 게 아니라 칼로 자른 것 같다. 한 입 베어 물자 입 안 가득 달콤한 과즙이 퍼진다.

과일 통을 들고 나온 지서는 커다란 창틀에 기대앉아 화창한 무연리의 전경을 바라보았다. 창문이 액자, 밖의 풍경은 고흐의 그림 같다. 언제 싹을 틔웠는지도 모르는데 어느새 짙은 초록이 그녀의 하늘을 가득 채운다. 마음이 꽃밭이 되었다가 금세 혼자라는 게 우울해졌다가를 쉴 새 없이 반복한다.

내일, 아니, 늦은 밤에라도 서울로 돌아갈 생각이다. 이 조용한 마을에서 홀로 밤을 보낼 자신이 없으니 조금이라도 빨리 번잡스러운 도시로 가는 게 나을 거라는 판단이었다. 역시 아무렇지도 않다는 건 거짓말이지.

이지서가 혼자를 서운해하다니, 이것이 연애의 신비일까.

이제 우린 어디로 흘러갈까.

나의 계절은 이렇게 계속 따뜻할 수 있을까.

11.
은기

늘 주차하는 곳에 차를 댄 지서는 빠르게 손목시계를 확인했다. 새벽 5시를 조금 넘긴 시간. 이럴 줄 알았으면 그냥 3시에 출발할 걸 그랬다. 출근 시간이 애매해질 것 같아서 중간에 움직이기로 한 건데.

이제 확실히 가을인 건지 건물 안의 공기가 평소보다 서늘했다. 지서는 트렌치코트를 여미며 걸음을 서둘렀다. 아직 경기 시작 안 했겠지. 괜히 조급해 뛰듯 걷는 바람에 로퍼의 굽 소리가 요란하다. 엘리베이터가 도착하고 재빨리 안으로 들어선 지서는 곧장 닫힘 버튼을 연달아 눌렀다. 보통 경기 사이 하프 타임이 15분 정도라고 했으니 후반전은 아직일 것이다.

"어? 지서 리더 빨리 오셨네요."

14층, 포털 사이트 스퀘어의 미디어 본부로 들어가자 스포츠 팀의 편집자가 지서를 향해 꾸벅 인사하며 말했다.

"네, 일이 있어서요."

"저희는 오늘 해외 축구 경기 있어서요. 좀 시끄러워도 양해 부탁드려요."

안다. 그거 때문에 이 시간에 출근한 거다.

은기의 경기는 운 좋으면 오후 10시나 자정, 보통은 새벽 4시나 5시에 있다. 섬머타임 적용 기간에는 중계 시간도 조금씩 바뀐다나. 그동안은 신경도 안 썼던 다른 대륙, 다른 도시의 시차까지 계산하며 살아가고 있다는 게 아직도 어색하다.

4시에 경기가 있으면 3시에 일어난다. 경기 시작 한 시간 전 구단 SNS에 출전하는 선수들의 명단이 뜬다. 리그 개막 후 처음 몇 경기 동안 벤치 멤버였던 은기는 주전 센터백이 부상을 당하면서 교체 선수로 뛰다가 10월부터는 완전히 주전으로 자리 잡았다. 이젠 명단에 없는 게 이상할 정도라 처음 이적 발표가 났을 때 주전 기회도 잡기 힘들 것 같은 아시안 수비수가 상위권 팀이라니 너무 욕심낸 것 아니냐던 팬들까지 혹사를 걱정해 줄 정도였다.

스포츠 팀 쪽에 놓아둔 커다란 TV 화면엔 전반전 하이라이트가 재생되고 있었다. 상단엔 '고은기 출전' 이라는 텍스트가 떠 있었고, 스코어는 2 대 1. 은기의 팀이 한 점 차 리드를 지키고 있었다. 영국에서도 핫하기로 유명한 경기라 시작 전부터 팬들끼리의 신경전도, 프레스 컨퍼런스에 참석한 감독끼리의 설전도 대단했다. 더군다나 리그 순위도 나란히 3, 4위여서 이 경기는 승점 6점짜리라고 해도 과언이 아니라는 기사를 보기도 했다.

서울로 돌아와 업무에 복귀한 지서는 리그가 개막할 때까지 내내 '그깟 공놀이' 에 대해 공부했다. 열한 명이 하는, 공을 발로 차 골대에 넣는 스포츠. 지서가 아는 지식은 일반적인 상식에 불과해 경기를 보는 데에는 여러 가지로 지장이 많았다. 지서가 물어볼 때마다 은기는 그런 거 몰라도 된다며 웃었지만 그냥 알아 두고 싶었다. 경기 안 봐도 된다고 하면서도 그는 시작 전후로 꼬박꼬박 메시지를 보내고 지서의 질문에 충실히 답을 해 주었다.

지서는 PC를 부팅하고 슬쩍 스포츠 팀 쪽 TV로 의자의 방향을 틀었다. 어차피 연예 기사는 아침 7시는 되어야 들어오는 경우가 많았다. 적당히 커피 한 잔 하며 남은 후반전을 볼 계획이었다. 그러고 바로 오전에 있을 회의 준비를 하면 시간 배분이 딱 맞았다.

"고은기 재 여자 친구 생긴 거 같지 않아?"

그때 TV 앞에 모여 경기를 보던 편집자 중 한 명이 불쑥 말했다.

"어, 그래요?"

"재 경기 시작 전마다 하는 루틴이 있단 말야. 입장할 때 선 절대 안 밟고 오른발부터 경기장 들어오고 에스코트 키즈 볼 한 번 만져 주고."

"박성조는 오른발 깽깽이걸음으로 들어오잖아요."

루틴routine. 사전적인 의미는 특정한 작업을 실행하기 위한 일련의 행동이란 뜻이다. 스포츠에서의 루틴은 선수들이 경기에서 최상의 컨디션을 끌어올리기 위한 습관을 말한다. 누군가는 징크스라고도 하지만 이 징크스를 극복하기 위해 만든 게 루틴이기도 했다.

"고은기 하나 추가됐어. 킥오프 전에 꼭 왼쪽 손목에 키스해."

그 말에 사내 보안망 AD 비밀번호를 입력하던 지서의 손이 잠시 멈칫했다.

"오……?"

"여자 친구 당연히 있겠죠. 한창 좋을 나이인 데다 돈도 잘 벌겠다, 게다가 저 얼굴에 없는 게 말이 되나."

"인스타그램에서도 티 완전 나."

"난 잘 모르겠던데. 그냥 자기 사진이잖아요. 브랜드 협찬이나 일상 사진, 셀카 그런 거."

"그러니까 네가 눈치 없단 소릴 듣는 거야. 누가 봐도 여친 보라고 올린 거잖아. 그 꽃다발 사진도 딱 보니까 여친이 만들어 준 뻴 나더구만."

맞다. 지서가 플라워 클래스에서 만든 꽃다발 사진을 보내 줬더니 은기가 떡하니 자신의 SNS에 올려 버렸다.

"저렇게 대놓고 티 내다가 사진이라도 찍히는 거 아냐? 지서 리더, 고은기 아이돌이나 배우랑 열애 터지면 어떻게 하실 거예요?"

사내에서도 열혈 축구팬으로 유명한 편집자의 말에 갑자기 모두의 시선이 지서에게로 쏠렸다.

"……글쎄요."

지난여름, 대선 후보의 사생아이자 연예계에서도 꽤 알아주는 포토그래퍼와 펜싱 스포츠 스타의 열애 파파라치 사진이 터졌다. 남자 쪽은 이미 배우 빰치는 외모로 유명했고 여자 쪽도 어지간한 연예인보다 CF나 화보를 많이 찍을 정도로 인기 있는 스포츠 스타라 어느 섹션에서 열애설을 다뤄야 하는지를 두고 미디어 본부의 시사, 연예, 스포츠 각 팀이 열변을 토하며 싸웠다. 평소에는 이런 이슈에 참전하지 않는 시사까지 나설 정도였다.

시사는 남자 쪽이 대선 후보의 사생아이니 자신의 기사라고 우겼고 스포츠에선 여자 쪽이 한국 최초의 펜싱 그랜드슬래머에 올림픽 메달리스트이니 자신의 기사라 주장했다.

하지만 최후의 승자는 지서의 연예 팀이었다.

"에이, 김해준 최우현 가져가셨잖아요. 고은기 열애는 저희 스포츠 주세요."

시사 섹션에서 셀럽의 열애와 같은 가십을 다루면 포털 뉴스의 신뢰도가 낮아질 것이고 스포츠 섹션은 선수의 사생활이 아니라 경기 위주의 편집이 이루어져야 한다며, 둘 다 셀럽으로 봐야 하니 연예 섹션에서 기사를 다루겠다는 지서의 주장에 본부장이 손을 들었다. 그리고 그날, 지서의 연예 팀은 평소보다 30% 트래픽이 상승했다.

"지서 리더가 기사 우리 주겠냐. 요즘 고은기는 아무 기사나 가져다 걸어도 클릭 폭발하는데."

일 욕심 많은 이지서가 그럴 리 있겠냐는 듯 편집자 하나가 농담처럼 빈정거렸다.

"최우현 다음 스포츠 치트 키가 고은기여서요. 저희보다 트래픽 두 배나 먹는 연예 팀 리더님은 체감하지 못하시겠지만 올해 스포츠 국제 대회도 전멸이라 많이 궁합니다. 솔직히 저희 고은기로 간신히 버티고 있어요. 그리고……."

그가 말끝을 길게 끌다가 덧붙였다.

"요즘 걔 털려고 다들 눈에 불을 켠다는 말이 있어요. 어디 매체는 국장이 사진 팀에 고은기 스캔들 현상금도 걸었대요. 완전 먹잇감."

"연예인이랑 스캔들 나면 당연히 연예로 가야죠."

지서는 당혹스러운 마음을 숨기고 차분하게 대답하며 TV를 응시했다. 후반전을 뛰기 위해 경기장으로 들어오던 은기는 또다시 자신의 루틴을 착실하게 이행했다. 커다란 화면으로 루틴의 마지막인 손목 키스를 하는 은기를 보자 갑자기 심박이 빨라지는 느낌이었다.

"대신 연예인 쪽이 듣보 신인이면 저희 주세요!"

스포츠 팀의 막내가 지서를 향해 발랄하게 외쳤다. 신인 연예인이 은기와 스캔들 날 일 자체가 없는데, 모르고 하는 악의 없는 말이라는 걸 알면서도 괜히 조금 짜증이 난다.

"일반인일 때도 스포츠에서 가요?"

지서가 묻자 막내가 열심히 고개를 끄덕였다.

"네! 그런데 뭐, 저런 애가 그냥 그런 일반인을 사귈까요? 내가 고은기면 예쁜 연예인, 배우에 아이돌 다 만나면서 방탕하게 살 것 같은데."

"……그러네요."

적당히 대꾸한 지서는 입술을 삐죽거렸다. 이게 뭐라고 기분이 나쁜지 모르겠다. 알고 하는 소리도 아니고 그냥 가십처럼 말 보태는 건데. 이래서 연예인들의 일반인 연인이 SNS에 은근슬쩍 티를 내고 다니나 보다. 일로 접할 땐 그걸 못 참냐고, 철없다 비웃었는데 막상 내 일이 되니 한 2%쯤 이해가 된다.

"후반 시작하네. 준비하자."

심판이 휘슬을 입에 물자 TV 앞에 모여 노닥거리던 편집자들이 각자의 자리로 돌아갔다.

곧이어 후반전이 시작되었다.

후반 시작과 동시에 은기의 팀은 한 점 실점했다. 은기와 함께 센터백을 보는 데모스의 실책성 플레이를 상대는 놓치지 않았고 그게 바로 골로 이어졌다. 그다음엔 단독 돌파를 허용하며 실점 위기를 맞이했지만 은기가 옐로카드까지 받아 가며 막아 냈다.

지서는 회의 자료를 보는 척하며 슬쩍 TV 쪽으로 시선을 돌렸다. 저걸 뭐라고 했더라. ……그래, 오프사이드. 상대는 오프사이드 트랩을 무너뜨린 거다. 지서는 괜히 앞에 놓인 종이에 또박또박 '오프사이드'를 메모하고 복기하듯 별표까지 쳤다. 축구 룰을 머리에 집어넣긴 했는데 경기를 보면서 바로 적용하는 건 아직 어려웠다.

"너무 거친데."

"그게 바로 더비매치의 묘미 아니겠습니까. 이제 시간도 다 되어 가는데,

무승부는 재미없으니까 한 골 나왔으면 좋겠네요."

그 말에 지서의 펜 끝이 천천히 움직였다. 더비매치. 라이벌 팀 간의 경기. 무슨 세계사 공부하는 기분이다.

후반은 전반전보다 훨씬 더 분위기가 가열되었다. 한눈에 봐도 속도가 빠르고 거칠었으며 치열했다. 그래서인지 위기 상황도 잦았다. 빠른 발을 이용해 순식간에 페널티 박스 안으로 드리블을 하는 상대 공격수를 최종 수비수인 은기가 태클로 저지했다. 상대가 발에 걸려 넘어지며 뒹굴자 심판이 휘슬을 불어 경기를 중단시켰고 그와 동시에 관중들이 모두 벌떡 일어나 야유를 퍼부었다.

"와, 영국 놈들 욕하는 거 봐. 페널티킥 줄 것 같지 않아요?"

"이거 주면 고은기 역적 되지. 오…… VAR. 비디오 판독 가나요."

무슨 소리인지는 하나도 모르겠고 은기에게 안 좋은 상황이라는 것만 알겠다. 지서는 온라인 중계 채팅창에 올라오는 팬들의 댓글을 보며 미간을 찌푸렸다. 한국 선수니까 잘하라는 응원만 있을 줄 알았는데 야유와 조롱이 더 눈에 들어왔다.

중계 화면에는 은기가 태클했던 상황이 여러 번 반복되었다. 문제없는 태클이라는 한국 해설자들의 코멘트가 있었지만 그래도 지서는 불안했다.

잠시 후 커다란 TV 화면 가득 물을 마시는 은기가 클로즈업됐다. 소매로 땀을 닦아 낸 은기가 웃으며 동료와 무언가 상의를 했다. 경기장에서 대화할 때 선수들은 꼭 저렇게 손으로 입을 가린다. 입 모양만 보고 내용을 추측해 자극적인 보도를 내보내기 때문이라고 들었다. 저런 사소한 것들까지 조심해야 하다니, 축구 선수 고은기의 위치가 새삼스럽다.

무엇보다 다른 곳도 아니고 이곳, 스퀘어 미디어 본부 사무실에서 은기가 출전한 스포츠 중계를 보고 있다는 게 가장 기분이 이상하다.

"태클 깔끔하게 들어간 거 같은데요."

"그러게, 공부터 터치했네. 메인 기사 교체하고 방금 태클 상황 영상 클립 걸자. 실시간 검색어 올라오지?"

"네, 고은기 태클로 실검 걸렸어요."

경기가 흥미진진하게 풀리자 스포츠 편집자들도 일사불란하게 움직였다. 지서의 연예 팀에선 주로 영화제나 연말 시상식 때 볼 수 있는 광경이었다.

페널티킥이 아니라는 수신호를 보낸 심판이 경기를 재개시켰다. 은기는 당연한 결과라는 듯 판정에 크게 기뻐하는 얼굴이 아니었다. 팀 동료와 하이 파이브를 한 뒤 다시 자신의 포지션으로 이동했다.

지서는 휴대폰을 꽉 움켜쥐며 TV 속 은기를 심각한 눈으로 바라봤다. 누군 애가 타 미칠 거 같은데 혼자만 여유로워 원망스럽다. 하고많은 포지션 중 왜 하필 수비수인지. 공격수에 비해 주목도 못 받고 경기 볼 때마다 심장 떨려야 하고. 집에서 혼자 볼 때는 마음껏 리액션이라도 했지, 회사에서 이러고 있으니 손끝이 저리고 어깨가 욱신거렸다.

다시 경기가 시작되었다. 난타전이나 다름없었지만 선수들의 몸을 던지는 수비와 골키퍼들의 환상적인 선방에 막혀 스코어는 계속해서 2 대 2, 균형을 이루었다. 그렇게 추가 시간도 흐른 경기 종료 직전, 은기의 팀에 마지막 찬스가 왔다.

은기의 동료가 코너킥을 차기 위해 이동하자 상대 팀 팬들이 벌떡 일어나 선수를 향해 욕설을 퍼부었다. 몇백, 아니, 몇만이나 되는 관중들이 단체로 야유를 퍼붓고 삿대질을 하며 신경전을 걸어왔지만 선수는 이런 상황에 익숙한지 굉장히 침착했다. 경기장과 좌석까지의 거리가 저렇게 가까운

데 안 들릴 리는 당연히 없을 것이다.

"고은기 박스 안으로 들어오네요."

지서는 내가 왜 축구를 그깟 공놀이라고 하는 망언을 한 것인지 후회됐다. 그동안 쌓은 업보가 있어 최대한 관심 없는 척해야 할 것 같은데 들려오는 이름에 시선이 어쩔 수 없이 TV로 향하고 말았다.

"키 크고 몸싸움 잘하니까 세트피스 노리겠지. 쟤 헤더 괜찮잖아."

자기 아랫사람 부르듯 쟤, 쟤 하는 것도 거슬리고.

골키퍼와 수비수 한 명을 제외하곤 모두 상대의 페널티 박스 안으로 들어가 골을 노렸다. 밀치고, 뿌리치고, 선수들끼리 서로 좋은 위치를 차지하기 위한 몸싸움이 치열했다. 은기도 집중 견제의 대상인지 상대 수비수가 팔꿈치로 툭툭 치며 기 싸움을 하려 하자 그가 신경질적으로 밀치며 짜증스러운 반응을 보였다. 늘 밝게 웃는 얼굴에만 익숙한 지서에겐 낯선 광경이었다.

"저러다 한판 싸우겠다."

아니나 다를까, 휘슬을 불며 다가간 심판이 두 선수에게 구두 경고를 주었다. 상대가 무어라 항의하며 시끄럽게 떠들어 댔지만 은기는 신경도 쓰지 않는다는 듯 어깨만 으쓱할 뿐이었다. 일부러 화를 더 돋우려는 제스처였다.

코너킥을 차기 전, 키커가 뒤로 몇 걸음 물러서며 손으로 사인을 했다. 이내 공이 길게 뜨면서 화면이 전환됐다. 중계 카메라는 골대 앞에 넓게 모여 있는 선수들을 비췄고 지서의 시선은 그 많은 선수 중 정확히 은기를 찾아낸다.

계속 신경전을 하던 선수와의 몸싸움에서 이긴 은기가 용수철을 단 것처럼 공중으로 튀어 올랐다. 그리고 공은 절묘한 타이밍에 그의 머리에 맞았다. 따지고 보면 몇 초 안 되는 굉장히 짧은 시간인데 지서의 눈에는 그 모든 게 슬로모션을 건 것처럼 느리게 재생된다. 은기의 머리에 맞은 공이 그대로 상대 팀의 골문으로 향한다. 골키퍼의 손을 스치고 구석, 골대 상단에 꽂히며 그물이 요란하게 출렁거린다.

"와 씹, 골!"

누군가의 탄성이 터져 나왔다. 지서는 동요하지 않기 위해 뜨거운 커피가 담긴 머그잔을 꽉 움켜쥐었다.

"미쳤다, 미쳤어. 완전 깔끔하게 들어갔어요!"

스포츠 팀 막내가 흥분한 목소리로 외쳤다.

골이 들어간 것을 확인한 은기는 원정 응원을 와 준 서포터 좌석 쪽으로 달려가 무릎 슬라이딩 셀레브레이션을 선보였다. 팀 동료들이 데뷔 골을 축하하기 위해 다가와 포옹했고 몇은 거칠게 그의 등을 손으로 퍽퍽 치기도 했다.

"데뷔 골이다. 고은기 실검 올라오니까 골 장면 영상 바로 링크 걸어서 올려놔. 오늘 트래픽 좀 땡겨 보자."

"네, 네. 하고 있죠. 애플리케이션 알림 쏠 준비 할게요."

편집자들이 실시간 대응을 하기 위해 상의하는 소리가 소란스러웠지만 지서의 귀에는 아무것도 들리지 않았다.

카메라가 원샷을 잡자 손목에 키스한 은기가 씨익 미소를 지으며 윙크했고 그 광경에 지서의 심장이 갑자기 요란하게 울려 댔다. 목덜미에선 열이 오르고 뺨이 붉어지는 느낌이 들었다.

아, 어떡하지. 죽을 거 같다. 불과 몇 달 전까지만 해도 스포츠 팀 실적 별로라고 개무시한 연예 팀 리더 이지서 아니던가. 그런 그녀가 경기를 보다 얼굴이 새빨개질 정도로 흥분한다면 누가 봐도 이상하게 생각할 것이 분명하다.

지서는 몸을 웅크려 파티션 아래로 숨었다. 다행히 스포츠 편집자들은 기사를 셀렉하고 영상 링크를 메인에 노출하느라 정신이 없는 모습이었다.

그때 누군가 TV에서 반복되는 셀레브레이션 장면을 보며 혀를 쯔쯔 찼다.

"저거 봐, 저거. 손목에 키스하는 거. 저 새끼 여친 생긴 거 맞다니까?"

책상에 엎드린 와중에도 지서는 목소리가 들려온 쪽을 슬쩍 흘겨봤다. 누가 누구한테 이 새끼 저 새끼래. 거슬려 따지고 싶은 것을 간신히 참아냈다.

"저, 지서 리더."

누군가 부르는 소리에 고개를 드니 선임 편집자가 난감한 얼굴로 그녀를 바라보고 있었다.

"……네?"

"이게 저희 스포츠에선 큰 이슈여서요. 메인 상단에 배너 열려고 하는데요."

스포츠 배너를 열면 연예 쪽 기사가 뒤로 밀리게 돼서 메인 화면에서의 노출도가 떨어진다. 그동안 지서가 가장 빡빡하게 구는 부분이었다.

"그…… 잘 모르시겠지만, 아니, 관심 없으시겠지만 고은기가 누구냐면 이번에 프리미어 리그로 이적한 스물세 살 중앙 수비수입니다. 왜 화제냐면 한국 센터백 중엔 처음으로 유럽 4대 리그에 이적을 한 거죠. 그동안 공격수나 미드필더가 진출한 경우는 많았는데 수비수 쪽은 완전 전멸이었거든요. 연예 쪽 이슈로 치면 빌보드나 그래미 어워즈 진출한 거, 혹은 칸 영화제나 아카데미 후보 지명 정도 됐다고 보시면 돼요."

그는 당연히 지서가 거절할 거라는 것을 전제로 하고 어떻게든 이해시키려는 모습이었다.

"아마 박성조 은퇴하면 고은기가 대표 팀 주장 완장도 찰 거예요. 그 정도로 요즘 라이징 스타입니다. 연봉도 거의 100억 가까이 되고…… 수비수가 저 나이에 그 정도면 대단한 거거든요. 아마 오늘 MOM도 고은기일 거예요. MOM이 뭐냐면요 MVP 같은 건데……."

"하세요."

지서가 편집자의 말을 자르며 말했다.

"네?"

"하시라구요."

흔쾌히 대답하자 그의 눈이 커졌다.

"네, 감사합니다! 야, 골 장면 이미지 골랐지? 배너 열자!"

선임 편집자가 흥분하며 자신의 자리로 돌아갔다. 편집자들의 빠른 키보드 소리를 들으며 지서는 다 식은 커피를 한 모금 마셨다. 괜히 긴장이 되어 표정 관리가 힘들었다.

경기는 3 대 2로 끝났다. 비록 2실점을 해 클린시트, 무실점 경기에는 실패했지만 은기는 결승골을 넣어 팀을 승리로 이끌었다. 하이라이트 방송 후 중계 화면은 곧장 은기의 믹스트 존(Mixed Zone: 경기를 마치고 나오는 선수들과 인터뷰를 할 수 있도록 마련된 공동 취재 구역) 인터뷰로 전환되었다.

수비수로서 클린시트에 실패한 게 아쉽지만 팀 승리에 일조해 기쁘다는 내용이었다. 독일식 발음이 약간 섞인 영어가 한국어로 대화할 때랑은 다른 느낌을 주었다. 은기의 키가 큰 탓에 리포터와 한 화면에 잡히도록 몸을 굽혀 준 게 인상적이다.

[전화해도 돼요?]

인터뷰가 끝나고 몇 분 후에야 지서의 휴대폰이 울렸다. 새어 나오는 미소를 참으려 입술에 힘을 줬지만 크게 효과는 없었다.

[내가 할게. 잠깐만.]

[영상통화로 해 줘요. 얼굴 보고 싶어요.]

[알았어.]

지서는 답을 보내고 황급히 빈 회의실을 찾아 나섰다.

그녀가 본부 반대편 회의실로 완전히 사라지고 나서야 선임 편집자가 후배를 툭툭 치며 말했다.

"지서 리더, 사람이 좀 둥글둥글해진 거 같지 않아?"

그의 말에 편집 작업을 하던 막내가 피식 웃었다.

"배너 양보한 거 의외예요. 예전 같았어 봐."

"그러니까. 나 또 그깟 공놀이 뭐가 중요하냐고 할까 봐 심장이 다 떨렸잖아. 밑져야 본전이다 생각하고 그냥 한번 물어본 건데 통했네."

지서의 말에 반박할 여지가 없긴 했다. 그녀가 리더가 된 후로 스포츠의 전체 실적이 연예의 반도 안 되는 것은 사실이니까. 오죽하면 다른 본부에서 미디어 본부는 이지서가 멱살 잡고 끌고 간다는 말이 나왔겠는가.

"여유 있어졌어요. 편안해 보인다고 해야 하나. 일만 잘했지 인간미는 없었잖아요."

"모친상 당하고 장기 휴가 갔었잖아. 그 후로 사람이 좀 변했어."

그러자 다른 편집자가 불쑥 끼어들었다.

"연애하는 거 아닐까요?"

계속 은기의 루틴에 집착하던 그의 말에 선임이 혀를 차며 한 대 쥐어박는 시늉을 했다.

"넌 어떻게 보는 사람마다 연애 타령이냐. 고은기도 연애한다, 이지서도 연애한다. 왜? 둘이 연애한다 그러지?"

은기가 인터뷰를 마치고 들어가자 라커 룸은 난장판이었다. 물이라도 뿌리며 놀았는지 바닥이 흥건했다. 워낙 알아주는 런던 지역 라이벌인 데다가 순위도 바로 앞뒤였다. 그 때문에 경기 시작 전부터 양 팀의 서포터즈석엔 경찰들이 배치되었고 혹시나 골을 넣더라도 상대 팬들을 도발하는 자극적인 셀레브레이션은 자제하라고 구단 쪽에서 따로 요청을 할 정도였다.

흥분한 선수 하나가 SNS 라이브 방송을 켜고는 휴대폰을 들이대며 인사해 줄 것을 부탁했다. 오늘 경기의 맨 오브 더 매치라는 요란한 소개가 이어지자 누군가가 라커 룸 벽을 요란하게 두드리며 분위기를 잡았다. 빨리 지서에게 전화하고 싶은데, 골 넣는 거 봤냐고 물어봐야 하는데. 하지만 팬 서비스도 프로 선수의 의무라고 생각하는 은기는 최선을 다해 응해 주었다.

마음이 조급해 샤워도 하지 않고 전화를 하려다 라커 룸 안쪽의 거울로 시선이 갔다. 온몸이 땀에 절어 머리 모양도 엉망이었다. 뛸 때 방해 안 되게 경기 시작 전에 왁스 칠을 열심히 했는데 워낙 몸싸움이 거칠었던 탓에 누가 보면 머리채 잡고 싸운 줄 알 판이었다. 귀찮아서 삭발하고 싶다가도 지서에게 최대한 예쁘게 보여야 하니 참기로 했다. 재력으로 어필하기엔 그녀도 능력 있는 사람이니 역시 고은기의 가장 큰 무기는 몸이었다.

은기는 단번에 유니폼을 다 벗고 라커 룸과 연결된 샤워실로 들어갔다. 인터뷰를 하느라 늦게 들어온 탓에 샤워실은 한적했다. 쿨다운 스트레칭도 해야 하는데, 빨리 지서의 얼굴부터 보고 싶어 차가운 물로 샤워하는 걸로 퉁치기로 한다.

물이 닿자 살갗이 따끔거린다. 다리를 보니 언제 다쳤는지도 모르는 까지고 긁힌 상처들이 어마어마하다. 팔의 멍, 가슴팍엔 축구화 스파이크에 긁힌 긴 자국들. 흥분이 가라앉자 그제야 근육이 잘게 경련하며 뻐근한 통증이 이어진다. 냉수를 뒤집어썼는데도 몸에선 여전히 열이 난다.

오늘부터 며칠간 휴가이니 집에서 쉬어야지, 생각하다 갑자기 지서가 보고 싶어졌다. 물론 늘 보고 싶지만 꼭 이렇게 시간이 남을 때면 유독 심했다. 예전엔 단순히 한국 음식이 먹고 싶다거나 할머니 댁 뒷산에 가고 싶다거나 하는 그런 추상적인 것들이었는데 대상이 정해지니 향수병이 더 깊어졌다. 이래서 해외 리그에서 뛰는 선배들이 하나같이 다 만나는 사람 있으면 결혼 빨리하라고 부추기는 건가 싶었다.

하지만 이 문제에 대해 정훈은 회의적이었다. 여름에 잠깐 만나고 이제 장거리 연애를 한 지 3개월 좀 넘었는데 철이 없어도 너무 없는 것 아니냐며 신중하라고 한 소리 들었다.

만난 기간이 그렇게 중요한가. 아니, 결혼이 이르다 싶으면 동거부터 할 수도 있는 거고. 여기 사람들은 그렇게도 많이 하니까. 네덜란드에 있을 때 가장 친했던 동료는 어린 시절부터 사귄 여자 친구와 동거하며 최근에 아이까지 낳았다.

무엇보다 솔직한 심정은.

"……회사나 그만뒀으면 좋겠다."

은기가 저도 모르게 중얼거리자 샤워실이 울렸다. 저 끝에서 씻고 있던 선수가 무슨 소린가 하는 표정으로 얼굴을 내밀었다가 알아듣지 못할 한국말에 고개를 갸웃하며 다시 자신의 일에 열중했다.

지서가 회사를 그만뒀으면 좋겠다. 아니면 이직이라도. 가장 베스트는 퇴사하고 여기 와서 같이 사는 거지만 그녀에겐 그 회사가 친모와의 유일한 연결고리였다. 그게 어떤 의미인지 알기 때문에 섣부르게 말하고 싶지 않은데 불쑥불쑥 최태하라는 존재가 미치도록 거슬렸다. 그녀를 의심하거나 못 믿는 것은 아니었다. 칼같은 성격이고 한번 아닌 건 끝까지 아닌 사람이니까. 그냥, 그냥 내가 싫어.

잘할 자신 있다. 유럽 자취 경력 5년 차, 지서의 손에 물 한 방울 안 묻히게 혼자 가사도 다 할 수 있었다. 공부 잘한다고 박 여사가 어마어마하게 자랑하던 게 떠오르자 다음에 넌지시 대학원을 가는 건 어떻겠냐고 말해볼까 싶기도 했다. 전공이 경영이었지. 영국에서 아는 대학은 옥스퍼드랑 케임브리지뿐인데 어디가 좋지. 런던에 있는 학교는 뭐가 있을까 생각하다 본인 의사도 묻지 않고 이런 고민을 하는 스스로가 어이없어 헛웃음이 나왔다.

샤워를 마친 뒤, 정리를 하고 나온 은기는 곧장 주차장으로 향했다. 평소 거리가 먼 지역에서의 경기는 구단 전세기나 버스로 움직이는데 이번 경기는 같은 런던이다 보니 에이전시의 현지 직원이 데리러 오기로 약속을 했다.

"은기 선수, 여기요."

아는 얼굴이 보이자 은기는 서둘러 차에 올라탔다. 이제 좌우가 바뀐 영국의 운전에도 어느 정도 익숙해졌지만 이 차 조수석에 가장 태우고 싶은 사람은 가장 먼 곳, 한국에 있었다.

전화해도 되냐고 메시지를 보내자 잠시 기다려 달라는 답이 왔다. 그리고 얼마 후 휴대폰 진동이 울렸다. 한국은 지금…… 아침 7시가 다 되어 가는 시간. 회사일 것이다.

"회사예요? 방해한 건 아니죠?"

— 괜찮아. 아직 업무 시작 시간 아니야.

휴대폰의 액정 화면에 지서의 얼굴이 보였다. 옅은 메이크업과 무채색의 블라우스. 은기가 실제로는 한 번도 보지 못한 모습이었다.

"그럼 경기 못 봤겠네요?"

— 여기서 봤지. 데뷔 골 축하해.

"그렇게 무리 안 해도 되는데. 지서 씨 피곤하잖아요."

말은 이렇게 하면서도 기분이 좋아 실실 웃음이 났다.

— 요즘에 경기 보려고 칼퇴하고 일찍 자. 괜찮아.

액정 화면 속 지서가 느슨하게 미소를 짓자 은기의 입술이 부드럽게 휘었다. 그는 좌석에 몸을 완전히 파묻고 편안하게 기대앉았다. 갑자기 몸과 마음이 노곤해지는 기분이었다.

"지서 씨, 보고 싶어요."

보고 싶다는 말은 겨우 네 글자지만 그 안에 담긴 마음은 차마 헤아릴 수 없이 넓고 깊어서, 소리 없이 입 모양으로 따라 할 때면 가슴 한쪽이 뻐근해진다.

연인의 대화는 늘 일상적이고 시시콜콜하다. 영국에 도착하고 처음 통화를 했을 땐 지서는 어색한지 별말이 없었고 은기가 일방적으로 두 시간을 떠들어 댔다. 말수가 적지는 않지만 많은 편도 아닌데 어떻게든 통화를 이어 가려고 그녀에게 별의별 말을 다 한 것 같다.

지금은 서로가 하루의 시작이자 끝이다. 훈련 이야기, 팀 동료의 귀여운 딸 이야기를 나누고 지서가 플라워 클래스에서 만든 다발이나 바스켓을 보여 주고. 작은 휴대폰 액정으로만 얼굴을 봐야 한다는 것이, 어마어마한 물리적 거리가 이 연애의 유일한 단점이었다.

"빨리 한국 가고 싶어요."

— 한 달 후랬지?

A매치 데이, 국가대표 팀 경기가 한 달 후였다. 아직 대표 팀 명단이 공

식적으로 발표된 것은 아니지만 특별한 부상이 없는 한 은기의 합류는 확실시되었다.

액정 화면을 통해 지서가 어디선가 가져온 달력을 보며 날짜를 가늠하는 모습이 보였다. 눈을 살짝 내리뜨자 속눈썹이 조명에 반사되어 그림자가 진다. 그녀가 다시 시선을 옮겨 휴대폰 너머 은기를 똑바로 바라본다.

— 미리 휴가 빼놓을게.

……이게 뭐라고 이렇게 좋지.

은기가 말을 하려던 그때, 느닷없이 화면이 뒤집히며 어두워지고 전화 너머로 누군가의 말소리가 들렸다. 회의실에 누가 들어온 걸까. 남자 목소리인데 지서가 손으로 휴대폰을 막은 건지 소리가 울려 대화 내용이 또렷하게 들리지는 않았다.

"지서 씨?"

답이 없었다. 휴대폰의 통화 시간이 계속 흘러가는 것으로 봐선 아직 전화를 끊은 건 아닌 거 같은데.

— 미안 은기야. 이따 내가 다시 연락할게.

잠시 후, 경직된 지서의 목소리와 함께 통화가 종료되었다.

휴대폰의 액정 화면이 몇 번 깜빡이다가 새까맣게 어두워졌다. 은기는 그것을 한참 동안 멍하니 내려다봤다. 지나치게 갑작스러워 어안이 벙벙했다. 이른 시간. 회의실. 업무 시간이 아니라 괜찮을 거 같긴 했지만 곤란한 일이라도 생긴 모양이었다. 걱정되고 신경이 쓰이다가…….

최태하.

생각이 거기까지 미치자 갑자기 욕지거리가 나왔다.

지서는 전화를 끊고 회의실 문가에 서 있는 남자를 바라보았다. 달갑지 않은 상대, 태하였다.

잠시간 두 사람은 아무 말 없이 서로를 응시하기만 했다. 그 여름, 지서가 회사에 복귀한 후 이따금 프로젝트 회의 때문에 마주친 것 외에 표면적으로는 아무런 일도 없었다. 굳이 꼽자면 태하가 파혼을 선언했다는 주애의 말이 사실인지 한동안 그의 약혼녀가 히스테릭하게 굴어 사내에 말이 많았다는 것 정도.

하지만 그도 잠시였다. 언제 그랬냐는 듯 여자는 보란 듯이 프러포즈링을 보여 주고 다녔다. 태하가 파혼을 번복한 듯했다. 이해득실에 예민한 남자이니 결국 그 대단한 후계자 자리를 택했을 것이다. 이 또한 지서의 예상에서 벗어나지 않았다.

"우리 지서가 스물한 살 때도 안 하던 짓을 하네."

태하가 자신을 무시하고 회의실을 나가려던 지서의 앞을 가로막으며 말했다.

"비키시죠."

하지만 태하는 지서의 말을 무시한 채 회의실 문을 완전히 닫아 버리고 그녀에게로 몇 걸음 다가왔다. 지서는 그를 피해 뒷걸음질 치며 거리를 유지했다. 이른 시간, 가장 구석지고 작은 회의실. 다들 출근 전이고 스포츠팀 편집자들은 후속 편집을 마무리하느라 정신없을 것이다.

지서는 태하가 다가오면 그만큼 물러섰다. 아슬아슬한 거리를 유지하는 두 사람 사이의 긴장감은 팽팽하게 당겨져 끊어지기 직전이었다. 신경질적인 위기감이 엄습하자 지서는 등줄기가 시큰하고 손끝이 떨려 왔다.

그때 갑자기 지서의 휴대폰 진동이 울렸다. 액정 화면에 국제전화라는 표시가 뜨는 것을 보아 은기였다. 전화를 끊었지만 무언가 이상하다는 것을 눈치챘는지 연달아 진동이 울렸다. 모조리 끊어 수신을 거부하자 이젠 메시지가 들어왔다.

[전화받아요.]

[지서 씨.]

[무슨 일 있잖아요. 전화받아요.]

어떤 상황인지 눈치챘는지 태하가 헛웃음을 지었다.

"생각보다 오래간다. 시골 촌구석에서 지내기 무료해서 잠깐 데리고 노는 애인 줄 알았더니, 꽤 마음에 들었나 봐. 고고한 이지서 수준에 운동하는 새끼들 대가리에 든 거 없어서 안 땡겨 할 줄 알았는데."

태하가 빈정거리듯 말하자 지서가 날이 선 눈빛으로 그를 비스듬히 올려다봤다. 눈이 마주치자 그가 장난스럽게 어깨를 으쓱했다.

"뭐, 씹질이 대단히 마음에 들었나?"

지서는 무어라 말을 하려다 이를 악물었다. 화를 돋우려 일부러 자극적인 어휘를 골랐다는 걸 안다. 상대해 주면 더 악다구니를 쓸 거라는 것도.

"그 새끼 정리해. 지금껏 논 거 봐준 걸로도 충분해."

"약지에 반지 낀 사람이 할 소린 아닌 거 같은데요. 안 들은 걸로 하겠습니다."

"지서야."

"결혼 앞둔 직장 상사가 부하 직원한테 관심이 너무 과한 거 아닌가요. 약혼자분 속상하시겠어요."

태하가 이름을 불렀지만 지서는 냉정하게 대꾸하며 회의실 문으로 다가갔다. 하지만 그가 그녀의 어깨를 잡아 가로막으며 입을 열었다.

"……이혼할 거야."

장관 딸인 약혼녀, 이용해 먹을 대로 이용해 먹으면 버리겠다는 소리였다. 지서는 코웃음을 치며 그를 똑바로 응시했다. 태하의 경직된 눈매 끝이 기묘한 각도로 일그러졌다.

"최 전무님. ST텔레콤 정윤건이 진행하는 모빌리티 사업 BMW랑 MOU 맺은 거 아시죠. 지금 이러고 있을 때가 아니잖아요. 덕분에 어머님…… 이주애 여사님이 모임 여기저기 다니면서 최 전무 뒷바라지하느라 바빠지셨다고 증권가 지라시가 시끄러워요."

그룹 내에서 태하와 후계 구도를 두고 경쟁하는 육촌을 언급하자 그의 표정이 차갑게 식었다.

"어머니 고생하시는데 아들이 기대에 부응해야죠."

지서가 어깨를 잡은 손을 뿌리치고 나가려 하자 태하가 다시 거칠게 잡아 자신의 앞으로 끌어다 놨다. 몸이 흔들리고 벽에 등이 부딪치며 찌릿한 통증이 느껴졌다. 벽처럼, 태하가 그녀의 앞을 가로막았다. 팔을 뻗어 남자를 밀쳤지만 그는 꿈쩍도 하지 않고 그녀의 양어깨를 잡아 찍어 눌렀다. 지서는 떨리는 숨을 간신히 삼켰다. 긴장과 두려움, 혐오와 당황. 갖가지 감정이 가슴속에서 소용돌이쳤지만 그에게 들키고 싶지 않았다.

"……쓰레기."

기껏 한다는 말이 그거냐는 듯, 태하가 피식 웃으며 그녀의 머리카락을 귀 뒤로 넘겨 주었다.

"맞아, 쓰레기니까 조카가 이모한테 발정 났지."

태하가 커다란 손으로 그녀의 뺨을 감쌌다. 손이 차가워 소름이 돋았다. 고개를 비틀고 어깨를 움직여 빠져나가려 했지만 그는 그녀의 얼굴을 단단히 잡고 자신을 보도록 고정했다. 손의 감촉, 크기, 온도. 모든 것이 은기와는 완벽하게 달랐다.

또다시 지서의 휴대폰 진동이 울렸다. 태하가 그녀의 손목을 꽉 잡은 채 끌어 올려 액정 화면을 확인했다.

[은기^^♥]

저장된 이름을 확인한 태하의 미간이 처참하게 일그러졌다.

"전화받지 그래. 지금 쓰레기한테 당할 거 같다고 어린 애인한테 울고불고. 볼만하겠다. 그렇지?"

태하가 입술이 닿을 듯 가까운 거리에서 속삭였다. 지서는 진동이 울리는 휴대폰을 꽉 움켜쥐었다.

"놔."

"아침 먹자 지서야. 나 배고파."

"이거 놓으라고!"

밀치려 했지만 힘의 차이가 압도적이었다.

"어차피 고은기 못 와. 영국에 있잖아."

"……개새끼."

"그러게 숨어서 놀았어야지. 나 발작하게 회사에서 보란 듯 뭐 하는 짓이야."

얼굴을 잡은 태하의 손에 힘이 들어갔다. 강제로 입술을 벌리려는 듯 뺨을 누르는 악력이 강했지만 지서는 입술을 꽉 깨물었다. 강한 손아귀 힘에 그녀의 뒷머리가 잡히고 고개가 비틀렸다. 입술에 뱀 같은 혀가 닿았다. 그가 한 번 더 턱을 움켜쥐자 강제로 그녀의 입술이 열렸다. 입 안으로 들어온 혀가 더 깊게 파고드는 순간 지서는 온 힘을 다해 그의 가슴을 밀쳤다.

둔탁한 소리와 함께 회의실 의자가 넘어졌다. 지서 자신이 가쁜 숨을 몰아쉬는 소리, 태하가 넥타이를 느슨하게 끌어 내리며 내뱉는 욕설이 공간을 채웠다. 짜증스럽게 머리를 뒤로 넘긴 그가 의자를 걷어찼다. 회의실 한쪽에 세워진 화이트보드가 쓰러지고 책상이 벽에 부딪치는 요란한 소음이 사방을 울렸다.

지서는 무너지듯 주저앉아 몸을 웅크렸다. 손끝에서부터 시작된 경련이 전신으로 퍼져 나갔다. 손등으로 입술을 마구 문질렀다. 방금 전, 입술에 닿았던 혀의 감촉이 소름 끼치고 역겨워 구역질이 났다.

그때 밖에서 누군가의 빠른 발걸음 소리가 들렸다. 소리를 들은 거겠지. 지서는 간신히 이성을 붙들고 벌떡 몸을 일으켰다.

"죄송합니다, 전무님. 반성하고 앞으로는 신경 쓰겠습니다."

일부러 들으라는 듯, 목소리를 크게 내고 회의실을 빠져나갔다. 예상대로 소리를 듣고 왔는지 스포츠 팀 편집자가 회의실 문 앞에서 당혹스러운 얼굴로 눈치를 살피고 있었다.

"……지서 리더."

"별일 아니에요. 제가 전무님께 실수해서 질책받았어요."

적당히 대꾸하며 걸음을 빠르게 옮겼다.

화장실로 향한 지서는 눈에 보이는 아무 칸이나 들어가 무너지듯 앉았다. 겁먹고 긴장해 몸에 힘을 준 탓에 어깨가 뻐근하고 아프다. 은기…… 은기에게 전화해 안심시켜야지. 휴대폰을 보려는데 갑자기 진동이 울리며 팝업창이 떴다.

[나 공항이에요. 지금 한국 들어가요.]

은기였다.

12.
불안의 질식사

"오지 마. 괜찮아."

아니, 왔으면 좋겠어. 보고 싶어.

— 지서 씨가 부르면 나는 가요. 말해 봐요. 내가 갔으면 좋겠어요?

"응…… 아니, 오지 마. 아, 음."

이게 아닌데. 머릿속이 엉망이었다.

— 지서 씨, 나 보고 싶죠.

그 물음에 지서는 깊은 한숨을 내쉬었다.

"……응."

당장 얼굴을 보지 않으면 숨이 넘어갈 것만 같다.

"보고 싶어. 기다릴게."

빨리 와 줘.

괜찮다고 하고 싶었지만 괜찮지 않아 기다리겠다고 했다. 빨리 보고 싶다고, 그냥 솔직하게 말했다. 이런 어리광을 부려 보는 게 난생처음이라 걱정이 앞섰다. 또 경기가 있을 텐데. 장거리 비행을 하면 무릎에 좋지 않을 텐데. 그러면서도 한 번쯤 무모하게 굴고 싶기도 해 오겠다는 그를 말리지 않았다. 하나만 생각하기로 했다. 지서는 지금 당장 은기가 보고 싶었다.

급하게 항공편을 끊는 바람에 경유해 온다고 했다. 중간에 한 번 연락이 왔지만 경유편으로 갈아타느라 급한지 길게 대화를 나누지는 못했다. 분명 무슨 일이 있었는지 궁금할 텐데 은기는 질문을 피하는 눈치였다.

애써 억누르고 있다는 걸 안다. 지서가 불편해할까 봐 참고 있다는 것도, 그리고 그러기 위해선 인내와 배려가 필요하다는 것도. 타인으로부터 이런 세심한 배려를 받아 본 적이 없어서 이럴 때 어떻게 해야 하는지를 알지 못해 한참을 헤맸다. 은기를 어린애 취급 했으면서 정작 정신적으로 미성숙한 것은 지서 자신이었다.

자리로 돌아온 지서는 모니터 한쪽에 세계 지도를 띄워 두었다. 은기가 탄 비행기의 편명을 입력하고 일하다 틈날 때마다 어디쯤 오는지 멍하니, 하릴없이 바라봤다. 작은 비행기 표시가 조금씩 한국에 가까워질수록 마음이 더 간절해진다.

아침에 그렇게 부딪친 후 프로젝트 미팅에 들어갔지만 태하와의 충돌은 없었다. 무슨 일이 있어도 아무 일도 없었던 것처럼, 그렇게. 회의에서 나오자마자 그동안 몇 번 이직 제안을 했던 헤드헌터에게 메일을 보냈다. 미디어 분야에서 업계 1위인 스퀘어보다 더 나은 대우와 인프라를 갖춘 곳은 없을 테지만 이제 모든 선택의 최우선 고려 사항은 은기였다. 그가 불안해할 일은 만들고 싶지 않았다.

관성처럼 출근하고, 퇴근하고. 다른 어떤 방향이 있을까 생각하다 갑자기 내 꿈은 뭐였는지를 떠올린다. 내가 꿈을 가졌던 적은 있었나. 평생 타인을 미워하고 그리워하는 것에만 몰두하여 정작 내가 원하는 게 무엇인지 잊고 산 것 같은데. 방치되었던 꿈을 이제야 들여다보다가 스스로가 볼품없어 조금 슬펐다.

그동안 가진 게 없다 생각했는데 곰곰이 따져 보니 자신은 버려야 할 게 더 많은 사람이었다. 버리고 나니 이제껏 전부였던 것들이 아무것도 아닌 게 되어 버렸다. 그 괴리감에 방황하느라 무엇을 먹어도 배부르지 않았다. 그리고 그때, 박 여사를 보내고 은기를 만났다.

다시 모니터 화면의 지도를 본다. 커다란 세계 지도 위 비행기가 손가락 한 마디쯤 더 한국과 가까워졌다.

은기가 오고 있다는 것만으로도 심장이 빠르게 뛰었다.

안나는 따뜻한 차를 내리며 꽃을 고르는 여자를 몰래 훔쳐보았다. 처음엔 원데이 클래스 수업만 듣다가 언젠가부터 정규 과정을 듣기 시작한 회원이었다. 보통은 친구들끼리 취미 삼아 플라워 클래스를 듣는 경우가 많은데 여자는 늘 혼자였다. 사교적인 성격은 아닌지 필요한 말 외엔 입을 열지 않았지만 꽃을 만질 때 미소 짓는 게 보기 좋아 기억에 남는 회원이기도 했다.

길쭉하면서도 가느다란 체구, 한 줌 허리와 매끈한 손. 진주 귀걸이가 참 잘 어울린다. 편한 차림으로 주말 클래스에 왔을 땐 마냥 청순한 타입이라고만 생각했는데 오늘은 느낌이 좀 다르다. 바지 정장 때문인가. 뭔가 포스 있는 전문직 느낌이 나기도 하고.

"고르셨어요?"

안나가 국화차를 건네며 묻자 여자가 그녀를 보며 말했다.

"좀 더 따뜻한 느낌이었으면 좋겠어요. 이거 국화 맞죠?"

노란색과 흰색의 방울 모양 폼폰 국화를 한 송이씩 고른 여자가 안나에게 물었다.

"네, 귀엽죠? 여기에 오렌지색 메리골드랑, 색감 다양하게 풀 많이 해서 목화를 추가하면 어떨까요? 목화가 따뜻한 느낌이 있거든요."

안나가 솜뭉치 같은 목화를 꺼내 보여 주자 여자가 유심히 보고는 흔쾌히 고개를 끄덕였다.

"클래스 없는 날인데 갑자기 찾아와서 죄송해요. 직접 만들어 주고 싶어서요."

"마침 주문도 없었는데요, 뭘. ……혹시 남자 친구?"

안나가 눈을 동그랗게 뜨고 묻자 여자가 멋쩍은 얼굴로 고개를 끄덕였다. 표정이 많지 않아 차갑고 쌀쌀맞은 타입인 줄 알았더니 저런 얼굴을 하는 걸 보면 목하 열애 중인 게 확실하다.

"외국에 나가 있어서 매번 사진으로만 보여 줬거든요. 그런데 오늘 갑자기 들어온다고 해서요."

차분하게 말하지만 여자의 뺨은 조금 붉었다.

꽃과 어울리는 풀을 조합하고 포장지까지 이리저리 대어 보는 모습이 신중하고 진지했다. 클래스에 참여할 때마다 구체적으로 이미지를 그리고 누군가에게 보여 주고 싶어 하는 느낌이긴 했는데 그게 남자 친구일 줄은 또 몰랐다.

오늘은 주문도 없고 일도 빨리 끝나 얼른 가게 문 닫고 치킨에 맥주나 들이켜려 했는데 불쑥 오후에 일정이 되냐는 전화가 왔다. 다른 사람이라면 거절했을 테지만 안나는 왠지 그녀라면 문을 더 열어 둬야 할 것 같은 예감이 들었다. 그래, 이래서 내가 꽃을 시작했지. 안나는 몰래 웃으며 사랑에 빠진 회원님이 남자 친구에게 선물할 꽃을 만들 테이블을 정리했다.

"지서 님, 이쪽이요."

안나는 괜히 신나 이것저것 다 꺼내 테이블 위에 늘어놓았다.

"시간 급하세요? 공항으로 가시는 거죠?"

"네, 밤늦게 도착해서 여유 있어요. 그런데…… 괜찮으세요?"

들어가 봐야 하지 않냐고 묻는 뉘앙스였다.

"아, 저 시간 많아요. 전 남자 친구 없거든요!"

안나가 발랄하게 대꾸하자 회원님이 픕 미소를 지었다.

"자, 회원님. 일단 풀 다발부터 세팅할게요. 이게 유칼립투스 벨, 이게 유칼립투스 폴리안, 그 옆에 있는 잎이 기다란 게 골든 와틀이에요. 느낌이 다 다르죠?"

안나가 설명을 이어 가자 회원님이 진지한 표정으로 그녀가 잡은 줄기를 보았다. 비슷하지만 다르게 잎의 각도를 조절해 가며 잡는 게 역시 안나의 회원님은 감각이 있었다.

괜히 기분이 좋아 안나는 풀의 종류를 이것저것 추가했다. 회원님이 이렇게 다 써 버려도 되냐 묻기에 내일 또 주문하면 된다고, 가격은 신경 쓰지 마시라고, 대신 예쁜 사랑 하시면 된다니까 부끄러운지 손에 들고 있던 풀로 얼굴을 가리기도 했다.

"풀 종류에 따라 질감이나 형태도 다 달라서 이렇게 높낮이를 달리해서 섞으면 더 풍성하고 볼륨감이 살아요. 자, 보세요. 어디 들판으로 나온 거 같지 않아요?"

"……그러네요. 닮았어요."

성숙한 이미지인 회원님의 풀 다발을 닮은 남자 친구라. 연하네. 연하 같다.

오렌지와 옐로우에 크림색 꽃을 더하고 목화를 추가하자 따뜻하고 섬세한 느낌의 커다란 다발이 완성되었다. 꽃다발이 주는 계절감이 마음에 드는지 안나의 회원님은 꽃을 엮고 다듬는 내내 미소를 잃지 않았다. 처음 가게에 들어왔을 때 조금 경직되어 있었던 눈매가 부드러운 곡선을 그려, 안나는 괜히 기분이 좋았다.

그래서 서비스로 머리핀을 꺼내 솜씨를 부려 보았다. 순식간에 남은 꽃을 엮어 핀에 고정하고 괜찮다며 수줍어하는 회원님의 머리를 올려 꽂아 주었다. 웨이브 진 풍성한 머리카락이 핀 아래로 살짝 흘러내려 떨어지는 곡선을 보니 가을인데도 봄이 온 것 같았다. 여리여리한 어깨와 흰 피부 덕분에 꽃의 색감이 더 살아났다. 화관과는 확실히 다른 느낌이었다.

“아, 너어무 예뻐요. 저 사진 찍어도 돼요? 얼굴은 안 나오게요. 저희 샵 인스타에 올리고 싶어요.”

“어…….”

“그럼 안 올리고 사진만 찍을게요. 저 혼자 볼게요. 네? 아까워서 그래요.”

안나가 애원하며 말하자 회원님은 조금 생각하더니 흔쾌히 SNS 업로드를 허락했다.

안나는 가게의 포토 존에서 회원님을 열정적으로 찍었다. 이렇게 찍어도 예쁘고, 저렇게 찍어도 예쁘고. 꽃도 예쁘고 회원님도 예쁘다.

안나는 풍성한 꽃다발을 들고 행복하게 가게를 나서는 회원님의 손을 잡고 당부했다.

“지서 님 부케는 꼭 제가 만들게 해 주세요.”

회원님이 꽃을 만질 때마다 남자 친구를 떠올렸다면 안나는 회원님을 위한 부케를 만들어 주고 싶었다. 색감은 은은한 파스텔 톤의 핑크빛. 우리 회원님에게 딱이었다.

밤의 공항은 낮과는 느낌이 확연히 다르다. 특히 그곳이 출국장이 아니라 입국장이라면 더 그렇다. 조도가 낮아진 조명과 고여 있는 공기. 소리는 동그랗게 퍼지며 어떤 파동을 만들어 낸다. 입국장의 자동문이 열리는 순간마다 기다리는 사람들은 저마다 허리를 세우고 고개를 든다. 불투명하게 코팅된 유리문 아래, 누군가의 발이 보일 때마다 혹시 너일까 싶어 모든 걸음을 유심히 살핀다.

지금, 지서는 입국장이 정면으로 보이는 벤치에 앉아 은기를 기다린다.

오전에 있었던 태하와의 충돌 때문에 날카로웠던 신경이 은기를 기다리며 꽃다발을 만들고 그 꽃과 함께 공항에 오는 동안 많이 무뎌졌다.

하지만 뭐든 부정적으로 생각하는 것은 지서의 오래된 버릇이었고 그를 만나며 많이 다듬어졌지만 모조리 다 없애지는 못했다. 과거의 남자 문제가 이렇게 반복되다간 언젠가는 헤어지는 게 아닐까 하는 과도한 걱정에 빠졌다가, 그래도 그가 자신에게로 온다는 것에서 희망을 발견했다가, 커다랗게 부푼 마음을 애써 누르며 우울해하기를 되풀이했다.

그렇게 감정이 요동칠 때면 꽃을 보며 깊게 심호흡을 했다. 은기를 닮은 꽃다발의 은은한 향이 불안을 달래 주었다.

공항으로 향하는 길, 커다란 보름달이 그녀의 뒤를 따랐다. 늦은 밤 세상은 잠들어 어둡게 침잠하고 곧게 뻗은 길 위는 쥐 죽은 듯 고요했다. 하늘 가득한 달과 별. 옆자리 조수석엔 그를 닮은 꽃. 그리고 은기는 하늘을 날아 그녀에게로 오고 있었다. 그 한적하고 나른한 분위기가 지서에게 기묘한 용기를 심어 주었다. 그와 함께하는 나라면 행복할 수 있을 거란 믿음이 생겼다.

입국장 위 전광판, 은기가 탄 비행기 옆에 착륙 표시가 떴다. 급하게 공항으로 갔다고 했으니 짐도 없을 거고 그 보폭 큰 걸음으로 성큼성큼 걸으면 금방 그녀에게 올 것이다. 저 문으로, 황홀하게 웃으면서.

[도착.]

아니나 다를까. 진동 소리와 함께 조바심 가득한 메시지가 들어왔다. 신기하게도 은기에게서 오는 메시지와 전화는 진동도 다르게 들렸다. 진동의 강도도, 간격도 다른 것과는 확연히 달랐다. 공항에 마중 나와 기다리고 있다고 답하려다 지서는 괜히 장난이 치고 싶어 그만두었다.

[지서 씨, 나 한국 도착했어요.]

응, 난 너 기다리고 있어.

답하는 대신 팝업창을 보며 웃었다.

[혹시 자요?]

힘들게 경기 뛰고 바로 비행기를 탔으면 많이 고단할 텐데. 미리 장이라도 봐 둘 걸 그랬나 생각하며 냉장고에 뭐가 있는지를 떠올렸다. 늘 텅 비었던 지서의 냉장고는 지난여름 이후로 늘 가득 차 있었다. 매번 끝인사로 잘 먹어야 한다고 덧붙이는 은기의 잔소리 덕분이었다.

[전에 지서 씨가 알려 준 그 주소로 갈게요.]

시무룩해 보이는 건 기분 탓일까.

이러다 엇갈리면 어쩌지 고민하는데 잠시 열린 입국장 문 저 너머로 큰 키의 트레이닝복 차림의 남자가 눈에 들어왔다. 모자를 푹 눌러쓰고 그 위에 후드까지 뒤집어쓴 남자. 거리가 꽤 되지만 지서는 한눈에 알아보았다. 분명 은기였다.

잠시 후 또 문이 열리고 저 멀리서 성큼성큼 걸어 나오는 은기가 보였다.

하지만 다시 자동문이 닫히며 그의 모습이 사라진다. 벤치에 올라서면 잘 보일까. 이런 유치한 생각을 하는데 또다시 문이 열리며 그가 나타났다. 아까보다 훨씬 더 가까워졌다. 착각일 수도 있겠지만 눈이 마주친 것 같기도 했다.

그때, 닫히려던 자동문이 다시 활짝 열리며 은기가 나왔다.

"뭐야, 왜 메시지 답 안 했어요."

지서를 똑바로 바라보며 펜스를 돌아 나온 은기가 그녀가 있는 벤치 쪽으로 다가왔다. 눈이 마주쳤다고 느낀 건 역시 착각이 아니었다.

"그 거리에서 어떻게 알아봤어?"

"나 시력 좋아요. 축구장 맨 끝에서도 다 보는데 이 거리가 안 보일 거 같아?"

은기가 툴툴거리듯 대꾸하며 지서를 끌어안았다. 키 차이 탓에 몸이 들리며 두 발이 허공에 떴다.

싸울지도 모른다는 생각도 했었다. 최태하 문제로 그가 화났을지도 모른다고.

"사실 좀 섭섭할 뻔했는데."

그의 어깨에 귀를 대고 있어 그런지 은기의 목소리가 부드럽게 울렸다. 깊은 울림이 스민 나긋하고 다정한 말씨. 기계를 거쳐 전파를 통해 들려오는 목소리와는 확연히 달랐다. 제대로 듣는 그의 목소리였다.

"나 공항 안 온 줄 알고?"

"네, 어떻게 내가 온다는데 잠이 들 수 있지? 말도 안 돼. 이러면서 나왔는데 지서 씨가 보이잖아."

은기가 장난스럽게 우는 시늉을 하며 그녀를 더 꽈악 자신의 품 안에 가두었다. 몸을 감싸는 반가운 온기와 익숙한 체향. 날 사랑에 빠지게 했던 지난여름의 기억이 떠올라 갑자기 가슴이 뭉클했다. 그의 품 안은 따뜻한 물에 몸을 맡기고 둥둥 떠다니는 것처럼 편안하다.

"보고 싶었어요."

그녀의 얼굴을 확인한 은기가 이마를 맞대고 슬쩍 뽀뽀를 했다. 턱이 닿자 까슬한 감촉이 느껴진다. 면도할 새도 없었겠지. 경기 끝나고 바로 온 탓에 조금 피곤한 기색이었지만 그의 컨디션은 나쁘지 않아 보였다.

"은기야, 이제 그만."

커다란 남자가 진하게 포옹을 하고 있으니 주변 사람들이 힐끔거리는 시선이 느껴졌다.

"조금만 더요."

"집에 가자. 응?"

지서는 그의 등을 가볍게 다독였다.

불안은 이미 눈 녹듯 사라진 지 오래다.

은기에게 꽃을 주었다. 차 내부가 어두워 제대로 보지 못하는 게 아쉬운지 그는 휴대폰 플래시까지 켜 열심히 확인했다. 머리핀은 그의 후드에 꽂았다. 이게 뭐냐면서도 은기는 지서가 꽂아 준 대로 얌전히 조수석에 앉아 눈치를 보다가 은근슬쩍 그녀의 손을 잡았다. 지서 씨는 자신과 다르게 한 손으로도 운전 잘하지 않냐는 능청스러운 말에 그녀는 오른손을 얌전히 그에게 맡겼다.

지서는 차창을 조금 열었다. 불어온 바람이 부드럽게 머리카락을 스쳐 지날 때마다 기분이 좋다. 문득, 언젠가 밤이 부드럽다는 생각을 했던 게 떠오른다. ……그래, 그와 처음으로 키스했던 그 밤이었지. 반추하는데 그가 더 깊이 깍지를 낀다. 따스한 온기에 그녀의 밤이 빈틈없이 빼곡히 차오른다. 팽팽하게 부풀어 터질 것 같은 건 내 시간인지, 마음인지 알 수 없다.

언제 가야 되냐 물으니 정오 비행기라고 한다. 이번엔 채 스물네 시간도 되지 않았다. 벌써부터 아쉬워 지서는 손가락에 힘을 주어 더 깊이 깍지를 꼈다.

달빛이 너와 나를 관통한다.

가을이 깊어 간다.

집에 들어가자마자 그는 덥석 입부터 맞추었다. 쪽쪽쪽. 과장되게 소리를 내며 온 얼굴에, 손에 키스했다. 집도 궁금하고 뽀뽀도 하고 싶고. 그는 바삐 움직였다. 이럴 줄 알았으면 주말에 대청소라도 할 걸 그랬나 후회가 됐다. 집에 누군가를 초대한 게 처음이라 신경이 쓰였다.

"잠깐만. 잠깐만, 씻고. 씻고 해."

지서가 떼어 놓으려 은기의 어깨를 밀었지만 남자는 꿈쩍도 하지 않았다.

"뽀뽀부터 하고요."

"너, 고은기, 너 배에서 소리 나. 기내식 안 먹었어?"

"아…… 안 먹혀서요."

"뭐 좀 먹지."

그가 그녀를 놓아주며 어깨를 으쓱했다.

"살인 충동을 느끼며 비행기에 탔는데 음식이 넘어가나."

의미심장했다. 그제야 은기가 왜 급하게 한국에 왔는지 실감이 되었다.

"……미안."

"뭐가요?"

"그냥, 전부 다."

은기는 아무런 말 없이 가라앉은 눈으로 깊은 한숨을 내쉬었다. 문제를 미뤄 두면 또 같은 일이 반복되겠지. 머리로는 안다. 확실하게 짚고, 정리해야 한다는 걸 알지만…… 한편으론.

"은기야."

두려웠다.

"아까 우리 통화할 때요."

"……최태하 맞아."

지서는 소파에 쓰러지듯 주저앉았다. 급격히 피로가 몰려왔다.

"계속 그런 건 아니죠?"

"응. 그냥 갑자기 이성을 잃은 거야."

원래 그래.

덧붙이자 창밖을 바라보던 은기가 뒤돌아서며 눈을 가늘게 떴다. 무언가 마음에 들지 않는 눈치였다. 파르스름한 달빛이 그의 얼굴을 타고 흘렀다. 차갑고 냉정한, 낯선 얼굴. 괜히 긴장이 돼 지서는 손으로 머리를 쓸어 넘겼다. 팔을 들자 소매가 넓은 블라우스가 팔꿈치까지 흘러내렸다.

"팔 왜 그래요?"

갑자기 빠르게 다가온 은기가 그녀의 왼팔을 잡아챘다. 멍 자국. 지서 자신도 몰랐던 것이었다. 회의실에서 몸싸움을 할 때 생긴 것 같았다. 당황해 숨기려 했지만 은기가 워낙 강하게 붙들고 있어 소용없었다.

"때렸어요?"

"아니야. 그냥…… 벽에 부딪쳐서 그래."

지서의 대답에 욕지거리를 내뱉은 은기가 신경질적으로 돌아서며 숨을 몰아쉬었다. 간신히 화를 억누르고 있는 듯 주먹을 꽉 쥐고 짜증스럽게 모자를 벗어 머리를 마구 헝클어뜨렸다.

어색한 침묵이 겹겹이 차올랐다. 소음이라곤 시계 초침 소리뿐. 갑자기 얼음물을 끼얹은 것처럼 공기가 차갑게 식었다. 지서는 흐르는 시간이 아까웠다. 잠시 후 해가 뜨면 그는 돌아가야 하는데.

"당장 회사 그만둬요."

등을 보인 채 서 있던 은기가 그녀를 향해 몸을 돌리며 불쑥 말을 꺼냈다.

"당장 그만둬요. 당장. 오늘부터 가지 말아요."

흥분한 얼굴로 격앙돼 말하다가 그런 스스로에게 놀랐는지 은기가 감정을 주체하지 못하는 얼굴로 인상을 찌푸렸다. 화를 삭이기 위해 안간힘을 쓰며 그가 눈을 질끈 감았다. 아파 보여서 지서도 아팠다.

"……아니, 아니야."

은기가 울 것 같은 목소리로 작게 중얼거렸다.

"못 들은 걸로 해 줘요. 혹시 오해할까 봐 하는 소리인데 그 씹…… 아니, 최태하랑 사이 의심하는 거 아니야. 그건 아니에요."

욕설을 내뱉으려던 은기가 황급히 말을 바꾸며 덧붙였다.

"그냥, 싫어서 그런 거니까. 그러니까 신경 안 써도 돼요."

은기가 다시 몸을 돌리며 말했다.

결국 그는 또 져 주려 한다.

"은기야, 나 봐."

지서는 천천히 그에게 다가갔다.

"싫어요. 지금 표정 안 좋아요."

"은기야."

"회사 그만두라는 말 못 들은 걸로 해요."

"들은 걸 어떻게 그래."

꿈은 아닐까. 안으면 사라지는 환상일 것만 같아 지서는 잠시 망설이다 뒤에서 은기의 허리를 안고 등에 얼굴을 묻으며 기대었다. 몸을 맞대자 그의 심장 소리가 들렸다. 현실이구나. 안심이 됐다.

"널 신경 안 쓰면 누굴 신경 써."

"……맞아요. 사실 신경 써 줬으면 좋겠어."

은기의 커다란 손이 조심스럽게 자신의 허리에 감겨 있는 지서의 손을 포개어 감쌌다.

"내가 어떻게 할까?"

"회사 그만뒀으면 좋겠어요."

"넌 어떻게 하고 싶고."

"같이 살고 싶어요."

은기가 지서의 팔을 잡아 자신의 앞으로 부드럽게 끌어당겼다. 강한 힘이었지만 아프거나 무섭지는 않았다.

잠시 가만히 서로를 바라봤다. 단지 눈을 응시하는 것만으로도 수많은 대화가 오갔다. 실내엔 거실 스탠드 조명만 켜 두었지만 그의 눈빛은 또렷하고 선명했다. 새까맣고 깨끗하며 빈틈없이 가득 찼다. 숨기는 걸 싫어하고 교묘한 것을 피하며 늘 올곧게 자신의 의사를 피력하지만 강요하지 않는 사람. 약점이 될까 봐 감정을 솔직히 드러내는 것을 피하며 모호하게 선을 밟은 채 손해 보지 않도록 계산하고 의심하며 살아온 자신과는 분명 다르다.

"정말 나랑 살고 싶어?"

"네. 나…… 지서 씨 남편 하고 싶어요."

열어 둔 창으로 시원한 가을바람이 불어왔다. 바람에 흰 커튼이 날리며 베일처럼 넓게 펼쳐져 살랑거렸다. 그 광경이 어떤 버튼을 누른 것처럼 두 사람을 지난여름의 무연으로 데려다 놓는다. 풀 냄새가 밴 바람, 늘 꼼꼼하게 쳐 둔 모기장, 답답할 정도로 꼬옥 안아 주던 은기. 단편적인 기억들이 하나, 둘 펼쳐진다.

"나 잘 벌어요. 주급 1억 8천 정도 되는데…… 수당까지 다 합치면 연봉 100억 좀 넘어요. 그리고 챔피언스 리그 8강 가면 더 많아져. 옵션 계약도 했거든요."

"너 나한테 돈 자랑 해?"

"잘 봐 달라고 어필하는 거지."

그러면서 은기가 은근슬쩍 '자기도 돈 자랑 해 놓고.' 라며 작게 덧붙였다. 장례식 도와줬다고 봉투 준 걸 말하는 듯했다.

"그 돈 다 줄게요."

"……뭐래."

"그러니까 나랑 살아요."

속삭이며 은기가 깊게 키스했다.

밤이 너무 짧다.

창밖으로 해가 떠오르자 지서의 시선이 저도 모르게 벽에 걸린 시계를 스쳤다. 누군가 시간을 토막 내 밤만 쏙 빼 간 것은 아닐까. 벌써 하늘이 환하다.

"피곤할 텐데 좀 자."

지서가 은기의 머리카락을 쓸어 주며 말했다. 경기 뛸 때는 시야가 방해돼 늘 왁스로 머리를 넘기고 나와 이렇게 앞머리를 내린 건 오랜만에 본다.

"싫어요. 시간 아까워. 잠은 죽어서 잘 거야."

은기가 가슴을 부드럽게 움켜쥐어 주물렀다. 그러다 만지는 것으론 성에 차지 않는지 고개를 살짝 숙여 가슴을 물었다. 여태 빨리고 깨물려 부어오른 유두가 시큰하고 입에선 저절로 나른한 신음이 나왔다. 전후반 풀타임으로 경기를 뛴 후 열다섯 시간 동안 비행기를 타고 오며 밥 한 끼 안 먹고 잠 한숨 안 잔 것은 은기인데 먼저 지친 쪽은 지서였다.

그가 몸을 틀어 그녀의 위에 자리를 잡았다. 넓은 어깨, 자를 대어 그은 것 같은 쇄골을 타고 새벽빛이 흘러내렸다. 은기의 몸은 지난여름보다 더 깎아 놓은 것처럼 매끈했다. 군살이라곤 없는 날렵한 근육들이 촘촘히 자리 잡아 완벽한 균형을 만들어 낸다. 트레이닝복을 아무렇게나 걸쳐도 도드라질 정도로 키도, 밸런스도, 비율도 절묘하다.

하지만 무엇보다도 가장 아름다운 순간은 벗었을 때. 움직임이 둔해져 스피드가 떨어지지 않게, 그렇다고 근육이 빠져 체력이 떨어지지도 않게 시즌 중엔 철저하게 식단을 지키고 하루도 빼먹지 않고 트레이닝 센터를 찾아 몸을 관리한다고 말했던 게 기억이 났다. 타고난 피지컬도 좋았지만 역시 노력도 어마어마했다.

"상처가 왜 이렇게 많아."

지서가 장골 쪽에 난 멍을 보며 말했다. 물결치듯 섬세하게 이어진 근육 위, 불그스름한 자국이 신경 쓰였다. 조심스럽게 손끝으로 매만지자 그의 몸이 움찔하며 단단한 흉골이 미세하게 오르내렸다.

"안 아파?"

"경기 중엔 흥분해서 아드레날린 과다 분비 상태라 아픈 줄도 몰라요. 나 뼈 부러진 거 모르고 뛴 적도 있어요."

그 말에 지서의 표정이 조금 어두워지자 은기가 그녀의 이마에 입을 맞추었다.

"원래 그래요. 심판 안 볼 때 팔꿈치로 몰래 갈기고, 할퀴고, 잡아당기고.

나도 하고, 걔도 하고."

유니폼 아래 속살엔 경기 중 생긴 타박상이 숨어 있었다. 딱지가 앉은 쪽은 지난 경기에서 생긴 것, 아직 붉은 것은 바로 전 경기에서 생긴 것이겠지.

"그러다 걸리면?"

"카드 받는 거지 뭐. 골 먹히는 것보단 몸빵이라도 해서 막는 게 더 나으니까. 이제 조심해야 돼요. 나 여기서 카드 더 수집하면 징계받을지도 몰라요."

대수롭지 않다는 듯 장난스러운 표정을 지은 은기가 다리 사이에 그녀를 가두어 깊이 옭아맸다. 길고 매끈하며 단단한 다리가 주는 압박감이 기분 좋았다.

"너 왁싱해?"

문득 생각나 지서가 물었다.

"네."

아아. 작게 소리 내며 고개를 끄덕이자 은기가 왜 그러냐는 듯 눈을 크게 떴다.

"나 예전에 이상한 생각 했었어."

"무슨?"

"애가 너무 매끈하게 생겼는데 중졸에 외국 생활 한다 그러지. 그래서 찾아봤더니 네덜란드는 마약이 합법이라 그러지. 게다가 타투는 있는데 체모는 없지. 혹시 얘 뭐 이상한 일 하는 거 아닐까."

은기가 황당하단 얼굴을 했다.

"거기 애들은 막 타투 온몸에 다 해요. 난 이거 우승 기념으로 하자고 그래서, 아빠한테 안 걸리려고 작게 한 건데."

다 큰 아들이 아빠라니. 사랑받으면서 자란 티가 난다.

"너무해. 날 그런 식으로 생각했단 말야?"

은기가 과장되게 상처받은 시늉을 하며 덧붙였다.

"다음에 한국 들어오면 여기에 지서 씨 이니셜 새길 거예요."

그가 자신의 손목을 보여 주며 웃었다. 경기 전 늘 키스하는 딱 그 자리였다.

"그리고 체모는 그라운드에서 넘어지면 잔디랑 엉키고 마찰돼서 상처도 잘 나고, 스프레이나 아이싱 잘못하면 피부에 염증 생기거든요. 땀도 많이 흘리니까 왁싱하는 게 깔끔하기도 하고 트레이너들 관리하기도 좋고."

그러면서 은기가 자신의 온몸을 그녀에게 밀착시켰다.

"나 속살은 더 부들부들하지 않아요?"

속삭이듯 말하며 그가 슬쩍 자신의 하반신을 그녀의 다리에 가져다 댔다. 단단한 허벅지로 은근하게 누르니 지서가 피할 수 있을 리 없었다. 발기한 성기가 그녀의 허벅지 안쪽 예민한 곳을 자극했다.

"또?"

"응, 한 번 더 해요."

은기가 협탁에 아무렇게나 쏟아 둔 콘돔을 집어 들었다. 그는 주어진 시간을 알차게 섹스로 채우고 있었다.

"콘돔 불편하다면서."

무연에서 처음 했을 때 썼던 콘돔은 네덜란드의 팀 동료가 선물로 준 거라고 했다. 그래서 불편한 걸 크게 몰랐다고. 은기는 경기 끝나고 바로 왔으니 가진 콘돔이 없었고 그건 지서 역시 마찬가지라 그가 급하게 편의점에 다녀왔다. 눈에 보이는 걸 아무거나 사 와서 억지로 끼우기는 했지만 꽤 불편해해 놓고 또 하고 싶어 한다.

"그 정도는 참아야지. 괜찮죠?"

아직 대답도 하지 않았는데 그의 손은 이미 그녀의 아래로 향했다. 가느다란 발목을 움켜쥐어 자신의 허리에 다리를 감게 하고는 삽입하기 편하게 자리를 잡았다. 지서는 가만히 팔로 그의 머리를 감쌌다. 머리카락이 서늘하다.

"힘들면 가만히 있어요. 내가 다 알아서 할게요."

귀에, 목에, 어깨에, 차례대로 은기의 입술이 닿았다. 그가 접촉할 때마다 간지럽고 찌릿해 아랫배에 힘이 들어갔다. 잔디에 베여 길게 상처가 난 손이 그녀의 연한 젖가슴을 주무르기 시작했다. 방금 전 만졌을 때보다 더 은기가 힘을 주자 지서는 작게 신음하며 숨을 들이켰다. 점점 시야가 흐려지고 체온이 올라갔다. 뒤꿈치가 간질거리며 몸 안에서 작은 폭발이 이어졌다.

"으음."

손등으로 입을 막았는데도 계속 소리가 터져 나왔다. 이 자극은 아무리 반복해도 도무지 익숙해지지가 않았다. 은기가 손을 넓게 펼쳐 양 가슴을 가득 움켜쥔다. 손가락 사이에 유두를 끼고 주무르는 동시에 비틀어 자극한다.

그래도 부족해. 괜히 안달이 나 지서는 다리에 힘을 주고 그의 허리를 더 자신 쪽으로 끌어당겼다. 그 순간, 둥글게 원을 그리며 유륜 주변을 맴돌던 손가락이 젖꼭지를 잡아 거칠게 비틀었다. 가라앉았던 여운이 다시 살아났기 때문인지 지서는 약간의 자극에도 더 민감하게 반응했다. 식었던 몸이 그의 품 안에서 다시 뜨거워졌다.

"하읏."

쾌감이 발끝에서부터 치고 올라왔다. 찌릿한 전율에 지서가 저도 모르게 몸을 비틀려 했지만 커다란 은기의 몸에 가로막혀 도망칠 곳은 없었다. 다리 사이에선 뜨거운 뭔가가 울컥 흘러내리는 느낌이 들었다.

"오늘 더 예민한 거 같아."

은기가 콘돔을 뜯어 페니스에 끼우며 말했다.

"그야…… 오랜만이니까."

지서는 그의 눈을 피해 고개를 틀고 시선을 내리며 답했다. 그와의 섹스가 처음도 아닌데 왠지 오늘은 낯설고 부끄러웠다. 아무래도 같이 살고 싶다던 은기의 목소리가 귀에서 맴도는 탓인 것 같았다. 남편이 되고 싶다니. 장래 희망 이야기하는 어린애처럼 그게 뭐야. 타박하고 싶은데, 또다시 그의 목소리가 귓가에서 반복되자 지서의 뺨이 붉어졌다. 정작 당사자는 그게 프러포즈라는 인식도 못 하고 있었다.

은기가 그녀의 왼손을 당겨 손등에 입을 맞추었다. 닿는 감촉이 간지러워 웃음이 나려 했다. 이로 약지 끝을 살짝 깨물었다가 새가 부리로 쪼듯 손가락 마디마디에 꼼꼼하게 입을 맞추며 올라온다. 은기는 지서의 마음을 읽은 사람처럼 꽤 오래 약지에 입을 맞추고는 슬쩍 그녀를 보며 웃었다. 보조개가 보기 좋게 파이며 부드러운 곡선을 만들어 냈다. 곧이어 은기가 느릿하게 그녀의 안으로 들어온다.

"너 너무…… 너무 커."

그에게 몸을 열어 줄 때마다 감탄하듯 내뱉는 말이었다. 살살, 적당히 하라고 그녀가 가슴팍을 툭툭 쳤지만 은기는 더 깊이, 뿌리 끝까지 자신을 박아 넣었다.

감당하기 힘든 크기가 몸 안 가득 들이찼다. 그가 왕복으로 움직일 때마다 서로의 점막이 마찰하며 축축하게 젖은 소리가 일정한 박자로 반복되었다. 이미 한 번의 정사로 과민해진 지서의 내벽이 끈적하게 수축하며 그를 옭아맸다. 성기에 압박감을 느꼈는지 은기가 잠시 멈춰 음미한다.

모든 것들이 하얗게 휘발되어 날아간다. 아득한 다른 세상으로 빨려 가는 것 같은 느낌. 놀이기구를 탄 것처럼 빙글빙글 돌다가 심장이 내려앉을 것처럼 추락하다가 다시 저 하늘 위로 치솟았다. 감당 못 할 쾌감이 정신없이 반복돼 지서는 차라리 생각하는 것을 포기했다.

"사랑해요."

쉿소리가 나는 목소리로 은기가 말했다. 지서는 대답할 겨를이 없어 그에게 자신의 손을 뻗어 내밀었다. 은기의 커다란 손이 흔쾌히 그녀의 손을 맞잡았다. 그리고 지서의 귓가로 몸을 굽혀 주문을 걸듯 은밀하게 속삭였다.

"아까 한 거 프러포즈 아니야. 잊어요. 빨리 잊어. 나중에 제대로 할 거야."

그렇게 말하면 기억을 지울 수 있다고 믿는 사람처럼.

"……응?"

애원하며 되묻자 지서는 대답 대신 고개를 끄덕였다. 그제야 그의 눈매가 느른하게 풀어지며 만족스러운 미소를 그렸다. 지서는 그의 눈동자에 비친 자신을 바라보며 고개를 들어 입을 맞추었다. 그러자 어떤 신호처럼 몸 안에 자리 잡은 그의 성기가 좀 더 팽창하며 빈틈없이 그녀의 안을 빠듯하게 채웠다.

그가 허리를 움직일 때마다 알 수 없는 비율로 뒤섞인 야릇한 쾌감과 통증이 온몸에 퍼져 나갔다. 전신으로 그의 크고 단단한 몸이 느껴진다. 청량한 체취와 매끈한 피부, 따뜻한 체온. 모든 것이 아늑하고 좋아 지서는 눈물이 날 것만 같다.

은기의 어깨를 타고 흘러내린 아침 햇살이 그녀의 가슴팍에서 찬란하게 부셔졌다. 눈부심에 지서가 눈을 가늘게 뜨자 은기는 커다란 몸을 들어 하늘을 가렸다. 그녀의 얼굴에 그림자가 진다. 그 찰나, 은기는 아무도 그녀를 보지 못하게 하고 싶단 생각을 한다. 햇빛조차도. 낮도, 밤도, 모두 훔쳐 나만 볼 수 있게.

시계가 어느덧 오전 6시를 가리킨다. 12시 비행기이니 빠듯하게 잡아도 11시까지는 공항에 가야 하고, 여기서 늦어도 9시엔 나서야 한다. 시간을 계산하자 은기는 괜히 기분이 가라앉는 느낌이었다. 세 달 동안 쌓아 온 것들을 퍼부을 수 있는 시간이 이제 세 시간 남짓뿐이었다. 3일 밤낮으로도 모자랄 것 같은데, 잠시도 떨어져 있고 싶지 않은데.

"은기야."

지서가 그를 부르며 부드럽게 웃었다. 하얀 미소가 투명하게 빛난다. 그 순간, 거추장스럽다 생각했던 이 아침이 그에게는 다른 의미가 된다.

"좋아해."

순간 은기의 얼굴이 굳었다. 움직임을 멈추고 잠시 가만히 그녀를 뚫어져라 내려다보기만 했다. 지서와 완전히 결합한 상태에서 그가 멍한 눈으로 입을 뗐다.

"한 번만 더 말해 줘요."

은기의 목소리가 낮게 갈라졌다.

"좋아해."

지서가 그의 손을 끌어가 엄지와 검지로 은기의 왼손 약지를 매만졌다. 어떤 의미인지 안다. 알기에 가슴에서 무언가 울컥하며 손끝이 떨린다.

"다른 말로도 해야죠."

은기가 조르며 천천히 지서에게로 몸을 밀어 넣었다. 그녀가 몸을 들썩이며 그를 비스듬히 보다가 열없이 시선을 피했다. 부끄러워서 그런다는 걸 아는데도 괜히 빨리 듣고 싶어서, 심술이 나서 은기는 더 거칠게 밀어붙였다.

"하읏."

"빨리, 빨리 말해 줘요."

더 깊이.

"빨리."

"……사랑해."

"한 번 더."

"사랑, 으읏, 사랑해."

지서는 간신히 참아 왔던 말을 내뱉으며 눈을 감았다. 누군가에게 처음 해 본 고백은 그녀에게 그 어떠한 쾌감보다 더한 전율을 선사했다. 눈을 감는 날까지 오늘을 잊지 못할 거라는 예감이 들었다. 쏟아지는 햇빛의 각도가, 부드러운 공기의 밀도가, 날짝지근한 몸의 느낌이. 그 모든 것이 완벽해 행복했다.

유한한 세상. 너라는 무한한 바다에 빠져 몸을 내맡긴다.

표류하던 이 마음의 행방, 종착지는 너이다.

그냥 비행기 놓쳐 보는 건 어떨까. FA컵 예선이 있긴 하지만 상대가 5부리그 팀이라 감독은 2군과 유스 선수들 위주로 로테이션을 돌리겠다고 공식적으로 선언했다. 게다가 주말 리그 경기도 하위권 팀이라 벌써 몇 경기째 풀타임을 소화한 은기에게 되도록 체력 보충할 시간을 주겠다며 미리 언질을 주기도 했다. 수비수 로테이션이 충분하지 않으니 아마도 벤치에 앉게 될 것 같았지만 그 정도는 체력적으로 크게 무리가 없었다.

그러니까 비행기를 놓치고 하루 더 있고 싶다는 소리다.

"웃기는 소리 하지 마."

은기는 지금 지서의 차 조수석에 실려 인천공항으로 향하고 있다.

"너 이렇게 온 것도 신경 쓰인단 말야."

"지서 씨."

"안 돼. 당장 가. 이게 처음이자 마지막이야."

지서가 냉정하게 은기의 말을 자르며 속도를 올렸다. 콘돔을 입에 물고 '한 번만 더'를 외쳐 대는 은기 때문에 미적거리느라 시간을 지체했다. 지금 서둘러 공항에 가도 시간이 빠듯하다.

말도 못 하나. 그렇게 빨리 보내고 싶나. 좀 서운했지만 지서의 성향을 알기에 은기는 얌전히 조수석에 앉아 운전에 몰두한 그녀를 힐끔거렸다. 완전히 집중했는지 지서는 손도 안 잡아 주었다.

강변북로를 빠져나와 방화대교로 들어서자 오가는 차가 한결 줄어들었다. 다리의 한가운데로 접어들자 붉은색의 커다란 물결 모양 구조물이 머리 위로 지나갔다. A매치 데이가 끝나고 다시 팀에 복귀할 때면 종종 보던 풍경들이었다. 그땐 대수롭게 여기지 않았던 것들이 여름을 기점으로 모두 다 특별해졌다.

그런데 계속, 뒤에 보이는 차가 거슬린다.

"은기야."

"오른쪽 대각선에 있는 흰색 카니발 보이죠."

다리를 완전히 빠져나와 공항 고속도로에 접어들 무렵 은기가 조수석 쪽 사이드 미러를 보며 물었다.

"응."

지서 역시 눈치챘는지 차분하게 답했다.

"아는 차야? 에이전시라거나."

그녀의 물음에 은기는 아예 몸을 돌려 창밖으로 뒤따라오는 차를 확인했다. 흔히 볼 수 있는 구형 승합차였다.

"아뇨. 전 혼자 다녀서 승용차로 픽업 나와요."

그리고 에이전시에는 한국에 온 걸 알리지도 않았다. 영국에서 일을 봐주는 현지 직원에게 공항으로 가자고 닦달하면서도 한국엔 알리지 말아 달라고, 무슨 일이 있어도 바로 오겠다고 철석같이 약속했다. 지금 은기가 한국에 있는 것을 아는 사람은 그 직원과 지서뿐이다.

카니발이 가까이 붙자 지서는 사이드 미러를 통해 번호판을 확인했다.

"……렌트카네."

골치 아프게.

지서가 차선을 바꾸자 카니발이 금세 뒤로 따라붙었다. 하필이면 또 계속 조수석 쪽으로 바짝 붙는 게 신경 쓰였다. 선팅을 짙게 한 편이라 누가 탔는지 얼굴이 구별될 정도로 보이진 않을 테지만…….

은기는 지난밤, 몰래 한국에 들어왔을 때처럼 모자를 쓰고 그 위에 후드까지 뒤집어쓴 뒤 의자를 젖혔다. 기자들에게 알려지면 핑계 대기 애매한 상황이긴 한데 그렇다고 저렇게 차까지 동원해서 따라다닐 정도는 분명 아니었다. 신인 시절부터 인터뷰를 하고 가끔 안부를 주고받을 정도로 가깝게 지내 은기의 개인적인 연락처를 알고 있는 기자들도 몇 있었다. 그가 한국에 왔다는 말이 돌았다면 직접 전화로 물어봤을 것이다. 굳이 저럴 이유가 없다.

뭘까.

그도 아니면, 짐작 가는 건…….

"기자 같아. 열애설 파파라치 찍는 매체들 저렇게 다닌다고 들었거든."

지서가 차선을 바꾸며 명쾌한 목소리로 말했다. 최근에 기사 공급을 계약한 연예 매체 담당자와의 미팅 자리에서 얘기를 들은 기억이 났다. 그래서 연예인 커플들 사이에선 장기 렌트카 번호판을 부착한 승합차 주의보가 내려졌다고.

거기다 또 하나.

'요즘 걔 털려고 다들 눈에 불을 켠다는 말이 있어요. 어디 매체는 국장이 사진 팀에 고은기 스캔들 현상금도 걸었대요. 완전 먹잇감.'

바로 어제 스포츠 팀 편집자와 나눈 대화가 그녀의 뇌리를 스쳤다.

도대체 한국에 들어온 건 어떻게 안 거지.

"기자라니 설마."

은기가 말도 안 된다는 듯 어안이 벙벙한 얼굴로 말했다.

"너 인기 많아."

축구 좋아하기로 유명한 남자 연예인부터 고은기로 축구에 '입덕' 했다며 경기 중계 화면을 찍어 인증하는 여자 연예인들까지, 너 나 할 것 없이 은기의 팬임을 밝혔다. 공개적으로 예능 프로그램 섭외를 요청하거나 연예인 조기 축구회에 초대하고 싶다고 언급하는 건 이제 일상적인 일이 되어버렸다. 직관을 온 여자 연예인이 SNS에 인증 사진을 올릴 때면 뭐든 엮고 보는 스포츠 팬들 사이에선 사귀는 것 아니냐는 의심이 자연스럽게 뒤따랐고 이상한 뉘앙스의 기사도 심심치 않게 나왔다. 지서는 웃어넘겼지만 오히려 은기가 더 안절부절못하며 그녀의 눈치를 보곤 했다.

"손잡이 꽉 잡아. 따돌릴 거야."

지서는 차의 에코 모드를 풀고 스포츠 모드로 바꾸었다. 가속 페달을 밟자 엔진 소리가 신경질적으로 울리고 속도를 올리자 차가 아래로 가라앉았다. 승합차가 허둥지둥 따라붙었지만 운전 스킬과 자동차 엔진의 차이인지 거리가 점점 벌어졌다. 서울에서부터 내내 미행하던 승합차는 이제 몰래 쫓아간다는 자각도 없어 보였다.

엔진의 소음과 창밖의 바람 소리는 요란했지만 지서의 운전은 안정적이었다. 점점 뒤로 멀어지는 승합차를 확인한 은기가 그녀를 응시했다.

"왜 그렇게 봐. 부담스럽게."

옆눈으로 봤는지 지서가 입술을 씰룩거리며 말했다. 민망하거나 쑥스러울 때, 그녀는 저렇게 입술을 움직이거나 앙다물곤 했다.

"헤어지기 싫어서요."

"……차 안 보이지?"

영종대교에 접어들 무렵, 점으로 보이던 승합차가 시야에서 완전히 사라졌다.

"사실 전 사진 찍혀도 상관없어요."

지서는 못 들은 척, 속도를 줄이며 버튼을 눌러 다시 에코 모드로 바꾸었다.

은기는 동요를 숨기기 위해 입술을 삐죽거리는 지서를 보다가 넓게 펼쳐진 서해로 시선을 옮겼다. 지서를 무연에 두고 출국했던 그날은 해무가 짙게 껴 시야가 어두웠는데 오늘은 날이 굉장히 맑아 눈이 시렸다. 은기는 하늘과 바다의 경계를 더듬어 보다가 여기서 영국이 보였으면 좋겠다는 헛된 희망을 품어 보았다.

창을 열자 소금기 섞인 바람이 불었다. 충동적으로 한국에 와서 지금 그녀와 함께 있다는 게 꿈같았다.

"은기야."

혹시 아직도 꿈을 꾸고 있는 것은 아닐까.

"2 터미널 맞지?"

"네에."

은기는 일부러 발음을 길게 끌어 대답했다.

"나 내려만 줄게. 혹시 몰라서."

기자들이 출국장에도 대기할 수 있으니 꺼려진다는 뜻이겠지.

"그리고…… 알려지는 게 싫다는 게 아니라 불필요하게 구설수에 오르는 게 신경 쓰여서 그래."

지서가 가만히 덧붙였다. 은기는 삐진 척을 할까 잠시 고민하다가…… 관두었다. 안 그런 척 자신의 눈치를 보는 그녀는 꽤 귀엽지만 지금은 시간이 너무 없었다.

"무슨 뜻인지 알아요. 괜찮아요."

"골 먹으면 시즌 중에 한국 들락거리면서 연애하느라 폼 떨어져서 그렇다고 악플 달릴 거 뻔하고."

불과 몇 달 전까지만 해도 자신이 누구인지도 몰랐으면서 그동안 꽤 챙겨 봤는지 이제 지서도 이 판의 생리를 대충 파악한 모양이었다.

"지금도 충분히 악담 심한데 꼬투리 잡히는 거 같아서 별로야. 날 잡아서 다 고소해 버려. 우리 포털은 그런 거 협조 잘해 줘. 댓글이랑 아이디 정보 법무 팀에 요청하면 다 넘겨줄 거야."

"원래 그래요. 괜찮아."

"난 안 괜찮아. 왜 시간 들여서 남 욕을 하고 그래? 나 열 명은 아이디도 외웠어."

"기사 댓글들 보지 말지."

내 일 때문에 대신 화내 주는 게 마냥 좋기만 하다면, 너무 철이 없는 건가.

"안 보는 게 쉽니."

지서가 속상한 표정을 지으며 손으로 톡톡 핸들을 쳤다. 도대체 뭘 봤기에 떠올리는 것만으로도 화를 내는 건지.

"액막이도 아니고 사람한테 욕받이가 뭐야. 욕받이여서 욕해도 된다잖아."

이미 은기는 선후배들은 물론 팬들 사이에서도 대한민국 국가대표 팀 차기 욕받이로 낙점되었고, 어차피 그런 말들은 운동을 계속하는 한 더 심해질 게 분명해 그냥 즐기기로 했다. 현 욕받이인 선배의 말에 따르면 왕관의 무게를 견뎌야 한다나. 그는 자신이 5년 후 대표 팀에서 은퇴할 테니 그때 은기 네게 욕받이 자리를 완전히 물려주겠다는 농담을 하기도 했다.

차는 어느덧 2 터미널 출국장으로 접어들었다. 평일이었지만 비행기가 몰려 있는 시간이라 하차장이 제법 붐볐다. 지서가 그중 가장 한적한 곳에 정차하자 모자를 고쳐 쓴 은기가 고개를 돌려 주변을 살폈다. 일단, 파파라치 기자들처럼 보이는 차는 없었다.

"들어갈게요. 내리지 마요."

"응."

"한 달 후면 A매치 뛰러 오니까, 그때 봐요."

"……응."

"사랑해요."

이제 버릇과 습관이 되어 버린 은기의 고백에 지서가 비스듬히 시선을 내렸다. 감정의 무게를 감당하기 두려워서 입에 담기 어려워한다는 걸 아는데도 오늘따라 미묘하게 서운했다. 불과 몇 시간 전 섹스할 때 처음으로 들어 본 고백이 전부였다. 원래 연애라는 게 이렇게 사람을 작은 것에 집착하게 하고 쪼잔하게 만드는 건지, 새삼스러웠다.

"갈게요."

은기가 차 문을 열고 밖으로 발을 내디디려는데.

"……사랑해."

그녀의 목소리가 그를 붙잡았다. 은기는 조금 멍한 얼굴로 지서를 뒤돌아봤다.

"못 들었어요."

"그…… 아, 음, 맨정신으로 말하려니까 부끄럽다."

지서가 난감하단 얼굴로 손부채를 만들어 바람을 일으켰다.

"사랑해."

같은 말인데도 밤의 고백과 낮의 고백은 무게는 동일하지만 밀도가 다르다.

은기는 불쑥 차 안으로 깊이 몸을 넣었다. 그러곤 운전석까지 다가가 지서를 당겨 입을 맞추었다. 빠르고 기습적인 키스에 놀랐는지 잠시 몸을 떨던 지서 역시 그의 목에 팔을 감으며 흔쾌히 응했다.

수도 없이 많이, 다 헤아릴 수 없을 만큼 그와 입을 맞추었지만 그 모든 기억 속 오감을 뛰어넘는 감각이 이어졌다. 혀가 섞이는 소리를, 달콤한 맛을, 까슬한 혀와 부드러운 입술의 감촉을, 따스한 너의 체취를, 그리고 누구보다 아름다웠던 지난여름의 너를.

떨어지는 입술이 아쉽다. 밤만 계속 덧붙여 끝도 없이 이어 뒀다면 계속 입을 맞추고 몸을 맞댈 수 있었을까.

"나 가요."

"응."

"전화할게요."

낮은 목소리로 말하며 은기가 차에서 내렸다. 미련이 남은 얼굴로 몇 번 그녀 쪽을 뒤돌아보고는 걸음을 빠르게 옮겨 출국장 안으로 사라졌다.

그제야 지서는 길게 호흡을 내뱉으며 핸들에 머리를 기대었다.

그의 미소, 목소리, 향기. 그의 모든 것에서 특유의 응집력을 느끼곤 한다. 따스한 물 같은 편안함과 흘러넘치지 않게 붙들어 주는 표면장력 같은 것을.

그녀의 불안은 그의 깊은 입맞춤에 질식한다.

13.
빈집

뒤따르던 승합차의 정체는 예상보다 빨리 밝혀졌다.

"이 팀장 운전 잘한다고 혀를 내두르더군요."

지서를 아래위로 천천히 훑어본 남자는 자리를 권하고는 바로 본론으로 들어가 태블릿 PC를 밀어 주며 말했다. 지서는 액정 화면에 떠 있는 사진을 보고 입술을 깨물었다. 태블릿 PC엔 익숙하지만 낯선 얼굴의 두 사람이 있었다. 은기, 그리고 지서 자신.

은기를 보낸 다음 날 지서는 느닷없이 회장실로 불려 올라갔다. 임원 회의에서 PT를 한 경험은 있지만 다이렉트로 호출을 받은 것은 처음이었다. 조용히 비서실의 말을 전한 본부장이 무슨 사고라도 친 거 아니냐며 예상되는 게 없냐고 지서를 다그쳤다. 회장실. 최명훈. 이주애의 남편이자 최태하의 아버지. 추측할 만한 연결고리는 이것뿐이었다.

"누군가 했더니 회장님께서 사람을 붙이신 거였나 봐요."

지서는 최대한 담담하게 말하며 태블릿 PC 속 사진을 응시했다. 공항, 지서의 차에서 키스하는 사진이었다. 따돌렸다고 생각했는데 공항에도 대기 중인 팀이 있었던 듯했다. 어쩌면 은기의 여권 정보를 이용해 사전에 편명까지 다 체크해 뒀을지도 모른다는 생각이 들었다. 불법이지만 눈앞에 있는 남자, 최명훈에겐 전화 한 통이면 해결될 일일 테니.

"사진 잘 나왔네요. 기념으로 가지고 싶을 정도로요."

꽤나 맹랑한 지서의 말에 무표정했던 최명훈의 얼굴에 소리 없는 미소가 떠올랐다.

그때 노크 소리와 함께 묵직한 문이 열리며 비서가 들어왔다. 회장실 비서라면 입 무거운 걸로는 손꼽히겠지만 괜히 신경이 쓰인 지서는 태블릿의 버튼을 눌러 화면을 꺼 버렸다. 두 사람이 앉은 원형 테이블로 다가온 비서가 지서와 명훈의 앞에 찻잔을 내려놓았다. 모든 행동이 깔끔하고 숙련된, 철저하게 훈련된 사람의 것이었다.

비서가 나갈 때까지 지서는 시선을 움직이지 않고 맞은편에 앉아 있는 최명훈의 손끝만 바라보았다. 굵고 거친 남자의 손이 느릿한 박자로 테이블을 묵직하게 두드렸다. 어떠한 감정도 묻어 있지 않았지만 그 때문에 도리어 신경질적으로 느껴졌다.

회장실 내부 역시 그의 이러한 성향이 짙게 묻어났다. 창이 작아 실내가 어두웠고 적은 광량 때문인지 천고가 높았음에도 공기가 무거웠다. 한편에 나란히 놓여 있는 난 화분조차도 정물화처럼 살아 있는 것 같지 않았다. 정적이며 강박적인 성향이라고 했지. 감정적이고 충동적인 태하는 아버지의 이러한 성향을 못 견뎌 했다.

"생각했던 것보다 더 맹랑하네."

최명훈이 품평하듯 입을 열었다.

"내가 붙인 건 아니고, 내가 사진을 기자들에게 샀어요. 꽤 거금을 주고."

생각을 정리했는지 최명훈이 나직한 어조로 말을 이었다. 그 말에 지서는 시선을 들어 최명훈을 똑바로 응시했다. 어디서 그런 용기가 나왔는지 모르겠다. 잠시 그렇게 두 사람 사이엔 기묘한 적막이 흘렀다.

깔끔하게 넘긴 흰 백발, 칼같이 주름 잡힌 양복과 반질반질한 구두. 모든 걸 완벽하게 갖춘 남자는 바늘구멍 하나 들어갈 구석이 없었다. 보는 눈이 많은데도 급하게 회장실로 부른 의도를 파악해 보려 했지만 그에게선 어떠한 감정도 읽을 수가 없었다. 호감도, 적의도, 아무것도 없다. 숨기는 게 많은 것 같은 표정 없는 얼굴은 무심한 듯 여유로워 보인다.

용의를 읽지 못하니 솔직하게 나가자. 지서는 천천히 입을 열었다.

"이해가 안 되네요. 회장님은 이 사진 사실 이유가 없으실 텐데요."

맑은 연둣빛 녹차를 한 모금 마신 명훈이 고개를 끄덕였다.

"맞아요. 내가 아는 게 없었으면 이 사진 거들떠도 안 봤겠지."

……그렇다면 그는 뭘 알고 있는 걸까.

긴장으로 입 안이 말라 왔다. 지서는 가늘게 떨려 오는 손을 애써 추스르며 찻잔을 들었다. 마음속으로 '침착하게'를 반복하며 알맞게 식은 차를 천천히 한 모금 마셨다. 몸 안으로 퍼지는 온기를 느끼며 생각한다. 그가 아는 것. 태하와의 관계인지, 자신이 이주애의 딸이란 사실인지 가늠되지 않았다. 주애가 긁을 때마다 과거를 폭로하겠다며 악다구니를 써 놓고 막상 그런 상황에 닥치니 망설이며 긴장하는 스스로가 이해 안 된다. 여자를 바닥까지 끌어내리고 싶기도 하고 평생 불안에 떨면서 가슴 졸이며 살았으면 싶기도 하다.

"태하랑 관계 정리했댔죠."

지서가 차를 한 모금 더 마시고 찻잔을 내려놓았을 때 명훈이 불쑥 입을 열었다.

"네, 최태하 전무와의 관계는 벌써 몇 달 전에 정리했습니다. 돌이킬 생각도 없습니다."

"그 부분에 대해선 이 팀장한테 고맙게 생각해요. 그 혼사, 태하한테 꽤 중요하거든."

"그런데 이 사진은 왜 사셨어요. 최 전무랑 찍힌 것도 아닌데요."

왜 굳이 최 회장이 나섰는지 납득이 되지 않았다. 사진이 공개된다면 구설수에 오르는 것은 은기였다. 시즌 중에 연애질하느라 비행기 탔냐는 비아냥 정도는 듣겠지만 그조차도 적당히 포장해 넘길 수 있는 수준이었다.

지서 역시 마찬가지였다. 신상이 알려진다면 여러 가지로 불편은 하겠지만 거금을 들여 사진을 사고 기사를 막을 정도는 아니었다.

"이 팀장, 그동안 내 안사람이 누구인지 왜 외부에 안 알려졌을 거 같습니까."

최 회장의 말에 잔을 들려던 지서의 손이 허공에서 멈칫했다.

그는 알고 있었다.

"제가 이주애 씨 딸인 거, 회장님은 알고 계셨군요."

태하와의 관계 때문에 부른 게 아니었다. 그는 이주애의 남편으로서 지서를 부른 거였다.

그래, 이 정도 위치에 있는 남자가 아무런 조건도 따지지 않고 출신이 모호한 여자와 결혼했다는 것 자체가 의문이었다.

"이 팀장도 알다시피 ST가 요즘 시끄러워요. 텔레콤 최명주가 버려뒀던 자기 아들을 데려와서 내세우기 시작했거든. 태하 경쟁자인 셈인데…… 내 아들이 거기에 비하면 많이 모자라요. 그래서 안사람이 더 안달복달해서 이 팀장도 좀 괴롭혔을 거예요."

"많이 괴롭혔어요."

지서가 말을 고쳐 주자 최 회장이 담담히 입을 열었다.

"ST 최명훈의 아내가 결혼 전 유부남인 명진국 화백과의 사이에서 낳고 버려둔 딸이 있고, 그 딸이 축구 선수 고은기를 만나고, 고은기는 그 여자 때문에 시즌 중에 눈이 뒤집혀서 한국에 들어오고."

평범한 연애라고 생각했는데 타인의 입을 통해서 들으니 꽤나 자극적이다.

"내가 돈 써서 이 사진 안 샀으면 이 팀장은 오늘 11시에 자기 손으로 그 기사 우리 포털 메인 화면에 노출해야 했을지도 모르지."

지서로서는 그다지 상상하고 싶지 않은 가정이었다. 은기도, 그녀 자신도 거리낄 것이 없지만 되도록 피해 가면 좋을 상황들. 생각하는 것만으로도 머리가 지끈거리며 두통이 왔다.

"그동안 내가 알면서도 나서지 않은 건…… 박 여사님과 약속을 해서였어요."

최 회장의 입에서 뜻밖의 이름이 나오자 지서는 퍼뜩 고개를 들어 그를 바라봤다.

박 여사라면.

"박화순 여사. 이 팀장과 내 안사람의 어머니. 장모님이라는 말은 입에 잘 안 붙네."

최 회장이 자조적으로 말하고는 잠시 헛기침을 했다.

"박 여사님은 우리 쪽과 지서 양 사이에 접점이 생기는 걸 굉장히 끔찍하게 생각하셨어요. 지서 양이 다칠까 봐 걱정하신 거겠지."

지서는 평온한 척하기 위해 떨리는 손으로 찻잔을 감싸 쥐었다. 갑자기 손끝이 저리고 온몸의 핏기가 가시는 기분이었다. 관계도와 상황이 명확하게 그려지지 않았다.

박 여사는 늘 지서에게 언니 앞길 망치지 말라며 행여나 찾을 생각도 하지 말고 괜히 연락해서 신세 질 생각도 말라고 잔소리를 해 댔다. 서울로 대학 가는 것을 반대한 이유도 결국 이주애를 더 위했기 때문이라고 생각했다. 그래서 주애의 남편이 오너로 있는 회사에 입사한 것도, 최태하와의 관계도 굳이 말하지 않았다. 박 여사라면 눈치챘을지도 모른다고 생각했지만 어쩐 일인지 아무런 말이 없어 모를 거라고만 여겼다.

그런데 그녀는 다 알고 있었다. 모르는 척했을 뿐. 처음 명함을 주었을 때 복잡한 얼굴을 했던 건 그 때문이었을까.

"……우리 노인네 어디까지 알고 있었어요."

가끔씩 이질감이 들었던 순간이 있었다. 지서가 바라본 박 여사와 은기가 말하는 박 여사가 다른 사람처럼 느껴져서. 은기는 그녀가 지서 자신을 대단히 사랑한 것처럼 말하곤 했다.

"전부 다. 박 여사님은 태하 같은 손주사위 싫다며 두 사람 떼어 달라고 하셨고 난 주애가 원한다면 결혼시킬 생각도 있다고 했지. 우리 지서는 착하고 마음 넓고 건강한 놈 만나야 된다고 하시는데 애비인 내가 봐도 태하가 그런 남자는 아니라 여사님이 반대하시는 이유도 알 만했어요."

이따금 만나는 남자 없냐고 떠봤으면서 다 알고 있었다니.

"지서 양이라면 태하 정리할 거라고 하시더군. 믿는다고."

언제부터 날 그렇게 잘 알았다고. 지서는 미간을 찌푸리며 테이블 아래에 모아 둔 두 손에 힘을 꽉 주었다. 엄지손톱의 거스러미가 거슬려 잡아뜯자 살갗이 따끔하다. 얕은 통증에도 눈에 핑, 열이 몰린다.

문득 박 여사의 조의금을 정리하며 느꼈던 의문이 뇌리를 스친다.

"……조의금 5,000만 원 회장님이시군요."

지서의 물음에 명훈이 흔쾌히 시인했다.

"주애가 혹시나 내가 알고 있는 걸 눈치챌까 봐 조문은 못 했어요. 미안해요."

"괜찮습니다. 이주애 씨는 아예 안 왔거든요."

지서는 까칠하게 대답하고는 허리를 세워 자세를 바로 했다. 이유는 모르겠지만 그냥 공허했다.

"왜 그렇게 필사적으로 모르는 척을 해 주시는 거예요?"

"주애는 내가 모르길 원하니까. 내가 보기보다 애처가라."

"복받았네요."

지서가 빈정거리자 최 회장이 피식 웃었다. 날카롭고 신경질적인 눈매와 입술이 곡선을 그렸다. 아무리 살펴보아도 애처가의 얼굴은 아닌데 의외였다.

"사진 사 주신 것 감사합니다."

지서가 인사하자 최 회장이 서류 봉투 하나를 그녀 쪽으로 내밀었다.

"공짜 아니에요."

충분히 예상했던 부분이었다. 지서는 초연한 얼굴로 봉투 속 서류를 꺼냈다. 부동산 서류였다. 서울 어디의 아파트, 지방 어디의 상가 같은 것들. 그녀의 표정이 굳었다.

"혹시나 오해할까 봐 말하는 건데 태하랑은 상관없어요. 새아버지가 주는 거라고 생각해요. 지서 양에 대한 경제적 지원은 박 여사님이 예전에 모두 거절을 하셨는데…… 그때랑은 상황이 달라지기도 했고, 무엇보다 내가 지금 이 팀장 밥줄을 끊을 계획이라."

"전 박화순 여사랑은 달라서 이런 거 거절 안 해요. 그러니까……."

지서는 잠시 말을 멈추고 명훈을 똑바로 응시했다.

"퇴사하라는 말씀이신 거잖아요."

"맞아요. 이 팀장 남자 친구가 생각보다 대단한 사람이라 주애가 더 주목받을 수도 있거든. 난 아내를 지켜야겠어요. 여사님도 생전에 지서 양이 주애랑 더는 엮이지 않길 바라셨고, 내 손으로 정리해야겠다고 전부터 생각은 했는데 이 팀장이 스퀘어에 없어선 안 될 중요한 인재라 욕심이 나서 미뤄 두고만 있었어."

명훈의 명료하고 분명한 목소리가 귀에 박힌다.

"그러니까 나가요. 최대한 빨리."

어색한 정적이 이어진다.

'아내를 지킨다.'

그 말이 귓가에 맴돌아 지서는 괜히 터져 나오려는 허탈한 웃음을 참았다.

최명훈과 주애가 같이 찍힌 기사 사진을 처음 보았던 날이 떠오른다. 대학 때였지. 늦은 밤, 과외 학생 보충을 해 주느라 기숙사 통금 시간이 아슬아슬해 죽어라 뛰었다. 숨 쉴 때마다 목에서 피 맛이 날 정도로 달렸지만 결국 기숙사에 들어가지 못했다. 그날, 겨울의 보름달은 서럽게도 밝았다.

박 여사가 해 준 따뜻한 밥과 갈치조림을 생각하며 편의점에서 폐기 직전의 삼각김밥을 샀다. 도서관 열람실은 닫았고 바쁘게 사느라 잠시 신세 질 만한 친구도 없었기에 편의점 앞 테이블에 앉아 버석거리는 삼각김밥을 꾸역꾸역 입에 넣었다.

그러다 편의점에 걸어 둔 모니터 화면에서 최명훈과 주애를 봤다. ST그룹 임원 인사 뉴스였다. 그냥 스쳐 지나가는 자료 화면이라 최명훈 옆의 여자에게 주목하는 사람은 아무도 없었을 것이다.

그 순간 가슴에서 들끓던 날카로운 분노가 아직도 생생하다.

최태하가 여자의 의붓아들이라는 것을 알았을 때, 기뻤다. 드디어 여자의 약점을 거머쥐었다는 비틀린 쾌감, 조금이라도 양심의 가책을 느끼길 바라는 속 좁은 바람, 만나자고 했을 때 밤새 준비한 매몰찬 말들. 그때부터 여자를 향한 분노를 원료로 살았다.

"나가라면 나가야죠. 회장님 말씀이신데요."

지서가 한숨 쉬듯 말했다. 그냥 임원도 아니고, 최명훈은 스퀘어의 오너이다. 애초에 지서의 의사가 중요한 결정이 아니었다.

그동안 난 무얼 좇은 것인지. 순간 길을 잃은 것 같다.

"미디어 본부에서 지금 진행 중인 프로젝트가 있다고 들었는데, 혹시 이 팀장 손으로 마무리하고 싶다면 시간적 여유를 더 줄 수도 있어요."

"아뇨, 그냥 지금 그만두겠습니다. 쫓겨나는 마당에 이제 제 알 바 아니잖아요."

선심 쓰는 듯한 말에 지서는 칼같이 선을 그었다.

"내가 이직처를 알아봐 줄 수도 있고."

"괜찮습니다. 알아서 할게요."

지서의 대답에 이 또한 예상했다는 듯 명훈이 고개를 끄덕였다.

"용건 끝나셨으면 일어나 보겠습니다."

"그래요."

지서는 곧장 자리에서 일어나 그를 향해 묵례를 했다. 막상 마음을 정하니 잠시라도 이 건물에, 이 사무실에 있고 싶지 않았다. 곧장 박스를 구해다 짐을 챙겨야지. 인수인계. 내가 알 게 뭐야.

"결혼하면 연락해요. 축의 하게."

명훈의 말에 지서는 테이블에 놓인 서류 봉투를 집어 들었다.

"됐습니다. 이걸로 충분해요."

냉랭하게 대꾸하고는 다시 한번, 처음보다 더 깊이 고개를 숙여 남자에게 인사했다.

지체 없이 몸을 돌려 회장실을 나가자 등 뒤에서 쿵, 하는 묵직한 소리와 함께 문이 닫혔다. 비서실을 지나 자신의 자리로 돌아가는데 이미 소문이 났는지 사람들이 힐끔거리는 게 느껴졌다. 갑자기 피곤이 몰려와 어깨가 무거웠지만 지서는 고개를 들고 허리를 꼿꼿하게 세운 채 걸었다.

쫓겨나는 상황인데도 왜인지 홀가분했다. 손에 들려 있는 이 서류가 여자와의 관계를 완전히 정리하는 증명서처럼 느껴졌다. 거절할까. 한순간 고민했지만 굳이 받았다. 자의로 이주애에게서 물러나고 싶진 않았다. 대가가 오가는 거래의 형태인 게 차라리 마음이 편하다.

곧장 박스를 구해다 짐을 정리했다. 지서가 돌아왔다는 소식을 듣고 헐레벌떡 달려온 본부장은 무표정하게 자리를 정리하는 그녀를 아무런 말 없이 바라보기만 했다. 그렇게 됐어요. 제가 별수 있나요. 일부러 다양하게 해석될 여지가 있는 말을 골라 했다.

지서를 힐끔거리던 직원들의 손이 키보드 위에서 요란하게 움직였다. 다양한 루머가 돌겠지만 그도 한순간일 거라는 걸 안다. 팀장급이 빠지니 곤란하고 불편하겠지만 결국 또 시간이 지나면 조직은 자리를 잡을 것이다.

아예 없었던 것처럼 흔적을 지우고 싶어 물티슈로 책상을 박박 닦았다. 처음엔 관심을 보이던 사람들도 점차 자신의 일에 열중하기 시작했고, 점심시간이 되자 우르르 사무실을 벗어났다. 조용해서 좋네. 그런 생각을 하며 테이프를 길게 뜯어 상자를 봉했다.

머그 컵, 핸드크림, 철야에 대비해 가져다 둔 화장품 몇 개. 꽤 오래 일했는데 생각보다 짐이 별로 없었다. 오후엔 팀원들을 불러 간단하게 인사를 하고 리더 자리를 대신해 줄 선임에게 몇 가지 당부만 하면 될 듯했다. 어차피 뉴스는 예측 불허였고 늘 예상할 수 없는 상황에 던져졌던 편집자들은 지서의 부재도 금방 적응할 것이다.

— 이지서 씨 맞으시죠? 여기 연화당 한의원입니다.

전화가 온 것은 지서가 짐 정리를 마무리할 무렵이었다.

"……네."

— 지난 2월에 저희 한의원에서 약 지어 드신 거 기억하시죠?

박 여사가 죽기 전, 느닷없이 서울에 찾아왔을 때 갔던 한의원인 듯했다.

"네, 기억합니다."

— 어머님께서 봄, 가을로 따님 약 지어 달라고 예약하셨어요. 진맥 보고 가을 약 도와드리려 하는데 언제쯤 시간 괜찮으실까요?

사실 박 여사가 지어 준 한약은 반도 먹지 않았다. 일부러 그런 게 아니라 챙겨 먹는 버릇이 되지 않아서였다.

"제가…… 지금은 시간이 안 돼서요."

— 그럼 1주일 후에 다시 연락드리면 될까요? 어머님께서 저희 원장님께 각별히 신경 써 달라고 하셨어요. 새로 진맥 짚고 약 짓는 게 가장 좋으니까 바쁘시겠지만 꼭 들러 주세요.

한의원 직원의 신신당부에 지서는 적당히 약속을 정하며 기억을 되짚었다. 그때 박 여사가 따로 무언가 길게 이야기한다 했더니 한약 지어 먹을 시기를 상의했던 모양이었다. 전화를 끊는데 기분이 이상했다. 박 여사는 그때 이미 자신의 죽음을 예감했던 것은 아니었을까 생각하니 속이 울렁거렸다.

문득, 지서의 시선이 창밖에 머물렀다. 길게 이어진 빌딩 숲 위로 가을의 햇살이 쏟아졌다. 하늘이 지나치게 파래서 비현실적이었다. 빛과 색이 너무 강해 눈이 시렸다.

복도 멀리서 걸어오던 태하와 눈이 마주쳤다. 그가 다가오려 하자 지서는 매몰차게 몸을 돌렸다. 더 이상의 대화는 무의미했다. 그에게도, 자신에게도. 그녀의 의사를 눈치챘는지 등 뒤에서 태하의 발걸음 소리가 멀어졌다.

올해는 유독 계절의 경계마다 마침표를 찍는 순간이 찾아왔다. 은기가 돌아가고 무연을 떠나며 느꼈던 여름의 끝. 집착적으로 일에 몰두하며 20대를 바쳤던 회사와의 작별과 만추.

다음은 겨울이겠지.

부디 따뜻하길.

간절히.

너무나도 간절히 기도했다.

회사를 그만두고 긴장이 풀린 탓인지 꼬박 3일을 앓았다. 적당히 핑계를 대며 전화를 거절했더니 이상하다는 것을 눈치챈 은기는 솔직하게 말하지 않으면 당장 한국행 비행기를 타겠다고 협박을 해 댔다.

평소 같으면 혼자 미련하게 며칠 끙끙거렸을 것을 그의 성화에 떠밀려 병원에 가 링거를 맞았다. 병원에 다녀온 게 확실하냐고 묻는 은기에겐 링거 주삿바늘을 꽂은 사진을 찍어 보냈다. 사진을 본 은기의 걱정 어린 잔소리가 기분 좋았다. 아프고 나니 도리어 개운했고 심리적으로는 더할 나위 없이 안정적이었다.

그러고 보니 앓느라 정신이 없어 퇴사 이야기를 하지 못했다. 빨리 보고 싶다는 은기에게 이야기를 해 줄까 하다가…… 말았다. 몸이 회복되면 몰래 런던에 가서 놀라게 해 주고 싶다는 생각이 문득 들어, 평소 같으면 출근해서 분주할 오전 10시에 편하게 침대에 누워 비행기 티켓을 검색했다.

나아졌다는 신호인지 허기가 져 호박죽을 배달해 먹었다. 박 여사가 해줬던 것만큼 입에 맞진 않아 소금을 넣어 보고, 꿀도 넣어 봤지만 기억 속 그 맛은 나지 않았다.

늦은 밤, 지서는 휴대폰 진동 소리에 눈을 떴다. 머리가 멍해 바로 휴대폰을 찾을 생각은 못 하고 잠시 허공을 멍하니 보았다. 누굴까. 이제 그녀에게 전화를 할 사람은 많지 않다.

벽에 걸린 시계를 확인했다. 은기는 늘 런던 시간으로 점심 식사 전, 지서가 퇴근하고 집에 도착할 무렵 전화를 하곤 했다. 퇴사했으니 회사도 아닐 거고 박 여사가 세상에 없으니 그녀도 아닐 테고, 정신없이 사느라 친구도 없고. 간혹 플라워 클래스 선생님과 연락을 주고받았지만 이 시간에 전화할 사람은 아니었다.

반쯤 눈을 감고 생각하는데 진동이 끊겼다가 곧바로 다시 이어졌다. 몸을 일으킨 지서는 손을 더듬어 휴대폰을 찾았다. 액정 화면엔 퇴사와 동시에 휴대폰에서 삭제해 버린 번호가 떠 있었다.

"네."

— 너 무슨 꿍꿍이야.

술에 취한 여자의 목소리가 날카롭게 고막을 파고들었다. 몽롱하게 꿈속을 뛰어다니던 정신이 그녀의 목소리에 순식간에 현실로 돌아왔다.

"뭐가요."

— 회사, 회사 그만뒀다며.

"바라던 거였잖아요. 사모님 원하는 대로 됐어요."

아직 몸살기가 남아 있어 목소리가 가라앉았다. 갑자기 오한이 들어 지서는 침대 헤드에 기대앉고 목 끝까지 이불을 당겨 덮었다.

"서로 불편하고 불쾌한데 앞으로 이렇게 불쑥 연락하는 일 없었으면 싶군요."

— ……너.

무어라 말을 하려다 말고 주애가 입을 다물었다. 지서 역시 아무런 말도 하지 않은 채 창밖 서울 시내를 내려다봤다. 텅 빈 도로엔 차 한 대 찾아볼 수 없다. 이 넓은 도시에 나 혼자구나. 친모와 전화 통화를 하면서 얻는 깨달음이 이런 거라니.

"할 말 없으면 전화 끊겠습니다."

지서는 나직이 말하며 휴대폰의 붉은빛 종료 버튼을 누르려 했다. 그때, 여자가 다급히 입을 열었다.

— 지서야, 엄마는…….

그 목소리에 순간 지서의 미간이 잔뜩 일그러졌다.

"엄마라니, 누구 엄마."

코웃음 치며 휴대폰을 고쳐 잡았다.

"잃는 거 없이 자기 뜻대로 되니까 이제야 없던 모성애가 갑자기 샘솟았나 보죠."

이상할 정도로 차분했다. 그만큼 더 말이 날카롭고 신랄했다.

— 지서야, 엄마가 잘못했어. 내가 잘못했어. 너 낳았을 때 나…… 지금 너보다 어려서 철이 없었어. 그냥 거기서 벗어나고 싶어서…….

울음소리가 들리자 짜증이 치민다.

"본인 잘못을 눈물로 합리화하려고 들지 말아요. 그 소린 우리가 처음 봤을 때 했어야죠. 난 그때…… 당신이 한 말 다 기억하는데."

어떤 환상에 빠져 있었다. 친모는 피치 못할 사정으로 날 이 작은 마을에 두고 갈 수밖에 없었다고, 하지만 분명 그녀도 날 그리워하고 있었을 거라고.

환상이 깨지자 그 조각들을 남김없이 끌어모아 전부 붙들었다. 때로는 그 파편에 벤 상처 때문에 온몸이 아팠지만 그 고통에서 오는 분노를 원동력으로 살았다.

극심한 피로감과 허탈함이 파도처럼 스민다.

난 도대체 무얼 좇았던 걸까.

— 엄마 납골당, 납골당…… 알려 줘.

"싫어요. 박 여사가 원하지 않았어요."

왜 박 여사가 눈을 감으며 막내딸에게만, 이지서에게만 연락해 달라 했는지 지금에야 어렴풋이 알 것 같았다. 주애를 보호하기 위한 게 아니었다. 그녀는 이미 오래전에 딸을 포기하고 마음에서 버렸다.

"빨리 물어보지 그랬어요. 그럼 알려 줬을 텐데. 난 그래도 당신이 장례식에는 왔어야 한다고 생각하는데…… 우리 노인네는 당신이 안 올 거라는 걸 알았나 봐. 연락하지 말라고 별표까지 해서 메모 남긴 걸 보면."

전화 너머 주애의 흐느낌이 거세졌다. 울고 싶은 건 나인데 왜 당신이 우는지. 지서는 쓰게 웃으며 손등으로 눈가를 꾸욱 눌렀다. 조소하며 신랄하게 여자를 비난하고 싶은데 가슴에 응고되어 있던 그리움이 용해되어 지서의 끓는점을 낮추었다. 매개는 이 순간 또 느끼고 마는 박 여사의 부재이다. 그렇게 액체가 된 슬픔은 혈관을 타고 몸 안으로 퍼지며 눈물로 흐른다.

"날 원하지 않았다고 했죠. 그래요. 당신이 이해되는 건 아니지만 인정할게요. 내 존재 자체가 이주애 씨한테는 폭력이었을 테니 날 받아들이지 않은 것에 대해선 당신 감정 존중해요. 나보다 키운 아들이 더 소중할 수도 있지. 하지만 우리 박 여사를 부정한 건 난 용서가 안 돼요. 본인 죄책감 덜겠다고 나랑 박 여사 이용하지 말아요. 지금도 생각만 하면 화가 나서 그대로 전부 다 되갚아 주고 싶은데⋯⋯."

지서는 말을 길게 끌며 엷게 웃었다.

사랑하는 것만으로도 하루가 가득 차서 시간이 모자라다고 투덜거리던 은기라면 지서가 그러길 바라지 않을 것이다.

"평생 죄책감 속에서 외롭고 화려하게 늙으세요. ST그룹 최명훈의 아내로 살기 위해 자기 엄마 마지막 가는 길도 외면했는데 그 자리 빼면 당신한테 뭐가 남아."

— 만나자. 만나서 이야기해. 엄마가 다 이야기할게. 너도 내가 어떻게 살았는지 들으면 나 이해할 거야. 엄마가⋯⋯.

"사모님, 우리 이제 만날 일 없어요."

하늘에 구름이 잔뜩 끼어 평소보다 날이 어두웠다. 눈이 올 것 같은 날씨였다.

"박화순 여사 유언 지켜 줘요. 납골당 찾아가지 마세요."

그 말을 끝으로 지서는 전화를 끊었다.

전화를 끊고 멍하니 앉아 있다 시계를 보니 벌써 새벽이었다. 정신을 차린 지서는 곧장 무연으로 향하기로 결정했다. 계속 최명훈의 말이 떠올라서였다.

'박 여사님 생전에 지서 양이 주애랑 더는 엮이지 않길 바라셨고.'

여태껏 지서는 그저 박 여사가 자신과 이주애가 엮이길 바라지 않는다고만 생각했다. 이지서는 태어난 순간부터 이주애의 흠결이자 장애물이라 만나지 못하게 하는 거라고. 딸을 위해서. 오로지 박화순의 진짜 딸인 이주애, 아니, 이지윤을 위해서.

의문이 들자 무언가에 홀린 것처럼 옷을 입고 차 키를 집어 들었다. 무연에 간다 해서 박 여사를 만날 수 있는 것도 아니었지만 그곳에 가야 할 것만 같았다. 묻고 싶은 게 많은데 대답해 줄 그녀는 이제 세상에 없다. 그럼에도 불구하고 지서는 길을 나선다. 그때가 이른 새벽, 4시였다.

밤이 길어져 가는 내내 길이 어두웠다. 그 길을 달리며 지서는 박 여사의 죽음을 전해 듣고 나섰던 그 밤을 떠올렸다. 막연하게 공허하다고만 생각했던 기억들이 연쇄적으로 뇌리를 스쳤다. 박 여사의 시신을 확인하고 차갑게 식은 그녀의 뺨을 꽤 오래 만졌던 기억. 아무리 만져도 차갑기만 해 그때서야 인정한 죽음. 덤덤하게 검은 상복으로 갈아입었던 장례식장의 그 작은 방. 그 여름날의 후텁지근한 온도와 습도. 미리 준비한 듯한 영정 사진.

떠올리자, 갑자기 눈물이 차오르며 사물의 경계가 모호해졌다. 시야가 흐려 운전에 방해가 돼 눈을 빠르게 깜빡여 흘려 버렸다.

도무지 오지 않을 것 같았던 아침은 그녀가 무연에 다다를 무렵부터 천천히 밝아 왔다. IC를 빠져나올 때쯤엔 차창 밖은 완전히 밝아 밤의 흔적조차 없었다. 마치 아침을 찾아 무연에 온 기분이었다.

아직 잠들어 있는 마을에 지서는 조용히 숨어들었다.

빈집에 들어가자 뽀얗게 앉은 먼지가 지서를 반겼다. 49재 때는 집에 들르지 않고 바로 납골당으로 향했던 탓에 한동안 사람의 손길이 닿지 않은 집은 스산했다. 보일러를 틀어 온도를 올리고 걸레를 빨아 온 집 안을 구석

구석 닦았다. 또 집을 비우면 다시 먼지가 앉을 거라는 걸 알지만 그냥, 그러고 싶었다.

청소를 끝마칠 무렵 해가 완전히 떠올랐다. 보일러 온도를 올려 둔 탓에 바닥은 뜨끈뜨끈했고 바쁘게 몸을 움직이는 바람에 입고 있던 옷이 땀으로 축축하게 젖었다. 뜨거운 물로 샤워를 하고 나니 진이 빠졌다.

지서는 지난여름 이곳에 머물렀을 때 애써 외면했던 박 여사의 방으로 비틀거리며 들어갔다. 주저앉자 시야가 낮아졌다. 낡은 장롱에 기대 방을 둘러보았다. 박 여사는 늘 이곳에 앉아 시간을 보내곤 했었다.

'박 여사님은 우리 쪽과 지서 양 사이에 접점이 생기는 걸 굉장히 끔찍하게 생각하셨어요. 지서 양이 다칠까 봐 걱정하신 거겠지.'

잊을 수 없는 최명훈의 말이 마음을 어수선하게 헤집었다. 왜 다들 박화순 여사가 이지서를 대단히 사랑한 것처럼 말하는 걸까. 은기도, 최명훈도.

'엄마만 아니었으면…… 너 낳지도 않았어.'

하다못해 이주애도.

지서는 세차게 도리질을 했다. 뭐든 자신이 하려는 것은 막고 보던 박 여사였다. 서울에 있는 대학에 가고 싶다 했을 때 공부는 무에 하냐고, 서울 가면 다 잘되는 줄 아냐며 그냥 집에 붙어 있으라 했던 것도 그녀였고 잘사는 친모한테 행여나 연락하지 말라고 단도리하던 것도 그녀였다.

그랬는데.

가슴이 빠듯하게 죄어들었다. 왜 응원해 주지 않고 뭐든 반대만 했냐고,

그 이유가 궁금하다고 따지고 싶은데 박 여사는 답이 없다.

스스로 병원에 갔다고 했지. 마지막을 예감하며 영정 사진까지 찍어 놓고 지서 자신에겐 연락조차 하지 않았다. 눈감는 마당에 얼굴 보기도 싫었나 보다 그렇게 생각하고 말았는데 자꾸만…… 자꾸만.

지서는 갑자기 벌떡 일어나 서랍을 뒤졌다. 방에는 손을 대지 않았으니 그녀의 생전 모습 그대로일 것이다. 세월의 흔적이 고스란히 묻어 있는 낡은 가계부를 펼치니 색이 바랜 흰 봉투가 떨어졌다. 보내는 사람, 박화순. 받는 사람, 이지윤. 주소를 적은 딱딱한 필체는 박 여사의 것이었다. 보내지 못한 것은 아니었는지 봉투엔 도장이 찍혀 있었다. 수취인 불명, 혹은 반송. 봉투를 뜯자 사진 몇 장이 떨어진다. 모두 지서, 어린 시절의 자신이다.

서랍에 있는 것들을 모조리 꺼냈다. 무언가를 싸 둔 작은 보자기를 풀어내니 배냇저고리가 나온다. 노란 모자도, 어설픈 솜씨로 만든 종이 카네이션도. 뭘 이렇게 모아 둔 거냐고, 입술을 깨물며 다음 상자를 여니 그동안의 성적표가 빼곡하게 차 있었다.

또 다른 상자 안, 비교적 최근 것으로 보이는 흰 봉투가 눈에 들어왔다. 겉면엔 '지서' 단 두 글자뿐이었다. 힘을 주어 썼는지 볼펜의 눌린 자국이 아직도 선명했다. 지서는 크게 숨을 들이마시며 봉투를 열었다. 박 여사가 그녀에게 남긴 편지였다. 처음이자 마지막으로 쓴 편지면서 잘 보이게 두지 않고 꽁꽁 숨겨 둔 것도 박 여사다웠다.

지서 보거라.

처음 편지를 남기려니 글이 서툴구나. 말이 엉켜 벌써 종이를 다섯 장이나 낭비했다. 이게 마지막 종이다. 이번에도 엉망이 된다면 이 또한 하늘의 뜻이려니 생각하고 편지 쓰기를 그만두려 한다.

아마 네가 이 편지를 발견할 때쯤이면 난 이 세상 사람이 아닐 것이다. 죽음은 두렵지 않으나 내가 가면 이제 하늘 아래 네 피붙이라곤 없다는 점이 마음에 걸려 계속 조금만 더 살고 싶다 생각하였다. 허나 여기까지이다. 시간의 흐름은 만인에게 공평해 내가 욕심부려 잡는다 해도 잡히지가 않더구나. 나는 늙었고 이제 다른 세상으로 가야 할 때가 왔다. 달이 바뀌고 계절이 지나는 것처럼 사람이 나고 가는 것 또한 순리이니 너무 슬퍼 말거라.

너에게 내 임종을 지키게 할 자신이 없다. 널 생각하면 생에 미련이 깊어지니 마음 편히 떠날 수 없어 내 숨 끊어지면 불러 달라 청했다. 그리하기로 했으니 섭섭하다면 부디 용서해 다오. 장례 또한 혼자 치르게 할 것 같다. 곁에서 손잡고 보듬으며 지켜 줄 사람이 없다는 게 마음에 걸리지만 마지막 길 네 배웅은 받고 싶은 게 늙은이의 욕심이다. 미안하다. 뭐든 할미가 다 미안하다.

내 배로 낳아 주지 못해 미안하다. 제대로 키워 주지 못한 것도 미안하다. 내가 널 낳았다면 젖이 돌아 배불리 먹였을 텐데 그러지 못해 가슴을 쳤다. 그래도 넌 내 자식이고 내 새끼다.

나는 배운 것 없는 옛날 사람이라 찾아온 생명이라면 마땅히 세상에 꺼내 두는 게 맞다 생각했다. 너에게 인생은 태어난 순간부터 고통이었겠지만 난 널 만나 기뻤던 순간이 더 많았다. 돌밭을 갈며 손이 부르트도록 호미질을 해야 했지만 고단한 농사일도 널 먹이기 위해서라면 마다하지 않았다. 잘 여문 감자가 나올 때면 얼른 네 입에 넣어 줘야겠다는 생각뿐이었다.

난 이미 오래전 하나뿐인 딸자식을 잃었다. 내가 부덕하여 제대로 양

육하지 못한 까닭이지만 그래도 하늘을 탓하며 울었다. 그래서 글줄 읽는 네가 자랑스러웠지만 세상 밖으로 훌쩍 떠날까 두렵기도 했다. 험한 풍파를 만나 네가 다칠까, 거친 세상에 너마저 잃을까 무서웠다. 그럼 난 살지 못한다.

진학을 반대하는 이유를 묻는 너에게 잘했다 칭찬 한마디 못 해 준 게 내 한이다. 큰돈 들여 가르치지 못했는데 내 새끼가 이렇게 잘났구나 몰래 뿌듯했다. 네가 서러워하며 왜 반대했냐고 따져 물을 때마다 난 그저 소리 없이 아팠다. 옆에 두고 곱게만 키우고 싶었는데 모두 내 욕심이었다.

몰아붙이면 포기할 줄 알았는데 네 몸 약해진 게 고생한 탓 같아 내 가슴에 두고두고 멍울이다. 반년마다 진맥 짚고 약 지어 달라 부탁했다. 돈도 내 미리 지불하여 좋은 약재로 정성껏 달여 달라 말해 뒀다. 때마다 전화 갈 것이니 일한다 미루지 말고 잘 찾아 먹거라. 몸이 차 걱정이다. 너 닮은 고운 자식 낳으려면 늘 몸 따뜻하게 스스로를 보살피거라.

가끔 서울살이 고단할 땐 고향에 내려와 푹 쉬었으면 해 집을 고쳐 두었다. 네가 좋아하던 꽃도 심고 나름 가꾸었으나 마음에 찰지 모르겠다. 이제 난 죽어 없어도 지서 널 반겨 줄 것들을 만들어 두고 싶었다. 속상한 일 있을 때, 좋은 일 있을 때 이곳에 와 울기도 하고 웃기도 하고 그러길 바란다.

세상사 별거 없다. 속 끓이며 애태우지 말고 네 삶을 살아라. 내가 채워 주지 못한 빈자리 탓에 네가 스스로 생채기 만들 때마다 죄스러웠다. 너와 나를 버린 이는 부박하여 제 욕심만 좇을 위인이니 현혹되지 말거라. 당장은 서러워도 지나 보면 부질없고 쓸모없다. 속에 담아 두지 말고 마음의 응어리는 바람과 함께 날려 보내라.

넌 누구보다 똑똑하고 어여쁜 사람이다. 진정으로 널 사랑해 주는 건강하고 아름다운 인연이 너에게도 찾아올 거라 믿는다. 정성껏 사랑하여 오래도록 해로하길 바란다.

정신이 희미하구나. 예상 못 한 눈비에 어깨가 푹 젖어도 금세 해가 떠 말려 주었고 네가 고사리손 내밀어 주어 생이 마냥 고달프지 않았다. 그런대로 살 만했다. 그러니 애달파 말아라.

내 여력이 여기까지다. 부족한 할미에게 와 주어 고마웠다.

배불러 낳지 않았으나 난 네 어미 되어 행복했다.

부디 어여삐 살아 다오.

어느새 한낮이었다.

외울 만큼 편지를 수도 없이 반복해서 읽은 지서는 종이를 곱게 접어 봉투에 넣은 뒤 몇 번이고 매만졌다. 쉴 새 없이 눈물이 흘러 울기를 수시간. 온몸의 수분이 빠져나갔는지 이제 눈물도 나오지 않았다.

네 어미 되어 행복했다. 부디 어여삐 살아 다오.

마지막 문장이 처음엔 가슴을 할퀴며 상처를 냈다. 두 번째엔 그 상처를 더 후벼 팠고, 세 번째엔 인두로 지지는 것처럼 쓰리고 아파 비명이라도 지르고 싶어서 아이처럼 엉엉 울었다. 그 짓을 반복하다 마지막으로 보았을 땐 가만히 지서의 어깨를 안아 주었다.

그 무릎 베고 눕고 싶었다. 돌이켜 보니 좋았던 기억도 분명 있었다며 헐뜯고 싸우던 때를 반추하니 그녀와 지나가듯 약속한 제주도 여행이 가고 싶어졌다. 하지만 이제 꿈으로만 그려야 한다는 차가운 현실에 몸이 덜덜 떨리고 추웠다.

두고 가지 못할까 봐, 너 아파하는 얼굴 볼 자신이 없어 임종도 지키지 못하게 하다니.

눈감는 순간까지 자신을 걱정한 박 여사를 떠올리니 가슴이 미어지고 온몸이 아팠다.

밥은 먹었냐 묻는 그녀의 목소리가 아직도 귓가에 맴돌았다. 몸의 수분이 완전히 다 마르진 않았는지 눈물이 또다시 뜨겁게 뚝뚝 떨어졌다. 지서는 그대로 몸을 기울여 방에 누워 웅크렸다. 기진맥진해 몸이 물먹은 솜처럼 무거웠다.

어린 날, 계절이 바뀔 때마다 지서는 이유도 없이 앓았고 그럴 때면 박 여사는 밤새 품에 안고 달래 주었다. 그녀의 방, 아랫목의 온돌 바닥은 충분히 뜨거웠지만 그 품만큼 따뜻하진 않았다. 극심한 무기력함이 몸 안을 가득 채웠다. 그래서 지서는 더 몸을 웅크렸다. 그렇게 잠시 선잠이 들었다.

죽은 듯 잠들었다 생각했는데 진동 소리에 다시 눈을 떴을 땐 채 30분도 지나지 않은 시간이었다. 액정 화면을 확인한 지서는 느릿느릿 전화를 받았다.

"여보세요."

— 목소리가 왜 그래요.

"자다 깨서."

— 아직도 아픈 거 아니죠?

은기가 걱정스러운 목소리로 말하자 바람이 빠져 쪼글쪼글해졌던 마음에 새로운 산소가 찼다.

"괜찮아. 좀 잤더니 멍해서 그래."

아무래도 애정 결핍이 맞나 보다. 애정 과다인 고은기 목소리를 들으니 숨쉬기 힘들게 가슴을 쑤셔 댔던 통증이 한결 나아졌다.

"지금 거기 아침 아니야?"

— 네, 오전 훈련 있어서 출근 준비 중인데…… 어젯밤에 지서 씨 꿈 꿨어요. 그러고 나니까 목소리가 듣고 싶어져서. 주말이니까 집이겠지 싶어서 전화했어요.

어느새 주말이라니. 백수 된 지 얼마 되지도 않았는데 벌써부터 날짜 감각이 희미해졌다.

은기의 목소리를 들으며 지서는 무거운 몸을 일으켜 마당으로 향했다. 첫걸음을 떼자 두통 때문에 머리가 띵하고 사물의 경계가 희뿌옇게 번졌다. 주저앉지 않기 위해 애쓰며 천천히 걸어 나가 마당의 평상에 앉았다. 하늘이 온통 잿빛이었다.

— 밖이에요? 바람 부는 거 같은데.

"응, 나 사실 무연리 내려왔어. 갑자기 가고 싶어져서."

지서는 고개를 들어 하늘을 봤다. 입구 쪽 낙엽이 떨어져 앙상해진 감나무에 감 몇 개가 매달려 있었다. 은기네 할머니가 담벼락을 따라 감나무를 심을 때 한 그루 얻어 온 거라 들었다. 이미 까치밥이 되었는지 남은 게 별로 없다.

"눈 올 것 같네."

다음엔 감을 따 매달아 두어야겠다. 찬 바람을 견디고 나면 감은 말랑한 곶감이 되겠지.

— 뭐 보고 있어요?

"감나무."

— 감나무는 우리 집에 있는 게 크고 좋은데.

"그러게. 박 여사네 감나무는 한 그루만 덜렁 있어서 심심해 보여."

서늘한 바람이 불어 감나무의 가지를 흔들고 우느라 부어오른 지서의 눈가를 스쳤다. 찬 기운이 기분 좋아 그 바람을 온전히 맞으며 감나무를 유심히 살펴보았다.

"멀쩡한 거 있나 보는데 까치가 다 먹었나 봐."

— 홍시 얼려 먹으면 맛있는데.

은기가 지서 대신 아쉬워했다. 그 순간 가지에 가려 보이지 않던 감 한 알이 지서의 눈에 들어왔다.

"아, 나 잠깐만."

지서는 휴대폰을 평상에 내려놓고 마당 한구석에 있는 기다란 과일 따는 도구를 집어 들었다. 그중 하나, 까치가 두고 간 감을 조심스럽게 땄다. 반질반질하게 윤이 나는 선홍빛 껍질이 예뻤다.

— 찾았어요?

"응, 너무 예쁘다."

지서는 휴대폰을 터치해 스피커폰으로 바꾸고는 홍시가 된 감을 반으로 갈라 입에 넣었다. 날이 추워 살짝 언 홍시는 떫지 않고 달았다.

"맛있어."

울컥 지서의 눈에 눈물이 고였다. 눈물이 흐르지 않게 고개를 뒤로 젖혀 봤지만 소용없었다. 포기한 그녀는 울면서 홍시를 한 입 더 먹었다. 눈가는 뜨겁고 입 안은 차가웠다.

— 천천히 먹어요.

뺨으로 흐르는 눈물을 손등으로 훔쳐 내며 반쪽 남은 감을 마저 입에 넣었다. 부드러운 홍시를 꿀꺽 삼키며 흐르는 눈물을 닦아 내고 달아오른 뺨을 양손으로 두드렸다.

"은기야, 보고 싶어."

— 나도요.

"사랑해."

— 나도 사랑해요.

지서는 몇 번이고 사랑한다는 말을 반복했다.

하늘에선 어느새 진눈깨비가 날렸다.

첫눈이었다.

지서는 자신이 엉망으로 만들었던 박 여사의 방을 치웠다. 최대한 처음 모습과 비슷하도록 그녀의 방식대로 정리해 서랍장에 넣어 두었다. 박 여사가 남긴 편지는 외투 안주머니에 부적처럼 품었다.

보일러와 전등을 끄고 빈집을 나서기 위해 장님처럼 어두운 벽을 더듬어 현관을 나왔다. 문을 닫으려다 말고 지서는 잠시 멈춰 서 박 여사의 집을 둘러봤다. 해가 짧아진 탓에 밖이 벌써 어두워져 사물이 희미했지만 이미 집의 구조는 지서의 머릿속에 사진처럼 선명했다.

학교를 마치고 돌아와 '다녀왔습니다.' 인사하면 주방에 있던 박 여사는 말없이 내다보고는 다시 안으로 들어갔다. 지서가 손을 씻고 옷을 갈아입으면 찐 감자나 고구마 한 알을 우유와 함께 내주었다. 그러곤 자신의 방 장롱에 기대 지서가 먹는 것을 몰래 훔쳐보고는 빈 그릇을 받아 갔다. 직접 가져다 두어도 되는데 꼭, 고집스럽게 그랬다. 무릎이 불편해 다리를 절면서 가던 그 뒷모습이, 색 바랜 꽃무늬 옷이 아직도 기억에 생생하다.

지서는 천천히 현관문을 닫았다.

몸을 돌려 마당을 가로지른다. 흩날리던 눈은 흔적도 없다. 꿈을 꾼 걸까. 분명 눈이 내렸는데.

대문을 열고 문의 경계를 넘으려다 잠시 망설이며 돌아본다. 불 꺼진 빈 집. 작별 인사를 건네 보지만 돌아오는 목소리는 없다.

대문을 밀어 닫는다. 철컥거리는 소리가 박 여사와의 완전한 단절을 의미하는 것 같다.

천천히 걸음을 옮기는데 어린 날 배운 시가 귓가에 맴돈다.

장님처럼 나 이제 더듬거리며 문을 잠그네

뒤늦게 깨달은 그리움이 납처럼 무겁게 가슴을 누른다. 아직도 남은 눈물이 다시 뜨겁게 떨어진다.

가엾은 내 사랑 빈집에 갇혔네[1]

가엾은 내 사랑.

가엾은 내 엄마.

---

1) 기형도, 『입 속의 검은 잎, 빈집』, 문학과지성사, 1989

14.
세상이, 순간이, 모든 계절이

요란하게 캐리어 바퀴가 굴러가는 소리, 시간이 촉박한 여행객이 바쁘게 뛰는 발자국 소리, 여행을 앞둔 이들이 일행과 대화하는 소리. 지서는 그 소리들의 한가운데에 홀로 앉아 창밖을 응시했다. 해가 떠오르는 아침의 하늘로 항공기 한 대가 날아올랐다. 한 시간 후면 그녀 역시 하늘을 날아 그에게로 향할 것이다.

공항은 올 때마다 사람을 긴장하게 만드는 구석이 있다. 특히 혼자 떠나는 일이 많았던 지서에겐 더더욱 미지의 공간이었다. 출장을 갈 때면 미팅 준비를 하느라 정신이 없었고 몇 번 되지도 않는 여행은 미리 처리해야 할 업무 때문에 충분한 계획도 없어 무작정 떠나야 했다. 그래서 여유 있게 시간을 잡고 공항에 와 커피를 마시며 탑승을 기다리고 있는 지금 이 순간이 못내 어색하다.

무연을 떠난 지서는 집에 들러 여권과 간단한 짐만 챙기고 곧장 런던으로 가는 비행기 티켓을 예매했다. 급하게 SNS를 검색해 찾은 현지 유학생의 도움으로 은기의 다음 경기 티켓도 샀다. 강팀과의 경기라 걱정했는데 다행히 꽤 괜찮은 자리를 구했다. 은기에게 간다고 미리 이야길 해 줄까 하다가…… 괜히 서프라이즈를 해 보고 싶어 말하고 싶은 걸 간신히 참았다.

[출근했어요?]

지금도, 간신히.

[응, 나 한 시간 후부터 연달아 미팅이라 연락 잘 안될 수도 있어.]

은기에게 말없이 비행기 티켓 사진을 보낼까 하다가 지서는 또 망설이고 또 참는다. 이런 장난이 치고 싶어서 퇴사를 숨긴 거였다. 스스로가 생각해도 이지서다운 짓은 분명 아니지만 이 간질거리는 기분이, 유치한 자신이 나쁘지 않았다.

탑승이 시작되자 지서는 게이트 쪽으로 천천히 발걸음을 옮겼다.

……부디 어여삐.

그렇게 살아야지.

은기는 택시 뒷자리에 앉아 시계를 확인했다. 약속 시간은 촉박한데 벌써부터 런던 시내는 꽤 막히기 시작했다. 이적한 후 몇 개월이 지났지만 구장과 트레이닝 센터가 위치한 남런던에만 머물렀을 뿐 중심부까지 나온 적은 별로 없었다. 택시 부르길 잘했지. 직접 운전해서 왔다면 오늘 안에 목적지에 도착 못 할 뻔했다.

스마트폰을 켜 지도를 찾아보니 몇 블록만 더 걸어 내려가면 목적지인 듯했다. 기사에게 설명하고 돈을 지불한 후 블랙캡에서 내린 은기는 부지런히 걸음을 옮겼다. 약속 시간에 조금 늦는다고 해서 크게 지장은 없었지만 그냥, 마음이 급했다.

명품 매장이 즐비한 뉴 본드 스트릿을 빠르게 지났다. 더 서두르고 싶은데 인파가 많아 힘들었다. '고은기 아니야?' 스쳐 지나간 한국인 관광객의 말소리가 은기의 뒤로 사라졌다. 차도 많고 사람도 많고. 누려 본 사람이 누릴 줄 안다고 리무진을 보내 주겠다는 제안을 괜히 거절했다는 후회가 들었다.

올드 본드 스트릿으로 접어들자 일전에 찾았던 매장이 은기의 눈에 들어왔다. 그는 잠시 멈춰 숨을 고르고 입구로 다가갔다. 검은색 정장 차림의 덩치 좋은 흑인 가드가 은기를 보고는 귀에 꽂은 리시버로 안쪽에 무언가 알리는 듯했다. 잠시 후, 확인이 되었는지 가드가 깍듯하게 인사하며 문을 열어 주었다.

실내로 들어가자 은기를 알아본 셀러가 가까이 다가와 인사하며 반겼다. 백인인 그녀 역시 딱 떨어지는 정장 차림에 머리카락 한 올 흐트러짐 없이 정리해 틀어 올렸다. 잘 훈련된 듯한 비즈니스 미소와 완벽한 영국식 발음의 인사. 처음 방문했을 때 이미 경험했지만 또다시 겪어도 어색해 미칠 것 같은 환대였다.

은기는 셀러의 안내를 받으며 뒤를 따랐다. 짙은 와인색 카펫이 깔린 복도는 호화로웠다. 앤티크한 가구와 자수가 놓인 실크 벽지, 조도가 낮은 조명이 부티크나 살롱 같은 느낌을 주었다. 골드 포인트로 장식된 거울은 일정한 간격을 두고 배치되었고 걸음을 옮길 때마다 평소 자주 입는 트레이닝복과 패딩 대신 코트를 챙겨 입은 은기 자신의 얼굴이 비쳤다. 상기된 얼굴. 표정 관리 하려 해도 실실 나오는 웃음은 어쩔 수 없나 보다. 정훈이 보면 모지리 같다고 놀릴지도 모른다.

도착한 곳은 처음 방문했을 때보다 더 화려한 응접실이었다. 셀러는 은기의 코트를 받아 걸어 주며 벨벳 소재의 청록색 앤티크 소파를 권했다. 익숙한 척 소파에 앉자 셀러가 이번엔 음료를 권한다. 그냥 빨리 주문한 물건이나 보여 줬으면 좋겠는데 뭐가 이렇게 복잡한 거지. 은기는 투덜거리고 싶은 마음을 꾸욱 누르며 탄산수를 주문했다.

셀러가 잠시 기다려 달라며 자리를 비운 사이, 전화가 왔다. 은기는 크리스털 잔에 담긴 탄산수를 마시며 전화를 받았다.

"네, 지금 보러 왔어요."

— 반지는 어때. 예뻐?

"아직 못 봤어요. 지금 기다리는 중이에요."

— 사이즈 잘 맞아야 될 텐데.

전화 속 여자의 말에 은기는 괜히 긴장해 자신의 왼손 약지를 슬쩍 바라보았다. 한국에 갔을 때 몰래 반지 사이즈를 재려 잠이 든 지서의 손가락에 테이핑용 밴드를 감았다.

— 너 긴장했어? 왜 그렇게 목소리가 떨려.

"네, 이런 데 혼자 왔더니 어색하고…… 프러포즈 까일까 봐요."

지서가 결혼에 회의적이라는 걸 안다. 그럴 수밖에 없는 환경이라는 것도. 호기롭게 난생처음으로 거금을 들여 반지를 주문하면서도 그 생각이 내내 은기의 머릿속을 맴돌았다. 물론, 곱게 까여 줄 생각은 당연히 없었다.

— 도대체 어떤 사람이기에 고은기가 이렇게 벌벌거리는 건지 궁금하네.

"누나, 제 결혼식엔 꼭 오세요."

지서에겐 절대 안 하던 '누나'라는 호칭이 여자에겐 굉장히 자연스러웠다.

— 가야지. 바쁜 고은기 선수와 달리 난 은퇴한 백수라 매우 한가하거든.

전화 속 여자가 밝게 웃으며 대꾸했다. 올림픽 대표 팀 시절 홍보물이나 화보 촬영을 같이하며 가까워진 펜싱 대표 팀 선배로 그녀는 지난 올림픽을 마지막으로 은퇴와 동시에 결혼했다. 시즌 중이라 은기는 결혼식에 참석하지 못하고 축의금만 보냈었다.

지서와 비슷한 또래인 그녀는 뭘 모르는 은기에게 조언을 해 줄 수 있으며 그녀의 남편은 특별한 프러포즈링을 고를 안목과 인맥을 가지고 있었다. 특히 이 커플이라면 절대 기자들에게 말도 새어 나가지 않을 거였다.

“형님 옆에 계세요? 인사드리고 싶은데.”

그녀의 남편이 믿을 만한 보석상을 소개해 주고 지서에게 어울릴 디자인도 몇 가지 추천해 주었다.

— 어, 잠깐만. 해준아, 은기가 인사하고 싶다는데?

전화 너머로 무어라 말소리가 들렸다. 몸싸움이라도 하는 건지 소음이 심상치 않다.

— ……됐대. 받은 걸로 치겠대.

그녀가 헐떡이는 숨을 고르며 말했다. 거절할 줄 알았다. 예민해 보였던 남자를 떠올리며 은기는 옅은 미소를 지었다.

그때 똑똑 노크 소리가 들렸다. 은기는 전화를 끊고 마치 대단한 예식이라도 준비하듯 자세를 고쳐 앉았다.

셀러가 케이스를 열고 은기 쪽으로 반지를 내밀었다. 지서처럼 차갑지만 아름다운 다이아몬드였다. 은기가 말없이 바라만 보자 셀러의 설명이 이어졌다. 싱글 에메랄드 컷의 다이아몬드 센터스톤을 파베 다이아몬드가 어쨌다는데 무슨 소리인지 하나도 이해가 되지 않았다.

그냥 빨리 지서에게 끼워 주며 결혼해 달라고 죽는 시늉을 해야겠다는, 그 생각밖에 없었다.

지서는 해를 따라 열두 시간의 긴 낮을 날아 그에게 왔다.

착륙 준비를 하는 비행기 창으로 일몰이 내리는 런던 시내와 도시를 관통하는 템스강이 한눈에 들어왔다. 저게 런던아이인가. 붉은 조명을 밝힌 관람차를 보자 괜히 두근거렸다.

노이즈 캔슬링 헤드폰을 끼어도 시끄러운 비행기 소음과 건조하고 추운 환경에 더해 기내식까지 입에 맞지 않아 조금 예민해진 상태였다. 그냥 앉아서 가만히 있기만 하는 건데도 이렇게 미칠 거 같은데 은기는 도대체 어떻게 훌쩍 날아온 건지 모르겠다.

히스로공항의 자동 출입국 심사를 통과한 지서는 빠른 걸음으로 수화물 수취대로 향했다. 한꺼번에 쏟아진 여행객들로 인해 공항은 정신이 없었다. 내부는 인천과 달리 천고가 낮고 조명도 어두워 조금 답답했다. 얼른 빨리 여길 벗어나 편하게 쉬고 싶은 생각뿐이었다.

수하물을 기다리며 휴대폰의 시간을 조정했다. 여긴 오후 5시쯤이려나. 머리로 계산하는데 휴대폰 신호가 잡히며 액정 화면에 서울과 런던의 시간이 나란히 떴다. 런던, PM 05:05. 은기의 팀 등번호가 5번이라 괜히 반가웠다. 지서는 내친김에 모르는 척 은기에게 메시지를 보냈다.

[난 지금 퇴근.]

휴대폰을 손에 쥐고 있는지 은기에게선 바로 답장이 왔다.

[한국 새벽 1시 아니에요? 야근?]

[응.]

[난 아까 퇴근. 내일 경기라 오늘은 오전 훈련만 했어요.]

지서는 바로 그 경기를 보러 갈 계획이었다.

[거긴 몇 시야?]

[여기 오후 5시 조금 지났어요.]

그 대답에 드디어 은기와의 시차가 사라졌다는 게 실감됐다.

그냥 지금 바로 그에게 갈까. 지서는 '나 지금 런던' 까지 입력했다가 잠시 망설였다. 벌써 몇 번을 이렇게 고민하는지 모르겠다. 우습지. 이게 뭐라고. 연애라는 게 참 신기해서 안 그랬던 이지서까지도 유치하게 만든다. 그녀는 헛웃음을 지으며 다시 백 버튼을 눌러 글자들을 지워 버렸다. 이럴 거였으면 여태 숨긴 보람이 없었다.

[내일 경기는 선발로 나올 거 같아?]

[아마도? 리그 5위 팀이랑 붙거든요. 나름 라이벌이라 선발일 거 같아요.]

캐리어를 찾은 지서는 메시지를 확인하며 곧장 입국장을 빠져나갔다.

[주말이니까 하루 종일 낮잠 자다가 일어나서 경기 보면 되겠다. 컨디션 괜찮아?]

능청스럽게 대꾸하며 나가는데 지서의 이름이 쓰인 종이를 든 남자가 보였다. 미리 예약한 픽업 서비스였다. 기사의 뒤를 따라 주차장으로 향하면서도 은기와는 시답지도 않은 메시지를 주고받았다. 식사는 무얼 먹었는지. 내일은 뭘 할 계획인지 같은 것들.

내일 지서는 오전엔 런던의 유명한 꽃시장을 둘러보고 간단하게 점심 식사를 한 후 은기의 홈구장에 갈 계획이었다. 저녁 경기이지만 여유 있게 주변을 둘러보고 싶어서 일부러 시간을 넉넉하게 잡았다.

샵에 들러 유니폼이랑 후디랑 이것저것 사야지. 기사를 보니 은기의 이름이 마킹된 유니폼 판매량이 구단 선수들 중 5위 안에 든다고 한다. 블로그나 SNS에 검색만 해도 벌써 인증 사진이 꽤 많은 게 한국 관광객들의 주요 여행 코스가 된 듯했다. 물론 이 계획들을 은기에겐 솔직히 털어놓지 못했다.

지서가 탄 차는 천천히 공항을 빠져나가 영국의 길을 달렸다. 운전대의 방향이, 차선의 방향이 한국과는 반대인 게 어색하면서도 반가웠다. 이렇게 사소한 것들이 다 기분 좋고 신기한 걸 보면 자신이 꽤 들뜨긴 한 모양이었다.

딱 1박만 예약한 호텔은 은기의 팀 구장 바로 앞, 전망이 근사한 곳이었다. 내일이면 바로 체크아웃할 테니 짐을 제대로 풀지 않았다. 지서는 따뜻한 물로 샤워를 하고 미니바의 맥주를 꺼내 마시며 은기와 시시콜콜한 메시지를 주고받았다. 그러다 어느 순간 잠이 들었다. 눈을 뜨니 아침. 시차 적응이랄 것도 없었다.

지서는 아침 일찍 호텔을 나섰다. 영국으로 유학을 다녀왔다는 꽃 선생이 알려 준 마켓을 돌아볼 계획이었다. 선생은 시간적 여유가 된다면 한번 들어 보라며 꽤 유명한 플라워 스쿨의 원데이 클래스도 몇 개 추천해 주었다.

이른 아침의 공기는 적당히 서늘하고 맑았다. 덥지도 춥지도 않은 그런 날씨. 지서는 편안한 청바지와 니트, 위에 얇은 코트를 걸친 뒤 가벼운 에코백을 메고 길을 나섰다. 화장도 거의 하지 않았다. 이런 차림으로 도시를 여유 있게 걸어 본 게 얼마 만인지 새삼스러워 괜히 발걸음이 가벼웠다.

붉은 2층 버스를 타고 이동해 마켓에 도착했다. 주말에만 연다는 마켓의 초입 화단엔 핑크색 아네모네 꽃이 한 아름 피어 있었다. 그녀는 잠시 그 앞에서 시간을 지체하며 휴대폰으로 사진을 몇 장 찍었다. 누군가 정성 들여 보살폈는지 꽃은 티 없이 싱싱했다. 문득 무연리 박 여사의 마당이 떠올랐다. 막 자란 듯하지만 사실은 그녀가 꽤나 정성껏 보살폈던 들꽃과 풀들. 날이 따뜻해지면 다시 그 밭이 풍성해질 것이다.

향이 좋아 길에서 파는 따뜻한 라테를 사 마셨다. 살려고 마셔 댔던, 맛이 더럽게 없던 전 직장의 카페테리아 커피가 잠시 생각났다. 감히 이 커피에 비할 바 아니지. 어쩌면 커피가 이렇게 맛이 있는 건 퇴사했기 때문이 아닐까. 그런 생각도 들었다.

마켓에서 지서는 보랏빛 아네모네를 한 단 샀다. 아네모네 꽃은 색깔별로 꽃말이 다양하다고 한다. 기대, 기다림, 사랑의 괴로움과 허무함, 영원한 사랑의 다짐. 그 수많은 꽃말 중에서 보랏빛 아네모네는 악으로부터의 보호를 상징한다고 한다. 이따 밤에 만나면 그에게 이 아네모네를 선물할 생각이다.

이 꽃이 모든 불운으로부터 널 지켜 줄 수 있길 바라면서.

경기 시작 두 시간 전, 라커 룸으로 들어오는 선수들에게 구단 직원이 따뜻한 커피를 한 잔씩 건넸다. 은기는 자신의 라커에 직원들이 미리 정리해 둔 유니폼과 장비를 확인하곤 받아 온 커피를 한 모금 마셨다. 역시 아메리카노는 쓰기만 하고 무슨 맛인지 도통 알 수가 없었지만 경기 전 커피 한 잔은 혈액 순환을 개선하고 근육 손실을 방지해 트레이너들이 권하는 것 중 하나였다.

은기가 한 모금씩 마실 때마다 떨떠름한 표정을 짓자 옆자리 동료가 역시 어린애 입맛이라며 장난을 쳐 왔다. 그 말에 어른 입맛인 지서에게 잘 보이기 위해 열심히 책까지 보며 핸드 드립 커피 내리는 법을 연습했던 게 떠올랐다. 그때 쓰던 드리퍼는 아마 지금쯤 지서의 집 부엌에 잘 있을 것이다.

그라운드 컨디션을 체크하고 웜업을 하기 위해 나가기 전까지도 지서와의 메시지 창은 조용했다. 한국은…… 새벽 2시쯤이다. 보통은 깨어 있을 시간인데 오늘은 자는 건지 하루 종일 잠잠한 기분이다. 언제 이 물리적인 거리와 여덟 시간의 시차를 뛰어넘을 수 있을지, 은기는 아쉽게 휴대폰을 내려놓았다.

웜업 후 다시 라커 룸으로 들어가 간단하게 미팅을 가졌다. 평소보다 감독의 지시 사항이 디테일하고 엄격했다. 킥오프 전부터 구장에 형광색 재킷을 입은 경찰들이 꽤 많이 보인다는 건 그만큼 주목도도 높고 과열되기 좋은 경기라는 뜻이다.

이번 주 내내 은기는 틈날 때마다 구단 스태프가 건네준 상대 팀 스트라이커의 비디오 분석 자료를 돌려 봤다. 리그 득점 3위. 왼발잡이. 스프린트는 좋지만 퍼스트 터치를 할 때 실수가 많이 나오는 편이며 다이빙에 능숙해 태클할 때 신경 써야 하는 타입. 그래도 오늘 전담 마크를 붙어야 하는 은기 입장에서는 방향을 예측하기 힘든 양발 공격수들보다는 상대하기 나은 편이었다. 왼발 슈팅 상황만 만들지 않으면 된다. 충분히 승산 있다.

「오늘도 한국인들 많이 온 거 같던데.」

오늘의 풀백 파트너인 윌리엄이 긴장을 풀어 주려는 듯 은기에게 말을 붙여 왔다.

「겨울 되면 더 많아질걸. 요즘 한국에서 내 인기가 하늘을 찔러.」

은기가 어깨를 으쓱하며 장난스럽게 대꾸하자 윌리엄이 그의 이마를 쥐어박는 시늉을 했다.

처음엔 드문드문 있었던 태극기가 이제 멀리서도 한눈에 알아볼 정도로 많아졌다. 경기가 없는 날엔 트레이닝 센터 앞에도 사인을 받으려 기다리는 한국인 여행객들이 제법 많아 구단 직원들이 한번 들러 보라고 귀띔을 해 줄 정도였다.

최근 영국의 축구 전문 방송에서 박성조와 고은기 둘 중 누가 더 아시아 마케팅에 효과적인지 비교 분석까지 하는 바람에 한국에서도 양쪽 팬들끼리 싸움이 났다는 말도 얼핏 들었다. 그게 그렇게 키보드 붙들고 열 낼 일인지 은기로서는 이해할 수 없었지만 건수만 있으면 일단 욕하고 싸우는 축구 팬들을 아는지라 보고도 못 본 척 성조와 통화하며 웃었다.

신 가드를 점검하고 손목에 테이핑을 감는데 갑자기 짧게 휴대폰 진동이 울렸다. 인스타그램 업로드 알림이었다. SNS 설정을 꺼 두었는데 뭐지 싶어 터치하니 무려 1년 동안 업로드가 없었던, 은기가 예전부터 염탐하던 지서의 계정이었다. 버려둔 줄 알았는데. 고개를 갸웃하며 은기는 애플리케이션을 열었다.

런던이었다.

ICN→LHR이 쓰여 있는 비행기 티켓. 기내에서 찍은 게 분명한, 위에서 내려다본 런던의 야경. 주말에만 열린다는 플리 마켓과 보라색 꽃다발. 그리고 GO가 마킹된, 지금 은기가 입고 있는 유니폼과 경기장의 전경.

사진을 보고 갑자기 정신이 멍해지는데 스타팅 준비 하라는 직원의 외침이 들려와 은기는 재빨리 휴대폰을 끄고 가방에 집어넣었다.

「은기! 은기!」

그 사진들의 의미를 생각하며 또다시 멍하니 있는데 오늘 은기와 입장할 에스코트 키즈가 그를 쿡쿡 찌르며 말을 붙여 왔다. 6~7살 정도 되어 보이는 흑인 아이였다. 하이 파이브를 하자는 듯 아이가 손을 내밀자 은기는 웃으며 자신의 손을 크게 펼쳐 보였다. 커다란 손에 작은 손을 연달아 세 번 부딪친 아이가 밝게 웃자 그는 작은 머리를 두어 번 쓰다듬어 주었다.

입장 신호가 들어오자 선수들은 나란히 줄을 서며 아이의 손을 잡았다.

집중. 집중.

은기는 에스코트 키즈의 작은 손을 만지작거리며 열심히 마인드 컨트롤을 해 봤다. 하지만 이미 정신은 관중석 어딘가에 있을 그녀에게로 향해 있었다.

지서의 자리는 그라운드와 아주 가깝지는 않았지만 전체를 보기엔 꽤 괜찮은 위치였다. 급하게 왔는데 이 정도면 감지덕지다 싶어 적당히 만족스러웠다.

푸른 잔디와 쨍한 조명, 붉은 유니폼을 입고 뛰는 은기의 모습이 낯설고 신기하면서도 뿌듯했다. 대충 둘러만 봐도 한국인으로 보이는 아시안 관중도 제법 많았다. 위기 상황에서 은기가 상대의 패스를 끊거나 태클을 성공시킬 때마다 들려오는 응원가와 함성이 심장을 뜨겁게 만들었다.

직접 관전하는 경기는 TV 중계로 보는 것보다 훨씬 더 격렬하고 거칠었다. 선수들끼리 몸이 부딪힐 때마다 나는 둔탁한 소리가 관중석까지 적나라하게 들릴 정도였다. 초반은 은기의 팀이 밀리는 양상이었다. 무엇보다도 은기가 어쩐지 통 집중하지 못하는 눈치라 신경이 쓰였지만 경기가 어느 정도 진행이 되자 평소의 페이스를 되찾았다.

다른 관중들은 공의 움직임을 따라 경기를 볼 때도 그녀의 시선은 그를 향해 고정되어 있었다. 거리가 먼데도 불구하고, 등번호가 보이지 않아도, 지서는 뛰는 폼만으로도 은기를 정확하게 구별해 냈다. 딱히 비결이 있는 것은 아니었지만 적중률은 굉장히 높았다. 거기다…… 분명 기분 탓이겠지만 은기가 오늘따라 경기가 끊길 때마다 관중석을 많이 훑어보는 느낌이었다. 꽤 집요하게, 누굴 찾는 사람처럼.

팽팽한 흐름으로 이어지며 전반은 0 대 0으로 마무리되었다. 아직 축구를 볼 줄 몰라 해설 없는 직관은 지루할 줄 알았는데, 예상을 완전히 빗나갔다. 골 찬스마다, 실점 위기마다 지서 역시 관중들과 마찬가지로 자리에서 벌떡벌떡 일어났다. 특히 위기 상황 때마다 몸에 하도 힘을 주어서인지 어깨가 다 뻐근할 지경이었다.

지서는 경기장에 마련된 펍에서 맥주를 사 마셨다. 갈증이 나 단번에 한 잔을 다 비우자 뺨이 붉어지며 열이 올랐다. 해가 지며 기온이 떨어져서인지, 너무 오랜만에 마시는 술이라 한 잔에도 취기가 올라와서인지 조금 춥기도 했다.

「혹시 한국인? 고은기 보러 왔어?」

다시 자리로 돌아가자 아까부터 힐끔거리던 옆자리 남자가 지서의 어깨를 톡톡 치며 물었다. 갈색 머리카락과 푸른 눈을 가진 남자는 오래된 팬인 듯 팀을 상징하는 머플러를 목에 두르고 있었다.

「응, 한국인. 고은기 보러 왔어.」

「혼자 왔나 보네. 대단한 팬인가 봐.」

30대 중반, 혹은 후반 정도 되었을까. 자연스럽게 말을 섞는 솜씨가 노련했다. 지서가 웃기만 하자 남자가 다시 입을 열었다.

「축구 잘 모르는 거 같아서. 내가 설명해 주는 게 빠를 거 같은데.」

디테일한 규정이 이해 안 될 때마다 스마트폰으로 검색하는 걸 본 모양이었다. 지서가 흔쾌히 고개를 끄덕이자 남자는 신이 나서 그녀에게 팀의 포메이션이나 교체에 따른 전술 변화 같은 걸 설명해 주었다. 서양인 특유의 과장된 제스처와 풍부한 표정이 재미있었다. 센터백이 어쩌고 풀백이 어쩌고. 온라인 커뮤니티에 들락거리면서 꽤 열심히 공부했다고 생각했는데 아직도 갈 길이 먼 것 같았다.

설명을 듣는 중간에 은기가 골과 다름없는 슈팅을 몸을 던져 막아 냈고 바로 이어진 역습 상황에서 드디어 선제골이 터졌다. 그 덕에 흥분한 남자의 말이 빨라지고, 팬들만 아는 은어까지 섞어 말하는 바람에 3분의 1은 못 알아들었다.

「은기 저 수비는 한 골 넣은 거나 마찬가지야.」

남자가 상기된 얼굴로 은근슬쩍 흥분을 핑계 삼아 지서의 어깨에 손을 올리며 말했다.

「나 골 들어간 줄 알았어.」

지서가 슬쩍 몸을 틀어 남자를 떼어 놓으며 말했다. 술 때문인지 경기에 지나치게 몰입한 탓인지 지서의 얼굴이 붉었다.

경기는 1 대 0, 은기 팀의 승리로 끝났다.

승리에 만족한 서포터즈들은 기립해 발을 구르며 응원가를 불렀고 선수들은 관중석 가까이까지 다가와 악수를 해 주고 사진을 찍어 주기도 했다.

「은기 왜 저러지?」

남자가 의아한 듯 은기를 보며 말했다. 꽤 오래 그라운드에 남아 팬 서비스를 해 주기로 유명한 은기인데 오늘은 곧장 유니폼을 벗어 가장 가까이에 있는 어린아이에게 주고는 그대로 뛰다시피 그라운드를 빠져나가 버렸다. 부상인가 싶었지만 걸음걸이나 폼이 아직 한 경기 더 뛰어도 될 만큼 멀쩡해 보였다.

「아, 그건 그렇고 혹시 이후에 다른 일정 있어? 스타디움 앞에 괜찮은 펍이 있는데. 혹시 시간 된다면 나랑…….」

남자가 말을 하는 그때, 지서의 휴대폰이 울렸다.

— 옆에 그 남자 누구예요?

전화를 받자 은기가 다짜고짜 물었다. 평소와 달리 말투가 경직되었고 목소리는 낮았다. 지서는 아무런 말 없이 슬쩍 남자를 보았다. 영문을 모르는 남자가 눈을 크게 떴다. 도대체 어떻게 안 건지. 가끔 보면 은기는 시야가 그냥 넓은 게 아니라 인간의 수준을 벗어난 것 같았다.

"잠깐만."

지서는 전화에 대고 은기에게 말한 후 남자에게 손을 내밀어 악수를 청했다.

「덕분에 오늘 경기 잘 봤어. 고마워.」

명백한 거절의 의미.

남자가 떨떠름한 얼굴로 악수를 하자 지서는 다시 한번 가볍게 묵례를 하곤 출구로 향하는 계단을 오르며 말했다.

"모르는 사람. 어디야?"

호텔에 맡겨 두었던 짐을 찾은 지서는 로비에서 은기가 오기를 기다렸다. 경기 끝나고 놀라게 해 주려 했는데, 초반에 집중하지 못했던 모습은 지서 자신이 런던에 왔다는 걸 눈치채서였던 것 같다.

[나와요.]

호텔 앞에 검은 세단이 들어서고 곧이어 은기에게서 메시지가 왔다. 캐리어를 끌고 나가자 한국인으로 보이는 남자가 그녀를 향해 꾸벅 인사를 했다.

"제가 짐 실을 테니까 타세요. 안에서 기다려요."

"네, 감사합니다."

"제 일인데요 뭘. 런던에 와 주셔서 정말…… 정말 감사해요."

직원의 마지막 말이 의미심장했다.

차 문을 열고 한 발 내딛는데 갑자기 지서의 몸이 기우뚱하며 그대로 안으로 빨려 들어갔다. 이 강하고 무지막지한 힘과 안정적인 품, 지서보다 조금 높은 체온. 굳이 얼굴을 확인하지 않아도 알 수 있었다. 은기였다.

"뭐야, 왜 몰래 오고 그래요."

막 샤워를 했는지 은기의 머리카락은 아직 젖어 있었다.

"서프라이즈 하려고 했는데 망했어."

지서가 웃으며 말하자 은기는 양손으로 그녀의 얼굴을 감싸고 확인하듯 꼼꼼히 살폈다. 직원이 운전석에 탔지만 은기는 전혀 신경 쓰지 않는 눈치였다.

"이미 충분히 서프라이즈 했어요. 완전 놀라서, 꿈꾸는 줄 알았잖아."

밤이라 어두워 또렷하게 보일 리 없는데도 몇 번이고 눈을 맞춘 은기가 쪽 소리 나게 지서의 입술에 입을 맞추었다.

"언제 왔어요?"

"어제."

이번엔 이마에.

"오자마자 나한테 왔어야지."

그리고 뺨에.

"은기야, 우리 말고 다른 사람도 있는데."

지서가 민망해하며 은기의 어깨를 밀어 떼어 놓으려 하자 운전을 하던 직원이 넉살 좋게 끼어들었다.

"저는 없는 사람 취급 하셔도 됩니다."

있는 사람을 어떻게 없는 사람 취급 한단 말인가.

"죄송합니다."

지서가 한숨 쉬듯 말하자 직원이 작게 웃는 소리가 났다.

"진짜 여자 친구분, 와 주셔서 감사해요. 전 은기 선수 또 몰래 한국 간다고 할까 봐 여권을 숨겨야 하나 그런 생각도 했어요."

은기가 또 만지려 하자 지서는 그의 손등을 찰싹 때리며 자세를 고쳐 앉았다.

"이제 안 그럴 거예요. 영국에 좀 오래 있을 거 같거든요."

그 말에 은기가 생각났다는 듯 물었다.

"그럼 회사는 어떻게 된 거예요?"

"나 잘렸어. 그 여자 남편이 당장 나가라던데."

"……진짜?"

그의 눈이 커졌다. 그런데 표정이 이상하다. 좋으면서 티 안 내려고 꾹 참는 얼굴. 보조개가 잠깐 패었다가 빠르게 사라진다.

"너 표정이 왜 그래?"

"내가 뭘, 뭘요."

지서의 물음에 은기가 빠르게 시선을 돌렸다.

"나 사직당했는데 왜 기분이 좋아 보이지."

"아니…… 그럼 오래 같이 있을 수 있으니까."

은기가 적당히 얼버무리고는 또 덥석 지서를 끌어안았다.

"좋으니까 그러죠."

지서가 삐진 시늉을 하며 시선을 창밖으로 돌리자 은기는 더 열심히 그녀에게 머리를 들이밀며 이상한 소리를 냈다. 가만 보면 은기는 예전부터 자신의 덩치를 망각하는 경향이 있었다. 이렇게 큰 몸을 들이대며 치근덕거리는데 누가 피할 수 있을까. 맞닿은 몸으로 그의 온도가 선명하게 느껴졌다. 지서는 운전석의 눈치를 보고는 몰래 그의 입술에 소리 없이 입을 맞춰 주었다. 그제야 은기의 몸짓이 얌전해진다. 그녀가 입 모양으로 '나중에, 집에 가서.' 라고 하자 그가 웃으며 고개를 끄덕였다.

분명 할 말이 많았는데 단둘이 되자 서로 엉겨 붙기에 바빴다. 회사를 그만두게 된 이유와 다시 찾은 무연에서 박 여사의 편지를 발견한 일, 비행기를 타고 오는 내내 생각한 앞으로의 계획 같은 것들은 은기의 집에 들어서 키스하는 순간, 그가 번쩍 들어 안는 순간 모두 지서의 머릿속에서 휘발되어 날아갔다.

침실까지 갈 여력도 없이 거실 소파에 앉아 서로의 입술을 탐하고 혀를 얽었다. 뜨거운 호흡과 부드러운 촉감이 입 안에서 자연스럽게 뒤섞였다. 은기는 입을 맞춘 채 지서의 상의 안으로 자신의 손을 밀어 넣었다. 브래지어 후크를 풀고 손안 가득 가슴을 움켜쥔다. 가슴 만져도 되냐며 손 떨던 게 떠올라 지서는 잠시 웃는다. 그가 젖가슴을 매만질 때마다 그녀의 호흡이 서서히 가빠져 온다. 은기가 입술을 내려 부드러운 살을 만족할 만큼 빨자 작은 신음이 반복적으로 이어진다.

지서의 손가락이 그의 머리카락을 파고들었다. 아직 물기가 남아 있는 부드러운 감촉이 손가락 사이 예민한 살을 간질인다. 창에 비친 나무 그림자가 흰 벽지에 흐리게 어른거린다. 바람이 제법 거센지 나무가 미세하게 흔들리며 손바닥만 한 낙엽이 날렸다. 지서는 그 모습을 보며 눈을 감는다. 시각을 차단한 채 다른 감각으로 그의 흔적과 움직임을 좇아 본다. 은기에게선 여전히 물을 듬뿍 먹은 잔디나 산뜻한 바람에 실려 올 것 같은 시원하고 청량한 체향이 난다. 엉켜드는 살갗은 따스하고 매끄러우며 혀는 달다.

이내 지서의 옷이 완전히 벗겨졌다. 그녀 자신이 벗었는지 그가 벗겼는지는 기억이 또렷하지 않았다. 문득 정신을 차렸을 때 둘은 좁은 소파에서 서로의 맨몸을 완전히 밀착한 채, 만지고, 키스하고 있었다.

가슴에 고개를 묻고 양껏 핥고 빨던 은기가 잠시 길게 호흡했다. 그의 목덜미에서 흘러내린 땀방울이 그녀의 가슴팍에 떨어져 가슴골 사이로 흘러내렸다. 그 적나라한 감각이 지서의 흥분을 부추긴다. 양다리를 활짝 벌리자 이미 잔뜩 흥분한 남성이 허벅지 안쪽 살에 닿았다. 연약한 피부가 덴 것처럼 화끈거린다.

은기가 그녀의 허리를 안아 일으켜 자신의 허벅지에 앉혔다. 마주 앉은 자세로 두 사람은 잠시 서로의 눈을 응시했다. 소리 내어 말을 하지 않고 그저 바라보는 것만으로도 둘은 충분히 많은 것을 주고받았다. 은기는 가만히 그녀의 뺨을 만졌고 지서는 그의 커다란 손에 자신의 볼을 비볐다. 오늘 생긴 게 분명한 손등의 넓은 상처를 자신의 손으로 감싸 조심스럽게 쓰다듬기도 했다.

은기가 그녀의 양 허리를 잡아 자신에게로 내리며 지서의 안으로 묵직하게 진입했다. 빠듯하고 버거웠지만 지서는 첫 삽입의 순간, 이 감각이 좋았다. 잃어버린 마지막 퍼즐 조각을 찾은 것 같아서. 그가 채워 주는 충만함에 가슴이 뜨거워져서.

지서는 가쁜 숨을 내쉬며 느릿하게 허리를 움직였다. 그의 양어깨를 짚고 아래위로 반복해 움직일 때마다 은기의 단정하고 잘생긴 이마에 미세하게 실금이 갔다. 남자답게 근육이 잡힌 가슴팍은 눈에 띌 정도로 거칠게 오르내렸다. 지서가 고개를 숙이자 그녀의 머리카락이 흘러내려 그의 목덜미를 간질였다. 못 참겠다는 듯 은기의 커다란 손이 지서의 허벅지를 꾹 잡아 누르며 더 깊게 파고들었다.

지서의 눈에 순간적으로 눈물이 맺혔다. 은기는 미소를 지으며 손으로 그녀의 눈가를 닦아 주었다.

"힘들어요?"

"아, 음."

그녀가 대답 대신 눈을 감으며 신음하자 그가 다시 꾸욱 지서의 허리를 누르며 묵직하게 밀착했다. 순간적으로 지서의 입에서 작은 탄성이 새어 나왔다. 하지만 그는 멈추지 않고 움직임을 빠르게 반복했다. 그녀의 입에선 가냘픈 신음이 흘렀지만 은기가 입을 맞춰 모두 다 자신의 입 속으로 삼켜 버렸다.

풍성한 긴 머리카락이 그의 움직임에 따라 흔들렸다. 지서의 흰 얼굴은 붉게 상기되었고 잡티 없이 매끈하고 투명한 피부엔 은기 자신이 만든 열꽃이 빼곡하게 피어올랐다. 색소가 옅은 그녀의 몸은 기분을 이상하게 만든다. 입으로 씹고 빨아 꽃을 피워 내고 싶기도 하고 상처 하나 생기지 않도록 품 안에 가두어 보호해 주고 싶기도 하다.

은기는 절정이 얼마 남지 않았다는 것을 예감하며 그녀의 가느다란 어깨를 깊게 안았다. 그러면서도 더욱 빠르고 깊게 스스로를 밀어 넣으며 완전히 지서의 안으로 빨려 들어갈 것처럼 몸을 움직였다. 그녀의 몸이 격렬하게 흔들릴 때마다 서서히 차올랐던 쾌감이 터질 듯 팽팽하게 부풀어 올랐다. 맞물린 곳이 뜨겁게 뒤엉키며 젖은 소리를 낸다. 지서의 발끝부터 허벅지까지 힘이 들어간다. 뜻밖의 압박감을 느끼며 은기는 크게 신음을 터트린다. 그녀의 허리를 붙잡아 조금의 틈도 주지 않고 쾌락의 끝을 향해 내달린다.

그렇게 정점에 다다른 순간 은기는 자신의 품으로 쓰러지는 지서의 말랑한 몸을 깊이 껴안았다. 땀과 체액이 뒤섞여 피부가 끈적했지만 아무도 신경 쓰지 않았다. 두 사람은 그렇게 서로에게 의지한 채 나른한 정사의 여운을 즐겼다.

조금 낮았던 지서의 체온은 어느새 그의 것을 닮아 간다.

잠에서 깨자 정신이 조금 몽롱했다. 은기는 몇 번 눈을 깜빡이다가 품 안이 허전해 손으로 옆자리를 더듬었다. 지서는 그에게서 등을 돌린 채 몸을 동그랗게 말고 침대 끝에 간신히 매달려 자고 있었다. 은기는 팔을 뻗어 그녀의 어깨를 안고 다시 자신의 품 안으로 끌어왔다. 그녀는 모르는 것 같지만 지서는 잠버릇이 아주 조금 험했다.

은기는 곤히 잠든 지서의 숨소리를 살폈다. 일정하고 안정적이다. 목덜미의 맥을 슬쩍 짚자 평온한 심박이 느껴진다. 늘 혼자 잠들었던 이 침대에 지서가 있다는 게 믿기지 않아 은기는 그렇게 한참을 관찰했다. 그사이 또 지서의 몸이 슬금슬금 멀어지자 아예 품 안에 완전히 가두어 꽉 옭아맸다.

함께 샤워하고 함께 잠이 들기 전 지서는 반쯤 졸며 자신의 이야기를 들려주었다. 아직 확실히 결정하지는 못했는데 영국에 있는 플라워 스쿨 과정을 몇 가지 들어 볼 생각이라고 했다. 그러니까 그 말은 당분간은 이곳에 머무른다는 뜻. 그동안 바삐 살아온 만큼 충분히 여유를 즐겼으면 좋겠는데 은기의 그녀는 잠시도 쉬지 못하는 성향인 듯했다.

은기는 침대 헤드에 기대어 앉아 지서에게 자신의 허벅지를 베도록 내주었다. 지난여름 자신의 허벅지를 베고 누워 유혹하던 지서를 떠올리자 다시 몸 안이 뜨거워지는 느낌이 들었다. 그때 평생 동안 쓸 인내심을 총동원했던 것 같다. 꿈틀거리는 본능을 애써 다스리며, 당장 그녀를 안고 싶은 욕망을 내리누르며.

커튼 틈으로 달빛이 비쳐 그녀가 덮고 있는 이불에 길게 금을 그었다. 그 흔적을 따라 시선이 닿은 곳에는 투명한 유리병에 꽂힌 보랏빛 꽃다발이 있었다. 저 꽃 이름이…… 아네모네라고 했던가. 불운과 악으로부터의 보호를 의미하는 꽃이라고 했다. 꽃말을 설명해 주며 지서는 부상으로부터 지켜 달라는 마음으로 꽃을 샀다고 그의 귓가에 속삭였다.

소리 없이 웃으며 은기는 팔을 뻗어 침대 옆 협탁 깊은 곳에 숨겨 둔 벨

벳 케이스를 꺼냈다. 뚜껑을 열자 고심해서 준비한 프러포즈링의 센터스톤이 달빛에 반짝였다. 이 반지를 끼워 주기까지 꽤 오래 걸릴 줄 알았는데 뜻밖에도 그녀는 지금 그의 품 안에 있다.

괜히 긴장이 돼 반지를 만지작거리기만 하다가 조심스럽게, 아주 조심스럽게 그녀의 왼손 약지에 끼워 주었다. 혹시나 클까 봐, 혹은 작을까 봐 걱정했는데 다행스럽게도 반지는 그녀의 손가락에 딱 맞았다. 드디어 주인을 찾았어. 은기는 긴 한숨을 내쉬며 그녀의 약지와 손등에 입을 맞추었다.

슬쩍 몸을 굽혀 그녀의 귓가에 속삭여 보았다.

나랑 결혼해 줘요.

잠이 든 그녀는 대답 없이 그의 허벅지에 팔을 감으며 품 안으로 더 깊이 파고든다. 승낙의 의미인 것만 같아 그는 그녀의 뺨에 살짝 키스한다.

한 번으로는 아쉬워 두 번, 그리고 세 번. 뺨에서 이마로, 이마에서 입술로 키스를 이어 간다. 잠에서 깬 지서가 멍하니 눈을 뜨며 그를 바라본다. 그 순간, 두 사람은 그 여름의 무연으로 순간 이동을 한다.

푸르스름한 달빛은 늘 은기가 꼼꼼하게 쳐 주었던 모기장으로 변하고 짙은 아네모네 꽃의 향은 모기향 냄새가 되어 코끝을 간질인다. 습하고 더운 바람이 불 때마다 흔들리던 마당의 커다란 나무, 그 아래 함께 복숭아를 나눠 먹던 평상. 모든 순간이 설레었던 우리의 그 뜨거웠던 여름.

다음 여름은 또 얼마나 아름다울까.

앞으로 당신과 내가 만들어 갈 우리의 계절은 또 얼마나 아름다울까.

"지서야."

은기가 부르자 지서가 옅게 웃으며 그의 허벅지를 쿡 찔렀다. 왜 반말하냐는 의미겠지만 은기는 크게 개의치 않았다.

나란히 누워 함께 잠이 든다.

아직 지서는 은기가 끼워 준 반지를 눈치채지 못한 것 같다. 평소엔 그렇게 예민하면서 이럴 땐 묘하게 둔하단 말이야. 속으로 장난스럽게 투덜거리며 은기는 눈을 감은 그녀의 귓가에 속삭인다.

사랑해요.

꿈에서 봐요.

작게 고백하자 세상이, 순간이, 모든 계절이 그녀로 가득 찬다.

에필로그 1

석형은 축구를 꽤 좋아한다. 그 때문에 지금의 회사, 포털 사이트 스퀘어에 입사해서도 굳이 스포츠 뉴스 편집자를 자원했다. 남들은 이제 뉴스는 A.I 의존도가 높아질 거라고, 왜 지원하냐고 참견했지만 석형에게는 좋아하는 것을 즐기며 일한다는 게 가장 큰 메리트였고 그 외에는 크게 신경 쓰지 않았다.

드디어 입사 3년을 넘기고 그는 처음으로 안식 휴가를 받았다. 그의 휴가 계획은 짤 것도 없었다. 영국, 스페인, 이탈리아, 그리고 독일. 보고 싶은 팀의 경기를 모두 볼 수 있는 일정은 아니었지만 이 정도면 첫 안식 휴가로 손색이 없다고 생각했다.

첫 여행지, 런던에서 그는 꽤 만족스러운 여행을 시작했다. 박성조와 고은기, 두 한국인의 프리미어 리그 경기를 직관했다. 돈 아낀다고 다섯 시간 동안 용써 가며 티켓팅한 보람이 있는 경기였다.

하지만 아쉽게도 고은기의 유니폼에 사인을 받는 것은 실패했다. 경기 다음 날 트레이닝 센터 앞에서 세 시간을 기다렸는데 너무 급해서 잠깐 화장실 다녀온 사이에 이미 빠져나갔다고 한다. 그래서 그날 찾아온 한국인 팬들은 다 있는 고은기 사인이 석형만 없었다.

바람이 찬 곳에서 부슬비를 맞으며 오들오들 떨었더니 감기 기운이 느껴졌다. 원래 저녁은 블로그 추천 맛집에 갈 계획이었지만 이 상태로는 적당히 배를 채우고 얼른 숙소로 가 쉬는 게 나을 듯해 석형은 눈에 들어온 베이커리로 들어갔다. 관광객들에게 알려진 맛집은 아닌지 실내에는 현지인으로 보이는 사람들뿐이었다.

그리고 그곳에서 석형은 그녀를 봤다.

갑자기 소리 소문도 없이 퇴사해 회사를 뒤흔들었던, 그 때문에 루머의 루머의 루머만 한 100개쯤 만들고 홀연히 사라진 연예 팀 리더 이지서를.

놀랍게도 그녀는 혼자가 아니었다. 유심히 빵을 고르고 있는 그녀의 곁을 굉장히 훤칠한 남자가 지키고 있었다. ……맙소사. 고은기였다! 오늘 하루 종일 석형이 찬 바람과, 외로움과 싸우며 오매불망 기다리던 그 고은기!

"둘 다 사면 되지 뭘 그렇게 고민해요."

한 손에 빵 트레이를 들고 있는 고은기가 다정한 어조로 말하며 지서의 허리에 팔을 감았다. 굉장히 자연스럽고 두 사람 모두 익숙해 보이는 스킨십이었다. 주고받는 시선이, 별것 아닌 대화가 누가 봐도 연인의 그것이었다. 석형은 멍한 얼굴로 두 사람을 뚫어져라 응시했다. 몇 번이고 눈을 깜빡여도 그 이지서와 그 고은기가 맞았다.

프로 선수의 루틴이 아무 이유도 없이 바뀌는 게 아니다. 손목에 키스해 댈 때부터 알아봤어. 역시 연애였다.

그 순간, 핀잔을 주던 선배의 목소리가 뇌리를 스쳤다.

'넌 어떻게 보는 사람마다 연애 타령이냐. 고은기도 연애한다, 이지서도 연애한다. 왜? 둘이 연애한다 그러지?'

……선배, 그 둘이 연애를 하는 것 같은데요.

그때 무언가 떨어지는 소리가 실내를 울렸다. 지서 역시 석형을 봤는지 들고 있던 집게를 놓친 그녀가 눈을 크게 뜬 채 그를 바라보고 있었다.

"……석형 매니저."

"그…… 오랜만이에요, 지서 리더."

지서가 너무 소스라치게 놀라는 바람에 석형이 오히려 민망했다.

"누구예요?"

반면에 은기는 당황한 기색 하나 없이 집게를 집어 직원에게 건네며 물었다.

"아, 그, 나 전 직장 후배."

"아아."

은기가 고개를 끄덕이고는 석형에게 다가와 손을 내밀며 악수를 청했다.

"고은기라고 합니다. 이지서 씨 약혼자예요."

석형은 멍한 얼굴로 지서를 한 번 보고는 은기가 내민 손을 맞잡았다. 가까이서 보니까 생각했던 것보다 키도 더 크고 몸이 날렵하면서도 탄탄해 보였다. 석형은 감탄하며 다른 손으로 악수하고 있는 손을 감쌌다.

아아 역시, 손만 잡았는데도 현역 선수의 힘이 느껴진다. 이게 말로만 듣던 고은기의 피지컬인가. 공격수들에게는 통곡의 벽이라더니 정말 거대한 장벽 같다.

"저 계 탔네요."

석형은 꿈에 취한 사람처럼 실실 웃으며 중얼거렸다.

이 순간을 위해 장석형은 런던의 비바람과 싸우며 허허벌판인 트레이닝 센터 앞에서 망부석처럼 고은기를 기다렸나 보다. 눈인지 비인지 모를 것이 하늘에서 갑자기 쏟아졌을 땐 고은기 이 새끼는 뭐 대단한 훈련을 하기에 안 기어 나오냐고, 개새끼라고 쌍욕을 했는데 그 은기 님은 지금 석형 자신과 마주 보고 앉아 겸상하며 식사를 하고 있었다.

"지서 씨 회사 후배셨으면…… 뉴스 편집자? 맞죠?"

은기가 앞접시에 석형 몫의 김치찌개를 덜어 주며 물었다.

"네, 맞아요. 지서 리더는 연예 쪽이셨고요, 전 스포츠 편집자입니다. 직속 후배는 아니지만 저 순환 근무 할 때 지서 리더한테 많이 배웠어요."

은기의 권유로 세 사람은 베이커리에서 멀지 않은 곳에 위치한 한식집으로 이동했다. 연봉이 100억 가까이 될 거라더니 차가 무려 벤틀리였다. 아까 트레이닝 센터에서 탔던 차는 람보르기니랬는데. 역시 부럽고 대단한 새끼였다.

"옆 팀이었는데 같은 본부라 자주 겹쳤어. 석형 매니저 안식 휴가 온 거예요?"

지서의 물음에 뜨끈한 국물을 떠먹던 석형이 황급히 대답했다.

"네! 저 안식 휴가로 축구 보러 왔어요. 사실, 사실 저 어제 고은기 선수 경기 직관 했거든요."

생각난 차에 석형은 배낭에서 은기의 유니폼을 꺼내 네임 펜과 함께 내밀었다.

"오늘 사인받으러 트레이닝 센터에 갔는데, 잠깐 자리 비운 사이에 은기 선수 나갔다고 해서 못 받았습니다. 그래서 그런데 사인 좀……."

밥상머리에서 이건 좀 예의가 아닌 듯싶었지만 이 사인 받겠다고 오늘 하루를 날린 석형의 입장에선 굉장히 중요한 문제였다.

"당연히 해 드려야죠."

그게 뭐 대수냐는 듯 은기는 석형의 부탁에 흔쾌히 고개를 끄덕였다. 보통은 사인만 해 준다던데 여자 친구 후배라고 특별 대우인지 '영국까지 와 주셔서 감사합니다.' 라고 메시지도 써 주었다.

"저, 그런데 두 분은…… 약혼자라고 하신 걸 보면 결혼을……?"

석형이 말끝을 흐리자 지서는 기침을 하며 물을 마셨고 은기는 밝게 웃으며 고개를 끄덕였다.

"네, 이번 시즌 끝나고 결혼식 올릴 거예요."

"와……, 와아…… 진짜 축하드려요."

석형은 가지런히 두 손을 모으고 박수 치는 시늉을 했다. 회의 때마다 자신이 아는 기자한테 들었다면서 고은기 걸 그룹 누구랑 사귄다느니, 배우 누구랑 양다리라느니 거짓부렁을 일삼으며 유언비어를 떠들고 다녔던 선배가 이 사실을 알면 얼마나 쪽팔릴까 생각하니 짜릿했다.

"그래서 말인데요. 석형 매니저, 오늘 우리 본 거……."

"당연히 비밀이죠. 저 장석형, 입 무겁습니다. 지서 리더 걱정 붙들어 매세요."

그의 말에 지서는 안심한 듯 길게 숨을 내쉬며 고개를 끄덕였다.

사교적이지 못하고 쌀쌀맞고 차가운 사람으로 기억하는데 다시 만난 지서는 석형이 기억하는 것보다 더 둥글둥글하고 부드러운 사람이었다. 그러고 보면 초반에 진입 장벽이 높아서 그렇지 일은 참 잘했다. 합리적이고 티 안 내면서 후배들 배려도 잘하고.

석형과 가까이 지내는 연예 팀 동기는 지금도 가끔 지서를 그리워한다.

사람을 너무 답답하게 하는 타입이라며, 매몰차다고 흉을 보던 연예 팀 선임들은 이제야 그녀가 윗사람들의 압박으로부터 팀원들을 얼마나 열심히 보호해 줬는지 깨닫는 모양이었다. 지서 리더의 컴백을 기다리는 동기에겐 안타깝지만 석형은 지금 은기 옆의 그녀가 굉장히 편안해 보였다.

식사를 마친 뒤 은기는 괜찮다는 석형을 그가 머무는 호텔까지 태워다 주었다. 축구 커뮤니티에 우연히 고은기 만나서 같이 밥 먹고 호텔까지 차도 얻어 탔다고 글 쓰면 아무도 안 믿어 주겠지. 식당에서 은기와 석형, 둘이 찍은 사진을 올리며 후기를 작성해도 다들 뻥친다며 핀잔을 줄 것이 뻔했다.

"은기 선수, 혹시요."

"네."

"저 SNS에 사진 업로드해도 괜찮을까요? 물론 지서 리더 이야기는 빼고요."

"네, 괜찮아요."

흔쾌히 고개를 끄덕인 은기가 부드럽게 차를 몰아 호텔 앞에 정차했다. 어쩜, 장롱면허인 석형이 보기에 은기는 운전도 축구만큼 능숙했다.

"지서 리더 오늘 만나 봬서 반가웠습니다. 소희, 강현 매니저 둘 다 지서 리더 많이 그리워해요."

"……그래요? 안 그래도 며칠 전에 연락 왔었는데."

지서가 멋쩍어하며 답했다. 부끄러워하는 기색이었다.

"아, 비 오는데 내리지 마세요. 저 빨리 뛰어가면 돼요."

"잘 지내요. 여행도 즐겁게, 조심히 다니구요."

"오늘 정말 반가웠습니다. 가 볼게요."

인사를 마치고 차에서 내린 석형은 비를 피해 빠르게 호텔 로비로 뛰었다. 배낭의 물기를 털며 뒤돌아보니 어느새 차는 사라졌다.

꿈을 꾼 것은 아닐까.

석형은 배낭을 뒤져 은기의 유니폼을 확인했다.

사인이 선명한 것을 보니 헛걸 본 건 아니었다.

"결혼식 하면 올 사람 없다더니, 많이 그리워하는 후배도 있고. 우리 결혼식 꼭 하고 후배들도 불러요. 그럼 되겠다."

은기가 트렁크에 실어 둔 꽃을 지서의 작업실로 옮겨 주며 장난스러운 목소리로 말했다. 하지만 지서는 못 들은 척 꽃과 리본을 정리했다.

지서는 결혼식은 작게, 가족끼리만 하고 싶었다. 아니, 사실 식을 올리지 않아도 상관없었다. 친구도 별로 없고 회사는 그만뒀고 유일한 가족인 박 여사는 고인이니 괜히 위축이 되었는데 은기는 남들 하는 건 다 해 주고 싶다며 그답지 않게 고집을 부렸다.

"결혼식 해요. 예쁜 드레스 입고 떠들썩하게. 지서 씨 싫으면 기사 나가도 얼굴 알려지지 않게 할게요. 네?"

은기가 테이블 위에 놓여 있는 줄기와 이파리를 치워 주며 말했다.

"지서 씨, 응?"

이번엔 눈을 크게 뜨고 애교 부리듯 눈짓을 한다.

함께 마켓에 들러 꽃을 사고 빵집에 들렀던 차였다. 식사는 집에서 간단하게 할 예정이었는데 우연히 그곳에서 전 직장 후배와 마주쳤다. 좀 어리긴 하지만 사려 깊은 타입이니 은기와 지서의 이야기가 새어 나가지는 않을 것이다.

"……생각해 보고."

지서가 한참 만에야 대답하자 은기는 휘파람을 불며 그녀의 뒤로 다가와 허리를 안았다. 여전히 그의 체온은 낮을 닮아 따뜻했다.

"지서 씨 계속 이렇게 춥게 있다간 감기 걸릴 거 같은데, 그냥 플라워 쇼케이스 사는 게 낫지 않을까?"

지서의 작업실은 난방을 꺼 두어 늘 서늘했다. 꽃을 싱싱하게 보관해야 하기 때문에 아예 히터를 꺼 두고 창을 열어 두는 편이었다. 겨울이라 온도도 적당하고 옷을 두껍게 입으면 되는데 은기는 그러다 감기 걸리겠다며 당장 꽃 보관용 냉장고를 사자고 성화였다.

"너무 비싸. 그리고 나 이제 겨우 4주짜리 클래스 하나 수료했어. 이 작업실만으로도 충분해."

드디어 원데이 클래스에서 탈피하고 처음 3일짜리 클래스를 수료했을 때 은기는 지서 몰래 빈방에 작업실을 꾸며 주었다. 지서의 키에 딱 맞는 테이블과 원예 도구들, 인터넷으로 눈여겨봤던 리본과 포장지가 가득한 방이었다.

"또 다른 과정도 들을 거잖아요. 이렇게 추운 데서 작업하면 몸 상해요."

"그건 이번 클래스 수료하면."

"그럼 살 거죠?"

"응."

지서가 흔쾌히 고개를 끄덕이자 은기는 그제야 만족스러운 미소를 지으며 그녀의 머리카락을 만지작거렸다. 부드러운 감촉과 서늘한 온도가 기분 좋다며 은기는 그녀의 머리카락에 손을 넣는 것을 좋아했다.

"혹시 회사 일 다시 하고 싶진 않아요?"

은기가 의미심장한 어조로 물었다. 그는 이따금 자신의 직업과 상황 때문에 지서의 선택지가 좁아지는 것을 신경 쓰는 눈치였다. 회사 그만뒀으면 좋겠다고 성질부릴 때는 언제고. 어리구나 싶다가도 이렇게 마음 써 줄 때면 세심한 성품이 고맙기만 했다.

"지금도 좋아. 꽃 실컷 만지고, 보고 싶었던 뮤지컬도 지겹게 보고."

"그래도."

"일은, 그때 난 그 일이 너무 좋고 하고 싶었다기보단……."

지서가 잠시 말을 멈추고는 곰곰이 생각했다. 은기의 곁에 정착하기로 결심한 후 스스로의 시간을 반추하며 고민했다. 내가 정말 하고 싶은 것이 무엇일까. 늦었지만 그 일을 찾기로 했다.

"그때 난 독기가 머리끝까지 차서 악밖에 남은 게 없었거든."

지나간 시간을 되짚자 어쩐지 마음이 쓸쓸해져 지서는 차분하게 테이블 위에 놓여 있는 꽃을 정리했다. 라넌큘러스, 장미, 골드 퐁퐁. 그중 붉은 라넌큘러스의 끝을 다듬은 뒤 은기를 향해 몸을 돌렸다. 짧게 자른 줄기를 그의 귀에 꽂아 보았다. 단 한 송이만으로도 멋진 센터피스가 완성되었다.

"지금 내가 가장 하고 싶은 건 네 옆에서 쉬는 거야."

지서는 은기의 입술에 살며시 키스했다.

누군가에게 이런 자신감을 가져 본 것은 처음이었지만 지서에겐 어떤 확신이 있다.

내가 무엇을 하든 넌 내 편이 되어 주겠지.

이 믿음은 동요 없이 굳건하다.

에필로그 2

동틀 무렵부터 시작된 매미 소리는 해가 완전히 뜨자 점점 더 요란해졌다.

리클라이너 소파에 앉아 오수에 빠져 있던 지서는 멍하니 잠에서 깨 천장을 응시했다. 여기가 어디더라. 꿈이 현실처럼 선명하고 현실이 꿈처럼 몽롱하다. 다시 눈을 감자 몸이 저 아래로 무겁게 가라앉는다. 후텁지근한 공기, 피부를 찌르는 햇빛. 아마도 여긴…….

"깼어?"

주방에서 나온 현숙이 지서에게 미지근한 보리차 한 잔을 건네주었다. 그제야 이곳이 어딘지 인지되었다.

"방금 보리차 끓여서 좀 식혔어. 너 이제 차가운 물 마시면 안 돼."

지서의 고향, 무연리이다.

"과수원 집 여자가 콩국 주고 갔어. 점심에 콩국수 해 먹자."

다시 주방으로 들어간 현숙이 요즘 유행한다는 트로트를 흥얼거리며 냉장고를 뒤적거리는 소리가 났다. 귀찮을 텐데도 그녀는 끼니때마다 지서를 챙기는 데 열심이었다.

지서는 몸을 일으키려다 머리가 지끈거리고 현기증이 올라와 잠시 숨을 골랐다. 시계를 보니 토막잠을 잔 건 30분 남짓이었다. 여러 가지로 예민해져서 요즘엔 깊은 잠을 길게 자지 못한다. 몸의 변화가 지난달과 이번 달이 다르고 어제와 오늘이 달랐다. 새로운 변화에 적응하면 또 금세 다른 변화가 시작된다.

"이제 조금만 움직여도 숨차고 힘들 때야. 엄마 되는 게 쉬운 게 아니란다."

언제 또 나왔는지 현숙이 지서를 부축해 다시 리클라이너에 앉혀 주었다.

"몸이 좀 붓는 느낌이에요."

액세서리가 답답하고 피부에 닿는 옷도 촉감이 좋지 않으면 거슬렸다. 원래 예민한 편이긴 했지만 감각 신경이 증폭되기라도 했는지 요즘 들어 부쩍 더 심해졌다.

"원래 그런 거야."

"밤에 태동도 너무 심하고, 잠도 안 오고."

"애기가 아빠 보고 싶은가 보다."

지서의 말에 현숙이 대수롭지 않다는 듯 대꾸하며 동그랗게 나온 그녀의 배에 부채질을 해 주었다.

"은기 내일 나오나?"

"네."

"우리 군인 아저씨 애기 보고 싶다고 밤마다 울었을 텐데. 우리 아가 내일이면 아빠 보겠네!"

현숙은 이렇게 배 속 아이에게 말을 거는 시늉을 자주 하곤 했다.

"군인 아저씨는 무슨. 겨우 4주 훈련인데요."

새초롬한 대꾸와는 달리 지서의 입술은 부드럽게 휘며 미소를 그렸다. 드디어 내일이면 은기가 온다.

올림픽 메달리스트인 은기는 예술체육요원으로 편성돼 4주간의 기초 군사 훈련과 봉사 활동 544시간으로 군복무를 대체하게 됐다. 임신한 지서를 돌봐 줄 친정도, 가까운 친척도 없어 은기는 훈련소 입소를 더 미루겠다고 고집을 부렸다. 미국에서 대학교수로 재직 중인 은기의 부모님 역시 중요한 연구 일정 때문에 보살펴 줄 여력이 되지 않아 그의 걱정이 컸지만 현실적으로 봤을 때 휴가를 이렇게 보내는 건 말도 안 되기에 지서가 등을 떠밀었다.

가기 싫다고 전날 밤까지도 우는 시늉을 했던 은기는 지서가 4주 가지고 뭘 그렇게 유난이냐고 핀잔을 주자 은근히 삐진 눈치였다. 입소하는 날 차에서 헤어져 훈련소에 들어갈 때는 눈가가 벌게져 있었다. 그 바람에 눈물이 그렁그렁한 기사 사진이 떠 축구 커뮤니티에선 훈련받는 것도 싫어서 우냐는 놀림을 받기도 했다. 물론 대부분은 임신한 와이프 두고 훈련소 들어가니 얼마나 마음 쓰이겠냐는 우호적인 반응이었다.

겉으론 쿨하게 보냈지만 속으론 지서 역시 쿨하지 못했다. 훈련소에서 보낸 은기의 옷과 편지가 택배로 도착한 날엔 조금, 아니, 많이 울었다. 고작 4주라고 말할 땐 언제고 유난도 이런 유난이 없었다.

현숙은 자주 들락거리며 지서를 살뜰하게 보살펴 주었다. 은기에게 특별히 부탁을 받았다고 했다. 눈치 빠른 사람답게 과하지 않게, 적당히 편안한 배려가 고마웠다. 피를 나눴다면 아마도 평범한 친정 엄마와 딸의 모습이 이랬겠지 싶어서…… 기분이 묘했다.

결혼을 했을 때, 그리고 아이를 가진 게 언론을 통해 알려졌을 때 친모에게서 먼저 연락이 왔다. 지서는 피하지도 그렇다고 살갑게 받아 주지도 않았다. 사실이냐 묻기에 그렇다고 확인만 해 줬을 뿐.

이제 주애의 목소리를 들어도 화가 나지 않았다. 그녀로부터 그리움을 찾고 결핍된 애정을 갈구하는 것에 에너지를 소비하고 싶지도 않았다. 내 미움은 이미 쓸모를 다했고 증오는 메말라 바닥을 보였다. 새삼 깨닫는다. 파괴적인 감정이 이렇게 피곤한 거구나. 그래서 그 시절의 나는 늘 아팠구나.

모든 감정을 말끔히 정리하니 내가 가진 것들이 눈에 들어온다. 잃고 나서야 깨달은 박화순 여사의 사랑, 늘 벗어나고 싶었지만 돌아갈 때마다 따뜻하게 쉬게 해 주었던 내 고향, 그리고 그곳에서 만난 은기와 이제 태어날 아이.

사랑만 하기에도 시간이 모자란다.

스마트폰 진동 소리에 지서는 퍼뜩 정신을 차렸다. 이메일이 왔다는 알람이 떠 확인해 보니 은기의 어머니였다. 미국 대학의 생명공학 교수로 재직 중인 그녀는 가끔씩 이렇게 메일을 보내곤 했다. 전화나 모바일 메신저는 선호하지 않는다며, 형식적인 안부 인사는 필요 없으니 메일이나 주고받자고. 지서 역시 이쪽이 편했다.

처음에는 경직되었지만 시어머니와의 대화는 점점 주제가 다채로워졌다. 예의를 모르는 그녀의 이웃부터 지금 연구 중인 바이러스 RNA 전사체 분석 이야기까지. 오늘의 주제는 주인이 바뀌고 맛없어진 시모의 단골 컵케이크집에 관한 것이었다.

지서는 주로 자신이 디자인한 꽃다발이나 바스켓, 웨딩 장식 사진과 간단한 메시지를 보내곤 했다. 오늘은 시모에게 마당 담벼락에 핀 장미꽃 사진을 전송했다. 뼛속까지 공학 교수인 그녀였지만 꽃을 보는 것만큼은 좋아했다.

메일을 보내고 나니 현숙이 콩국수에 넣을 오이라도 다듬는지 주방에선 일정한 박자의 칼질 소리가 들렸다. 오이가 잘리는 사각거리는 소리. 통통통, 칼이 나무 도마를 때리는 소리. 백색 소음에 마음이 편안해졌다.

"뭐 도와드려요?"

지서가 묻자 그녀가 주방에서 고개만 쑥 내밀고 핀잔을 주었다.

"됐네요. 그 몸으로 돕긴 뭘 도와. 넌 그냥 가만히 기다려 주는 게 돕는 거야."

그 말에 지서는 엷게 웃으며 리클라이너에 몸을 깊숙이 묻었다.

드디어 내일, 은기가 돌아온다.

지서는 침대에 모로 누워 벌써 10분째 뉴스 애플리케이션을 켜 놓고 새로고침을 했다. 이제 슬슬 퇴소 시간인데, 분명 기사 사진이 올라올 텐데 아직 업데이트된 게 없다.

오늘 은기는 4주 훈련소 일정을 마친다.

입소할 때는 지서도 배웅하러 같이 갔는데 생각보다 거리가 꽤 되어 은기는 퇴소는 혼자 하겠다며 오지 말라고 당부했다. 이제 만삭에 가까운 임산부라 지서까지 픽업해 가면 에이전트도 신경 쓰일 테니 집에서 기다리는 게 나을 거였다.

다시 새로고침을 누르려는 순간 갑자기 휴대폰 진동이 울렸다. 액정 화면에 뜬 이름을 보자 그녀의 입가에 미소가 걸렸다.

[남편 은기^^♥]

처음 저장한 그대로 그냥 두었더니 은기가 기어코 바꾸었다. 앞에 '남편' 만 추가한 이름이었다.

"응."

— 나 나왔어요.

"수고했어."

— 몸은 어때요? 우리 아가는?

"괜찮아. 잘 있지."

— 그럼 나 잠깐 인터뷰만 하고 갈게요. 기자들 입소할 때보다 많이 와서 인터뷰해 줘야 해요.

"응. 끝나고 전화해."

전화를 끊고 다시 새로고침을 하자 기사 사진 몇십 장이 업데이트된다. 기자들에게 인사하는 사진. 잠시 전화하겠다고 손짓하는 사진. 모자를 쓰고 있긴 하지만 머리카락이 입소할 때보다는 좀 더 자란 것 같다. 살도 좀 빠진 듯하지만 그래도 목소리가 생기 넘치고 건강해 안심이 된다. 단 몇 마디 대화에 이렇게 기분이 좋아지다니. 말이 되나.

다 비슷비슷한 기사 사진들을 넘겨 보다가 지서는 까무룩 잠이 든다.

누군가 이마를 만지며 머리카락을 넘겨 주는 느낌이 들었다. 어렴풋 깨자 흐린 시야의 틈으로 커다란 손이 눈에 들어왔다. 지서의 이니셜을 새겨 넣은 손목의 타투, 익숙한 비누 향과 물 냄새. 이 인기척. 누구인지 안다.

이마에서 맴돌던 온기가 아쉽게 멀어지자 지서는 잠투정을 하듯 뒤척이며 무거운 몸을 일으키려 낑낑거렸다.

"어, 깼어요?"

조금 떨어진 곳에서 은기의 목소리가 들렸다. 벌써 그가 도착한 걸 보니 낮잠을 꽤 길게 잤나 보다.

"잠깐만. 나 옷 좀 입고."

원래도 깔끔한 편이었던 은기는 지서가 임신한 후로 그녀보다 더 까다롭게 굴었다. 훈련을 끝내고 집에 오면 손 씻고 외출복을 갈아입기 전엔 접촉하는 것도 꺼렸다. 저러다 아이 태어나면 무균실을 만드는 것은 아닐까 싶을 정도였다.

지서가 눈을 감은 채로 안아 달라는 듯 손을 위로 뻗자 옷을 입는 소리가 요란하게 들려왔다.

"아야."

어디 부딪치기라도 했는지 쿵, 울리는 소음과 함께 은기의 앓는 소리가 들렸다. 놀란 지서가 눈을 뜨고 무거운 몸을 일으키려 하자 정강이를 문지르던 그가 얼른 다가와 그녀를 잡았다.

"자, 남편 왔다."

오자마자 샤워를 했는지 얼굴이 뽀얗다.

"인터뷰하고 전화한다며."

지서는 다시 눈을 감으며 은기에게 기대 그의 품으로 파고들었다.

"했는데 잠든 거 같아서 그냥 끊었어요. 잘 잤어요?"

"으응."

"배 더 나온 거 같네."

은기가 커다란 손으로 배를 두어 번 쓰다듬고는 쪽 소리 나게 입을 맞추며 잘 있었어? 하고 인사를 했다. 아빠가 온 걸 아는 건지 바로 요란한 태동이 느껴졌다. 은기가 양손을 대자 더 거세진다.

"나 얘 때문에 잠 못 잤어."

사실 따지자면 4주 동안 내내 잠을 설쳤다. 첫 주 차엔 걱정이 돼서, 2주 차엔 보고 싶어서, 3주 차엔 분리불안이 심해서, 4주 차엔 시간이 너무나 안 가서. 임신 중이라 호르몬 때문에 감정 기복이 심해지고 은기와 연락이 되지 않는 상황이니 그런 거겠지만 그냥 밤에 이유도 없이 눈물이 날 때면 태동도 덩달아 심해졌다. 넌 혼자가 아니라고, 나도 있다는 자기주장 같아 웃기는 녀석이네 싶었다.

"엄마 괴롭히면 어떡해."

은기가 지서를 눕히고는 배를 살살 만져 주자 태동이 점점 잦아들었다.

사실은 너 때문이야. 은기 네가 곁에 없어서. 투정 부리고 싶은 걸 지서는 그에게 키스하는 것으로 대신했다.

"나도 힘들었어요. 아, 이래서 탈영을 하는구나, 그런 생각도 하고."

코끝이 살짝 닿았다가 떨어지는 순간 은기가 조용히 입을 열었다. 그냥 장난치는 말인 줄 알았는데 목소리가 지나치게 진지했다. 은기는 고개를 숙여 지서의 목덜미에 얼굴을 대고 깊게 숨을 들이마셨다. 간질거리는 느낌이 기분 좋아 지서는 눈을 감았다.

"나 또 잠 와."

"자요. 내가 옆에 있을게."

은기는 지서를 안아 편하게 자세를 잡아 주었다. 살며시 그녀의 왼쪽 가슴에 손을 대자 일정하게 뛰는 심장 박동이 느껴졌다. 안도감과 충족감이 뒤꿈치를 간질이며 올라와 서서히 그의 몸 전체를 감싼다. 하고 싶은 이야기가 너무 많은데, 졸고 있는 그녀가 야속하다가도 내 아이 때문에 잠들지 못했다는 투정에 가슴이 울렁거렸다. 안심했기 때문이라는 걸 안다. 내가 곁에 있어서, 안도감이 들어서. 당신이 내 품 안에서 잠들었다는 사실만으로도 난 충분히 행복하다.

은기는 엄지로 가만히 지서의 감은 눈을 더듬어 만지다 충동적으로 고개를 기울여 입을 맞추었다. 이런 소소한 입맞춤에도 여전히 첫 키스의 순간처럼 발끝에 힘이 들어간다. 그녀와의 모든 키스는 날카롭게 그의 가슴을 파고든다.

우리의 계절을 떠올린다. 겨울처럼 차갑고 건조한 당신에게 빠지던 그 순간을. 이토록 날 뜨겁게 만들던 그 서늘한 눈동자를.

무연에서 만난 나의 인연.

내가 언제부터, 얼마나 동경하고 사랑하기 시작했는지 당신은 아마 짐작도 못 하겠지.

지서는 신중하게 꽃을 꺾어 풀과 잘 엮었다. 그녀의 마당 정원엔 꽃이 가득했다. 남는 공간에 씨를 뿌려만 놓고 제대로 돌보지도 못했는데 자연이란 놀랍다. 어느새 꽃과 풀이 제법 자라 풍성하다.

바람이 불 때마다 풀 냄새가, 들꽃 향이 진동한다. 지서는 달콤한 꽃향기를 깊이 마신다. 사랑에도 향이 있다면 분명 이와 같을 것이다.

줄기를 묶어 꽃다발을 고정하고 이리저리 돌려 보는데 저 멀리 양손에 아이스크림을 든 은기가 뛰어오는 게 보인다. 지서가 손을 흔들자 은기가 밝게 웃으며 걸음을 재촉한다.

얼어붙은 나의 세계를 구원해 준 그에게 들꽃 다발을 내밀며 속삭인다. 널 사랑하는 내가 좋아서, 날 사랑하게 되었다고.

꽃을 받은 은기가 부드럽게 포옹한다. 그 너른 품 안에서 지서는 꽃처럼 웃는다.

하늘엔 구름 한 점 없고 꽃은 활짝 피었으며 내 곁엔 네가 있다.
아이스크림이 달콤한 여름의 오후.
우리의 계절은 온화하다.

— *fin*

작가 후기

"당신이 안녕하다면 잘되었네요. 저는 잘 지냅니다."

동네에 빵순이인 제가 엄청 좋아하는 베이커리 카페가 있어요. 거기서 세트를 사면 저 메시지 띠를 둘러 포장을 해 줍니다. 지금도 그 집 카스테라를 먹으며 이 후기를 쓰고 있는데, 로마인의 편지 인사말이라고 해요. 비록 먹보여서 알게 된 메시지지만 볼 때마다 기분이 좋아서 언젠가는 꼭 한번 써먹고 싶었어요.

평안하신가요. 저는 잘 지냅니다.

'계절의 온도'는 제가 좋아하는 것들을 모아 놓은 이야기입니다. 고즈넉한 시골을 좋아하고, 꽃도 좋아요. 맛있는 음식도 좋아하고, 네, 축구도 좋아합니다. 작년에 유럽 축구 투어를 다녀오면서 '아 이걸 써야지. 출간하고 또 와야지!' 했는데 이제 여행은 기약이 없어졌고 제 K리그 시즌권도 환불을 받고야 말았습니다.

당연하게 누렸던 일상들이 특별한 일들이 되어 버렸네요. 제가 이 이야기를 통해 그리고 싶었던 여름의 낭만과 계절의 위로가 책 속에만 존재하는 세상이 될까 봐 걱정이지만, 그래도 점점 나아질 거라 믿습니다.

'계절의 온도'가 책으로 만들어지기까지 큰 도움 주신 뿔미디어 다향의 심은지 님을 비롯한 편집자분들께 감사드립니다. 든든한 가족, 다정한 김리키 님과 친구들에게도 사랑을 보냅니다.

건강하세요.

다음에 인사드릴 땐 세상이 무사하길 바랍니다.

2020년, 8월.

민혜윤 드림.

❖ 참고 문헌

오유미, 『오차원의 꽃』, 비타북스, 2018

오경아, 『안아주는 정원』, 샘터사, 2019